Das Buch

Es könnte das Paradies sein, doch im australischen Byron Bay gehen unglaubliche Dinge vor sich. Eine der seltsamen »Anemonen-Schwestern«, über die die verrücktesten Gerüchte kursieren, sucht die Journalistin Scout Davis auf, um sie um Mithilfe zu bitten. Ihr tot geglaubter Schwager wurde putzmunter auf einem Zeitungsfoto identifiziert. Scouts Neugier ist geweckt und sie übernimmt den Fall, schließlich ist sie froh, ihrem privaten Gefühlschaos zwischen zwei Männern und dem Liebeskummer ihrer Schwester entgehen zu können. Die unerschrockene Journalistin stürzt sich in die Ermittlungen, die sie auf die paradiesischen Whitsunday Islands vor der Ostküste Australiens führen.

Mit viel Humor, ein bisschen Sex und einem Fall, der Scout lehrt, dass Vorurteile kurze Beine haben, begeistert Maggie Groff mit diesem Krimi rund um ihre sympathische Heldin Scout Davis.

Die Autorin

Maggie Groff arbeitet als Kolumnistin bei *The Sun-Herald* und hat bisher zwei Sachbücher veröffentlicht. Sie lebt mit ihrer Familie im Paradies, nämlich an der australischen Nordküste, wo sie an weiteren Scout-Davis-Romanen arbeitet.

Die Übersetzerin

Petra Knese, Jahrgang 1967, studierte Anglistik und Nordamerikanistik an der FU Berlin. Sie lebt als freiberufliche Übersetzerin mit ihrer Familie in Berlin.

KiWi
1372

Maggie Groff

Ein Toter macht noch keine Witwe

Scout Davis ermittelt

Aus dem Englischen
von Petra Knese

Kiepenheuer
& Witsch

MIX
Papier aus verantwortungsvollen Quellen
FSC® C083411
www.fsc.org

Verlag Kiepenheuer & Witsch, FSC®-N001512

1. Auflage 2015

Titel der Originalausgabe: *Good News, Bad News*

Aus dem Englischen von Petra Knese

Umschlaggestaltung: Barbara Thoben, Köln
Umschlagmotiv: © Magdalena Biskup Travel Photography/Getty Images
Gesetzt aus der Bembo
Satz: Felder KölnBerlin
Druck und Bindung: CPI books GmbH, Leck
ISBN 978-3-462-04638-0

Für Hannah Key, unser Goldmädchen

1.

Byron Bay ist eine der schönsten Ecken Australiens, und ich wollte mich in meinem wohlverdienten Urlaub all den Annehmlichkeiten widmen, die der Ort zu bieten hat. Außerdem war Winter, meine liebste Jahreszeit, und nach dem langen heißen Sommer kamen die warmen sonnigen Tage und kühleren Nächte wie gerufen.

In den Monaten davor hatte ich gut zu tun gehabt. Aufträge von Zeitungen kamen am laufenden Band, und meine Reportage über eine gefährliche Sekte hatte ich bei uns und in den USA verkaufen können. Jetzt hatte ich ein dickes Polster auf der Bank und brauchte dem guten alten Mogg, diesem Gauner, nicht mehr damit zu drohen, mein Konto woanders zu überziehen, wenn er mich weiter mit unverschämten Briefen bombardierte.

Auch meine Rippen, die beim Zusammenprall mit dem Anführer besagter Sekte einen Knacks bekommen hatten, waren wieder tipptopp. Bis auf mein ziemlich problematisches Liebesleben war eigentlich alles in Butter.

Jedenfalls, bis ich am Dienstag in den Supermarkt ging.

Im fünften Gang zwischen den Woolworth-Regalen meinte ich plötzlich, beobachtet zu werden. Es ist schwer, dieses Gefühl beschreiben, aber vielleicht wissen Sie ja, was ich meine. Für Neuro-Nerds ist das der reinste Selbsterhaltungstrieb, ein Überbleibsel aus der Steinzeit, als wir noch besonders auf der Hut sein mussten, wenn wir mit dem Kopf nach unten am Wasserloch standen. Sie wissen schon.

Schaudernd sah ich mich um.

Nichts. Allerdings ist das gute Woolworth ja nun auch nicht gerade als Neandertalertreff bekannt.

Schließlich schob ich meine Paranoia auf das Überwachungssystem des Supermarkts, bedachte die Kamera über mir mit einem vernichtenden Blick und schob den Einkaufswagen in den nächsten Gang.

Aber auch das half nicht. Das Gefühl wurde eher noch stärker. Misstrauisch schaute ich mich um.

Noch immer nichts.

Ich hockte mich vor das unterste Regal und suchte mir eine Packung losen Tee aus. Als ich wieder aufstand, legte mir jemand energisch eine Hand auf den Rücken. Vor Schreck ließ ich den Tee fallen und hielt mich schwankend am Regal fest.

»Sind Sie die Journalistin Scout Davis?«, ertönte es vorwurfsvoll hinter mir.

Als ich mich umdrehte, stand vor mir eine hochgewachsene, spindeldürre, asketisch wirkende Frau mit spitzer Nase und einem Kinn, mit dem man Dosen öffnen könnte. Sie trug einen langen schwarzen Rock, einen weiten schwarzen Kittel und einen schwarzen Filzschlapphut. Unter der Krempe lugten stahlgraue Haarsträhnen hervor. Auf den ersten Blick sah sie aus wie ein ältlicher Windhund in Quäker-Montur.

Mit Entsetzen wurde mir klar, wer sie war, und ich wich einen Schritt zurück. Fast jeder in Byron Bay hatte schon von den Anemonen-Schwestern gehört, drei betagten Jungfern, die in den Bergen wohnten, schwarz trugen und Hühnerblut tranken. Der übliche Kleinstadttratsch eben.

Es wurde von grässlichen Verwünschungen und göttlichen Vergeltungen bei den geringsten Verfehlungen gemunkelt, also ging ich lieber auf Nummer sicher und antwortete: »Einen schönen guten Tag.« Dann hob ich die Teepackung auf, stellte sie zurück ins Regal und nahm mir eine neue – selbstverständlich.

»Ich bin Miss Hermione Longfellow«, verkündete sie selbstgefällig, »und werde Sie für ein paar Minuten in Anspruch nehmen!« Sie pfefferte ihren Einkaufskorb auf den Boden, stemmte energisch eine Hand in die Hüften und schnaufte laut.

Erwartete sie jetzt, dass ich mich ihr schmachtend vor die Füße warf? Ihre Theatralik amüsierte mich irgendwie. Während ich nach einer passenden Antwort suchte, inspizierte ich ihren Einkaufskorb: drei Tüten Mehl und eine Schachtel Streichhölzer. Keine Molchaugen zu sehen.

»Ich bin im Urlaub«, sagte ich schließlich.

Doch sie ließ sich nicht beeindrucken und machte eine wegwerfende Handbewegung. »Ja, ja, das hat mir Daisy Fanshaw schon erzählt. Das spielt keine Rolle.«

Ich runzelte die Stirn. Unverschämtheit! Ich war mit Daisy befreundet und konnte mir kaum vorstellen, warum sie mit einer der Anemonen-Schwestern über meine Urlaubspläne diskutieren sollte. Aber sich mit dieser unglaublich dreisten Person auf einen verbalen Schlagabtausch einzulassen, wäre nun wirklich kindisch, und so schob ich den Einkaufswagen weiter und hoffte, sie würde mich in Ruhe lassen. Von wegen. Sie stellte sich vor den Wagen und versperrte mir den Weg. Vor Wut hätte ich am liebsten laut aufgeschrien und sie über den Haufen gefahren.

Sofort hatte ich die Szene im Gerichtssaal vor Augen. Ich auf der Anklagebank in weißer Chiffonbluse und mit rotem Pillbox-Hut mit Netz ... weiße Handschuhe vielleicht noch ...

»Sie hören mir jetzt gefälligst zu«, sagte Miss Longfellow

beharrlich. »Es ist wirklich wichtig!« Sie stampfte mit dem Fuß auf, was mich auf den Planeten Woolworth zurückbrachte.

»Mein Urlaub ist auch wichtig!«, keifte ich.

Auf einmal lächelte sie, und das war so beängstigend, dass ich gleich noch einen Schritt zurück machte. Ihre Zähne waren lang und so wahllos im Mund verteilt wie alte Grabsteine auf einem Friedhof. Also, wenn ich ein Pferd wäre, dann hätte ich schon ein klitzekleines bisschen Angst gehabt. Andererseits wäre ich als Pferd längst davongaloppiert und hätte mir damit eine Menge Ärger erspart.

»Bitte«, drängte sie. Sie wusste anscheinend sehr wohl, wann ein Taktikwechsel angesagt war.

Ich hatte keine Lust, mich weiter herumzustreiten, und am Ende siegte mal wieder die Neugier. »Woher kennen Sie Daisy?«, fragte ich.

Miss Longfellow verschränkte die Arme vor der Brust und sah hochzufrieden aus.

»Wir tauschen Waren«, sagte sie geziert. »Es ist rein geschäftlich, keine Freundschaft.«

Überraschte mich nicht.

»Wissen Sie«, sagte ich bestimmt, »mein Urlaub ist mir heilig. Nächste Woche arbeite ich wieder, da können Sie sich gerne bei mir melden.«

Aus den Untiefen meiner Umhängetasche fischte ich eine Uraltvisitenkarte mit Eselsohren heraus. Sie wirkte dermaßen unprofessionell, dass Miss Longfellow mit ein bisschen Glück dauerhaft davon abgeschreckt würde.

Falls Sie mich jetzt für unhöflich halten, sollte ich vielleicht erklären, dass ich immer wieder von Leuten angesprochen werde, die meinen, ihre persönliche Geschichte verdiene landesweite Aufmerksamkeit. Für Menschen, denen Unrecht widerfahren ist, sind wir Journalisten eine

Art Beschwerdestelle und die Medien ihre letzte Chance auf Vergeltung. Meistens schieben sie vor, andere vor Leid bewahren zu wollen, aber fast immer steckt eigentlich Rache dahinter.

Mit spitzen Fingern hielt sie das Kärtchen, als wäre es mit Milzbrandviren verseucht. Die Missbilligung war ihr deutlich anzusehen. »Hier steht, dass Sie eine freie Enthüllungsjournalistin sind.«

»Das stimmt«, sagte ich entschieden. »Frei bedeutet, dass ich nur an Themen arbeite, die mich interessieren. Im Moment bin ich wie gesagt im Urlaub und habe kein Interesse.«

Ha! Nimm das, du Drachen!

Sie runzelte die Stirn. »Daisy hat mir versichert, dass Sie interessiert sein würden.«

Ich blieb stehen. Womöglich war ich ja wirklich unhöflich. Wenn Daisy meinte, dass an der Geschichte etwas dran sei, sollte ich mir das Ganze wenigstens mal anhören. Vielleicht winkte mir ja schon eine tolle Auszeichnung! Fünf Minuten würde ich ihr geben, und dann konnte ich Daisy wahrheitsgetreu berichten, dass ich mir die Sache gebührend durch den Kopf hatte gehen lassen.

»Na gut«, sagte ich. »Schießen Sie los.«

»Ich habe zwei jüngere Schwestern, Amelia und Nemony«, begann sie. »Wie ich Ihnen bereits mitgeteilt habe, bin ich Hermione Longfellow.«

Amelia, Nemony und Hermione – mit ein bisschen Fantasie ergaben die drei Namen »die Anemonen-Schwestern«.

»Vor dreißig Jahren, als meine jüngste Schwester Nemony dreißig war, heiratete sie einen Iren namens Mick O'Leary. Er war ein mittelloser Herumtreiber, der bei uns nach Arbeit fragte. Wenn man Landwirtschaft betreibt, kommt das häufig vor. Zu der Zeit ernteten wir gerade

Lavendel. Amelia hatte sich den Arm gebrochen, und wir konnten jemanden gebrauchen, der mit anpackt, also haben wir O'Leary eingestellt.«

Ich gab mir Mühe, interessiert zu wirken, und in der Hoffnung, dass sie zur Sache kam, bevor mein Joghurteis geschmolzen war, konzentrierte ich mich auf den Punkt zwischen ihren Augen.

»Er war auf grobschlächtige Weise gut aussehend«, fuhr sie fort, »auch wenn er keine Manieren hatte und – gewöhnlich war, wie unsere lieben Eltern gesagt hätten.« Sie räusperte sich. »Ohne Amelias und mein Wissen hat O'Leary Nemony … verführt.«

Eine Kundin schien an das Teeregal zu wollen, also schob ich meinen Wagen beiseite.

Miss Longfellow schenkte der Frau keinerlei Beachtung und sprach ungeniert weiter. »Nemony war … ähm … unbedarft, was Männer anging. Einmal hat es O'Leary mit ihr im Lavendelschuppen getrieben.« Sie schürzte angewidert die Lippen.

Die andere Kundin warf mir einen vielsagenden Blick zu, und ich konnte mir gerade noch das Lachen verkneifen. Oh Gott, das musste ich unbedingt meiner Schwester Harper erzählen.

»Am nächsten Tag habe ich ihn entlassen«, sagte sie voller Abscheu, »aber Nemony ist ihm hinterhergelaufen. Das Dummerchen war völlig vernarrt in ihn. Drei Monate später erhielten Amelia und ich eine Postkarte aus Sydney, auf der stand, dass die beiden geheiratet hätten. Nemony hatte die Karte mit *Mrs Mick O'Leary* unterschrieben!«

Jemanden rauszuschmeißen, nur weil er mit der erwachsenen Schwester schlief, schien mir ein wenig drastisch, zumal Nemony mit dreißig wohl kaum mehr ein Dummerchen war, doch ich sparte mir meinen Kommentar.

Aber das war noch nicht alles. »Kurz nach der Hochzeit kaufte O'Leary eine Jacht von dem Geld, das Nemony von unserem Onkel Willard Longfellow geerbt hatte. Meine Schwestern und ich hatten im Vorjahr jede 100 000 Dollar erhalten. Damals war das viel Geld, dafür hätte man sich eine Wohnung in Sydney kaufen können.« Sie schüttelte den Kopf über diese Verschwendung, und um ein Gähnen zu unterdrücken, schüttelte ich ebenfalls den Kopf.

Bislang waren meine Schnüfflersynapsen noch nicht angesprungen. Mich interessieren vor allem Machtmissbrauch und Ungerechtigkeit gegenüber Schwächeren. Ich möchte sozusagen denen eine Stimme verleihen, die nicht für sich selbst sprechen können. Natürlich habe ich auch ganz und gar nichts gegen knifflige Fälle einzuwenden, die lukrativ sind und keinen Rechtsstreit nach sich ziehen. Aber zwei Unverheiratete, die es irgendwo an der Nordküste im Lavendelschuppen getrieben haben, passten da nicht so recht hinein und boten für den modernen Zeitungsleser keinen besonderen Nervenkitzel.

»Und weiter?«, fragte ich und versuchte, nicht sarkastisch zu klingen – vergeblich.

Sie strafte mich mit einem bösen Blick wie eine Schuldirektorin eine ungezogene Schülerin.

»Eines Abends segelte O'Leary allein vor Sydney Heads. An der Küste von New South Wales tobte ein Sturm, und er funkte Mayday. Weder er noch die Jacht wurden je wiedergesehen. Die Leiche hat man nie gefunden. Ein paar Tage später wurden eine Segeltasche, eine Schwimmweste und Teile der Jacht in der Watson Bay im Hafen von Sydney angespült. Nemony zufolge waren O'Leary und die Jacht nicht versichert. In dem gerichtlichen Untersuchungsbericht hieß es ›auf See verschollen‹. Tot.« Miss

Longfellow holte tief Luft und sagte bedrückt: »Nemony ist als gebrochene Frau zurückgekehrt und hat sich nie wieder erholt.«

»Tut mir leid.« Es sollte wie eine verspätete Beileidsbekundung klingen, dabei tat mir eigentlich nur leid, dass mich ihre Leidensgeschichte nicht die Bohne interessierte. Ich konnte mir beim besten Willen nicht erklären, warum Daisy meinte, ich sollte mir den Kram anhören. War mir da etwas entgangen?

»Mich interessieren nur brisante aktuelle Themen«, erklärte ich.

»Das wäre aktuell und brisant ist es auch.«

»Liebesgeschichten sind nicht mein Metier«, sagte ich.

»Ach, diese hier bestimmt.«

Abermals schüttelte ich den Kopf, imitierte ihre theatralischen Gesten von vorhin und stemmte die Hände in die Hüften. Diese Frau war ja so was von arrogant!

»Und dürfte ich auch erfahren, warum?«, fragte ich verärgert.

»Ich habe ihn gestern gesehen«, sagte sie.

Zack.

Mein Kopf schnellte zurück, und die Nase zeigte in die Luft.

Endlich hatte der Bluthund die Fährte aufgenommen.

2.

Ich war froh, endlich mal eine der Anemonen-Schwestern kennengelernt zu haben, und nur ein kleines bisschen sauer, dass es mit meinem Urlaub jetzt vielleicht vorbei war. Ich schleppte die Einkäufe zurück in meine Wohnung über dem Fandango. Die zwei Flaschen roten Grapefruitsaft im Angebot für den Preis von einer wären wirklich nicht nötig gewesen.

Wie immer herrschte in Byron Bay Jubel und Trubel. Aus den Kneipen und Cafés tönten Musik und Gelächter, und auf den Gehwegen drängten sich die Touristen, die unbedingt die Wanderung der Buckelwale nach Norden verfolgen wollten. Nur wenige – ich meine die Touristen, nicht die Wale – wussten von Byron Bays blutiger Vergangenheit als Walfängerstadt, und es ist ein ungeschriebenes Gesetz, dass die Einheimischen es nicht von sich aus erwähnen. Heutzutage wird natürlich voller Stolz mit der Kamera scharf geschossen und nicht mit der Harpune.

»Glaub mir, ich habe sie mir so lange wie möglich vom Hals gehalten«, sagte ich zu Miau Zedong, während ich die Einkäufe auf den Küchentisch lud.

Der Kater rieb das Köpfchen an meinem Bein und maunzte laut. »Aber positiv betrachtet haben wir einen neuen Fall«, verkündete ich munter.

Miau Zedong war so froh wie ich und drehte sich vor meinen Füßen wild im Kreis. Darüber musste ich schmunzeln. Miau Zedong ist samtig grau und schön wie die Katze in der Whiskas-Werbung. Als ich ihn aus dem Tierheim mitbrachte, hielt ich ihn zunächst für eine chinesische Rasse, daher der Name. Inzwischen weiß ich, dass er eine Russisch-Blau-Katze ist, aber Rasputin hätte ich ihn dennoch sicher nicht genannt. Dann schon eher Gorbartschow.

»Hör zu«, sagte ich und nahm den Kater hoch. »Morgen früh erscheint hier ein gruseliges Klappergestell. Ich möchte, dass du dir tiefschürfende Fragen überlegst. Richtige Kracher.« Kaum hatte ich ihn abgesetzt, flitzte er auf die Veranda zu seinem Korbsessel. Er machte sich an den Fall.

Ich packte noch die restlichen Lebensmittel aus und wandte mich dann wieder Miss Longfellow zu. Erst nachdem ich angebissen hatte, hatte sie mir zu meinem Ärger mitgeteilt, dass sie Mick O'Leary gar nicht leibhaftig gesehen hatte, sondern nur auf einem Zeitungsfoto: Als sie auf Daisys Farm Zimtäpfel einwickelte, hatte sie ihn in der *Sydney Morning Herald* vom letzten Freitag entdeckt.

Ein tatsächliches Aufeinandertreffen wäre mir natürlich lieber gewesen, aber Miss Longfellow war sich ganz sicher, dass das auf dem Bild O'Leary war, denn offenbar verfügte er über irgendeine physische Anomalie. Darüber wollte ich natürlich gleich mehr erfahren, aber sie war nicht darauf eingegangen und hatte stattdessen versprochen, es mir auf dem Foto zu zeigen. Selbstverständlich hoffte ich jetzt auf einen dreiarmigen Mann.

Auf dem Foto waren wohl die Seemänner zu sehen, die nach einem Zusammenstoß zweier Boote am Great Barrier Riff die Insassen gerettet hatten. Das Unglück hatte sich letzten Donnerstag zugetragen, und laut Miss Longfellow war Mick O'Leary einer der Seemänner. Zu unserem Treffen morgen wollte sie den Artikel samt Foto mitbringen.

So lange würde ich versuchen, mich zu gedulden. Wenn ich jetzt auf die Homepage des *Herald* ginge, würde ich unweigerlich auch in meine beruflichen E-Mails schauen. Und ohne einen Anhaltspunkt, wann sich der Sturm ereignet hatte, bei dem O'Leary vermeintlich ums Leben gekommen war, brachte die Suche ohnehin nichts. Immerhin war es schon ziemlich lange her, und im Netz wimmelte es wahrscheinlich nur so vor Mick O'Learys.

Da war es schlauer, Daisy in der Zwischenzeit ein wenig auf den Zahn zu fühlen, was es mit Miss Longfellow auf sich hatte. Vielleicht war Hermione ja bloß eine verbitterte Alte, die mich für ihre Rachepläne einspannen wollte, und dafür wollte ich meine kostbare Zeit nicht mit Recherche verplempern. Daisy würde Bescheid wissen, und ich vertraute ihrem Urteil.

Der Anrufbeantworter blinkte. Es war meine Schwester Harper, die mich wissen ließ, dass sie gegen sieben vorbeischauen würde. Sie leitet den Fachbereich Sport in Tattings, einer piekfeinen Privatschule in Queensland, und wenn ihre Schülerinnen hier im Norden von New South Wales nachmittags ein Basketballspiel haben, kommt sie oft noch bei mir vorbei.

Ich war gespannt, wie es ihr ging, und schrieb gleich eine SMS zurück, dass ich mich um das Abendessen kümmern würde. Seit dem letzten Jahr war Harper ziemlich frustriert von ihrem Job, denn vor lauter Verwaltungskram bliebe kaum noch Zeit für den Unterricht, klagte sie. Proportional zum Grad ihrer Unzufriedenheit im Job nahmen auch ihre Ängste zu, und ich machte mir echte Sorgen um sie.

Spontan beschloss ich, bei Daisy vorbeizufahren statt sie

nur anzurufen. Ich legte meine Farmerkluft an – schwarze Levis, graues T-Shirt, Stiefel von R. M. Williams und einen alten ramponierten Cowboyhut – schnappte mir Sonnenbrille, Autoschlüssel und eine Pulle roten Grapefruitsaft und verließ die Wohnung.

Zielstrebig machte ich mich auf den Weg zum alten Bahnhof, wo ich meinen Toyota Avalon parke, seit dort keine Züge mehr fahren. Bisher ist mir die Karre erst einmal geklaut worden, und zum Glück habe ich sie heil zurückbekommen.

Beim Anblick der grünen Klapperkiste fiel mir wie immer ein Stein vom Herzen. Ich befreite die Scheibenwischer von den Werbeflyern, stieg ein und brauste los in Richtung Daisy.

3.

Am Nachmittag erreichte ich Yab Noryb, die Farm von Dave und Daisy Fanshaw, die in den saftig grünen Hügeln hinter Byron Bay liegt.

Glaubt man den Fanshaws, stammt der Ausdruck Yab Noryb aus dem Keltischen und bedeutet »wundervoller Meeresblick«, aber ich bin ihnen schon vor Jahren auf die Schliche gekommen: Einmal habe ich beim Wegfahren in den Rückspiegel gesehen und festgestellt, dass es einfach »Byron Bay« rückwärts buchstabiert war. Es lohnt also, sich an die Straßenverkehrsordnung zu halten.

Das Farmhaus wurde im typischen Queensland-Stil wieder hergerichtet, am Spalier der Veranda rankt üppig weißer und hellblauer Bleiwurz. Neben den Bananenstauden vor dem Haus liegt ein Obstgarten mit Zitronen-, Orangen-, Mandarinen-, Nektarinen- und Olivenbäumen sowie Macadamia- und Pekannussbäumen. Nach hinten schützen zwei gewaltige Eukalyptusbäume das Haus vor der unbarmherzigen Sonne aus dem Westen.

»K1K2?«, fragte Daisy und deutete auf meinen Grapefruitsaft.

»Was ist denn ein K1K2?« Im Geiste vertauschte ich probehalber die Buchstaben und spielte verschiedene Kombinationen durch, falls es sich wieder um so eine Fanshaw'sche Erfindung handelte.

»Kauf eins, krieg zwei«, erklärte sie.

Ich lachte. »Nein, zwei für den Preis von einer.«

»Das ist ein Zwüper«, klärte sie mich auf. »Eigentlich das Gleiche.«

»Wird das hier ein Gespräch unter Haushaltsgöttinnen?« Ich machte ein entsprechend entsetztes Gesicht.

»Genau. Wart's nur ab, in ein paar Jahren kommst du auch noch auf den Trichter.«

Wir saßen an dem langen Kieferntisch in Daisys Küche. Ich enthülste Saubohnen und war froh, sie hinterher nicht auch noch essen zu müssen, während Daisy den Teig für eine Rindfleischpastete ausrollte. Twiggy, die alte und gebrechliche Windhündin der Fanshaws, schlief unter dem Tisch, im Traum stellte sie offenbar einem sedierten Kaninchen nach und ihr Hinterlauf zuckte. Rücksichtsvoll, wie ich bin, unterließ ich es, auf die äußerlichen Ähnlichkeiten zwischen Miss Longfellow und der guten alten Twiggy hinzuweisen.

»Hat Hermione dir erzählt, dass O'Leary es mit Nemony im Lavendelschuppen getrieben hat?«, fragte Daisy.

»Hat sie.«

»Und warst du auch gebührend entrüstet?«

»Kann man so sagen. Sex und Aromatherapie gleichzeitig. Widerlich.«

Daisy grinste mich an, tauchte die Hand ins Mehl und bestäubte das Nudelholz. Schweigend arbeiteten wir eine Zeit lang vor uns hin, jede in ihrer eigenen Gedankenwelt.

Ich kenne die Fanshaws schon ewig, seit ich ihren einzigen Sohn Ben gerettet hatte, der nach einem Drogenexzess am Strand ins Koma gefallen war. Aus diesem wenig verheißungsvollen Anfang wurde eine tolle Freundschaft, und ich liebe diese Familie heiß und innig. Daisy betreibt die Farm und Dave eine Anwaltskanzlei in der Stadt. Außerdem ist er ein glückloser Schriftsteller, der sich wie

Hemingway stylt. Sogar das Haar kämmt er sich über die Stirn und stutzt seinen grauen Bart à la Ernest.

Ben ist mittlerweile achtundzwanzig, wohnt seit Kurzem wieder zu Hause und schreibt ein Buch über seine Erfahrungen mit einer Sekte. Die Fanshaws sind mir gegenüber beschämend großzügig. Ich versuche es wettzumachen, indem ich Dave und Ben in ihren literarischen Ambitionen unterstütze und Daisy bei der Ernte helfe. Trotzdem bekomme ich viel mehr, als ich gebe, aber außer mir scheint das niemanden weiter zu stören.

Ich hielt mit meiner Arbeit inne und schaute auf. »In dreißig Jahren können sich Menschen ganz schön verändern. Vielleicht täuscht sich Miss Longfellow ja.«

»Männer verändern sich nicht so sehr«, bemerkte Daisy tiefsinnig. »Besonders, wenn sie gut aussehend sind.«

Ich dachte kurz darüber nach. Selbst wenn entscheidende Bereiche erschlaffen, bleibt einem Mann grundsätzlich sein gutes Aussehen erhalten. Wie unfair.

»Trotzdem ist es schwierig, jemanden auf einem Zeitungsfoto wiederzuerkennen.«

»Hermione ist zwar seltsam, aber keine Spinnerin«, versicherte mir Daisy. »Sie war absolut sicher, dass es O'Leary war.«

»Sie hatte irgendein besonderes Merkmal erwähnt, an dem sie ihn erkannt hätte. Hat sie was dazu gesagt?«

Daisy schüttelte den Kopf. »Nein, ich habe mir das Foto auch gar nicht angesehen, ich war viel zu sehr damit beschäftigt, Hermione zu beruhigen. Und danach hat sie es mitgenommen.«

Bei der nächsten Schote ging ich ein wenig zu beherzt ans Werk, und die Bohne schoss quer über die Dielen. Twiggy kläffte, rappelte sich hoch und humpelte zu der Bohne hin. Sie schnüffelte daran, stupste sie mit der

Schnauze umher und kroch dann ganz langsam wieder zurück auf ihren Platz unter dem Tisch. Ich hatte sofort Schuldgefühle.

»Wenn Hermione meint, es war O'Leary«, sagte Daisy nachdrücklich und gab Twiggy ein Stück Rindfleisch, »dann war er es auch. Du hättest sie mal erleben sollen, Scout. Sie war vollkommen außer sich.«

»Ja, okay, vielleicht. Aber Hermione hat selbst gesagt, dass sie O'Leary nur kurze Zeit kannte, und das ist schon lange her. Vielleicht irrt sie sich ja. Vielleicht sieht sie nicht mehr so gut wie früher. Vielleicht war ja auch Hermione diejenige, die ihm besonders nahestand, und Nemonys Heiratsgeschichte ist nur ein Ablenkungsmanöver.«

Daisy seufzte laut. Sie sah jetzt völlig genervt aus und bearbeitete den Teig mit roher Gewalt. Oh, oh. Jetzt hatte ich es zu weit getrieben. Ich hielt die Klappe und wartete ab.

Lange dauerte es nicht.

»Scout!«, mahnte Daisy streng und drohte mir mit dem Nudelholz. »Genau da, wo du jetzt sitzt, hat Hermione gesessen und Zimtäpfel in Zeitungspapier eingeschlagen. Plötzlich hat sie geschrien und ist wie von der Tarantel gestochen aufgesprungen.«

Ich machte eine beschwichtigende Geste. »Tut mir leid, ich will dich doch nicht ärgern. Es ist eben alles ein bisschen schwammig. Die Beziehung zwischen O'Leary und Nemony hätte sie sich einfach ausgedacht haben können.«

»Herrgott noch mal, warum sollte sie das tun?«

»Weil sie mit ihm noch ein Hühnchen zu rupfen hat. Vielleicht hat er ihr etwas angetan oder allen drei Schwestern. Überleg doch mal. Wenn an Hermiones Geschichte etwas dran ist und O'Leary das Leben ihrer Schwester ruiniert hat, dann …«

»... wäre sie die Letzte, die den Schweinehund wieder zum Leben erwecken und ihrer Schwester noch mehr Kummer machen wollte«, fiel Daisy mir ins Wort.

»Genau!«

Daisy wirkte zunächst ratlos, doch dann schien langsam der Groschen zu fallen. »Jetzt weiß ich endlich, was du meinst. Oh Mann, als Enthüllungsjournalistin wäre ich hoffnungslos.«

»Nach ein paar Jahren kämst du auch noch auf den Trichter«, sagte ich und Daisy schnippte mir verdientermaßen Mehl ins Gesicht.

»Bist du sauer, dass ich Hermione auf dich angesetzt habe?«, fragte sie besorgt.

»Überhaupt nicht. Ich will nur nichts übersehen.«

»Und suchst nach Gründen, deinen Urlaub zu retten?«

Ich lächelte ihr zu. »Das vielleicht auch.«

»Tee?«, fragte sie.

Ich nickte. Tee war unser offizieller Friedensstifter.

Daisy setzte den Kessel auf, bestrich die Pastete zum Abschluss noch mit Milch und schob sie in den Ofen.

»Wenn Hermione die Wahrheit sagt, dann hat sie sicher einen guten Grund zu beweisen, dass O'Leary noch am Leben ist, selbst wenn es ihre Schwester Nemony belasten würde.«

»Mir fällt keiner ein«, meinte ich. »Dir?«

Daisy schüttelte den Kopf. »Frag sie einfach morgen. Ich kenne Hermione Longfellow seit über zwanzig Jahren, und bei der gibt es immer einen Grund.«

»Sie hat behauptet, ihr wäret nicht befreundet.«

»Das hat sie gesagt?«

Ich biss mir auf die Lippe und nickte.

»Die alte Hexe!«, rief Daisy aus.

»Ihr tauscht Waren, hat sie gesagt.«

»Tun wir auch. Obst und Gemüse. Und ... und ... einmal hat sie mir auch was anderes gegeben. Gestern brachte sie die Bohnen, die du gerade putzt, Fenchel und Topinambur. Ich habe ihr Macadamia-Nüsse, Oliven und Zimtäpfel gegeben.«

»Und trotzdem seid ihr nicht befreundet?«

»Anscheinend nicht.«

»Kommt sie immer zu dir?«

»Ja, ich weiß gar nicht, wo sie wohnt. Irgendwo in den Bergen, glaube ich. Und bevor du fragst, ihre Schwestern kenne ich auch nicht.«

»Kommt dir das nicht seltsam vor?«

»Irgendwie schon. Ehrlich gesagt, habe ich nie weiter darüber nachgedacht. Ich habe mich einfach damit abgefunden, dass sie ... na ja ... anders ist.«

Der Kessel pfiff und Daisy häufte drei Teelöffel Orange-Pekoe-Blätter in eine weiße Porzellankanne, die garantiert nur bei meinen Besuchen zum Einsatz kommt. Auch wenn es eine schier unüberwindliche Aufgabe ist, versuche ich, die Welt wieder für die Wunder echten Tees zu begeistern. Jetzt mal im Ernst, Leute, Kaffee war gestern.

Daisy reichte mir eine Tasse Tee und räumte den Tisch frei. Ihre Bewegungen sind so effizient, dass es Spaß macht, ihr zuzuschauen. Mit Ende vierzig ist Daisy eher stylische Ökobraut als glamouröse Anwaltsgattin, obwohl sie bei Bedarf auch das sein kann. An ihr ist quasi alles praktisch: Sie ist klein, hat fachmännisch frisiertes aschblondes Haar, tadellos geschnittene, lässige Kleidung, kurze lackierte Fingernägel und einen Hauch knallroten Lippenstift. Im Daisyland hat alles seine Ordnung.

»Was war das andere, das dir Hermione gegeben hat?«

»Was?«

»Was war das andere, das dir Hermione gegeben hat?«

Daisy schaute neugierig in die Schale mit den fertigen Bohnen und kräuselte die Nase. »So viel Arbeit und so wenig Ausbeute.«

»Mhmm.« Aha, sie wollte also das Thema wechseln.

»Willst du zum Abendessen bleiben?«, fragte sie. »Du brauchst auch keine Bohnen zu essen.«

Aus dem Ofen duftete es verführerisch nach Pastete.

»Würde ich ja gerne«, sagte ich, »aber Harper kommt nachher zu mir.«

»Wie geht es ihr?«

»Nicht besonders. Hoffentlich erzählt sie mir heute endlich, was sie bedrückt.«

»Hängt doch bestimmt mit der Arbeit zusammen«, meinte Daisy trocken. »Keine Ahnung, wie Harper diesen Zirkus in der Schule aushält.«

Ich zuckte die Achseln. Mir war das selbst ein Rätsel.

»Was hat dir Hermione noch gegeben?«, bohrte ich.

Ohne mich auch nur eines Blickes zu würdigen, ging Daisy zur Hintertür und trällerte fröhlich: »Bleib, Twigs. Ich hole Scout noch rasch etwas Gemüse aus dem Garten.«

»Daisy?«, rief ich.

Grinsend drehte sie sich zu mir um und sagte: »Das geht dich gar nichts an. Trink deinen Tee und gib endlich Ruhe.«

4.

Es dämmerte schon, als ich auf dem Rückweg an einem meiner Lieblingsnachdenkorte anhielt, einer Bergkuppe mit Blick über Byron Bay.

Mir war klar, dass ich mich mit dem Longfellow-Fall von einem Problem ablenken wollte, das ich schon viel zu lang vor mir herschob und das so kompliziert war, dass ich insgeheim wünschte, ein Wikinger würde mit seinem Schiff am Strand landen und mich nach Norwegen verschleppen.

Na ja, vielleicht nicht gerade Norwegen.

Im Wesentlichen ging es darum, dass Toby Sawyer, bekannter Korrespondent der Nachrichtenagentur Reuters und seit zehn Jahren mein Lebensgefährte, in Kürze aus Afghanistan zurückkehren würde. Leider hatte es in der Zeit, in der Toby in fernen Kriegsgebieten unterwegs war, hier zu Hause einen kleinen Zwischenfall gegeben – ehrlich gesagt, sogar eine ganze Reihe von kleinen Zwischenfällen –, durch den das gut geölte Getriebe unserer Beziehung ins Stocken geraten war.

Gott sei Dank hatte Toby seine Mission in Übersee verlängert und mir damit noch etwas Aufschub gewährt, aber nun musste ich die Suppe auslöffeln, die ich mir eingebrockt hatte.

Beim Aussteigen gelobte ich, nicht eher wieder ins Auto zu steigen, bis ich entschieden hatte, wie ich Toby die bedauerlichen kleinen Zwischenfälle beichten wollte. Jetzt war nicht der Moment, um stattdessen über das Leben nach dem Tod nachzugrübeln oder über die sehr reale Gefahr, dass ich immer mehr wie meine Mutter werde. Oder was das andere war, das Daisy von Hermione Longfellow erhalten hatte.

Unter mir lag das Getümmel aus Straßen und weit zurückliegenden Häusern, die den flachen Küstenstreifen rund um die Bucht säumten. In der Ferne zogen Seevögel ihre Kreise über Julian Rocks, und vom Festland sendete der Leuchtturm von Byron Bay seine Lichtsignale. Es heißt, wer im Paradies lebt, ist bald schon blind für seine Reize. Kann ich nicht bestätigen.

Ich schälte mir eine Mandarine und warf die Schalenstücke ins Gebüsch. Es war an der Zeit, sich Gedanken zu machen. Ich schob mir erst einmal ein Stück Mandarine in den Mund, denn schließlich soll man auch nichts übers Knie brechen. Dann analysierte ich einige historische und geografische Fakten.

Toby und ich waren seit zehn Jahren zusammen, wobei er die meiste Zeit als Korrespondent in Kriegsgebieten verbracht hatte, wo ich ihn nicht besuchen konnte. Selbst wenn Toby in Australien war, lebten wir nicht ständig zusammen; er hatte noch eine Wohnung in den Rocks, der Innenstadt von Sydney, wo er hin und wieder übernachtete. Ansonsten war er bei mir in Byron Bay.

Jetzt folgt der unangenehme Teil.

Vor ein paar Monaten war ich mit Rafe Kelly, einem Polizisten, im Bett gelandet und irgendwie war es mir seitdem nicht gelungen, die Sache zu beenden. Zu meiner Verteidigung sollte ich vielleicht sagen, dass Rafe einfach umwerfend aussieht, wobei das natürlich nicht gerade ein gutes Licht auf mich wirft.

Es wird noch schlimmer.

Toby und Rafe sind nämlich alte Schulfreunde. Natürlich wusste Rafe von meiner langjährigen Beziehung zu Toby, und soweit ich weiß, hatte Toby Rafe sogar gebeten, sich in seiner Abwesenheit um mich zu kümmern. Und wie er sich gekümmert hatte! Allein beim Gedanken daran bekam ich weiche Knie.

Zuerst hatte ich versucht, mich mit Spitzfindigkeiten herauszureden. Toby und ich waren nicht verheiratet und meine Beziehung mit Rafe also streng genommen kein Fremdgehen. Aber wem wollte ich was vormachen? Ich war Toby untreu, und das machte mir zu schaffen. Was mich allerdings nicht davon abhielt, weiter mit Rafe zu schlafen.

In Herzensangelegenheiten war ich nun wirklich keine Expertin, doch das war nicht meine Schuld. Mit insgesamt drei Liebhabern nahm sich meine Erfahrung in Liebesdingen bisher recht bescheiden aus. Der erste war Rob, mein Exmann und Vater meiner erwachsenen Zwillingstöchter Niska und Tasha. Der zweite Toby und dann Rafe. Das heißt, eigentlich gab es jetzt ja Toby und Rafe.

Noch einmal ganz von vorn. Als ich mich in Rob verliebte, war ich gerade mal achtzehn und Journalistikstudentin an der Uni. Im Handumdrehen war ich mit den Zwillingen schwanger, und wir »mussten« heiraten. Kurz nach meinem neunzehnten Geburtstag wurden unsere beiden wunderschönen Töchter geboren. Die Ehe hielt fünfzehn zumeist glückliche Jahre. Gott sei Dank haben wir uns nicht im Bösen getrennt, sondern bloß auseinandergelebt. Rob und ich sind immer noch Freunde, und er ist inzwischen wieder verheiratet.

Unsere Mädchen sind mittlerweile fünfundzwanzig und leben beide in Sydney. Tasha arbeitet als Ärztin im St. Vincent's Hospital, und Niska ist zu meinem großen

Stolz in meine Fußstapfen getreten und arbeitet als Journalistin für ein Männermagazin oder Jungsblatt, wie sie es nennt.

Ich lehnte mich an den Wagen und lenkte die Gedanken zurück zu der Sache mit Rafe und Toby. Ich benahm mich wie ein Flittchen und genoss es in vollen Zügen. Wie war ich da bloß reingeraten? Na ja, der Gedanke an Rafe erklärte es.

Dass Toby bei seiner Rückkehr nichts von unserem Fehltritt erfahren würde, glaubte ich keine Sekunde. Verschweigen war also keine Option, obwohl mir das am liebsten gewesen wäre.

Ich wog das Für und Wider ab, einen der beiden abzuservieren, als plötzlich ein kleiner Kombi mit quietschenden Reifen neben mir zum Stehen kam.

Im ersten Moment erschrak ich, doch dann erkannte ich Miles, den Küchenchef und Besitzer des Fandango, des Restaurants unter meiner Wohnung. Dass er schon fast siebzig ist, sieht man ihm absolut nicht an. Miles ist klein und rundlich, hat eine Glatze, olivfarbene Haut und wunderschöne braune Augen. Amüsiert sah ich zu, wie er sich aus dem Wagen kämpfte, was bei seinem Bauchumfang kein leichtes Unterfangen war.

»Alles okay?«, rief er und kam in seiner schwarz-weiß karierten Küchenhose auf mich zugeeilt. In der Hand hielt er ein gewaltiges grünes Überbrückungskabel.

»Ja«, sagte ich. »Trotzdem nett, dass du angehalten hast. Es gibt also doch noch Kavaliere.«

Mit den Händen schlug er sich auf den stattlichen Wanst und schnupperte. »Hier riecht es nach Mandarinen.«

»Die sind von Daisy. Willst du eine?«

Miles schüttelte den Kopf. »Wie geht es ihr?«

»Ganz gut. Ihr Onkologe hat Entwarnung gegeben.« Vor

ein paar Jahren hatte Daisy für eine kurze Weile Brustkrebs gehabt. So kurz war es eigentlich gar nicht. Eher wie ein Marathonlauf mit Marschgepäck: erst zwei Runden Operationen, anschließend folgten Chemo- und Strahlentherapie und dann die unvermeidlichen Nachsorgeuntersuchungen, Rückschläge und emotionalen Achterbahnfahrten.

»Vielleicht fahre ich morgen raus nach Yab Noryb«, sagte Miles. »Bringe ihr ein paar New York Cheesecakes mit, die kann sie dann einfrieren. Im Tausch für Macadamianüsse.«

Wir schwiegen eine Weile, und ich spürte, wie Miles hin und her überlegte, ob er bleiben oder mich den Mördern ausliefern sollte, die er scharenweise hier im Gebüsch vermutete.

»Was dagegen, wenn ich bleibe?«, fragte er schließlich und lehnte sich neben mich an den Wagen.

»Nur zu. Ich komme oft her, um nachzudenken.«

»Und welche komplexen kosmischen Fragen wälzt du heute?«

»Männer«, räumte ich ein.

»Ach so, *die*!«

Miles wusste genau, wovon ich sprach. Seit meiner Affäre mit Rafe haben Miles und ich schon oft hinterm Haus auf der Treppe gesessen, die von meiner Veranda direkt zur Restaurantküche führt, und darüber geredet. Auf diesen Stufen sind schon viele weltbewegende Probleme gelöst worden.

Miles war der Meinung, dass ich nichts falsch gemacht hätte, denn schließlich war ich nicht mit Toby verheiratet, wir lebten nicht dauerhaft zusammen, hatten keine gemeinsamen Kinder, und ich war finanziell unabhängig. Doch ich wusste, dass ich in Miles' Augen ohnehin nichts falsch machen konnte, und ich wusste auch, dass ihn das ganze Rafe/Toby-Szenario ohne Ende amüsierte.

Miles zündete sich eine Zigarette an, nahm einen tiefen Zug und blies Rauchringe in die Luft.

»Liebst du denn beide?«, fragte er.

Ich zuckte die Schultern. Wohlweislich hatte ich mir diese Frage bisher nicht gestellt. Meine Gefühle für Rafe waren überwiegend körperlicher Natur, da gab ich mich keinen Illusionen hin. Eine Art von Liebe, die Teil eines Gesamtpakets war, dessen Erkundung noch ausstand. Wohl eher Lust als Liebe.

Im Vergleich dazu hatte sich meine Beziehung zu Toby aus einer anfänglichen Verliebtheit und endlosem Sex zu einer angenehmen Partnerschaft entwickelt, die von einer gemeinsamen Geschichte, körperlicher Anziehungskraft und einer tiefen Freundschaft getragen wurde. Toby hatte viele gute Eigenschaften: Er sah gut aus und war mutig, aufregend und witzig. Und wenn ihm manchmal die Action fehlte und er unruhig und gereizt wurde, verstand ich auch das und hatte gelernt, mit seinen Launen umzugehen. Außerdem wusste ich, dass er bald wieder sein Leben in Übersee riskieren würde.

Um ehrlich zu sein, kamen Tobys lange Abwesenheiten meinem Unabhängigkeitsbedürfnis entgegen und vielleicht, ja vielleicht, war auch das der Grund, warum unsere Beziehung so lange gehalten hatte. Könnte es sein, dass die Anziehungskraft zwischen uns auf dem Reiz des immer wieder Neuen basierte, weil wir uns so selten sahen? Wollte ich jetzt einen Partner, der immer für mich da war? Sicher war ich mir nicht, aber fest stand, dass ich mich zum ersten Mal überhaupt nicht freute, Toby wiederzusehen.

Insgeheim fragte ich mich natürlich auch, ob ich mir mit der Affäre nicht einfach nur beweisen wollte, dass ich in meinem Alter noch das Zeug dazu hatte. Und in den Tiefen meines Unterbewusstseins fürchtete ich, dass meine Schwester dahinterkommen und es unseren Eltern erzählen könnte. Schon befremdlich, dass manche von uns ein Leben lang die Zustimmung ihrer Eltern brauchen.

»Wo ist Rafe?«, fragte Miles und unterbrach meine Überlegungen.

»In Sydney auf einer Fortbildung.«

»Und wie lange?«

»Drei Wochen.«

»Und wann kommt Toby?«

»Samstag!«

Erneut verfielen wir in Schweigen, jeder hing seinen eigenen Gedanken nach. Kurze Zeit später holte Miles eine kleine Dose aus der Tasche, drückte die Zigarette darin aus und sagte: »Ich habe gehört, dass du mit einer von den Anemonen-Schwestern gesprochen hast.«

Auf die Gerüchteküche in der Kleinstadt war Verlass. Mit einem zynischen Lachen fragte ich: »Kennst du sie?«

»Nur vom Hörensagen.«

Ich wandte den Kopf und sah ihn an. »Hermione, die älteste der Schwestern, hat vielleicht einen interessanten Fall für mich. Morgen früh kommt sie vorbei, um die Einzelheiten zu besprechen.«

Miles verzog das Gesicht. »Ich werde dir einen Hexenkessel hochschicken.«

»Ha, ha, ha. Sag bloß, du glaubst an diesen ganzen Hokuspokus?«

»Nein, natürlich nicht, aber kein Rauch ohne Feuer«, entgegnete er ernst. »Vor ein paar Jahren wurde Hermione Longfellow auf dem Fußweg von einem Skateboarder umgefahren. Passanten haben gehört, wie sie ihn verflucht und geschrien hat, er würde seine gerechte Strafe schon bekommen. Zwei Tage später wurde der Junge auf dem Fahrrad von einem Auto erwischt, der Fahrer ist einfach abgehauen. Der Junge hat zwar überlebt, doch er hatte einen Schädelbruch, ein zertrümmertes Becken und war wochenlang im Krankenhaus. Der Fahrer wurde nie gefasst.«

»Echt?« Ich war ernsthaft schockiert und wunderte mich, dass Daisy kein Wort darüber verloren hatte. Zum Glück hatte ich Miss Longfellow nicht mit dem Einkaufswagen umgenietet.

»Echt«, bestätigte Miles und nickte nachdenklich. »Ab und zu begegne ich Hermione oder Nemony in der Stadt, aber die mittlere Schwester Amelia hat man schon seit Jahren nicht mehr gesehen.«

»Vielleicht hat sie ja Agoraphobie«, meinte ich.

»Oder sie ist längst tot und sitzt im Keller im Schaukelstuhl wie die Mutter in *Psycho*.«

Ich rümpfte die Nase. »Glauben die Leute das?«

Miles nickte und sah auf die Uhr. »Komm, wir fahren nach Hause und trinken einen auf der Treppe.«

»Geht nicht«, sage ich.

»Warum denn nicht?«

»Ich darf erst nach Hause, wenn ich eine Lösung für das Toby-Rafe-Problem gefunden habe.«

Verständnislos sieht er mich an. »Wer sagt das?«

»Ich.«

»Wovon sprichst du überhaupt?«

»Das ist eine Mädchensache, Miles. Das würdest du nicht verstehen.«

Unter heftigen Protesten gab Miles schließlich klein bei, quetschte sich zurück ins Auto und fuhr davon. Langsam krochen seine Rücklichter den Hügel hinunter, bis sie in der Dämmerung nur noch als ferne rote Punkte auszumachen waren. Dann sah ich mich nervös um. Zum ersten Mal bekam ich Angst so allein hier oben, obwohl mir alles vertraut war.

Eine Zeit lang versuchte ich noch, mich auf die Protagonisten meines komplizierten Liebeslebens zu konzentrieren, doch es hatte keinen Zweck. Die Luft war raus, und ich konnte nicht umhin, über das ominöse Ding zu spekulieren, das Hermione Daisy geschenkt hatte.

Außerdem würde Harper bald eintreffen.

Als dann noch die Fledermäuse gespenstisch über den mittlerweile dunklen Nachthimmel flogen, gab ich alle Hoffnung auf, mein Gelübde einzuhalten, stieg in den Avalon und fuhr den Hügel hinunter in die Stadt.

5.

Auf der Jonson Street musste ich scharf bremsen, als ein Pulk aufgetakelter Mädchen vor mir über die Straße lief. Die eine hielt eine Sektflasche in der Hand und blieb mitten auf der Fahrbahn stehen, um sich die hohen Schuhe auszuziehen. Entschuldigend grinste sie mich an, schwenkte die Schuhe in der einen, die Flasche in der anderen Hand und rannte dann ihren Freundinnen hinterher.

Von der Jonson Street bog ich in eine schmale Gasse ein und parkte hinter dem zweistöckigen Backsteinhaus, in dem sich Miles' Restaurant und meine Wohnung befinden. In unserer Nachbarschaft herrschte ein wildes architektonisches Sammelsurium aus hundert Jahre alten historischen Bauten und renovierten Gebäudeteilen, das einen ganz eigenen Charme hatte.

Erst auf den zweiten Blick fiel mir auf, dass bei mir oben Licht brannte. Ich sah mich um und entdeckte den Subaru meiner Schwester, der die Einfahrt der Nachbarn blockierte. Also war Harper früher gekommen. Sonst nahm sie es mit der Pünktlichkeit nicht so genau, aber dafür hielt sie sich immer strikt an jedwede Regeln. Dass sie so zeitig gekommen war und so schlampig geparkt hatte, ließ daher nichts Gutes erahnen.

Aus der offenen Küchentür des Fandango drangen Licht und exotische Düfte. Ich balancierte Daisys Gemüsekiste auf einem Knie und schloss den Wagen ab.

Miles tauchte in der Küchentür auf und trocknete sich die Hände an einem Geschirrtuch. »Ah, gut, dass du kommst. Harper ist schon eine ganze Weile hier.« Sein Blick fiel auf die Kiste, doch ich schüttelte den Kopf.

»Ist nicht schwer«, gab ich vor und sofort wog das Teil eine Tonne.

Bevor ich die letzte Stufe erreichte, öffnete Harper die Verandapforte.

»Gutes Timing«, sagte ich, huschte an ihr vorbei und lud die Kiste auf den riesigen Holztisch auf der Veranda ab. Lächelnd drehte ich mich zu ihr herum und schüttelte die Hände aus, die ganz abgestorben waren.

Miau Zedong kam auf die Veranda gelaufen, sprang auf meinen Arm und hieß mich willkommen, indem er sein Köpfchen laut schnurrend an meinem Kinn rieb. Nach der Begrüßungszeremonie wollte er sofort wieder heruntergelassen werden.

Harper und ich umarmten uns, und ich hielt sie auf Armeslänge, um sie anzusehen. Sie trug eine dunkelgrüne Baumwollhose und einen graugrünen Baumwollpulli, doch die fesche Kleidung konnte nicht darüber hinwegtäuschen, dass sie furchtbar aussah. Die dunklen Ringe unter ihren müden Augen zeugten von einer ganzen Reihe schlafloser Nächte, und ihr schwarzes Haar hing glanzlos herunter wie eine schlappe Gardine.

»Toll siehst du aus«, sagte ich voller Enthusiasmus.

»Ich sehe scheiße aus«, blaffte sie.

Ohne auf ihren pampigen Ton einzugehen, fragte ich: »Ich muss noch den Wagen parken, kommst du mit?« Wenn ich den unten vor der Tür stehen ließ, würde ich einen Strafzettel kassieren.

»Okay.«

»Willst du mir hinterherfahren und deinen Wagen auch richtig parken?«, fragte ich.

»Nein!«

Miau Zedong beobachtete durch die Zaunlatten, wie wir die Treppen hinuntergingen und in meinen Wagen stiegen. Als wir losfuhren, deutete Harper auf die vier Einzelgaragen gegenüber von unserem Haus. Die eine am Ende gehört mir.

»Vermietest du die Garage immer noch an Dave Fanshaw, obwohl dir der Wagen letztens gestohlen wurde?« Harper meinte meine Abmachung mit Dave, der meine Garage tagsüber für sein Mercedes Cabrio nutzte.

»Ja.«

»Wie viel zahlt er dir?«

»Genug«, sagte ich.

»Also überlässt du sie ihm für einen Apfel und ein Ei.«

»Er ist ein guter Freund«, verteidigte ich mich. »Und dafür bekomme ich umsonst Rechtsbeistand. Damit habe ich im Laufe der Jahre schon viel Geld gespart.«

»Ich wette, von der Miete kannst du noch nicht mal Zulassung und Versicherung zahlen.«

»Doch und Öl- und Filterwechsel auch noch.« Wahrscheinlich mussten wir noch jede Menge belangloses Zeug durchkauen, bevor wir endlich auf ihren Job zu sprechen kamen, der bestimmt der Grund für ihre miese Laune war. Sie sollte einfach kündigen, das hatte ich ihr schon hundertmal gesagt, aber damit stieß ich bei ihr auf taube Ohren.

Von außen betrachtet scheint Harper ein glückliches Leben zu führen. Sie ist seit fünfundzwanzig Jahren mit Andrew Blaine-Richardson verheiratet, einem renommierten Chirurgen. Sie leben mit dreien ihrer vier Söhne in einem ganz bescheidenen kleinen Schloss in Robina, einem gut betuchten Vorort in Queensland, etwa eine Autostunde nördlich von Byron Bay.

Ihr ältester Sohn Max ist zweiundzwanzig und arbeitet in Sydney als Apotheker. Zu Hause wohnen noch Sam, einundzwanzig, der Maschinenbau studiert; Jack, neunzehn, der tagsüber eine Klempnerlehre macht und nachts als Stand-up-Comedian unterwegs ist; und zu guter Letzt der süße Fergus, der mit seinen sieben Jahren viel lieber in Sea World leben würde. Zur Männerfraktion kommt noch der Familienhund Angus hinzu, ein außer Rand und Band geratener Labradoodle.

Harper ist zwei Jahre älter als ich und nach der Schriftstellerin Harper Lee benannt. *Wer die Nachtigall stört* ist das Lieblingsbuch meiner Mutter und wäre ich ein Junge geworden, hätte man mir mit Garantie den Namen Atticus verpasst. Zu meinem großen Glück bin ich mit Wasserklosett und dem Namen der sechsjährigen Erzählerin davongekommen.

Kurz darauf bog ich auf den Bahnhofsparkplatz und fuhr geschickt rückwärts in eine Lücke zwischen zwei Wohnmobilen. Zwei junge Männer lehnten Corona trinkend an einem der Wagen. »'N Abend, die Damen. Gut eingeparkt, Respekt«, sagte einer.

Ich quittierte seinen Kommentar mit einem Nicken und sagte: »Das *Top-Gear-Team* lässt grüßen.« Ich nahm Harper beim Arm und bugsierte sie vom Parkplatz.

»Warum hast du so ein dämliches Zeug erzählt?«, giftete sie.

Die hatte vielleicht eine Laune. Dabei wollte ich sie doch bloß zum Lachen bringen, selbst mit einem Kichern wäre ich schon zufrieden. »Würdest du dich vielleicht an meinem Auto vergehen, wenn du wüsstest, dass ich bei Top Gear mitmache? Und Sting kenne?«

»*Stig* heißt der, du Doofe«, knurrte sie.

Und damit segnete ein weiterer meiner begnadeten Witze das Zeitliche. Ich musste dringend mit meinem Neffen Jack an meinem Programm arbeiten.

Auf dem Rückweg schwiegen wir betreten, und ich verspürte den brennenden Wunsch, das Leben meiner Schwester wieder geradezubiegen. Das oder ihr eins auf die Nase zu geben – ich konnte mich nicht entscheiden.

Statt wieder von hinten über die Gasse zu kommen, blieben wir auf der Jonson Street. Unten schloss ich die Haustür auf, die neben dem Fenster des Fandango leicht zu übersehen ist. Harper folgte mir die Treppe hinauf.

Miau Zedong erwartete mich tänzelnd auf der obersten Stufe und das Begrüßungsprozedere ging von Neuem los. Entweder hat der Kater ein Problem mit dem Kurzzeitgedächtnis, oder er lebt nur dafür, mich zu Hause in Empfang zu nehmen. Mir machten die ständigen Begrüßungen nichts aus. Ich komme gerne zu ihm nach Hause, er hat nichts gegen Essen aus der Dose, und ich muss ihm keine Hemden bügeln. Ist doch perfekt, oder?

Harper traktierte in der Küche den Salat, während ich im Bad meinen Blutzucker maß, bevor ich meine abendliche Insulindosis spritzte. Ich bin mit Typ-I-Diabetes auf die Welt gekommen, das heißt, mein Körper kann selbst kein Insulin herstellen. Also muss ich mir zwei- bis dreimal täglich Spritzen setzen. Ich will jetzt nicht dramatisch klingen, aber das Insulin ist für mich überlebenswichtig.

Um gesund zu bleiben, achte ich darauf, dass mein Blutzuckerspiegel nicht allzu sehr schwankt und im Normalbereich bleibt. Bei einem zu hohen Wert besteht die Gefahr, dass ich ins Koma falle, bei einem zu niedrigen Wert auch. Aber keine Sorge, ich bin schon ein alter Hase, was den Diabetes angeht. Ich kontrolliere meinen Wert mehrmals am Tag und meistens ist er stabil, weil ich vernünftig esse und regelmäßig Sport treibe. In Maßen kann ich sogar Alkohol trinken, solange ich meine Werte im Auge behalte.

In der Küche öffnete ich eine Flasche Rotwein und schenkte zwei Gläser ein, mit denen wir nach draußen auf die Veranda gingen. Harper trank still vor sich hin, während ich Auberginenscheiben und Pilze aus Daisys Garten grillte. Miau Zedong schritt hoheitsvoll über die Veranda, sprang auf seinen Korbsessel, drehte sich dreimal im Kreis und legte sich zum Schlafen nieder.

Harper ist Vegetarierin, und es gab frittiertes Gemüse mit Pesto, dazu Salat aus Daisys Garten mit Rucola und Spinat, Fladenbrot und Hummus mit Koriander. Ich gebe mir immer große Mühe, meiner Schwester ein vegetarisches Essen vorzusetzen, doch als Fleischfresserin ärgert es mich, dass sie mir bei sich zu Hause nie mal ein saftiges Steak brät. Sie musste ja nicht wissen, dass Miles das frittierte Gemüse und das Pesto gemacht hatte. Und okay, den Hummus auch.

Wir aßen in der Küche. Also ich aß, Harper nicht. Lustlos schob sie das Gemüse auf dem Teller hin und her. Am Wein zumindest schien sie aber Gefallen gefunden zu haben.

Um sie aufzuheitern, erzählte ich ihr von meiner Begegnung mit Hermione Longfellow. Als ich bei den Sexspielen im Lavendelschuppen angekommen war, rechnete ich mit einem gemeinsamen schwesterlichen Lachanfall.

Doch stattdessen funkelte Harper mich bitterböse an. »Was, bitte schön, ist denn so witzig an einer Affäre?«, fauchte sie. In einem Zug trank sie das Glas leer und schenkte sich nach. Unsanft stellte sie die Weinflasche zurück auf den Tisch. Klonk!

Oh nein! Sie kann doch unmöglich von Rafe erfahren haben, oder? Aus Selbstschutz hielt ich den Mund und aß still auf.

Wortlos räumten wir den Tisch ab und verfielen in unsere uralte Routine aus Kindertagen: Harper spülte, während ich abtrocknete. Irgendwie fand ich diesen häuslichen Ablauf beruhigend. Meistens nervte es aber, denn wir wuschen ja nur deshalb mit der Hand ab, weil ich keine Spülmaschine besaß.

In meiner Rumpelkammer von einem Wohnzimmer ließ Harper dann schließlich die Bombe platzen. Sie lag auf dem unförmigen Ledersofa, die Füße auf einer persischen Satteltasche, und ich auf einem pakistanischen Bokhara-Teppich auf dem Boden, den Kopf auf dem *Buch der Vogelwelt Australiens von Reader's Digest*. Miau Zedong lag auf mir, schließlich war es sein Buch.

Harper trank Portwein, und ich versuchte, im Liegen Prince-of-Wales-Tee zu trinken.

»Scout«, sagte sie.

»Ja?« Ich machte mich auf eine Standpauke gefasst.

»Ich habe Andrew gefragt, warum er in letzter Zeit so viel weggeht, und er meinte, er ginge nun mal gerne weg, und es sei nicht normal, wenn die eigene Frau immer so müde und gereizt ist, dass sie keine Lust mehr hat, mit ihrem Mann was zu unternehmen.«

Damit hatte ich ja nun überhaupt nicht gerechnet. Das sah Andrew gar nicht ähnlich. Aber dann fiel mir ein, dass Harper in letzter Zeit tatsächlich oft müde und gereizt war und dass Andrew vielleicht die Nase voll davon hatte. Ich war vor allem ganz froh, dass Harper nichts von Rafe erwähnte.

Harper weinte leise. Sie war doch immer so stolz darauf gewesen, eine gute und liebevolle Ehefrau und Mutter und eine erfolgreiche Lehrerin zu sein. Andrews Bemerkung hatte sie sicher tief getroffen. Auch wenn ich meinem Schwager insgeheim zustimmte, was Harpers Gemütszustand anging, war jetzt wohl nicht der richtige Moment, dies zu äußern.

»Harps«, sagte ich sanft. »Du hast einen Vollzeitjob, ein riesiges Haus, vier Jungs und einen verrückten Hund. Und das machst du alles ganz großartig. Wann hat denn Andrew das letzte Mal die Wäsche gemacht, Fergus zum Fußball gefahren oder sich ums Essen gekümmert?«

Laut schniefend sagte sie: »Dafür ist er sich zu schade.« Inzwischen lallte sie schon etwas.

»Andrew kann dich mal«, schimpfte ich.

»Das ist ja das Problem«, jammerte sie. »Das besorgt schon eine andere.«

6.

Reglos lag ich da, den Schock musste ich erst einmal verdauen. Ich konnte mir nicht vorstellen, dass Andrew wirklich eine Affäre hatte. Wahrscheinlicher erschien mir, dass meine Schwester in ihrem Portweinrausch in die unterste Schublade griff, um sich für seine fiese Bemerkung zu rächen.

Harper setzte sich auf, putzte sich die Nase und sah mich mit rot geweinten Augen an. »Nur dass du es weißt. Ich bin ganz sicher, dass Andrew sich mit jemandem trifft.«

Ich schob Miau Zedong von meinem Bauch. »Aber woher willst du das wissen?«

Mit einem Taschentuch trocknete sie sich die Augen und zerknüllte es. »Jack hat sie zusammen gesehen«, sagte sie mit zitternder Stimme. »Er war unterwegs zu einem Auftritt in Southport und wollte vorher noch rasch einen Kumpel im Marina Mirage abholen. Als er am Versace Hotel vorbeifuhr, sah er seinen Vater aus dem Hotel kommen, Arm in Arm mit einer jungen Frau. Tussi, hat Jack gesagt.«

Ich atmete hörbar aus. Dass es dafür auch eine ganz harmlose Erklärung geben konnte, hatte Harper offenbar nicht bedacht. So wie ich die Sache einschätzte, sollte ich das erst anbringen, wenn sie ruhiger war. Und nüchtern.

Harper kippte ihr Glas in einem Zug herunter und atmete ein paarmal tief ein. Sie klang nun etwas fester, aber tief verzweifelt. »Jack hat mir erzählt, was er gesehen hat, dann hat er es Sam erzählt. Andrew haben sie noch nicht darauf angesprochen, und ich habe sie auch gebeten, es zu lassen.«

Ich setzte mich neben Harper aufs Sofa und nahm ihre Hand, inklusive des feuchten Taschentuchs.

»Andrew hat Jack nicht bemerkt?«, fragte ich ruhig.

Harper schüttelte den Kopf. »Nein.«

»Hast du Andrew zur Rede gestellt?«

Wieder schüttelte sie den Kopf. Zornig wischte sie sich eine widerspenstige Träne mit dem Handrücken fort. »Als er mir die Sache mit der müden und gereizten Ehefrau vorgehalten hat, haben wir uns tierisch gestritten. Er hat sich aufgeführt wie ein Paartherapeut. Ich wusste gleich, dass er damit nur sein Fremdgehen rechtfertigen wollte.«

»Und du hast ihn trotzdem nicht darauf angesprochen?«

»Nein, und das werde ich auch erst, wenn ich einen Plan habe. Und die Jungs will ich da heraushalten.« Sie zuckte die Schultern. »Andrew würde es sowieso abstreiten.«

»Vielleicht gibt es ja auch noch eine andere Erklärung dafür«, sagte ich vorsichtig.

Harper warf mir einen bösen Blick zu.

Ich hätte tatsächlich warten sollen, bis sie nüchtern war.

Da mir nichts Schlaues mehr einfiel, umarmte ich sie und zog sie zu mir heran. Harper legte den Kopf an meine Schulter, und eine Weile saßen wir einfach nur so da. Irgendwann schlief sie ein. Ich nahm vorsichtig den Arm weg, hob ihre Beine auf die Couch und deckte sie zu. Dann ging ich hinaus, um ihren Wagen am Bahnhof abzustellen, und betete zu den Parkplatzschutzengeln, dass er am Morgen noch da sein würde.

Zurück zu Hause rief ich Andrew an, um ihm zu sagen, dass Harper über Nacht hierbleiben würde. Da ich die

Sache mit der Affäre noch nicht so ganz glaubte, bezeichnete ich ihn erst mal nicht als arschgesichtigen Mistkerl. Aus Rache dafür, dass er meiner Schwester wehgetan hatte, erzählte ich ihm aber, dass Harper geübt hätte, wie eine gute Ehefrau auszugehen, und jetzt zu müde sei, um nach Hause zu fahren.

»Verdammt, Scout, wer soll denn dann Fergus morgen in die Schule bringen?«, dröhnte seine tiefe Stimme durch den Hörer. Wahrscheinlich war er sauer, dass Harper sich mir anvertraut hatte. »Ich habe ganz früh eine OP, und Sam ist nicht hier.«

Normalerweise setzt Harper Fergus auf dem Weg zur Arbeit an der Schule ab. Manchmal bringt ihn auch Sam, bevor er weiter nach Southport zur Uni fährt.

»Das schaffst du schon«, entgegnete ich eisig.

In der langen Stille, die darauf folgte, stellte ich mir vor, wie der große, starke und sehr männliche Andrew in seiner Küche auf einem Barhocker kauerte, das wütende Gesicht von dunklen Locken gerahmt.

»Das muss ich wohl«, sagte er schließlich.

»Sehe ich auch so.« Und damit legte ich auf.

Solche Spannungen hatte es zwischen uns noch nie gegeben. In all den Jahren, in denen wir uns kannten, war nie ein böses Wort gefallen. Und jetzt hatte er nicht einmal gefragt, wie es mir ging, aber ich ihn ja auch nicht. Eigentlich hoffte ich, dass es ihm gar nicht gut ging. Ebolafieber. Typhus. Nichts Harmloses.

***

Um Mitternacht rief Toby an. Ich lag schon mit einem Buch im Bett und ging ran, damit Harper vom Klingeln nicht geweckt wurde.

Vorhin war sie schon einmal wach geworden und hatte daraufhin gleich ein weiteres Glas Portwein gekippt. Mit aufgefrischtem Pegel war dann plötzlich auch ich der Feind gewesen, und nachdem sie mir vorgeworfen hatte, ihr zu Schulzeiten ihr Abba-Federmäppchen gestohlen zu haben, hatte sie sich im Badezimmer übergeben und dann im Zimmer der Zwillinge eingeschlossen, wo sie sich in den Schlaf geweint hatte.

Miau Zedong, der friedlich neben mir gedöst hatte, hob den Kopf und starrte verständnislos auf den Hörer. Er gab ein vorwurfsvolles Maunzen von sich, zuckte mit den Ohren und legte sich wieder hin. Für heute hatte er genug Drama erlebt.

»Wo bist du?«, fragte ich Toby und versuchte, erfreut zu klingen. Im Hintergrund war laute Musik und Gelächter zu hören.

»In Frankfurt. Ich sitze hier gerade mit Freunden beim Essen. Barney und Sonya. Sonya ist eine echte Schönheit. Und schlau.«

Die schöne Sonya saß garantiert in Hörweite, und ich malte mir aus, wie Toby ihr beim Sprechen zuzwinkerte. In gemischter Gesellschaft war er ein begnadeter Charmeur, besonders wenn er ein paar Drinks intus hatte. Irgendwie ärgerte ich mich über diese Bemerkung, aber vielleicht suchte ich auch nur etwas, um mich aufregen zu können.

»Wann kommst du nach … Byron Bay?« Beinahe hätte ich »nach Hause« gesagt, doch ich konnte mich gerade noch bremsen.

»Samstagnachmittag. Wir fliegen bis Brisbane. Dort miete ich einen Wagen, gegen vier sollte ich in Byron sein.«

Auf einmal bekam ich es mit der Angst zu tun, ich biss

mir auf die Lippe. Ich wusste nicht mehr, was ich sagen sollte, also schwieg ich.

»Bist du noch da?«, brüllte er.

»Jaaa. Es hallt so in der Leitung«, schwindelte ich und hoffte, es würde als Erklärung für meine Distanziertheit reichen. »Wer ist ›wir‹?«

»Barney und Sonya kommen mit. Sie haben sich ein Zimmer im Sonnets gemietet und machen in Byron eine Woche Urlaub.«

»Wie schön«, sagte ich.

»Sonya hat noch nie einen Wal gesehen.«

»Ich versuche, was zu organisieren.«

»Sonya ist toll. Du wirst sie mögen, alle mögen sie.«

»Prima.«

»Stör ich dich gerade?«

»Sorry, Toby, aber ich bin einfach müde.« Wenigstens das entsprach der Wahrheit.

»Bis Samstag«, sang er lautstark und als wir uns verabschiedeten, erklang glockenhelles Mädchenlachen im Hintergrund.

Mhmm. Nachdem ich aufgelegt hatte, kam Miau Zedong zu mir auf den Schoß gekrabbelt, miaute und stupste mich mit der Nase an. Sanft streichelte ich ihm über das Köpfchen. Katzen haben ein Gespür dafür, wenn etwas nicht stimmt.

Ich seufzte tief und äffte Sonyas Lache nach.

***

Weder Harper noch ich schliefen gut. Um zwei Uhr morgens wurde ich von ihrem Schluchzen geweckt. Mit Wasser und schwesterlicher Fürsorge bewaffnet setzte ich mich zu ihr und hielt ihre Hand. Als sie endlich eingeschlafen war, quetschte ich mich neben sie auf das Bett und war sofort weg.

Um acht wurde ich ein zweites Mal wach, weil Harpers Nase vom Weinen zu war und sie wie ein Nashorn schnarchte. Ich schlich ins Badezimmer, Miau Zedong, der die ganze Nacht in meinem Bett gewacht hatte, kam hinterhergetappt. Nachdem wir uns ein Guten-Morgen-Küsschen gegeben hatten, putzte er sich die Pfötchen auf der Badezimmermatte, während ich mit Diabetes-Teststreifen, Tupfer und Spritze hantierte.

Nächster Halt war die Küche, wo ich einen Toast mit Avocado aß und Tee für mich und den Kater machte. Er trinkt seinen mit Milch und Zucker, aber ohne Umrühren, er möchte den Zucker am Ende aus der Schale lecken.

Nachdem ich mir einen Tee eingeschenkt hatte, stellte ich Miau Zedongs Schale auf den Boden und setzte mich daneben. Gegen den Kühlschrank gelehnt überlegte ich, ob ich Miss Longfellow anrufen und das Treffen heute verschieben sollte. Da fiel mir plötzlich ein, dass ich vergessen hatte, mir ihre Nummer geben zu lassen. Hoffentlich würde Harper nicht ausgerechnet mitten im Treffen einen hysterischen Anfall bekommen.

Ich ließ den Kater mit dem Tee in der Küche zurück und steckte den Kopf kurz ins Zimmer der Zwillinge. Harper schlief noch, also schloss ich leise die Tür und ging ins Arbeitszimmer.

Ich saß keine zehn Sekunden am Schreibtisch, da sprang Miau Zedong neben mir auf seinen Windsor-Stuhl, bereit für das Diktat. In meinem Journalistenbetrieb ist er zweiter Chef vom Dienst und heute Morgen trug er ein hübsches rotes Halsband mit blauen Glitzersteinen. Mir ist es wichtig, dass Mitarbeiter auch optisch einen professionellen Eindruck machen, obwohl ich als Chefin noch in meinen Schlafanzughosen von Target dasaß.

Als Erstes rief ich bei Harpers Schule an und sprach mit Julia aus dem Sekretariat. Wir tauschten die üblichen Nettigkeiten aus ... wie geht es Ihnen ... schön von Ihnen zu hören ... und dann erzählte ich, dass Harper sich nicht wohlfühle und heute zu Hause bliebe.

Anschließend sah ich aus dem Fenster.

Von meinem Schreibtisch aus habe ich die Jonson Street im Blick, wo es rund um die Uhr, zu jeder Tageszeit, etwas zu sehen gibt. Die ersten Ladenbesitzer schlossen die Geschäfte auf und schoben Ständer mit T-Shirts und Sarongs auf den Bürgersteig, Kellnerinnen und Kellner wischten draußen die Tische ab. Die Sonne stand schon hoch am Himmel und schien auf meinen Teil der Welt.

Um neun Uhr hatte ich einen Geistesblitz und rief Rainbow im Rainbow Spa an und buchte für Harper ein Gesamtpaket mit Haareschneiden, Gesichtsbehandlung, Maniküre und Massage.

»Nichts allzu Aufregendes!«, mahnte ich. Ehe man sich's versah, saß man in Byron Bay in einem Bottich aus himalayischer Yakmilch und pürierten Bioeicheln.

»Aufregendes, ich?«, fragte Rainbow unschuldig.

Ich sagte ihr, dass meine Schwester intensiver Zuwendung bedurfte, aber nicht, warum.

»Soll die Therapie mit Sekt unterstützt werden?«, fragte sie.

»Mhmm. Das wäre gut.«

»Yelloglen oder Dom?«

»Sehr witzig«, sagte ich. »Und gib bloß einen Schuss Orangensaft hinein. Und könnte ihr einer deiner Azubis noch eine Falafel mit süßer Chilisoße von gegenüber holen? Meine Schwester muss unbedingt was in den Magen bekommen.«

»Ich setz es mit auf die Rechnung. Zahlen kannst du dann später. Ciao.«

Harper würde sich heftig gegen meine Idee sträuben, aber kommt Zeit, kommt Rat.

7.

Bis zu meinem Termin mit Hermione Longfellow blieben mir noch ein paar Stunden.

Ohne mich näher mit meinen E-Mails zu befassen, loggte ich mich auf der Homepage des *Sydney Morning Herald* ein und rief die Ausgabe vom letzten Freitag auf. Ich war stolz, dass ich so lange durchgehalten hatte. Anderseits war auch allerhand los gewesen.

Bis vor Kurzem hatte ich noch ein Foto von Toby neben dem Bildschirm stehen. Toby im Tarnanzug vor ausgebombten Häusern. Toby, der mir bei der Arbeit zusah. Toby, dem ich Küsse zuwarf und für den ich Grimassen schnitt. Nach der ersten Nacht mit Rafe hatte ich das Foto schuldbewusst in der Schublade verschwinden lassen. Jetzt fiel mir die leere Stelle auf dem Schreibtisch besonders auf. In dem Moment machte ich mir Miles' Sicht der Dinge zu eigen und tröstete mich damit, dass ich ja nicht mit Toby verheiratet war und wir keine Kinder hatten. Aber gegen die Schuldgefühle half das auch nichts, und so konzentrierte ich mich lieber auf die Arbeit.

Den Artikel und das Bild über das jüngste Bootsunglück am Great Barrier Riff fand ich ohne Probleme und druckte ihn mir aus. Ich schickte Daisy den Link, bedankte mich noch mal für die leckeren Sachen und schrieb, dass Miles eventuell wegen der Macadamianüsse vorbeikommen wolle. Ich ließ sie auch wissen, dass ich unter einem Überlastungssyndrom vom Saubohnenenthülsen litt, wovon ich eventuell meinen Anwalt in Kenntnis setzen müsste.

Auf die Ellenbogen gestützt sah ich mir das Zeitungsfoto in Ruhe an. Die Retter standen in einer Gruppe zusammen, fünf Männer und eine Frau, die vielleicht in den Fünfzigern war, alle trugen schwarze Shorts und schwarze Polohemden. Hinter ihnen am Steg lag ein beschädigtes Motorboot.

Die Männer suchte ich nach dem besonderen Merkmal ab, an dem Hermione O'Leary sofort hätte erkennen können. Vier von ihnen waren jünger und bei dem Älteren, der gar nicht schlecht aussah, konnte ich auch keine zusätzlichen Arme oder andere offenkundige Anomalien feststellen.

Im Artikel war von zwei Motorjachten die Rede, die in der Hook Passage vor den Whitsunday Islands im Great-Barrier-Riff-Nationalpark kollidiert seien. Die Familien wären von den abgebildeten Helfern gerettet worden, die zur Mannschaft einer kreuzenden Charter-Jacht gehörten. Seltsamerweise waren weder die Namen der Retter noch der Name der Segeljacht genannt.

Die havarierten Motorboote seien in den Hafen von Shute gezogen und die Verletzten ins Proserpine Hospital gebracht worden. Die genauen Umstände des Unfalls seien zum jetzigen Zeitpunkt unklar. Laut Polizei könne noch nicht gesagt werden, ob Alkohol im Spiel gewesen sei.

Hochzufrieden und ohne einen Hauch von Reue wegen meines geplatzten Urlaubs wischte ich die Notizen zu meinem letzten Fall vom Whiteboard ab und klebte den Artikel mit dem Foto in die Mitte. Dann malte ich mit schwarzem Stift einen Kasten um den Ausschnitt und trat einen Schritt zurück, um die mögliche Geburt eines neuen Falls zu bewundern. Es ist jedes Mal ein erhabener Moment.

Das Whiteboard habe ich mir extra fürs Arbeitszimmer anfertigen lassen; ich verwende es als Mindmap, auf der ich alles notiere, was mit einem Fall zu tun hat. Einerseits habe ich so die Fortschritte direkt vor Augen, andererseits macht es mir Zusammenhänge deutlich, die ich sonst vielleicht übersehen würde. Am Ende sieht es meistens aus, als hätte sich ein Wahnsinniger an einem wissenschaftlichen Experiment versucht, aber für mich funktioniert es.

Ich suchte nach weiteren Artikeln über das Bootsunglück und fand eine kurze Fortsetzung von Dandy McCormack, dem Journalisten, der auch den ersten Bericht verfasst hatte. Darin hieß es, die Verletzten hätten das Krankenhaus verlassen und die Spurensicherung würde sich jetzt um die Unfallstelle kümmern. Um mich aufzuheitern, stellte ich mir die uniformierten Männer an Deck eines Polizeibootes vor, die auf wogender See Ausschau nach Beweisen hielten.

Vor allem aber interessierte mich der Name der Chartergesellschaft, der die Jacht gehörte, und dazu war es am einfachsten, Dandy McCormack anzurufen. Da meine Fantasie gerade so schön in Schwung war, versuchte ich mir Dandy auch gleich noch vorzustellen: ein schmächtiger Geck mit hohen Hacken und Brokatweste, der beim Sprechen mit einem Spitzentaschentuch herumwedelte.

Meine weitere Internetrecherche ergab, dass McCormack genau wie ich frei arbeitete, und seine Kontaktdaten waren leicht zu finden. In Airlie Beach in Queensland, der einzigen Festlandstadt der Whitsunday-Region, hatte er ein Postfach.

Weil es sich unter Kollegen so gehört, würde ich offen

sein und ihm mitteilen, dass auch ich journalistisch tätig sei, aber dann wollte ich ihn auf die falsche Fährte locken, damit er nicht noch von der O'Leary-Sache Wind bekam. Wenn ich ihn nämlich direkt nach dem Namen der Chartergesellschaft fragen würde, könnte das seinen Verdacht erregen. Der O'Leary-Fall gehörte mir, den würde ich mit niemandem teilen und schon gar nicht mit einem solchen Lackaffen.

Ich rief ihn auf dem Handy an. Um kein Misstrauen aufkommen zu lassen, verzichtete ich auf die Rufnummernunterdrückung meines Handys.

»Hey Mann«, meldete sich eine tiefe männliche Stimme. »Dandy McCormack.«

Nachdem ich mich vorgestellt hatte, erklärte ich ihm, dass ich seinen Artikel über den Unfall am Riff gelesen und die Frau auf dem Foto erkannt hätte. Ich sei mit ihr zur Schule gegangen und würde nun gerne wieder mit ihr in Kontakt treten.

»Sie heißt Alison. Ihren Nachnamen weiß ich nicht mehr.« Das war natürlich aus der Luft gegriffen.

Da sich unter den Rettern nur eine einzige Frau befand, rechnete ich mit keinerlei Komplikationen. McCormack würde mir sagen, dass ich mich geirrt hätte und mir ihren richtigen Namen nennen, ich würde die Dumme spielen und antworten, ach ja, stimmt, und dann würde ich ihn um die Adresse der Chartergesellschaft bitten, um mich bei ihr zu melden.

Doch sein Zögern verriet mir, dass er auf der Hut war. Mist!

»Wie heißen Sie noch gleich?«, fragte er und ich wiederholte meinen Namen, bestimmt googelte er mich jetzt. Er würde Artikel von mir finden und Verweise auf meine journalistische Arbeit, also wartete ich geduldig ab.

»Okay, Mann«, sagte er schließlich. »Keine Ahnung, wer die Frau ist, aber die Jacht heißt *Amandine* und gehört Splash Charters. Die haben ihren Sitz in Shute Harbour in der Nähe von Airlie Beach.«

Das machte mich stutzig. Zwar hatte McCormack mir den Namen der Chartergesellschaft verraten, doch kein Journalist würde ein Foto von Leuten machen, ohne ihre Namen zu notieren und überprüfen. Er musste den Namen der Frau kennen, aber aus irgendwelchen Gründen behielt er ihn für sich.

»Danke, Mann«, sagte ich in Anlehnung an seinen Jargon. »Und tschüss.«

Damit legte ich auf. Von wegen hochhackiger Lackaffe. An meinen Visualisierungskünsten musste ich noch arbeiten.

Von Shute Harbour legten die meisten Boote ab, die um die Whitsunday Islands schipperten, also tippte ich *Splash Charters Whitsundays* in die Suchmaschine ein.

Splash Charters wartete mit der üblichen Reklame für Tropenurlaube auf, die Website wimmelte nur so vor Jachten auf blauem Meer, Luftaufnahmen von unberührten Stränden, einem Prachtexemplar von einer Schildkröte, die durch kristallklares Wasser glitt, und Pärchen, die sich bei Sonnenuntergang verliebt zuprosteten. Ein offizielles Bild von der Crew der Chartergesellschaft gab es nicht.

Es wurden Tagesausflüge angeboten, bei denen verschiedene Inseln angelaufen wurden, sieben- bis zehntägige Touren, bei denen man entweder nur die Jacht oder auch gleich die ganze Splash-Crew mitbuchen konnte. Der Hauptsitz lag in Airlie Beach, die Telefonnummer notierte ich mir auf einem Post-it-Zettel. Dann malte ich zwei Kästchen ans Whiteboard.

In das erste schrieb ich *Splash Charters* als Überschrift, dazu die Adresse und dass es sich um Mick O'Learys Arbeitgeber handeln könnte. In das zweite Kästchen kritzelte ich groß *Dandy McCormack*, darunter seine Kontaktinfos und dass er der Journalist war, der über den Zusammenstoß am Riff berichtet hatte, dass die Namen der Retter auf dem Zeitungsfoto aus irgendwelchen Gründen nicht genannt wurden und dass er mit Sicherheit den Namen der einzigen Frau kannte, mir aber nicht verraten wollte.

Dann schrieb ich: *WARUM*?

***

Als ich Harper in der Küche rumoren hörte, ging ich ihr Gesellschaft leisten. Sie war noch in Unterwäsche, kochte sich gerade Tee und aß Marmeladentoast. Ich umarmte sie und erzählte ihr von ihrem Termin im Kosmetiksalon. Erwartungsgemäß nahm Harper die Nachricht nicht allzu gut auf.

»Du *musst* dahin gehen«, sagte ich schnell. »Es ist schon alles abgemacht und bezahlt, in der Schule habe ich auch schon angerufen und Julia mitgeteilt, dass du dich nicht gut fühlst.«

»Danke, Fräulein Tüchtig«, sagte sie finster.

»Bin ich doch gar nicht.«

»Bist du wohl. Du bist eine erfolgreiche Journalistin, hast viele Freunde und ein tolles Privatleben.«

»Du weißt doch genau, dass ich nicht alles im Griff habe.«

»Du bist immer so verdammt aufmerksam, immer denkst du zuerst an die anderen.« Aus ihrem Mund klang es wie ein gravierender Charakterfehler.

»Harper!« Jetzt wurde ich langsam sauer. »Ich habe das verdammte Gemüse und das Hummus gar nicht selbst gemacht. Das war Miles.«

Es dauerte einen Augenblick, bis sich ein Lächeln auf ihrem Gesicht zeigte.

Es war ein schönes Lächeln.

»Tut mir leid«, sagte sie. »Ich bin einfach nur ... weißt du.« Seufzend schloss sie die Augen. »Boa, hab ich einen Kater. Ich habe mich schon zweimal übergeben.«

»Weiß ich doch«, meinte ich besänftigend und dirigierte sie und ihr Frühstück Richtung Badezimmer.

Verständlicherweise waren Harpers Gefühle das reinste Chaos. Gerade noch war sie zu Tode betrübt, dann packte sie die Wut. Ich wusste nicht, was mir lieber war, vor allem da sich die Wut teilweise auch gegen mich richtete. Doch als Schwester war es mein Job, ihr zuzuhören und mit Rat und Tat zur Seite zu stehen.

Eine halbe Stunde später kam sie frisch geduscht und in meiner Calvin-Klein-Jeans und einem weißen T-Shirt ins Arbeitszimmer.

»Schon besser«, sagte ich aufmunternd.

»Danke. Mit dem Schwein rechne ich ab und wenn es meine letzte Tat ist.«

»Es geht doch nicht ums Abrechnen. Erst mal musst du herausfinden, was überhaupt passiert ist. Bestimmt gibt es eine ganz harmlose Erklärung, warum Andrew mit dieser jungen Frau zusammen war.«

»Ich werde all seine Golfschläger ins Meer schmeißen«, ignorierte sie mich geflissentlich. »Und dann pinkle ich in seine Galloway-Golf-Tasche und leg sie in den Kofferraum seines geliebten BMWs.«

Ein bisschen schockierte mich das schon. Von dieser Seite hatte ich meine Schwester nicht mehr erlebt, seit Keith

Drew sie in der Elften für Rebecca Featherstone hatte sitzen lassen.

»Und seinen verdammten ergonomischen Drehstuhl werde ich auch ent-ergonomisieren …«

»Harps! Hör auf«, befahl ich.

»Dünger mische ich ihm in sein Müsli …«

»Harper!«

»Und dann werde ich …«

»Hör auf! Hör auf! Hör auf!«, kreischte ich. »Du machst dich doch nur klein mit dem, was du sagst.«

Meine Schwester funkelte mich drohend an: »Und dann nagle ich seine Eier an die Haustür.«

»Endlich mal ein vernünftiger Vorschlag«, sagte ich.

***

Fünf Minuten später scheuchte ich Harper zu Rainbow. »Was ist denn bitte eine Schönheitskünstlerin?«, fragte sie im Gehen.

»Ein hochtrabender Name für eine Kosmetikerin.«

»Wenn ich anschließend aussehe wie eine Burlesque-Tänzerin, gibt es Ärger«, knurrte sie.

Der Gedanke brachte mich zum Schmunzeln. So ein Drama wäre das nun auch wieder nicht, außer dass ich es mir bis in die Steinzeit vorhalten lassen müsste. Und Andrew würde es richtig vom Hocker hauen, das allein wäre es schon wert.

»Keine Sorge.«

Ich schloss die Verandapforte und Harper stapfte die Stufen hinunter. Auf einmal ertönte ein gellender Schrei.

»Wo ist mein verdammter Wagen?«, brüllte Harper.

Rasch öffnete ich die Pforte wieder und rief ihr zu, dass ich ihn gestern Abend noch umgeparkt hätte.

»Dass hättest du dir sparen können«, gab sie zurück und drosch mit der Handtasche wütend auf den Zaun ein, bevor sie abrauschte.

Arme Rainbow.

Nachdem ich kurz geduscht hatte, schlüpfte ich in einen knielangen Bleistiftrock, eine weiße Bluse mit Dreiviertelarm und zierliche schwarze Schuhe mit kleinem Absatz. Dann kämmte ich mir das Haar zur Seite und flocht mir einen Zopf, der mir über die linke Schulter bis zur Hüfte fiel. In letzter Zeit wechselte ich zwischen links und rechts immer ab, ich konnte einfach nicht sagen, welche Seite mir besser gefiel.

Den Seitenzopf trug ich schon seit Jahren und genau so lange lauerte Rainbow auch schon mit ihrer Schere. Kürzlich hatte ich ihr zumindest erlaubt, meine Haare in ihren blonden Originalzustand zurückzufärben, nachdem ich dieses Jahr eine kurze brünette Phase hatte. Wie Rafe so schön sagt, es ist doch besser, wenn oben und unten zusammenpassen.

Um die Erscheinung abzurunden, band ich eine schwarze Samtschleife um das Zopfende und trug rostroten Lippenstift auf. Fräulein Tüchtig wirkte auf dezente Weise elegant.

Und sagenhaft professionell.

8.

Während des Treffens mit Hermione wollte ich mir keine Notizen machen, sonst würden mir vielleicht andere wichtige Hinweise wie Körpersprache entgehen. Heute würde ich mich ganz auf mein Gedächtnis verlassen und erst anschließend alles notieren. Auf ein Aufnahmegerät wollte ich auch verzichten, da sie sich sonst vermutlich bedeckt halten würde.

Miss Longfellow erschien Punkt elf in einem schwarzen Flatterkleid, mit schwarzen Strümpfen und schwarzen Sandalen. Der Schlapphut war offenbar fester Bestandteil ihrer Garderobe. Wäre sie in den Zwanzigern gewesen, hätte sie mit ihrem Outfit noch als trendy durchgehen können. Fast.

Über den Arm trug sie einen Korb Saubohnen, und eine Wolke von Lavendelduft umgab sie.

Ich bat sie ins Wohnzimmer, wo ich auf dem unförmigen Ledersofa Platz nahm und Miss Longfellow stocksteif auf dem Windsor-Stuhl mir gegenüber, dem Pendant zu Miau Zedongs Stuhl im Arbeitszimmer. Der Korb mit Bohnen stand auf dem Boden und ein Tablett mit Tee zwischen uns auf dem blauen Überseekoffer. Miau Zedong saß artig neben mir und fixierte unseren Gast mit seinen stachelbeergrünen Augen.

»Ein hervorragender Tee, Miss Davis«, sagte sie. »Karawanentee ist eine der besseren chinesischen Teesorten.«

»Danke.«

Bei unserem Anblick konnte man meinen, man sei bei Alice im Wunderland auf der Teeparty des verrückten Hutmachers gelandet.

Unverhohlen inspizierte Miss Longfellow mein Wohnzimmer, zuerst die hohen Decken und die Holzdielen und dann das Inventar. Über die Jahre hatte sich allerlei Zeug angesammelt, eine bunte Mischung aus restaurierten Möbeln, exotischen Stoffen, orientalischen Teppichen, riesigen Art-déco-Bildern, Büchern und zahlreichen Palmen in übergroßen Messingtöpfen. Ich nenne den Stil Byron Bohème, auch wenn es eher wie ein Mix aus Gartenparadies und türkischem Basar aussieht.

Sie nickte kurz, offenbar hatte meine Residenz ihrer Inspektion standgehalten.

»Haben Sie der Polizei mitgeteilt, dass Sie glauben, O'Leary lebt noch?«, fragte ich.

Sie nippte am Tee. »Nein«, sagte sie abwehrend.

»Darf ich fragen, warum nicht?«

»Mir wurde gesagt, dass Sie gut sind. In dem Fall werden Sie sich wundern, warum ich meiner Schwester neuerliches Leid zufügen will, indem ich ihr nun auch noch beweise, dass die Liebe ihres Lebens ein Betrüger war, der sie im Stich gelassen hat.«

Meine eigentliche Frage hatte sie zwar ignoriert, dafür gleich die nächste beantwortet, faszinierend. »Das habe ich mich tatsächlich gefragt.«

Auch wenn ich nicht wirklich glaubte, dass Miss Longfellow über übersinnliche Kräfte verfügte, dachte ich zur Sicherheit lieber angestrengt daran, wie hübsch, charmant und klug sie doch war.

»Sie sollten wissen, dass meine Schwester O'Learys Andenken in allen Ehren hält. Nemony ist nie über seinen Tod hinweggekommen und leidet seit dreißig Jahren an

Depressionen. Sie ist seither in psychiatrischer Behandlung.«

»Und da meinen Sie, es wäre besser für sie, wenn sie wütend über die Täuschung wäre?«

Überrascht sah sie mich an. »Natürlich! Nemony wird außer sich sein, aber irgendwann verfliegt der Ärger und dann kann sie es ... *hinter sich lassen*, so sagt man doch. Mit sechzig ist sie noch jung genug. Wenn es mir gelingt zu beweisen, dass dieser O'Leary ein Schurke ist, kann sie den Rest ihres Lebens noch genießen.«

»Sie haben meine Frage nicht beantwortet«, erinnerte ich sie.

»Die wäre?«

»Warum haben Sie die Polizei nicht eingeschaltet?«

Bei meinem Versuch, möglichst anmutig ein Schlückchen Tee zu trinken, bekleckerte ich meine Bluse. Rasch griff ich mir an den Hals, um den Fleck zu verdecken.

»Mir ist klar«, sagte sie kurz angebunden, »dass, wenn der Mann auf dem Foto O'Leary ist und Sie die Geschichte veröffentlichen, auch die Behörden alarmiert werden. Ich für meinen Teil würde die Sache lieber intern regeln, wobei mir bewusst ist, dass das wohl nicht infrage kommt.«

Ich ließ mir ihren verworrenen Kommentar durch den Kopf gehen. Meine Frage war damit jedoch nach wie vor unbeantwortet. Manchmal wird der Gerechtigkeit auch außerhalb von Gerichtssälen Genüge getan, aber in diesem Fall glaubte ich nicht daran. Wenn O'Leary noch am Leben war und die Versicherung betrogen hatte, dann müsste sich die Polizei der Sache annehmen. Doch erst wenn ich meinen Exklusivbericht in der Tasche hatte.

»Ich ermittle, um einen Artikel zu schreiben, den ich anschließend an Zeitungen verkaufe. Das Privatleben Ihrer Schwester wird dadurch eventuell unliebsamer Kritik ausgesetzt. Und sollte ich bei meiner Recherche auf ein Verbrechen stoßen, übergebe ich meine Informationen an die Behörden.«

Miss Longfellow nickte bedächtig. »Das ist ein hoher Preis, aber meine Schwestern und ich sind in dieser Hinsicht Kummer gewöhnt. Seit Jahren kursieren Gerüchte über uns. Das ist nichts Neues.«

»Nemony muss vielleicht vor Gericht erscheinen«, sagte ich.

Miss Longfellow trank ihren Tee aus und setzte Tasse und Unterteller zurück auf den blauen Überseekoffer.

»Darüber bin ich mir sehr wohl im Klaren.« Offenbar hatte meine Bemerkung sie gekränkt.

»Ich verstehe immer noch nicht ganz, warum Sie sich nicht an die Polizei gewandt haben.«

»Sie sind aber hartnäckig!« Auf einmal loderte ein Feuer in ihren Augen, mit der man die Antarktis abtauen könnte.

»Ich möchte es wissen!«, rief ich aus und hielt tapfer ihrem Blick stand. Miau Zedong, der Miss Longfellow unentwegt angestarrt hatte, machte sich steif und kniff die Augen zusammen.

»Miss Davis, das ist ganz simpel«, sagte sie sichtlich gereizt. »Ich mag die Polizei nicht. Ich mag keine Menschen, deren Uniform ihnen Macht verleiht, die sie missbrauchen können. Soldaten und Geistliche kann ich auch nicht leiden.«

Damit hatte ich so gar nicht gerechnet und änderte die Taktik. »Wollen Sie, dass O'Leary ins Gefängnis wandert?«

»Nicht unbedingt. Mir reicht es, wenn Nemony die Wahrheit erfährt. Ihr Arzt und ich werden ihr dann schon helfen, gesund zu werden.«

»Aber wenn die Polizei Sie befragen will, müssen Sie schon mit denen reden. Und Ihre Schwester auch«, mahnte ich.

»Das wird sich zeigen«, sagte sie trocken.

Ich sah auf die Uhr. Es gab noch so viel, was ich wissen wollte, also bombardierte ich sie mit Fragen.

»War von den 100 000 Dollar, die Nemony geerbt hatte, noch etwas übrig, als sie zurückkam? Haben sie und O'Leary Eigentum erworben? War die Jacht auch wirklich nicht versichert?«

Miss Longfellow verschränkte die Arme vor der Brust und sah mich finster an. »Wie ich Ihnen bereits sagte, Nemony ist als Witwe und ohne einen Pfennig Geld zurückgekommen. O'Leary hat den Großteil ihres Erbes, etwa 80 000, in die Jacht gesteckt und den Rest verplempert. Wenn sie Immobilien gekauft hätten, wüsste ich das. Und wäre das Boot versichert gewesen, hätte Nemony es mir schon erzählt. Im Umgang mit Geld war sie nicht so töricht wie in der Liebe.«

Mir schien sie in beidem töricht, aber das behielt ich für mich.

»Weiß Nemony, dass Sie heute hier sind?«

»Ja, und sie weiß auch, warum. Sicher hofft sie, dass Sie mir das Gegenteil beweisen werden. Im Moment richtet sich all ihre Wut gegen mich.«

»Ich werde auch mit Ihrer Schwester sprechen müssen. Hat sie das Foto schon gesehen?«

»Ja, und sie leugnet, dass es O'Leary ist.«

Meine Stimmung sank in den Keller. Das war die denkbar schlechteste Neuigkeit.

»Und Sie bleiben dabei?«, fragte ich zweifelnd.

»Liebe macht blind.« Miss Longfellow lehnte sich vor und sah mir fest in die Augen. »Hätten Sie mich gefragt, woher ich das weiß, würden Sie jetzt nicht so enttäuscht gucken.«

Vermutlich stimmte, was sie sagte. Die ganze Zeit über war ich so mit ihrer schwierigen Persönlichkeit befasst, dass ich die ausschlaggebende Frage nicht gestellt hatte. Ich entschuldigte mich und holte das Foto aus dem Arbeitszimmer.

Als ich zurückkam, kramte sie in der Tasche ihres Kleides. Miau Zedong ließ sie nicht aus den Augen, damit sie auch ja keine Teetasse mitgehen ließ. Schließlich förderte sie einen Zeitungsausschnitt zutage und legte ihn neben das Tablett auf den Überseekoffer.

Ich wedelte mit meinem Ausdruck, um zu signalisieren, dass ich den Artikel schon kannte.

»Oh«, sagte sie, nahm ihn mir aus der Hand und inspizierte ihn. »Haben Sie das auf dem Computer ausgedruckt?«

»Ja. Benutzen Sie keinen Computer?«

»Nein, ich tippe auf der Schreibmaschine. Mir ist der Direktdruck lieber.«

Ich nahm an, dass dies als Scherz gemeint war, aber sie blieb todernst.

»Welcher ist es denn nun?«, fragte ich.

Miss Longfellow tippte mit ihrem knochigen Zeigefinger auf den älteren Mann, den ich ansatzweise attraktiv gefunden hatte. Ich musterte ihn aufmerksam, konnte aber keine eklatanten Auffälligkeiten ausmachen. Neben dem Alter war der einzige Unterschied zwischen ihm und den anderen Männern, dass er eine graue Mütze mit weißer Feder trug und die anderen schwarze Mützen.

»Er sieht aus wie ein ganz normaler Mann mit einer Feder vorn an der Mütze«, sagte ich.

»Das ist keine Mütze, und das ist auch keine Feder«, erwiderte sie gereizt. »Mick O'Leary hatte oder vielmehr hat *Poliosis*, eine Pigmentstörung der Haare. Er hat vorne eine schneeweiße Haarsträhne. Vor dreißig Jahren war das restliche Haar noch schwarz, mittlerweile ist es dunkelgrau, doch die weiße Strähne ist immer noch an derselben Stelle.«

Abermals knöpfte ich mir das Foto vor und musste feststellen, dass sie recht haben könnte.

»Ich weiß, dass dieser Mann O'Leary ist«, sagte sie noch einmal. »Da besteht nicht der geringste Zweifel.«

Dadurch ermutigt fragte ich Miss Longfellow nach dem Bootsunglück, das ihn angeblich das Leben gekostet hatte, doch viel Neues erfuhr ich nicht. Aber wenigstens erinnerte sie sich, dass der Unfall im November 1983 stattgefunden hatte, damit konnte ich schon mal eine Internetsuche starten.

Ich hatte das sichere Gefühl, dass hinter O'Learys Verschwinden mehr steckte. Wenn er tatsächlich seinen eigenen Tod vorgetäuscht hatte, dann gab es vielleicht noch viel mehr Verstrickungen als zunächst gedacht. Ich sah mich zu Miau Zedong um, ob der vielleicht eine Idee hatte, aber er war viel zu beschäftigt damit, Miss Longfellow unfreundlich anzustarren.

»Sollten meine vorläufigen Untersuchungen Ihre Hypothese bestätigen, werde ich mich zu weiterführenden Maßnahmen entschließen«, sagte ich hochtrabend.

Ich erklärte, dass sowohl sie als auch ihre Schwester unterschreiben müssten, dass sie einer Veröffentlichung zustimmt. Besser man klärt diese Dinge gleich im Vorfeld ab, bevor man Arbeit in eine Sache steckt und sich die Leute später nicht an die mündlichen Absprachen halten oder es mir durch ihre Anwälte unmöglich machen, die Geschichte zu verkaufen. Auch wenn das alles sehr unwahrscheinlich schien, wollte ich kein Risiko eingehen, schließlich ging es um meinen Lebensunterhalt.

Doch nicht nur deswegen machte ich mir Gedanken. Wenn in diesem Fall ein ernsthaftes Verbrechen im Spiel war, was ich beinahe vermutete, dann war das noch mal eine ganz andere Nummer. Sobald ein Strafantrag gestellt ist, bestimmen Gesetze, welche Informationen überhaupt an die Medien herausgegeben werden dürfen.

Damit soll ein faires Verfahren gewährleistet werden, denn falsche Berichterstattung kann sich auf ein laufendes Verfahren auswirken und womöglich auch zukünftige Geschworene beeinflussen. Wobei einige Fälle in den letzten Jahren in der Presse so breitgetreten wurden, dass man denken könnte, es gebe überhaupt keine Regeln. Meiner Meinung nach könnten die zuständigen Personen die Zügel in dieser Hinsicht ruhig etwas enger anlegen.

Doch da ich nicht gerade die erste Journalistin sein wollte, gegen die rigoros vorgegangen wird, würde ich die Sache vorsichtig angehen, mir nicht in die Karten schauen lassen und zusehen, dass ich meinen Coup landete, bevor es zur Anklage kam. Ich sah schon die Schlagzeile vor mir: JOURNALISTIN WEGEN NICHTACHTUNG DES GERICHTS ANGEKLAGT. Außerdem würden die Mistkerle bestimmt mein Alter erwähnen.

Ich reichte Miss Longfellow die einschlägigen Vordrucke, und sie warf einen kurzen Blick darauf, bevor sie ihren Namen in großen schwungvollen Buchstaben daruntersetzte. So eine künstlerische Handschrift hatte ich ihr gar nicht zugetraut. Aber ich sollte noch lernen, dass diese Frau voller Überraschungen steckte.

Als ich sie um Anschrift und Telefonnummer bat, gab sie mir nur eine Festnetznummer. Weder sie noch ihre Schwestern besäßen Handys, und die Adresse wollte sie mir nicht verraten. Diese Einzelheiten hielt sie für vollkommen unnötig.

Unser Treffen war beendet und wir erhoben uns.

»Danke, dass Sie sich der Sache annehmen«, sagte Miss Longfellow. Sie hob den Korb mit Saubohnen hoch und stieß ihn mir entgegen. »Bitte schön, Miss Davis.«

»Mhmm, Saubohnen«, schwärmte ich. »Die esse ich am liebsten.«

9.

Ich schimpfte mit dem Kater, weil er unseren Gast die ganze Zeit so unhöflich angestarrt hatte, und schickte ihn zur Strafe auf die Veranda. Dort konnte er in Ruhe über sein Fehlverhalten nachdenken. Dann schmierte ich mir ein Sandwich mit Mayonnaise und Brunnenkresse, schenkte mir ein Glas Milch ein und setzte mich an den Küchentisch, um meine Begegnung mit Miss Longfellow Revue passieren zu lassen.

Die Dame war zwar eine unfreundliche Schrulle, aber eine mit messerscharfem Verstand. Übersinnliche Fähigkeiten hatte sie jedoch sicher nicht. Sonst hätte sie doch mitbekommen, wie sehr ich Saubohnen verabscheute – oder hatte sie das etwa?

Nach meinem Gespräch mit ihr musste ich Daisy zustimmen: Hermione Longfellow sagte die Wahrheit. Außerdem kannte sie sich mit Tee aus, was ich ihr zugutehielt.

Ihre Arroganz war allerdings kaum zu ertragen. Diese Frau konnte man gar nicht mögen, aber das musste ich ja vielleicht auch nicht. Außerdem war ich froh über die Ablenkung. Endlich musste ich nicht ständig an Tobys bevorstehende Rückkehr oder an Harpers Eheprobleme denken, sondern konnte mich mit etwas anderem beschäftigen.

Nach dem Mittag schaltete ich im Arbeitszimmer den Computer an und checkte mal die Lage unten auf der Straße. Ein Fernbus schüttete gerade eine Ladung junger Backpacker aus. Angelockt von dem warmen Wetter, der spektakulären Landschaft und dem romantischen Hippieflair zog es sie in den Wintermonaten in Scharen nach Byron Bay wie die Motten ans Licht. Bei ihrem Anblick musste ich lächeln.

Ich recherchierte Poliosis im Internet, Miss Longfellows Erklärungen stimmten haargenau. Bei der Krankheit mit dem verstörenden Namen handelte es sich schlichtweg um die fehlende Pigmentierung von Kopfhaar, Augenbrauen oder Wimpern.

Am Whiteboard notierte ich *Poliosis*, zog einen Kasten darum und schrieb hinein, dass ich Nemony fragen wollte, ob ihr Mann noch weitere kongenitale Krankheiten hatte. Dann wischte ich das Wort *kongenital* wieder weg und ersetzte es durch *angeboren* – nicht dass noch jemand dachte, ich interessierte mich für sein Gemächt. Man kann nie vorsichtig genug sein.

Ich fügte noch einen Kasten hinzu, in den ich folgende Stichwörter schrieb: *Hermione, Nemony, Amelia, Bootsversicherung, Lebensversicherung, O'Leary, Ehe, Einwanderung, O'Leary-Unfall 1983, Kauf der Jacht, jüngstes Bootsunglück am Riff.*

Zu jedem Stichwort würde ich Nachforschungen anstellen müssen. Alles in allem konnte ich mir kaum vorstellen, dass O'Leary einen aufwendigen Bootsunfall samt Ertrinken eingefädelt hatte, ohne Kapital daraus zu schlagen. Kriminelle Machenschaften waren die einzig plausible Erklärung für diese Inszenierung. Hätte er Nemony einfach nur verlassen wollen, dann hätte er doch bloß in den Sonnenuntergang segeln brauchen. Und wären nicht Trümmer der Jacht gefunden worden, hätte ich auch genau darauf getippt.

Mhmm. Und wenn O'Leary nun am Leben war und kein Verbrechen begangen hatte? Wenn er während des

Unglücks das Bewusstsein verloren hatte und an die Küste gespült worden war und nun seit dreißig Jahren an Gedächtnisverlust litt? Möglich wäre es, und deshalb musste es in Erwägung gezogen und schnellstmöglich ausgeschlossen werden. Wenn nämlich kein Verbrechen dahintersteckte, hatte ich kein Interesse. Und falls der Mann auf dem Foto gar nicht O'Leary war, konnte ich die Geschichte ganz knicken.

Als ich bei Google *November 1983 Jachtunglück Hafen von Sydney* eingab, wurden mir gleich Unmengen von Websites mit superwichtigen Ereignissen angezeigt, die sich in dem Monat ereignet hatten. Flo Bjelke-Peterson, die Frau des damaligen Premierministers von Queensland, hatte für die Minenarbeiter der Southern Cross Colliery Kürbis-Scones gebacken. Klar, daran konnte sich doch jeder lebhaft erinnern.

Ich spielte ein wenig mit den Suchbegriffen herum, bis ich nach einer Weile endlich fündig wurde. Um sieben Uhr abends hatte an dem fraglichen Tag im Hafen von Sydney und Umgebung ein Gewittersturm mit heftigen Böen getobt, bei dem ein Schaden von mehreren Hunderttausend Dollar entstanden war. Fährschifffahrt, Flüge, Verkehr und Stromversorgung waren unterbrochen gewesen. Es war von Hagelkörnern mit bis zu dreizehn Zentimeter Durchmesser und Windgeschwindigkeiten von 165 Stundenkilometern die Rede. Der Wasserspiegel war bis auf elf Meter angestiegen.

In einem Bericht hieß es, der Hafen sei wie ein großer blubbernder Kochtopf gewesen, in dem die Boote wie Korken auf und ab gehüpft seien. Viele kleinere Boote waren gekentert, und andere hatten Schäden gemeldet. Nur eine Jacht war nach einem SOS-Ruf vor der Küste verschwunden, aber aufgrund schlechter Lichtverhältnisse und katastrophaler Bedingungen konnten keine Rettungsboote ausfahren. Stattdessen war ein Notruf an alle Schiffe herausgegangen. Der verschwundene Segler soll in den Dreißigern gewesen sein.

Mit dem ersten Tageslicht wurde zu Wasser und zur Luft nach der Jacht gesucht, die Flugzeuge seien dabei dicht über dem Meer geflogen. Der Vermisste wurde als Mick O'Leary aus Sydney identifiziert. Seine Frau war untröstlich.

Unter der Schlagzeile *Tragödie auf See* erfuhr ich, dass die Suche nach 48 Stunden abgebrochen worden war, nachdem man von Segler und Jacht nicht die geringste Spur gefunden hatte. In Watson Bay seien Trümmer angespült worden, die die Frau des Vermissten als Teile der Jacht identifiziert habe. Eine Leiche habe man nicht geborgen.

In den Kasten mit der Überschrift *Hermione* schrieb ich ihre Telefonnummer, die wichtigsten Erkenntnisse unseres Treffens und dass ich noch in Erfahrung bringen musste, was sie Daisy Mysteriöses gegeben hatte. Unter der Überschrift *O'Leary Unfall 1983* notierte ich alles, was ich bis dahin herausgefunden hatte.

Dann ging ich zurück an meinen Schreibtisch und beobachtete die Straße. Was soll ich sagen? Von allen Fenstern in allen Städten dieser Welt habe ich wohl den schönsten Ausblick zum Tagträumen.

Seit meinen Treffen mit Rafe haben diese Tagträume eine schamlos wollüstige Note angenommen. Es ist schändlich, aber es macht einfach viel mehr Spaß, als zu arbeiten. Während ich so vor mich hin sinnierte, kam ein knackiger Typ in den Vierzigern in Jeans und einem weißen Leinenhemd die Straße entlanggeschlendert. Er war groß, gebräunt, hatte breite Schultern und langes dunkles Haar.

Im Nullkommanichts lag ich in Gedanken vor einem flackernden Feuer auf einem Fell, während Dante, so hatte ich ihn genannt, mir einen roten Barossa Valley aus dem Bauchnabel leckte. Als Dante nachschenkte, lief mir der Wein prickelnd über den Bauch bis zum Rücken, es erregte mich, wie er langsam über meinen nackten Körper rann. Ich erschauderte vor Lust …

Sehen Sie, was ich meine? Wenn man den Bogen einmal heraushat, dann ist das quasi ein Selbstläufer.

Das Telefon riss mich aus meinen Träumereien. Mein Neffe Sam, Harpers zweitältester Sohn, war dran.

»Wie geht's Mum?«, fragte er ohne lange Vorrede.

»Sie ist beim Frisör.«

»Hat sie es dir gesagt?«

»Was?«

»Na, dass Dad eine OP-Schwester knallt.«

Seine Ausdrucksweise schockierte mich ebenso wie seine Annahme, dass die junge Frau Krankenschwester war.

»Egal, was Jack gesehen hat, wir sollten keine voreiligen Schlüsse ziehen«, mahnte ich.

»Hat Mum aber gemacht.«

»Ich weiß.«

»Geht's ihr gut?«

»Nicht besonders. Ich hoffe, die Schönheitstherapie hilft. In ihrem jetzigen Zustand ist sie zu nichts zu gebrauchen und unterrichten kann sie schon gar nicht. Weiß Max Bescheid?«

»Ja. Ich habe ihn angerufen.«

Der arme Max saß nun ganz allein mit dem Problem in Sydney. Ich nahm mir vor, meinen Töchtern zu sagen, dass sie sich mal bei ihrem Cousin melden sollten.

»Was ist mit Fergus?«, fragte ich. Mit seinen sieben Jahren

war Fergus alt genug mitzukommen, dass sein bislang stabiles Leben von einem Erdbeben erschüttert wurde.

»Fergus hat Jack gefragt, warum Mum ständig weint. Jack hat gesagt, dass sie ein sehr trauriges Buch gelesen hätte.«

»Das hat er ihm doch nicht abgekauft.«

»Hat er auch nicht. Fergus hat dann Mum gefragt, ob sie ihre Tage bekommt.«

Meine Schwester hatte bestimmt nicht darüber gelacht, aber ich musste schmunzeln.

»Wer hat denn nun Fergus zur Schule gebracht?«, fragte ich.

»Ich. Ich habe bei Freunden übernachtet und war heute Morgen nur auf einen Sprung zu Hause, um meine Unisachen zu holen. Dad hatte eine Mordslaune, da wollte ich nicht, dass er Fergus fährt.«

»Na, bei deinem Vater möchte ich heute nicht auf dem OP-Tisch liegen«, witzelte ich.

»Dad ist Profi. Das weißt du doch, Tante Scout«, entgegnete er scharf.

Uups! Themawechsel.

»Heute Nachmittag ist deine Mutter sicher wieder zurück. Falls sie noch länger bleibt, kümmerst du dich dann zu Hause um alles?«

»Ja, solange du dich um Mum kümmerst.«

Eine Weile schwiegen wir.

»Bist du noch dran?«, fragte ich irgendwann.

»Ja.«

»Sah sie gut aus?«

»Jack meinte, sie war potthässlich.«

Ich verzog das Gesicht. Wetten, dass er noch mehr gesagt hatte.

»Wie steht es mit unserer Mission morgen Nacht? Bleibt es dabei?«, fragte Sam plötzlich.

»Nicht, wenn deine Mutter noch hier ist.«

»Und sonst?«

»Sonst ja. Wir treffen uns um Mitternacht bei mir. Wie läuft es mit dem Stricken?«

»Okay. Ich bringe ein paar kraus rechts gestrickte Vierecke zum Zeigen mit. Mum glaubt, ich hätte Probleme mit meiner sexuellen Orientierung.«

Ich lachte. »Aber du hast doch nichts verraten, oder?«, fragte ich nervös.

»Hast du schon vergessen, dass ich einen Schwur geleistet habe?«

Insgeheim atmete ich erleichtert auf. Ich wusste, wie verlockend es war, Leuten von unserer geheimen Mission zu erzählen. Sam und ich sind nämlich Garnbomber, Mitglieder einer Untergrundorganisation, die sich Strickguerilla, kurz SG, nennt. Nachts ziehen wir los und schmücken öffentliches (und auch nicht so öffentliches) Eigentum mit unseren Wollkreationen.

Mitunter steckt hinter unserer Strickkunst auch eine Botschaft, doch oft frönen wir bloß unserem Sinn fürs Alberne und Skurrile. Unsere Aktionen finden bei Nacht und Nebel statt, weil sie in die Rubrik illegale Graffiti fallen, was von den Gesetzeshütern gar nicht gern gesehen wird. Aber gerade weil man jederzeit erwischt werden könnte, bringt es so viel Spaß, und der Adrenalinkick kann süchtig machen.

Erst neulich haben wir in der Nacht vor der offiziellen Eröffnung eines neuen Altersheims in schwer zugänglichen Ecken riesige schwarze Spinnweben aufgehängt. Das war besonders schön, weil die Planer weder Kosten noch Mühen gescheut hatten, um die Räume geschmackvoll mit Teppichen, Vorhängen, Kissen und Kunstgegenständen zu dekorieren. Alle sechs SG-Mitglieder waren bei der Eröffnung anwesend, wo wir voll und ganz auf unsere Kosten kamen. Die Heimleitung war außer sich vor Wut, und noch dazu konnten wir uns an den vergnügten Gesichtern der Senioren und ihrer Besucher erfreuen.

Wir wahren unsere Anonymität, indem wir wie echte Sprayer *tags* verwenden. Ich heiße Wollküre (haha), Sam ist der Henker (am Strick hängen), die anderen Mitglieder sind Bodkin (eine stumpfe Nadel, mit der man Bänder durch Strickstücke zieht), Nadel (selbsterklärend), Linke Masche (Technik beim Stricken) und Blut-und-Mut (Spitzname des amerikanischen Generals George S. Patton ... außerdem klingt Patton noch wie das englische Wort für Muster, pattern ... Dieses *tag* ist zum Glück keine Anspielung auf ihren Job als Chirurgin im Krankenhaus von Brisbane).

Da wir niemals bleibende Schäden anrichten, kommt unsere Stadtverschönerung bei den Leuten gut an. Bislang ist noch keiner von uns erwischt worden, obwohl in einer Radiosendung dazu aufgefordert wurde, unsere Identität zu lüften. Seltsamerweise kamen etliche Anrufe von Leuten, die behaupteten, sie wären wir, und die die Lorbeeren für unsere Arbeit einheimsen wollten. Wirklich kriminell, solche Unehrlichkeit.

Sam war ganz zufällig dazugestoßen und der jüngste Neuzugang unserer Bande. Abgesehen von den anderen Mitgliedern war er der Einzige, der über meine Aktivitäten bei der SG Bescheid wusste.

Im März hatte sich Sam auf der Geburtstagsfeier eines Freundes in Byron Bay ziemlichen Ärger eingehandelt. In den frühen Morgenstunden hatte ich ihn vom Revier abholen und mit zu mir nach Hause nehmen müssen. Die Nacht war mir deshalb so ins Gedächtnis gebrannt, weil Rafe mich da zum ersten Mal geküsst hatte.

Noch am nächsten Tag hätte man mit Sams Alkoholpegel eine Rakete auf den Mond schießen können, also war er eine weitere Nacht bei mir geblieben, in der jedoch eine SG-Aktion geplant war. Nach einigem Hin und Her hatte ich ihm von der Strickguerilla erzählt und ihn gefragt, ob er bei dem Spaß mitmachen wollte.

Vom ersten Augenblick an war Sam Feuer und Flamme fürs Garnbomben und mit meiner Hilfe und mit *Stricken für Dummies* lernte er allmählich stricken. Harper hatte er weisgemacht, dass er es für sein Ingenieurstudium können musste – eine geniale Erklärung, ganz im Geiste von SG.

»Ich freue mich schon auf die Aktion morgen«, sagte Sam.

»Ich auch.«

Mit unserem herrlichen Plan könnten wir es diesmal sogar in die überregionalen Nachrichten schaffen. Diese extrem originelle und ziemlich dreiste Mission war Bodkins Idee gewesen, der als Seniorpartner einer renommierten Anwaltskanzlei keine Gelegenheit ausließ, das Establishment zu ärgern. Unser neuestes Gaunerstück erfüllte diese Anforderung spielend.

Zwar hatte Sam bis dahin selbst noch nichts gestrickt, aber sein technisches Know-how war für die bevorstehenden Woll-Installationen sehr gefragt.

»Am liebsten würde ich Dad grün und blau schlagen«, sagte Sam unvermittelt.

»Warum gehst du eigentlich gleich vom Schlimmsten aus?«, fragte ich. »Du, deine Brüder und Harper bedeuten ihm alles, und das weißt du auch.«

»Wie kannst du ihn nur in Schutz nehmen?«, wollte er wissen.

»Das hast du doch vorhin auch getan. Hast gesagt, er sei ein Profi.«

»Ja, aber er ist ja auch mein Vater und nicht deiner.«

Vorsicht, Scout …

»Ergreif nur keine Partei«, riet ich. »Und sag nichts, was du später einmal bereust.«

Nachdem wir aufgelegt hatten, tat ich, was ich immer tue, wenn ich ratlos bin.

Ich machte mir einen Tee.

10.

Miau Zedong kam zu mir ins Arbeitszimmer. Er sprang auf den Windsor-Stuhl und saß kerzengerade wie ein aufmerksamer und tüchtiger Gehilfe.

»Ich nehme deine Entschuldigung an«, sagte ich. »Aber wehe, du starrst noch mal eine Klientin so unhöflich an.«

Mein Posteingang war voller ungelesener Mails, darunter zwei von Rafe. Nichts von Toby. Eigentlich hatte er in letzter Zeit überhaupt kaum geschrieben.

Erwartungsvoll öffnete ich Rafes erste Mail. Er schrieb, dass er mich, Miau Zedong und Byron Bay vermisste – in dieser Reihenfolge. Die Fortbildung sei so lala, er gehe jeden Tag zum Schwimmen an den Bondi Beach, wo das Wasser kälter sei als bei uns, und lese mit Begeisterung das Buch, das ich ihm geliehen hatte: *Auf Rehwildjagd mit Jesus* von Joe Bageant. Dazu hatte Rafe mir noch einen Artikel über die Republikaner von dem amerikanischen Journalisten Hal Crowther angehängt, den ich spitze fand.

In seiner zweiten Mail fantasierte Rafe über all die sexy Dinge, die er mit mir anstellen wollte. Nachdem ich alles gelesen hatte, glühten mir die Wangen, und ich war so scharf, dass ich am liebsten in den Wagen gesprungen und nach Sydney gebraust wäre. Stattdessen würde ich ihn später anrufen und mit ihm die verheißungsvollen Möglichkeiten mal im Detail besprechen.

Nur mit Mühe konzentrierte ich mich auf die restlichen Mails. Zu meiner Freude gab es mehrere Reaktionen auf meinen Artikel über Online-Dating. Der Beitrag war in einigen Zeitschriften erschienen und auch an etliche kleinere Zeitungen in ganz Australien verkauft worden. Auf die Lobhudeleien antwortete ich mit den üblichen Plattitüden, und die Mails der Nörgler löschte ich gleich. Solchen Leuten sollte man kein Futter geben.

Meine Töchter hatten auch geschrieben. Tasha vesuchte, ihr praktisches Jahr im St. Vincent's Hospital zu überstehen. Eine elende Schufterei, wie sie sagte, ohne Privatleben und Schlaf. Niska arbeitete ebenfalls hart, hatte ein chaotisches Privatleben und auch keinen Schlaf.

Beide Mädchen hatten kürzlich meine Eltern in North Sydney besucht, und an der Front war alles in Ordnung. Strategisch ist es immer gut, die Jungen in die Nähe der Alten zu platzieren. Ich weiß, dass meine Mutter mit Argusaugen über die Zwillinge wachte und umgekehrt genauso. Dabei mischten sie sich ungestraft ins Leben des anderen ein, doch sobald ich dazukam, hieß es gleich: Halt dich da raus. Daraus bin ich nie so ganz schlau geworden.

Ich schrieb an beide Mädchen, brachte sie in Sachen Byron Bay auf den neuesten Stand, erinnerte sie an Grandmas Geburtstag in ein paar Wochen und bat sie, sich mal bei Max zu melden. Den Grund nannte ich nicht, das sollte ihnen Max dann schon selbst sagen.

Plötzlich legte Miau Zedong das Köpfchen schief und flitzte aus dem Zimmer – ein Kater im Einsatz. Zehn Sekunden später hörte ich Harper heraufkommen, dabei sang sie *I'm gonna wash that man right out my hair.* Lächelnd flüsterte ich: »Danke, Rainbow.«

Als ich in die Küche kam, saß Miau Zedong schon bei meiner Schwester auf dem Arm, und sie strahlte über das ganze Gesicht.

»Wow!«, rief ich aus. »Wer bist du? Und was hast du mit meiner Schwester gemacht?«

Harper setzte Miau Zedong ab und tänzelte neckisch durch die Küche. Der Kater wollte offenbar bei dem neuen Spiel dabei sein und trabte neben ihr her. Harper blieb stehen und sah mich kokett an. »Gefällt's dir?«

»Wichtiger noch, gefällt es dir?«

»Ich fühle mich super.«

Sie bemerkte den Korb mit Saubohnen. »Ist das ein Geschenk vom Feind? Ich nehme gleich mal zwei mit, die stopfe ich Andrew beim Schlafen in die Nase.«

Ich wollte Harper in den Arm nehmen, doch sie hob die Hand wie ein Verkehrspolizist. »Bleib zurück. Meine innere Schönheit braucht Platz zum Strahlen.«

Ich musste lachen. Schon von ihrer äußeren Schönheit war ich vollkommen beeindruckt. Harpers porzellanfarbener Teint schimmerte rosig und auch ihre veilchenblauen Augen strahlten wieder. Ihr rabenschwarzes Haar war zum kurzen Bob gestutzt. Der Schnitt stand ihr, brachte ihre Kopfform und ihren Hals schön zur Geltung. Irgendwie sah sie so größer aus. Stilvoller.

»Wer hat dir das Haar geschnitten?«

»Honeysuckle.«

»Ist die neu?«

»Die ist ein der.«

»Erzähl.«

»Man hat mich gezupft, gerupft, gestutzt«, verriet Harper.

»Und?«

»Und vor der Behandlung hat Rainbow mich gezwungen, einen Baum zu umarmen. Sie meinte, mit meiner negativen Ausstrahlung würde ich Honeysuckles Kreativität blockieren.«

»Hast du es gemacht?«

»Klar. Hoffentlich habe ich den armen Baum mit meinem emotionalen Ballast nicht gekillt.«

»Hat's geholfen?«

»Das ist ja das Ding. Als ich anschließend wieder zurück in den Salon ging, war ich tatsächlich schon viel gelassener.« Sie zuckte die Achseln. »Wenn ich es nicht selbst erlebt hätte, würde ich es nicht glauben.«

»Sonst noch was?«

»Ich habe den Rufen von Walen gelauscht, meine Chakren harmonisieren lassen und Atemübungen gemacht. Und Rainbow hat noch mit Ricky die Spannungen in meinen Schultern gelöst.«

»Meinst du vielleicht Reiki?«, fragte ich.

»Habe ich doch gesagt.«

Ich kicherte. Das war typisch Byron.

Harper wedelte mit den manikürten Fingernägeln. Die Nagelbetten waren gepflegt, und die Nägel glitzerten golden.

»Ganz schöne Hingucker«, bemerkte ich.

»Bei der Pediküre bin ich dann eingeschlafen«, sagte sie entschuldigend.

»Gut, das heißt, dass du total entspannt warst.« Die Pediküre hatte ich zwar gar nicht gebucht, aber egal. Das Geld war gut angelegt, das Resultat umwerfend, wobei ich nicht sicher war, was nun am meisten geholfen hatte – der Sekt, die Schönheitspflege, der Baum oder die Wale?

»Tee?«, fragte ich.

Harper nickte. »Darjeeling, Darling.«

Während ich mit viel Bohei den Tee machte, nahm Miau Zedong schon mal am Tisch Platz, um die Teeparty ja nicht zu verpassen. Mit strenger Miene scheuchte ich ihn vom Stuhl, die Küchenmöbel sind tabu.

»Weißt du eigentlich, dass deine Bude total nach Lavendel mieft?«, fragte Harper.

»Miss Longfellow ist gerade hier gewesen. Die aufdringliche Tante aus dem Supermarkt, von der ich dir erzählt habe. Die baut Lavendel an.«

»Und Saubohnen?«

»Leider ja.«

Wir nahmen den Tee mit ins Arbeitszimmer, wo ich mich an den Schreibtisch setzte, Harper auf den Windsor-Stuhl und Miau Zedong auf Harper.

Da Harper immer wissen will, woran ich gerade arbeite, berichtete ich ihr von meinem Treffen mit Miss Longfellow, den Anemonen-Schwestern, O'Leary und der Erbschaft mit allem Drum und Dran. Es war offensichtlich, dass sie mir gestern Abend nicht richtig zugehört hatte, denn als ich diesmal die Sache von Nemony und O'Leary im Lavendelschuppen zum Besten gab, lachte Harper herzlich.

»Klingt spannend«, sagte sie anschließend. »Ist das ein einer von diesen ungelösten alten Fällen?«

»Ja, so ungelöst wie der Gordische Knoten.«

»Und was ist mit deinem Urlaub?«

»Das lässt sich nicht ändern. Wenn sich die Gelegenheit ergibt, muss ich einfach zuschlagen.«

Harper sah mich besorgt an. »Bist du knapp bei Kasse? Ich kann dir gerne ...«

Ich schüttelte den Kopf. »Nein, so meine ich das gar nicht.«

»Wenigstens bist du dann beschäftigt, bis Toby da ist. Du musst wahnsinnig aufgeregt sein. Wann kommt er?«

»Samstag.« Ich gab mir große Mühe, begeistert zu klingen, doch Harper durchschaute mich.

»Oh je«, sagte sie. »Wenn du so weit bist, sagst du mir hoffentlich, was los ist. Irgendwas muss ja faul sein, sonst wärst du doch mitgekommen zur Kosmetikerin und hättest dich aufdonnern lassen.«

»Ach was, alles in Ordnung«, schwindelte ich und rang mir ein Lächeln ab. Harper hatte schon genug Probleme, da wollte ich ihr nicht auch noch mein Liebesdrama aufhalsen, zumal es selbst verschuldet war.

Ihr Blick fiel auf *Bleak House*, das aufgeschlagen auf einem Bierfass lag, das ich als Beistelltisch nutze. »Hattest du dir nicht fürs neue Jahr vorgenommen, alles von Dickens zu lesen?«, fragte sie.

»Mhmm.«

»Und? Wie weit bist du schon?«

»Also …«

»Wie weit?«

»Ähm. Okay, ich habe Oliver als Musical gesehen und zwei Kapitel aus *Bleak House* gelesen.«

»Alle Achtung, und dabei haben wir erst Juli.«

Ich ignorierte ihre freche Antwort und wechselte das Thema: »Wie willst du dich denn jetzt Andrew gegenüber verhalten?«

»Weiß ich noch nicht«, sagte sie. »Erst mal will ich wissen, wer diese Frau ist, und sie fragen, was sie glaubt zu haben, das ich nicht habe.«

Hoppla! Mir war auch schon der Gedanke gekommen, dass man Andrew beschatten müsste, um herauszufinden, ob er eine Affäre hatte. Eigentlich wartete ich nur darauf, dass sie mich nach einem Privatdetektiv fragen würde. Sie würde schon noch darauf kommen.

»Sam hat angerufen«, sagte ich. »Wollte wissen, wie es dir geht.«

»Geht's ihm denn gut?«

»Nicht so. Am liebsten würde er seinen Vater grün und blau schlagen.«

»Das habe ich schon erledigt, als wir uns gestritten haben.«

»Du hast Andrew geschlagen?« Unglaublich!

»Eher eine Ohrfeige verpasst.«

»Hat er zurückgeschlagen?«

Sie schüttelte den Kopf. »Er hat geweint.«

Im Geiste sah ich meinen selbstbewussten, sportiven Schwager, den erfolgsverwöhnten Chirurgen, vor mir. Ihn mir heulend vorzustellen, fiel mir schwer.

Nun standen auch mir die Tränen in den Augen. Mir tat es weh, meine Schwester so reden zu hören.

»Nun fang du nicht auch noch an«, drohte Harper und warf mir *Bleak House* zu.

»Lies uns mal Kapitel 3 vor.«

Schniefend blätterte ich in dem Buch, bis ich die Stelle gefunden hatte. Harper und der Kater sahen mich gespannt an und warteten, dass ich loslegte.

Nach drei Seiten hob Harper die Hand.

»Stopp mal kurz«, sagte sie mit ihrer Lehrerinnenstimme. »Wie soll ich der Direktorin bloß morgen meine magische Verwandlung erklären?«

Entsetzt sahen wir uns an.

Und dann schütteten wir uns aus vor Lachen.

11.

Um vier Uhr machte Harper sich auf den Weg. Ich packte ihr etwas von Daisys Obst und Gemüse in einen Leinenbeutel. Die Saubohnen versteckte ich ganz unten, hoffentlich würde sie beim Auspacken darüber lachen.

Wir liefen die Jonson Street bis zum Bahnhof hinunter, wo ich ihren Wagen geparkt hatte, und ich atmete erleichtert auf, als er in Sicht kam. Meiner stand zum Glück auch noch da.

Harper umarmte mich und versprach, sich später zu melden. Sie trug immer noch meine Calvin-Klein-Jeans und das weiße T-Shirt, aber das war mir egal. Die Hälfte ihrer Garderobe hing ohnehin bei mir im Schrank und umgekehrt.

Auf dem Nachhauseweg besorgte ich eine Schachtel Trüffelpralinen und ging bei Rainbow vorbei, um meine Schulden zu begleichen. Der Salon war brechend voll und Ravels Bolero und Patschuli-Räucherstäbchen wehten mir entgegen. Rainbow – zierlich, dunkelhäutig und mit Kaskaden blauschwarzen Haares – föhnte gerade eine Kundin. Als sie mich erblickte, kam sie zum Tresen.

Wie vermutet hatte sie mir die Pediküre nicht in Rechnung gestellt, und ich machte sie darauf aufmerksam.

»Nimm es doch als meinen Beitrag zum guten Zweck«, sagte sie. Hatte Harper ihr etwa alles erzählt?

Ich reichte ihr die Pralinen. »Das hast du toll gemacht. Harper sieht super aus.«

»Wusste ich doch, dass du wieder was mitbringst«, sagte Rainbow und blickte sehnsüchtig auf die Schokolade.

»Und ich wusste, dass du mir zu wenig berechnest«, entgegnete ich.

Auf dem Nachhauseweg dachte ich darüber nach, was für ein Glück ich hatte, in einem Viertel zu leben, wo alle sich kannten und füreinander da waren. Heutzutage war das selten, und ich wusste es sehr zu schätzen.

***

Auf dem Anrufbeantworter hatte ich eine Nachricht von Hermione Longfellow. Sie ließ mich wissen, dass ich ihre Schwester Nemony morgen früh um zehn im Biergarten des Hotels in Brunswick Heads treffen würde. Dass ich womöglich etwas anderes vorhaben könnte, schien für sie gänzlich außer Frage zu stehen. Ich würde mich wohl mit ihrem gebieterischen Ton abfinden müssen.

Leider konnte ich mir nur einen Grund vorstellen, warum Nemony sich mit mir treffen wollte, nämlich um auch mir gegenüber klarzustellen, dass der Mensch auf dem Foto nicht ihr Mann war. Ich würde nach Anhaltspunkten suchen, dass sie log, denn ansonsten lohnte es nicht, dem Fall noch weiter nachzugehen.

Jetzt hatte ich Lust auf Bewegung; ich zog mir Turnschuhe an und machte mich auf zum Meer. Mit schnellen Schritten ging ich vorbei an Läden mit Kristallen und Kinkerlitzchen, einer Galerie, einer Klinik für Reflexzonenmassage und einer Frau namens Madame Ziska, die auf dem Gehweg Tarotkarten legte und bei der sich eine Schlange gebildet hatte.

Als ich parallel zum Strand durch die Lawson Street lief, überquerte vor mir eine vertraute Gestalt die Straße.

»Hey, Daisy!«, rief ich.

Sie winkte und kam auf mich zugelaufen. Wir küssten uns zur Begrüßung auf die Wangen und gingen zusammen weiter.

»Hast du herausgefunden, was Harper auf dem Herzen hat?«, fragte sie.

»Persönliche Probleme.«

So gerne ich Daisy auch eingeweiht hätte, das durfte ich nicht. Vielleicht könnte ich ein paar Anspielungen machen, sodass sie sich den Rest zusammenreimen konnte.

»Ist ihr Mann nicht Arzt?«

Ich nickte, hob die Brauen und lächelte dabei vielsagend. Wenn das kein Hinweis war!

Daisy brauchte einen Moment, aber dann sagte sie: »Also eine Krankenschwester.«

Ich kicherte. »Das ist die vorherrschende Meinung, wobei es aber durchaus noch andere Erklärungen geben könnte, warum Harpers Mann mit einer jungen Frau gesehen wurde.«

»Dave hatte auch mal eine Affäre«, sagte sie.

Vor Schreck wäre ich beinahe lang hingeschlagen. Der kleine, pummelige Dave, der dringend eine neue Hüfte brauchte!

»Das glaube ich jetzt nicht.«

»Er hat eine tolle Ausstrahlung«, sagte sie wie zu seiner Verteidigung.

»So habe ich das doch gar nicht gemeint. Eher, dass ich ihn nicht für so einen Typen gehalten hätte.«

Oh Gott! Erdboden, tu dich auf …

»Dave hat bei ihr einen Volkshochschulkurs im Kreativen Schreiben belegt«, fuhr Daisy fort. »Es war die mit den vorstehenden Zähnen.«

»Miss Jabberwocky?« Ich war außerstande, mein Entsetzen zu verbergen. »Das ist doch nicht dein Ernst!« Jabberwocky hatte sich ihren Spitznamen verdient, weil sie nichts als Unsinn von sich gab. Ihren richtigen Namen kannte ich nicht.

Daisy grinste. »Ja, deshalb habe ich mir auch keine richtigen Sorgen gemacht. Außerdem hatte ich genug mit meinem Brustkrebs und dieser Sekte aus Adelaide zu tun, auf die Ben sich eingelassen hatte. Dave und ich standen richtig unter Druck. Wahrscheinlich war das auch der Grund für seine Affäre.«

»Hat Dave es dir gesagt?«

Daisy schüttelte den Kopf. »Wenn man schon so lange zusammen ist wie Dave und ich, behält man manche Dinge lieber für sich. Zu der Zeit ging es mir gesundheitlich schlecht, da hätte ich das psychisch nicht verkraftet. Mit einer reumütigen Beichte tut man dem anderen womöglich noch mehr weh.«

Während wir weiterliefen, fragte ich mich, ob Daisy von mir und Rafe wusste und mir deshalb diese verschwurbelte Moralpredigt hielt. Und wusste sie, dass ihr Mann nachmittags gerne die schicken Anwaltsklamotten gegen Safarianzug und Fliegersonnenbrille eintauschte, um im Beach Hotel Mojitos trinkend am großen australischen Roman zu schreiben? Daisy, die so stolz darauf war, ihn jeden Morgen wie einen geschniegelten Promianwalt zur Arbeit zu schicken, würde durchdrehen, wenn sie von dem Safarianzug wüsste.

»Meistens geht es doch eher darum, dass der Beichtende sein Gewissen erleichtern möchte«, fuhr Daisy fort, »um den Preis, dass der andere noch mehr leidet. Dave hat sicher geahnt, dass ich es bereits wusste, und er hat es mir nicht gesagt, um das emotionale Ungleichgewicht etwas auszugleichen.«

»Du liebe Güte«, sagte ich. »Du meinst also, er hat mehr unter seinen Schuldgefühlen gelitten, weil er es für sich behalten hat? Hört sich verdammt kompliziert an.«

Daisy nickte. »Ehrlich gestanden, habe ich es genossen, wie er sich damit herumgequält hat. Aber beim nächsten Mal würde ich ihn in Stücke schneiden und verscharren.«

Ich musste zwar lachen, dennoch hatte mir ihre Bemerkung zu denken gegeben. Vor Jahren hatte Toby mir seine Affäre mit einer Ärztin in einem Hilfscamp in Somalia gestanden. Er hatte mir die Story geschickt verkauft, sein Geständnis mit Bomben, Hungersnot und Angst ausgeschmückt. Sie gipfelte in dem Kommentar, dass sich die Menschen in Zeiten, in denen das Leben ungewiss ist, einander zuwenden.

Auch wenn ich ihm längst vergeben hatte, erinnerte ich mich jetzt wieder, wie ich mich geärgert hatte, dass ihn das Geständnis so erleichtert hatte, dass er mir auch noch gleich die Sache mit der Journalistin in Angola steckte. Als wären alle Schuldgefühle wie weggeblasen, bloß weil er es mir gestanden hatte. Allein der Gedanken brachte mich in Rage, vor allem weil er unablässig rumgeblökt hatte, wie verdammt attraktiv die Frauen gewesen seien – als ob das irgendetwas entschuldigte!

War ich nun drauf und dran, es ihm mit gleicher Münze heimzuzahlen, nur um mein schlechtes Gewissen zu erleichtern?

Eine Gruppe forscher Geher in Hightech-Turnschuhen überholte uns, die Arme pumpten im Takt, die Hüften bewegten sich wie ein Uhrwerk. Von hinten sah es aus, als hätten sie sich Kokosnüsse in die Hosen gesteckt, die sie nun um keinen Preis verlieren wollten. Wir konnten der Versuchung nicht widerstehen und äfften sie nach, bis einer sich umdrehte und uns den Finger zeigte.

Nach unserem Lachanfall berichtete ich Daisy das Neueste im Longfellow-Fall und fragte, ob sie die Gerüchte von Hermione und dem Skater gehört hätte.

»Der Junge hat sie umgerissen, sie hat ihn verflucht und dann wurde er vom Auto überfahren«, sagte ich.

Daisy sah mich stirnrunzelnd an.

»Bedankst du dich etwa, wenn dich jemand über den Haufen fährt?«, fragte sie sarkastisch. »Der Rest ist völliger Blödsinn. Der Junge ist wie ein Berserker Rad gefahren, es war nur eine Frage der Zeit, bis der mal bei jemandem auf der Haube landet. Hermione war außer sich, dass die Polizei sie vernommen hat. Am Tag des Unfalls war sie in Lismore bei einem Treffen des Lavendelfarmerverbands, was sie dem Polizeipräsidenten in einem Schreiben auch unmissverständlich deutlich gemacht hat. Danach war die Polizei für sie gestorben.«

Mhmm. Ein weiterer Grund, warum Hermione sich wegen O'Leary nicht an die Polizei gewandt hatte.

»Miles meinte, dass Amelia schon seit Jahren nicht mehr gesehen wurde.«

»Interpretier da nur nichts rein. Ich habe die anderen beiden Schwestern überhaupt noch nie gesehen.«

Sosehr ich mich auch bemühte, aber das Skelett einer alten Frau im Schaukelstuhl ging mir nicht aus dem Kopf. Wie Miles schon bemerkt hatte: Kein Rauch ohne Feuer, und die Ermittlerin in mir wollte der Sache auf den Grund gehen.

Auf einmal tauchte aus einem der Strandwege ein gebräunter Adonis auf und lief quer vor uns über die Straße. Es war der Mann, den ich vorhin schon vom Fenster aus erblickt und Dante getauft hatte. Der mit dem Rotwein.

»Oh Gott, hast du das gesehen?«, fragte Daisy und sah ihm hinterher.

»Was?«

»Diesen bildschönen Mann.«

»Um Gottes willen, Daisy«, schimpfte ich. »Du bist doch keine fünfzehn mehr!«

Sie streckte mir die Zunge heraus, was ich mit einer Grimasse quittierte.

Als wir umdrehten und zurück Richtung Innenstadt liefen, dämmerte es bereits. Daisy hatte ihren Wagen in der Middleton Street abgestellt, wir trennten uns an der Ecke. Zum Abschied küsste ich sie auf die Wange und machte mich auf den Nachhauseweg.

Im Licht der Straßenlaterne entdeckte ich einen kleinen gelben Teddy, der auf einem der Picknicktische in der Lawson Street vergessen worden war. Der Bär wurde offenbar heiß und innig geliebt, ein Ohr war angekaut und ein Arm fehlte, der übliche Verschleiß. Irgendwo würde jetzt ein Kind quengeln und eine Mutter in die Verzweiflung treiben. Kannte ich nur zu gut.

Ich spielte mit dem Gedanken, den Teddy einfach liegen zu lassen, doch am Ende gewann Wonder Woman die Oberhand. Den Teddy unter dem Arm machte ich einen kleinen Umweg zum Polizeirevier. Mit ein bisschen Glück wäre die Mutter irgendwann so fertig mit den Nerven, dass sie bei der Polizei anrufen würde. Obwohl der Vater ihr natürlich einen Vogel zeigen und sagen würde, niemand, der noch ganz bei Trost sei, würde einen so schäbigen alten Bären auf die Wache bringen.

Die Schlange bei den Tarotkarten schrumpfte langsam. Vielleicht hätte ich mich auch anstellen sollen. Madame

Ziska könnte mir womöglich ein paar hilfreiche Einblicke in die unbekannte Welt des Mick O'Leary geben.

Tja, Voraussicht ist schon eine feine Sache.

12.

Von außen ist die Polizeiwache in Byron Bay ein hübscher hell gestrichener Holzbau, der hinter ausgewachsenen Pinien und einem weißen Lattenzaun liegt. Innen befindet sich die Schaltzentrale zur Verbrechensbekämpfung von Northern Rivers.

»Ich habe einen Teddy gefunden«, sagte ich zu Constable Sarah Walters, einer großen, sportlichen Rothaarigen, die vorne am Tresen saß.

Sarah bedeutete mir zu schweigen. »He, Officer Dobbin«, rief sie. »Erinnern Sie sich noch an die Frau, die wegen eines Teddys anrief, den ihr Sohn am Strand verloren hat?«

»Ja, die hätte ich wegen Zeitverschwendung belangen sollen. Was ist damit?«

»Bitte rufen Sie sie zurück und sagen Sie ihr, dass ein gelber Teddy abgegeben wurde.«

In der nachfolgenden Stille grinsten Sarah und ich uns schadenfroh an. Officer Dobbin kam in den Vorraum stolziert. Jung, klein und muskelbepackt, dunkles kurz geschorenes Haar, das typische Großmaul. Vermutlich befand sich in seinem Portemonnaie ein Foto von Sylvester Stallone.

»Lassen Sie sich von der Frau eine genaue Beschreibung geben«, mahnte Sarah. »Nicht dass sie sich einen fremden Teddy unter den Nagel reißt.«

Dobbin schnappte sich den Teddy, verdrehte die Augen und marschierte hinaus. Dann kam Sarah hinter dem Tresen hervor und umarmte mich. Bis vor Kurzem waren wir im Tennisclub das beste Damendoppel gewesen, zumindest in der Güteklasse B. Vorigen Monat hatte Sarah sich beim Basketballspielen das Handgelenk verstaucht und war nach wie vor nur für leichte Aufgaben eingeteilt. Es würde eine Weile dauern, bis wir wieder zusammen auf dem Tennisplatz stünden.

»Wie geht's Rafe?«, fragte sie. Von seinen Kollegen war Sarah wohl die Einzige, die von unserer Beziehung wusste.

»Gut.«

»Wir vermissen den hübschen Kerl.«

»Ich auch«, sagte ich.

»Und Toby kommt auch bald wieder?« Sie grinste süffisant.

Ich nickte unglücklich.

»Ja, da hast du ja ein echtes Problem«, neckte sie mich. »Zwei der bestaussehenden Männer, die mir je begegnet sind, und nun musst du Ärmste dich auch noch entscheiden.«

»So toll ist das nun auch wieder nicht.«.

»Hast du mal überlegt, ob du … nicht vielleicht … mit beiden?«

Ich kenne Sarah schon ewig, aber das schockierte mich nun doch. Darauf wäre ich nie gekommen, echt nicht.

»Klar, was denkst du denn?«, entgegnete ich lässig.

Officer Dobbin kam zurück und stellte sich breitbeinig hin, die Daumen in seinen hochprofessionell aussehenden Polizeigürtel gehängt. Er räusperte sich gewichtig. »Es ist der Teddy der Frau.«

Ich versuchte, mir das Lachen zu verkneifen, und sah zu Sarah.

»Haben Sie den Namen?«

»Mrs Deana Diamond.«

»Ziemlich extravagant für einen Bären«, konterte Sarah, und ich musste mich wegdrehen.

»Die Frau heißt so.«

»Aber haben Sie auch den Namen des Bären?«

Inzwischen bogen Sarah und ich uns schon vor Lachen, also war das Spiel vorbei.

»Weiber!«, schnaubte Dobbin und stampfte davon.

»Unser kleiner Sonnenschein«, murmelte Sarah.

Ich verabschiedete mich von Sarah, damit sie weiterarbeiten konnte. Es war ein komisches Gefühl, so ganz ohne Rafe auf der Wache zu sein, und ich setzte mich noch einen Moment auf die Stufen, um mich ihm näher zu fühlen. Ich hatte schreckliche Sehnsucht nach ihm.

Um mich aufzumuntern, lieh ich mir auf dem Nachhauseweg den Film *Tatsächlich... Liebe* aus. Das junge Mädchen an der Ausleihe erinnerte mich lautstark, dass ich den Film bereits fünfmal ausgeliehen hätte. Zeit, die Videothek zu wechseln, sonst gibt es bloß Gerede.

In der Gasse hinterm Haus begegnete ich Mrs Delgado auf ihrem Abendspaziergang, wir nickten uns höflich zu. Mrs D ist eine exzentrische alte Dame, die in ihren bunt gemusterten Kaftans durch die Stadt stromert und immer einen Hackenporsche im Schottenkaro hinter sich herzieht, in dem vermutlich all ihre weltlichen Besitztümer stecken. Kürzlich war ich Zeugin geworden, wie ihr Miles diskret ein Essenspaket zugesteckt hatte. Inzwischen wusste ich, dass das ein tägliches Ritual war, obwohl Miles nie ein Wort darüber verlor. Ich finde, das sagt viel über diesen Menschen aus.

Dabei ist Mrs D nicht der einzige Sozialfall, der Miles auf der Tasche liegt, obwohl ich streng genommen für mein Essen arbeite. Ein- bis zweimal im Monat helfe ich im Fandango in der Küche oder als Kellnerin aus. Im

Tausch bekomme ich dafür mehrmals die Woche fantastisches Essen. Wir nennen unser Arrangement Miles & More.

Wie nicht anders zu erwarten, saß Miles auf meiner Verandatreppe und rauchte eine Gauloise. Miau Zedong saß niesend neben ihm. Schnell, aber eben nicht schnell genug, ließ ich die DVD in meiner Tasche verschwinden.

»So schlimm, dass du einen schnulzigen Liebesfilm brauchst?«, fragte Miles trocken.

Ich wurde rot und nahm schnell den Kater auf den Arm.

»Willst du einen Gin Tonic?«

Ich schüttelte den Kopf. »Nein danke, ich muss noch telefonieren.«

»Was hätten Madame denn gerne? Pasta Primavera oder Hummerschwanz in Rotwein?«

»Hummerschwanz bitte«, sagte ich.

»Mario hat eine Feigentorte gemacht. Ich gebe dir ein Stück mit, kannst du zum Film essen.«

Mario ist Miles' Konditor, der sogleich den Kopf aus der Küchentür steckte.

»Nur für dich?«, fragte er.

»Natürlich«, sagte ich steif. Gütiger Gott, wusste denn ganz Byron Bay von meinen Männergeschichten?

Miles zwinkerte mir zu, und ich lächelte betreten, dankte ihm schon mal fürs Essen und rannte die Treppe hinauf. Ganz das Unschuldsengelchen.

Nachdem ich Miau Zedong gefüttert hatte, kümmerte ich mich um meinen Diabetes und sprang anschließend kurz unter die Dusche. Eine Viertelstunde später telefonierte ich im rosa Seidenschlafanzug mit meinem Neffen Max.

Ich sagte ihm, dass sich die Zwillinge melden würden, aber keine Ahnung von dem Vorfall hatten, nur wüssten, dass er eine kleine Aufmunterung gebrauchen könnte.

Außerdem versprach ich Max, mich um seine Mutter zu kümmern.

»Du kannst hier jederzeit wohnen, wenn du ein bisschen näher an zu Hause sein möchtest«, bot ich ihm an.

»Danke. Ich melde mich dann noch mal«, meinte Max.

Hinten an der Pforte klopfte es. Mario mit dem Zimmerservice.

»Ich muss jetzt auflegen«, sagte ich zu Max. »Aber ruf mich an, wenn du reden willst.«

Nachdem ich mich bei Mario bedankt hatte, schob ich *Tatsächlich... Liebe* in den DVD-Spieler und stellte Hummerschwanz und Feigentorte auf den blauen Überseekoffer vor das Sofa. Der Kater sprang aufs Sofa und ich machte es mir neben ihm gemütlich. Das Sofa fühlte sich seltsam an, noch unbequemer als sonst, und da ich immer Angst vor einem Reptil in meiner Wohnung hatte, sprang ich auf.

Mit dem Küchenbesen lüpfte ich vorsichtig die Lederkissen. Darunter lag ein Häufchen Saubohnen. An einer klebte ein Zettel: *Ich brauche doch nur zwei, eine für jedes Nasenloch. Alles Liebe, Harper XX.*

Egal wie sehr ich mich auch bemühe, Harper ist mir immer einen Schritt voraus. Jahrelange Übung.

Nachdem ich gegessen und den Film schon zur Hälfte gesehen hatte, kehrten meine Gedanken zu Rafe zurück. Wie so oft stellte ich ihn mir vor, wie er gerade aus dem Meer kam. Wassertropfen rannen an seinem gebräunten, muskulösen Körper hinunter, als er den Kopf schüttelte, die feuchten dunklen Locken glitzerten im Sonnenlicht, die Augen so blau wie Lapislazuli und voll dunkler Verheißungen.

Ich ließ den Film Film sein und zog mich ins Schlafzimmer zurück. Miau Zedong maunzte laut vor der Tür und wollte eingelassen werden, aber ich ignorierte ihn, legte mich aufs Bett und rief Rafe an.

»Tut mir leid, Sie noch so spät zu stören, Officer Kelly«, sagte ich. »Hier spricht Miss Davis von der *Penthouse*-Redaktion. Ich rufe wegen des Vorfalls an, den Sie uns kürzlich in einem Brief mitgeteilt haben.«

»Ist dein Haar offen?«, fragte Rafe mit einer Stimme wie warmer Honig.

»Ja.«

»Was hast du an?«

»Eine Polizeimütze«, flüsterte ich, »und eines deiner Hemden.«

»Ist es offen?«

»Ja.«

»Was trägst du noch?«

»Nichts …«

13.

Am Donnerstagmorgen brauchte ich eine Viertelstunde nach Brunswick Heads, einem kleinen Badeort nördlich von Byron Bay. Ich war seit Jahren nicht mehr dort gewesen, doch in Bruns war noch alles beim Alten. Derselbe schöne alte Fluss, dieselben breiten alten Straßen, dieselben hohen alten Bäume.

Ich fuhr auf den Parkplatz gegenüber vom Hotel Brunswick, wo ich Hermione Longfellows Schwester treffen sollte. Es war sonnig, vom Meer wehte eine kühle Brise, und ich trug einen klassischen grauen Rock und eine strahlend weiße Bluse. Ich putzte meine Sonnenbrille, schnappte mir die graue Baumwollstrickjacke vom Rücksitz und ging über die Straße und die Stufen hinauf zum Biergarten des Hotels, das am Flussufer ganz im Grünen lag.

Nemony saß im Schatten eines riesigen Flammenbaums an einem Holztisch, rauchte eine Zigarette und trank einen Longdrink. Ich erkannte sie gleich, denn sie war der einzige Gast und außerdem in Schwarz gekleidet.

»Mrs O'Leary?«, sagte ich beim Näherkommen.

Sie schaute zu mir auf, nahm einen Zug von ihrer Zigarette, blies den Rauch aus und nickte. »Nennen Sie mich bitte Nemony. Und Longfellow ist mir lieber.«

Ein wenig überrascht lächelte ich ihr zu. Ihre Schwester hatte behauptet, Nemony sei depressiv und zerbrechlich. Ich hatte geglaubt, sie mit Samthandschuhen anfassen und ihr à la John Deed, dem Richter aus der britischen Fernsehserie, anbieten zu müssen, dass sie mich jederzeit unterbrechen könnte, wenn es ihr zu viel wurde. Deed sagt das immer zu verängstigten Zeugen und bei ihm funktioniert es ganz wunderbar.

Ich reichte ihr meine Karte, stellte mich vor und wir gaben uns die Hand.

»Kann ich Ihnen noch etwas zu trinken bestellen?«, erbot ich mich.

»Nein, danke.« Ihre Stimme war tief und etwas heiser, wie so oft bei Rauchern.

»Ich hole mir nur kurz einen Kaffee«, entschuldigte ich mich. Das Teeangebot in Gaststätten war meistens eine herbe Enttäuschung und zwischendurch trank ich auch gerne mal Kaffee.

Während ich am Tresen anstand, beobachtete ich Nemony unbemerkt. Sie war sechzig Jahre alt, und das Alter hatte durchaus seine Spuren hinterlassen, aber sie war immer noch eine schöne Frau, mit ihren weit auseinanderstehenden hellbraunen Augen, den hohen Wangenknochen und vollen Lippen. Es war kein Wunder, dass O'Leary sich ausgerechnet für sie entschieden hatte. Anders als ihre Schwester sah sie nicht aus wie eine ausgemergelte Puritanerin und auch nicht nach jahrzehntelangem Liebeskummer: keine abgekauten Nägel, keine Hängeschultern, keine dunklen Ringe unter den Augen.

Ihre Kleidung war zwar schwarz, aber nicht so altbacken wie Hermiones. Sie trug Jeans, einen Baumwollpulli und ihr brauner Pferdeschwanz wurde von einem schwarzen Tuch mit blauen Tupfen zusammengehalten. Sie trug – natürlich schwarze – Sandalen und ein Korb stand am Boden neben ihr.

Ich bezahlte meinen Kaffee, ging zurück zum Tisch und

setzte mich Nemony gegenüber. Den Zeitungsartikel mit dem Foto hatte sie in die Mitte des Tisches gelegt, und ich wappnete mich für ein langes und schmerzhaftes Gespräch. Auf dem Weg hierher hatte ich mir das Szenario schon ausgemalt: Miss Longfellow verneint heftig, dass es O'Leary ist, und ich entgegne wild gestikulierend: »Oh doch!«

Nemony tippte auf den Mann mit der weißen Haarsträhne.

»Das ist er«, sagte sie überzeugt. »Kein Zweifel.«

Fast wäre ich vom Stuhl gekippt. Ihr Eingeständnis war so ziemlich das Letzte, womit ich gerechnet hätte, und Nemony lächelte vergnügt darüber, dass sie mich so überrumpelt hatte.

Aber ich erholte mich schnell wieder. »Ihre Schwester Hermione sagte, Sie hätten geleugnet, dass es Ihr Mann wäre.«

»Sie haben meine Schwester doch kennengelernt. Würden Sie ihr gerne recht geben?«

Unweigerlich lachte ich laut und schickte John Deed in die Wüste. Ihre Reaktion änderte alles, hier waren nicht nur die Torpfosten verschoben worden, sondern gleich das komplette Spielfeld. Im Geiste verwarf ich die Liste mit Fragen, die ich mir zurechtgelegt hatte, und redete einfach drauflos.

»Dann ist es also auch in Ihrem Interesse, dass ich der Sache auf den Grund gehe und untersuche, wie Ihr Mann sein Verschwinden inszeniert hat?« Die Möglichkeit eines Gedächtnisverlustes ließ ich fürs Erste außer Acht.

Nemony nickte und zündete sich eine weitere Zigarette an. Mir wurde klar, warum wir uns ausgerechnet im Biergarten treffen mussten. Es gab kaum noch öffentliche Orte, wo man rauchen konnte.

»Schön, dass Sie mich nicht gefragt haben, ob ich auch ganz sicher bin«, sagte Nemony. Sie kramte in ihrem Korb und förderte einen Umschlag mit einer Handvoll Fotos zutage.

»Sind die von Ihnen und Mr O'Leary?«

»Ja, als wir gerade frisch verheiratet waren.«

Während ich die Bilder durchsah, wunderte ich mich über ihren tadellosen Zustand. Sie waren längst nicht so abgegriffen wie die heiß geliebten Fotos, die meine Großmutter von meinem Großvater aufbewahrt hatte. Über Mick O'Learys Fotos hatte offenbar niemand Tränen vergossen oder ihnen auch nur größere Beachtung geschenkt.

»Sind das die einzigen Bilder von Ihrem Mann?«, fragte ich beiläufig.

»Ja.«

»Ein gut aussehender Mann«, sagte ich.

»Ein durchtriebener, gut aussehender Mann«, fügte sie giftig hinzu. Nemony schien alles andere als betrübt und dass sie diesen Mann einst zärtlich geliebt hatte, war ihr auch nicht anzumerken. Es war, gelinde gesagt, ziemlich verwirrend.

Auf einem Bild saßen die beiden auf einem Boot, im Hintergrund die Sydney Harbour Bridge. O'Learys Poliosis war nicht zu übersehen, ein dichtes weißes Büschel in einer wilden schwarzen Mähne. Überraschenderweise tat es seinem Aussehen keinen Abbruch. Im Gegenteil, es gab ihm eine verwegene Note.

Ich legte das Foto neben den Zeitungsausschnitt auf den Tisch. Selbst nach dreißig Jahren war die Ähnlichkeit unverkennbar. Und die Weißfärbung war an der gleichen Stelle, allerdings stach sie in dem grau melierten Haar nicht mehr so heraus.

»Darf ich das Bild behalten?«

»Klar.«

Moment mal. Sollte ich nicht auf mehr Gegenwehr stoßen? Immerhin bat ich um ein kostbares Andenken ihrer großen Liebe!

Nemony beugte sich vor. »Hermione sagte etwas von einer Einverständniserklärung, die unterschrieben werden muss, damit Sie mit der Geschichte an die Öffentlichkeit gehen können.«

Auweia, jetzt ging's los.

»Wo soll ich unterschreiben?«

Hoffentlich sah sie mir die Erleichterung nicht an. Hastig zog ich die Formulare aus der Tasche und sah mich im Garten um, während sie sich alles durchlas. Ein Mann mittleren Alters in dunklen Hosen und braunem Cordsakko setzte sich mit einem Getränk an einen der Nachbartische, faltete seine Zeitung auf und steckte sich eine Zigarre an. So ein Cordsakko hatte ich schon seit Ewigkeiten nicht mehr gesehen.

»Tun Sie Ihr Äußerstes«, sagte Nemony und gab mir die Papiere zurück. Ihre Handschrift war klein und ordentlich, nicht so künstlerisch schwungvoll wie Hermiones.

»Danke.« Irgendwie machte es mich nervös, dass alles so geschmiert lief.

»Wenn unsere Jacht nicht zerstört wurde, schuldet Mick mir einen Batzen Geld«, sagte sie ärgerlich.

»Könnte er den Unfall vorgetäuscht haben?«

»Schon möglich. Er war ein ausgezeichneter Segler und ein ausgebuffter Hund. Von der Jacht ist kaum etwas gefunden worden.«

»Ihre Schwester sagte, die Jacht sei nicht versichert gewesen.«

Sie schüttelte den Kopf. »Nicht dass ich wüsste, aber Mick traue ich alles zu. Nach seinem Verschwinden habe ich jedenfalls keine Versicherungspolice gefunden.«

»Hatte Ihr Mann eine Lebensversicherung?«

»Davon weiß ich nichts.«

»Können Sie sich an die Marke der Jacht noch erinnern?«

»Es war eine Bombora 23 Classic aus Kunststoff. Wir haben sie bei einem Händler in Sydney gekauft und sie *Lavender* getauft. Sie hat 80000 Dollar gekostet, den Scheck habe ich mit unterschrieben.«

»Können Sie sich noch an den Namen des Händlers erinnern?«

»Nein, aber der Laden hieß Bosuns Marine und lag in der Nähe der Spit Bridge. Ob es den noch gibt, kann ich allerdings nicht sagen.«

»Wann genau haben Sie die *Lavender* gekauft?«

»Juli 83. Im März 83 hatten wir geheiratet. Eigentlich wollte ich von dem Geld, das ich von Onkel Willard, dem Bruder meines Vaters, geerbt hatte, eine Eigentumswohnung kaufen, doch stattdessen hat Mick mich zu der Jacht überredet. Eigentlich hatten wir vor, mit der *Lavender* zum Great Barrier Riff zu segeln und dort ein Charterunternehmen zu gründen.«

»Also hatten Sie die Jacht gerade mal vier Monate, als das Unglück geschah?«

»Ja. Der Sturm kam buchstäblich aus heiterem Himmel. Etliche Jachten wurden stark beschädigt, doch außer unserer ist keine verschwunden. Mick hat SOS gefunkt, und die Seerettung hat mit Booten und Hubschraubern nach ihm gesucht. Drei Tage später wurde die Suche abgebrochen. Eine Schwimmweste, ein Seesack und Teile der Jacht waren im Hafen angespült worden.«

»Das hat mir Ihre Schwester auch schon erzählt, aber woher wusste man überhaupt, dass die Fundstücke von Ihrer Jacht stammten?«

»Auf dem Seesack stand *Lavender.* Und die Schwimmweste habe ich als Micks identifiziert. Aus Spaß hatte er alle Segelsachen mit weißen Farbspritzern versehen, damit sie zu seinem Haar passten, und der weiße Spritzer auf der Weste war ganz eindeutig. Daraufhin wurde angenommen, dass die übrigen Fundstücke – ein gebrochenes Ruder, ein zerfetztes Segel und eine kaputte Pinne – ebenfalls zur *Lavender* gehörten.«

»Aber anhand der angespülten Teile konnte niemand mit hundertprozentiger Sicherheit sagen, dass die Jacht vollständig zerstört wurde?«

»Im Untersuchungsbericht stand, da Mick seit dem Sturm verschwunden sei, müsse vom Untergang der Jacht und seinem Verbleib auf See ausgegangen werden. Die Richterin hat ihn daraufhin für tot erklärt.«

»Haben Sie noch weiter nach ihm gesucht, nachdem die Behörden die Suche eingestellt hatten?«

»Natürlich, schließlich war er mein Mann. Ich habe Anzeigen in Zeitungen geschaltet und verzweifelt alle Krankenhäuser an der Küste abtelefoniert, bis ich irgendwann die Hoffnung aufgegeben habe. Einer der Polizisten, der zu dem Fall gehört wurde, hat auch noch weitergesucht.«

»Wissen Sie noch, wie er hieß?«

»Smith. Inspector Norman Smith. Ein netter Mensch.«

»Warum waren Sie nicht mit an Bord?«, fragte ich.

Nemony zögerte. »Ich hatte am Vortag eine Fehlgeburt und Mick sagte, er bräuchte ein bisschen Zeit für sich, um darüber hinwegzukommen. Er segelte für sein Leben gern allein. Nur er und die Natur. Darum glaube ich nicht, dass sein Verschwinden geplant war, denn er hat ja nicht wissen können, dass ein Sturm aufziehen oder ich nicht mitsegeln würde.«

»Er sei denn, er wollte Sie gleich mit über Bord schmeißen.« Die Worte waren mir einfach so herausgerutscht. »Verzeihen Sie«, murmelte ich, »das wollte ich wirklich nicht sagen.« Beschämt verbarg ich das Gesicht in den Händen. Sie nickte nachdenklich.

»Ein schrecklicher Gedanke, doch möglich wäre es. Ich war immer traurig, dass ich das Kind verloren habe, aber wenn Sie recht haben, hat mir das arme Würmchen womöglich das Leben gerettet.«

»Was ist mit dem restlichen Geld geschehen?«

»Das haben wir zum Leben gebraucht, Essen und Miete. Außerdem hatten wir uns einen Wagen gekauft, den habe ich dann wieder verscherbelt, als ich aus Sydney weg bin. Der Wagen hat 12 000 Dollar gekostet und verkauft habe ich ihn für 9 500.«

»Wer hat sich um den Nachlass Ihres Onkels gekümmert?«

Sie hob die Brauen. »Warum wollen Sie das wissen?«

»Keine Ahnung. Ich versuche einfach, so viele Informationen wie möglich zusammenzutragen, weil ich vorher nicht abschätzen kann, was wichtig sein könnte.«

Nachdem sie einen Schluck aus ihrem Glas getrunken hatte, sagte Nemony: »Overton Siliphant. Solch einen Namen vergisst man nicht so leicht. Er müsste mittlerweile schon sehr alt sein, wenn er überhaupt noch lebt.«

»Wissen Sie noch, für welche Anwaltskanzlei er gearbeitet hat?«

»Nein, aber das weiß Hermione.«

»Wann hat O'Leary von Ihrer Erbschaft erfahren?«

Sie lächelte verschmitzt. »Ich habe es ihm erst nach der Hochzeit gesagt. Hermione hält mich für naiv, doch so dumm war ich nun auch wieder nicht.«

»Also kann er von Ihrem Vermögen nichts geahnt haben?«

»Ich wüsste nicht, woher. Ihm war klar, dass meinen Schwestern und mir die Farm in Byron Bay gehört.«

»Land ist hier in der Gegend viel wert«, bemerkte ich.

»Ja, heute. Damals aber nicht, und es gehört uns Schwestern zusammen. Wir haben es von unseren Eltern geerbt.«

»Wie kam es eigentlich, dass Sie drei zu der Zeit gemeinsam auf der Farm gewohnt haben?« Ich fand es seltsam, dass die Schwestern mit dreißig noch zusammengelebt hatten und dreißig Jahre später immer noch.

»Ich gebe Ihnen die Kurzfassung«, sagte sie und stützte sich mit verschränkten Armen auf den Tisch. »Unser Vater war zweiunddreißig Jahre älter als unsere Mutter und bei unserer Geburt schon ziemlich alt. Nachdem er pensioniert wurde, zogen sie von Sydney nach Byron Bay, wo sie Land kauften und Lavendel anbauten. Zu der Zeit machte Hermione eine Weiterbildung als Sekretärin in Sydney, Amelia jobbte vor dem Studium in einem Buchladen, und ich ging noch zur Schule. Wir wohnten in Mosman bei Onkel Willard.«

Nemony zündete sich eine weitere Zigarette an.

»Vor der ersten Lavendelernte erlitt mein Vater einen schweren Schlaganfall, also zogen Hermione und Amelia zu Mutter, um ihr mit Vater und der Farm zu helfen, während ich bei meinem Onkel blieb, um die Schule zu beenden. Dann starb Vater, und Mutter verlor vor Kummer so langsam den Verstand, also bin ich auch nach Hause zurückgekommen, um zu helfen. Mutter ist nach langer

Krankheit an Lungenentzündung gestorben, zwei Wochen nach Onkel Willards Tod. Kurz darauf ist Mick aufgetaucht.«

Ich lauschte voller Anteilnahme. Auch wenn das natürlich einiges erklärte, blieb mir schleierhaft, warum sie auch jetzt noch mit ihren Schwestern zusammenlebte. Aber ich wollte sie in der Sache nicht zu sehr drängen, und da der Name Amelia gefallen war, nahm ich eben den Faden auf.

»Mit Amelia würde ich mich auch gerne einmal unterhalten«, sagte ich und wartete gespannt auf ihre Reaktion.

Nemonys Miene verfinsterte sich. »Amelia weiß auch nicht mehr, als ich Ihnen schon gesagt habe. Außerdem ist sie im Moment geschäftlich verreist.«

Das war offensichtlich gelogen, doch ich ließ mir nichts anmerken.

»Was wissen Sie über Mick O'Learys Leben, bevor Sie zwei sich kennengelernt haben?«

»Nicht viel. Mir hat er gesagt, er sei 1977 von Nordirland nach Australien immigriert. Als wir heirateten, war Mick dreißig, genau wie ich damals.Ich weiß, dass es stimmt, weil ich seine Geburtsurkunde gesehen habe. Er war Katholik, aber kein praktizierender, was mir nur recht war, denn in meiner Familie wurde Religion als Schwäche angesehen. Micks Eltern waren tot, er hatte keine Geschwister.«

»Haben Sie sich darüber denn nicht gewundert? Für einen katholischen Iren recht ungewöhnlich.«

Ihr fiel die Kinnlade herunter. »Das ist mir nie aufgefallen.« Sie nahm einen tiefen Zug. »Dieser verlogene Mistkerl!«

»Haben Sie die Geburtsurkunde noch?«

»Ja, wollen Sie sie sehen?«

»Sehr gerne«, sagte ich. Damit hätte ich Gewissheit, dass O'Leary auch der war, für den er sich ausgab. »Den Pass haben Sie nicht auch zufällig?«

»Nein. Mick hatte einen britischen Pass mit unbeschränkter Aufenthaltsgenehmigung. Der ist dann irgendwann in Sydney verloren gegangen, allerdings habe ich ihn nie gesehen. Mick meinte, er hätte einen neuen beantragt, das war eine Woche vor dem Unfall, aber es ist nie einer angekommen. Wahrscheinlich hat er den Pass überhaupt nicht verloren.«

»Das würde erklären, warum keiner gekommen ist«, sagte ich.

»Mhmm.«

»Was war er eigentlich von Beruf?«

»Dies und das. Er hat als Zimmermann gearbeitet, meist Innenausbauten von neuen Geschäften, und auch als Erntehelfer. Mick war stark und gesund.«

»Hatten Sie ein gemeinsames Konto?«

»Ja, das haben wir damals gleich als Erstes eingerichtet. Als ich es 1984 aufgelöst habe, waren noch 40 Dollar drauf.«

»Also hatten Sie am Ende Ihrer Beziehung keinen Pfennig mehr?«

»Na ja, die 40 Dollar und das Geld vom Wagenverkauf.«

»Haben Sie die Kontoauszüge von damals noch?«

Nemony nickte. »Ich bewahre immer alle Papiere pedantisch auf.«

»Und den Untersuchungsbericht?«

»Ja. Darin steht im Prinzip auch nur, was ich Ihnen schon gesagt habe, nämlich dass Mick ertrunken ist. Und die Sterbeurkunde habe ich auch.«

»Haben Sie Probleme, mit der Polizei zu sprechen?«

Nemony schmunzelte. »Sie meinen wie Hermione?«

»Ja.«

»Nein. Hermione misstraut allen Menschen in Uniform. Sie ist überzeugt, dass Priester, die sich jahrzehntelang an kleinen Jungen vergehen, dank ihrer Autorität ungeschoren davonkommen.«

»Damit könnte sie sogar recht haben«, entgegnete ich.

»Vielleicht, aber ich will, dass Sie Mick finden und Ihre Exklusivmeldung oder worauf auch immer Sie es abgesehen haben, bekommen, und wenn ich dafür mit der Polizei sprechen muss, nehme ich das in Kauf.«

»Ehrlich gesagt, verstehe ich nicht so ganz, warum Sie nicht längst selbst zur Polizei gegangen sind.« Hoffentlich brachte ich sie damit nicht auf dumme Gedanken.

Verlegen sah Nemony mich an. »Uns nennt man hier die Anemonen-Schwestern, doch das wissen Sie bestimmt. Da sich alle Welt über uns lustig macht, würde ich nicht davon ausgehen, dass mich die Polizei ernst nimmt, und ich habe keine Lust, als Stammtischwitz zu enden. Und Hermione ist auch so schon unausstehlich, dann wäre sie gar nicht mehr zu ertragen. Also je länger wir die Polizei heraushalten können, desto besser. Außerdem habe ich nur Gutes über Sie gehört. In der Stadt wird viel geredet. Es heißt, Sie bringen jeden Fall zum Abschluss. Sie finden Mick, und dann rede ich, mit wem Sie wollen.«

»Kein Druck also«, sagte ich, und wir lachten beide. Doch insgeheim fürchtete ich, dass ihr die Gerüchteküche ein falsches Bild von mir vermittelt hatte und sie zu viel von mir erwartete.

»Ich bin keine Privatdetektivin«, gab ich zu bedenken.

»Das weiß ich doch.«

Wir unterhielten uns noch ein wenig über die Untersuchung und das Unwetter, aber es ergaben sich keine brauchbaren Hinweise. Mick O'Leary hatte sich am Tag des Sturms ganz normal verhalten und sich auch nicht übermäßig emotional verabschiedet. Außer der weißen Stirnlocke hatte er keine weiteren körperlichen Auffälligkeiten.

Nemony versprach, mir so schnell wie möglich Kopien der Bankauszüge, der Heiratsurkunde und von O'Learys Geburtsurkunde sowie den Bericht zur Untersuchung der Todesumstände zukommen zu lassen.

Als unser Treffen vorbei war und Nemony sich zum Gehen erhob, blieb noch eine Sache, die ich unbedingt ansprechen wollte.

»Ich hoffe, Sie halten mich jetzt nicht für unverschämt«, sagte ich lächelnd, »aber ich hatte damit gerechnet, dass Sie vor lauter Liebeskummer am Boden zerstört sind. Aber auf mich wirken Sie … also, depressiv scheinen Sie nicht.«

Im ersten Moment wirkte sie wie ertappt, doch dann lächelte sie verschmitzt, als hätte ich gerade unbewusst etwas Lustiges gesagt.

Ohne mir zu antworten, nahm sie ihren Korb, verabschiedete sich höflich und ging.

Ich muss sagen, dass mich ihr Verhalten mehr als neugierig machte.

14.

Das Treffen war gut verlaufen, Nemony hatte den Mann auf dem Foto als Mick O'Leary identifiziert und mir damit grünes Licht gegeben. Wenn ich jetzt noch Gedächtnisverlust bei ihm ausschließen könnte, würde dieser Fall der Hammer werden.

Was war los mit mir? Warum war ich vor Freude darüber nicht aus dem Häuschen? Irgendwie hatte das Gespräch ein Gefühl der Verunsicherung hinterlassen, und das lag nicht bloß an der augenscheinlichen Lüge über Amelias Geschäftsreise oder Nemonys seltsame Reaktion, als ich sie auf den Liebeskummer ansprach. Da steckte etwas anderes dahinter, etwas, das sich nicht *richtig* anfühlte.

Es war Mittagszeit, und auf dem Hinweg nach Brunswick Heads hatte ich ein Café entdeckt, das einen kleinen Umweg lohnte. Den Wagen ließ ich stehen und schlenderte zu Fuß dorthin, bestellte eine Suppe mit dem abenteuerlichen Namen Sebze Corbasi und setzte mich damit an einen Tisch draußen in die Sonne.

Wenn ich allein in der Öffentlichkeit esse, muss ich immer irgendetwas zu tun haben, also schlug ich mein Notizbuch auf und hielt meinen Eindruck von Nemony fest. Dann schrieb ich *Amelia* und unterstrich den Namen.

Das Gespräch selbst brauchte ich nicht zu notieren, da ich es unverschämterweise mit meinem Diktiergerät aufgenommen hatte. Ich war von einer hochemotionalen Begegnung ausgegangen, und um ja nichts zu verpassen, hatte ich es gleich beim Hinsetzen eingeschaltet. Als mir endlich wieder einfiel, dass das Ding lief, war es schon zu spät, Nemony um Erlaubnis zu bitten. Gehörte sich eigentlich nicht, und ich würde die Aufnahme löschen, sobald ich die Daten auf das Whiteboard übertragen hatte.

Ich kritzelte gerade so herum, als der Mann im Cordsakko ins Café spazierte. Er überflog die Speisekarte, stellte sie zurück in den Ständer und ging wieder. Irgendwie war mir der Typ nicht geheuer. Du liebe Güte, meldete sich da mein Schnüfflerinstinkt wieder?

Meiner inneren Stimme folgend notierte ich alle Einzelheiten über den Mann. Viel war es nicht: um die fünfzig, untersetzt, kurzes braunes Haar mit Geheimratsecken, Schnauzer, altmodisches Cordsakko, Zigarrenraucher. So ziemlich das Gegenteil von einem Chippendale-Stripper.

Die Suppe kam mit Fladenbrot und Dukkah und war einfach köstlich. Beim Essen notierte ich, dass Nemony O'Leary womöglich einmal sehr geliebt hatte, das aber schon lange her war.

Ihr Gesichtsausdruck zum Ende unseres Gesprächs hatte mich stutzig gemacht. Hielt sie Hermione zum Narren, indem sie ihr ein gebrochenes Herz vorgaukelte? Und wenn ja, warum, und wie hatte sie die Maskerade dreißig Jahre lang aufrechterhalten? Es sprach nicht gerade für sie, besonders nicht, da ihre ältere Schwester mit ihrem Besuch bei mir tatsächlich nur das Beste für sie im Sinn zu haben schien. Irgendwie war das alles reichlich seltsam.

Der verlorene Pass interessierte mich auch. Ich konnte mir nur zwei Gründe vorstellen, warum sie ihn nie erhalten hatte: Entweder hatte O'Leary den alten gar nicht verloren und somit auch gar keinen neuen beantragt, oder er hatte das Duplikat ohne ihr Wissen erhalten, ihn sich womöglich auch an eine andere Adresse schicken lassen. Aber was war mit der Geburtsurkunde? Wenn er sich schon solche Mühe mit dem Pass gegeben hatte, hätte er doch die Geburtsurkunde noch gleich verlieren können.

Ich machte mir Notizen zu O'Leary. Er hatte nicht wissen können, dass Nemony zu krank zum Segeln sein würde, und den Sturm hatte er auch nicht planen können. Daraus schlussfolgerte ich, dass er vielleicht einfach nur die Gunst der Stunde genutzt hatte.

Nach dem Essen setzte ich mich im Park gegenüber auf eine Bank und rief Harper an.

Sam ging ran. »Tante Scout.«

»Sam?«

»Ja, Mum ist bei der Arbeit. Sie hat ihr Handy auf dem Küchentisch liegen lassen.«

»Und da gehst du einfach ran?«

»Na ja, hab gesehen, dass du es bist«, meinte er. »Ich bin zu Hause. Keine Vorlesung heute.«

»Wie ist denn die Stimmung bei euch? Deine Mutter wollte mich eigentlich gestern Abend noch anrufen, hat sie wohl vergessen.«

»Wie auf einem brodelnden Vulkan. Und Mum hat voll den Verstand verloren. Heute Morgen hat sie einen Baum umarmt. Was soll das bringen?«

»Aggressionsabbau«, sagte ich. »Sehr wirksam.«

Sam machte sich nicht darüber lustig, wie Leute aus meiner Generation es vielleicht getan hätten. Keine Ahnung, ob die Jugend heutzutage (ich höre mich an wie meine Mutter) alternativen Ideen aufgeschlossener gegenübersteht oder sie den Zynismus noch nicht für sich entdeckt hat.

»Ich habe hier alles im Griff«, sagte Sam. »Ich habe gebügelt. Jack hat Ossobuco mit Reis zum Abendessen gekocht, und Fergus hat Mums Schuhe geputzt.«

Über so viel Einsatz musste ich lächeln. »Das ist lieb von euch.«

»Steht unsere Verabredung für heute Abend noch?«, fragte er eifrig.

Froh, das Thema wechseln zu können, meinte ich: »Ja, und vergiss nicht, die Sachen mitzubringen. Und sag mal, du hast doch niemandem von SG erzählt?«

Sam schnaubte verächtlich. »Tante Scout, ich bin einundzwanzig und ich bin ein Typ. Meinst du im Ernst, ich würde irgendjemandem erzählen, dass ich bei einer geheimen Strickgruppe mitmache?«

»So habe ich das noch gar nicht gesehen«, schwindelte ich, denn natürlich hatte ich darauf spekuliert, dass dies die beste Garantie sein würde, dass Sam dichthielt. Trotzdem hatte ich das Gefühl, ihn regelmäßig daran erinnern zu müssen.

»Ich bin vielleicht schon früher da«, sagte Sam.

»Willst du zum Essen kommen?«

»Klingt gut.«

Damit verabschiedeten wir uns und legten auf.

Wie immer vor einer Aktion war ich mächtig aufgeregt. Diesmal war es besonders heikel, weil das Zielobjekt videoüberwacht wurde. Die Gewissheit, dass meine Schwester mir den Hals umdrehen würde, wenn sie dahinterkam, machte den Nervenkitzel nur noch größer. Sam hatte das Ich-radle-ohne-Bremsen-den-Berg-hinunter-Gen geerbt und ließ sich von der Angst mütterlicher Entdeckung ebenso wenig abschrecken.

Auf der anderen Straßenseite erspähte ich eine Boutique und ging hinein, vielleicht fand ich ja ein passendes Geburtstagsgeschenk für meine Mutter. Ich kaufte einen perlenbestickten Beutel, den könnte Harper meiner Mutter schenken, weil ihr sicher nicht nach Shoppen zumute war, und einen handgewebten Seidenschal. Der Schal stammte aus Varanasi, und je nachdem, wie man ihn hielt, schimmerte er einmal burgunderrot und einmal grün. Die Fransen waren aus silbernen Seidenfäden geknüpft. Der Schal war so schön, dass ich mich nur schwer davon würde trennen können. Hätte es zwei davon gegeben, hätte ich glatt beide gekauft.

Auf dem Nachhauseweg hielt ich bei der Humble Pie Factory in Billinudgel an und besorgte eine Curry-Hühnchenpastete in Familiengröße. Schon fast in Byron Bay, auf der Ewingsdale Road, wurde mir plötzlich klar, was mir an dem Gespräch mit Nemony aufgestoßen war.

Mhmm.

Entweder hatte ich vollkommen falsche Vorstellungen von den Lebenshaltungskosten anno 1983 oder Nemony Longfellow war unglaublich naiv. Oder noch wahrscheinlicher: eine notorische Lügnerin.

15.

Zu Hause googelte ich erst einmal Bosuns Marine, den Bootsladen, wo O'Leary und Nemony die *Lavender* gekauft hatten. Miau Zedong sprang auf meinen Schoß und starrte mit auf den Bildschirm. Manchmal sehen zwei Paar Augen einfach mehr als eins.

Der Jachthändler und Bootsausrüster Bosuns Marine befand sich in Middle Harbour, in der Nähe der Spit Bridge in Sydney. Sie priesen sich als ein Team von Maklern mit über fünfzig Jahren Erfahrung im Kauf und Verkauf von Fahrten- und Sportsjachten an. Daneben vertrieben sie alles rund ums Boot, von Ankern und Rettungsausrüstungen bis zu Kombüsenherden, Tauwerk und Flaggen.

Ich schickte den Kater zurück auf seinen Windsor-Stuhl und rief dort an. Mit ein bisschen Glück hoben die ihre Unterlagen jahrzehntelang auf.

Ein junger Mann nahm ab. »Yo, Bosuns Marine.«

»Hier Scout Davis«, sagte ich, ganz die souveräne Geschäftsfrau. »Ich bin Journalistin und schreibe einen Artikel über das Segeln im Hafen von Sydney in den 80ern. Besonders bin ich an einem bestimmten Jachttyp interessiert, einer Bombora 23 Classic. Diesen Typ haben Sie doch 1983 verkauft.«

»Was weiß ich«, sagte er. »Da war ich noch nicht mal auf der Welt.«

Das war klar!

»Gibt es denn jemanden, der mir eventuell weiterhelfen könnte?«

»Ich gehe mal fragen.«

Er ließ den Hörer fallen, und ich hörte ihn davonschlurfen. Von wegen Team erfahrener Makler! Nach gefühlten zehn Minuten, die wahrscheinlich nicht länger als drei dauerten, meldete sich eine ältere Männerstimme.

»Geoff Shaw am Apparat. Tut mir leid wegen eben. Blade macht hier ein Praktikum. Gott sei Dank ist heute sein letzter Tag. Wie kann ich Ihnen helfen?«

Ich erklärte Mr Shaw mein Anliegen.

»Die gute alte Bombora 23? Habe schon lange keine mehr gesehen, aber wenn Sie Interesse haben, könnte ich bestimmt eine auftreiben. Ich habe hier eine schöne 23-Fuß-Sloop, Kunststoff mit Teakdeck, die wäre vielleicht was für Sie.«

»Mir geht es eigentlich ausschließlich um Informationen«, sagte ich, denn ich hatte wenig Lust auf ein Verkaufsgespräch. »Mich interessiert vor allem, was eine Bombora 23 Classic 1983 gekostet hat.«

»Oh, das kann ich Ihnen genau sagen. Mein Vater war nämlich Generalvertreter für Australien. Eine neue Bombora 23 Classic hätte Sie 1983 um die 35 000 Dollar ärmer gemacht, mit Versicherung, Segeln und ein paar Spielereien vielleicht 40 000. Seit Mitte der 90er werden die nicht mehr gebaut. Schade, war ein nettes kleines Segelboot. Gut zum Fahrtensegeln.«

Nun wurde es langsam spannend. »Wäre das schon der Preis für das Spitzenmodell? Ich meine, wären 80 000 undenkbar gewesen?«

Shaw lachte. »Für eine Bombora 23 auf jeden Fall.« Nach kurzem Zögern fragte er: »Warum wollen Sie unbedingt die Bombora 23 in Ihrem Artikel verwenden? In den

80ern gab es doch jede Menge netter Jachten im Hafen. Mit dem Gewinn des America's Cup 83 sind hier doch alle verrückt geworden. Denken Sie nur mal an die französischen Beneteaus. Das waren tolle Jachten, wenn Sie was in der gehobenen Klasse suchen.«

»In dem Artikel wollte ich über einen Vorfall schreiben, der sich zu der Zeit vor Sydney Heads ereignet hat. Damals ist in einem Sturm eine Jacht verschwunden und der Segler ertrunken. Das Boot war eine Bombora 23 Classic, und ich bin bei meinen Recherchen gerne genau.«

»An den Sturm erinnere ich mich noch. Ich habe damals mit dem Boot des Jachtclubs die Segler zu ihren Booten gefahren, die im Hafen vor Anker lagen. Der Sturm kam wie aus dem Nichts. Bei den Abendregatten waren viele Boote draußen.«

»Wissen Sie noch etwas über die verschollene Bombora?« Ich versuchte, nicht allzu aufgeregt zu klingen, damit er nicht merkte, dass ich nur deshalb anrief.

»Nein, gar nichts. Aber ich glaube, mein alter Herr hat dem Mann die Jacht verkauft. Irgendetwas kam ihm damals komisch vor, doch ich weiß nicht mehr, was es war.«

Es gelang mir, einigermaßen ruhig zu bleiben. »Ist er da? Kann ich mit ihm sprechen?«

»Mein Vater ist pensioniert, aber ich sage ihm gerne Bescheid, dann ruft er Sie an, wenn er von den Fidschis zurück ist. Vielleicht nennen Sie uns dann ja in Ihrem Artikel?«

»Das könnte ich sicher tun.« Der Mann hatte einen Riecher für kostenlose Werbung, stellte ich amüsiert fest. »Wann kommt Ihr Vater zurück?«

»Samstag.«

Mit Geduld bin ich leider nicht gesegnet. »Und wenn ich Ihnen Namen und Datum gebe, könnten Sie dann vielleicht den Kaufvertrag heraussuchen, dann ersparen wir Ihrem Vater die Umstände? Und wenn ich Ihren Laden nennen soll, muss ja alles genau stimmen.«

»Unmöglich, tut mir leid. Zu der Zeit hatten wir noch keinen Computer. Doch keine Sorge, mein Vater hat ein Gedächtnis wie ein Elefant. Ich sage ihm, dass er Sie anrufen soll. Aber geben Sie mir Ihre Festnetznummer, er ruft nicht gerne auf dem Handy an.«

Ich rasselte die Nummer herunter.

»Kann ich sonst noch was für Sie tun?«, fragte er.

»Heißt Ihr Praktikant wirklich Blade?«

»Ja, aber hinter seinem Rücken nennen wir ihn Blöd.«

Lachend bedankte ich mich bei Geoff Shaw.

»Gern geschehen«, entgegnete er.

Nachdem ich aufgelegt hatte, beugte ich mich zur Seite, nahm den Kater vom Windsor-Stuhl und setzte ihn zurück auf meinen Schoß.

»Hab ich's mir doch gedacht«, sagte ich zu ihm. »80 000 waren '83 ein fetter Batzen für eine Jacht.«

Miau Zedong leckte mir die Hand, um mir sein Lob auszusprechen. Stolz drückte ich den Kater an mich und flüsterte ihm ins Ohr: »Irgendjemand lügt hier, und ich will wissen, wer und warum.«

Und damit nicht genug. Was war zum Beispiel mit dem restlichen Geld passiert?

Bislang förderte ich mehr Fragen als Antworten zutage, aber so ist das manchmal eben.

***

Man kann sich kaum noch vorstellen, wie es früher ohne Internet war. Da konnte man seine Recherchen nicht gemütlich vom Sessel aus erledigen. In der Zeit, bis der Wasserkessel kochte, hatte ich im Netz bereits ein Foto einer Bombora 23 Classic gefunden, es in Farbe ausgedruckt und ans Whiteboard geklebt.

Die Bombora war eine stinknormale Segeljacht, wie ein Kind sie zeichnen würde. Ein Rumpf mit nur einem Mast, riesigem Großsegel und kleiner Fock, dem Vorsegel.

In dem kurzen Werbetext wurde sie als schnelle Hochseejacht mit Flossenkiel und vier Kojen beschrieben. Auf der Website stand auch, sie sei mehrfach bei schlechtem Wetter getestet worden, was ich ordnungsgemäß auf dem Whiteboard festhielt.

Anschließend machte ich mir einen Tee. Bis vor Kurzem habe ich immer eine Mischung aus chinesischen Tees getrunken, aber seit dem Sommer tendiere ich geschmacksmäßig eher zu einer Kombi aus Ceylon und Earl Grey zu gleichen Teilen, also halb indisch und halb chinesisch.

Ich habe diese neue Mischung Chai Chi getauft; *chai* bedeutet Tee und *chi* sind die ersten drei Buchstaben von chinesisch.

Während ich Chai Chi trank, hörte ich mir die Aufnahme mit Nemony an. Als ich an die Stelle kam, wo ich mutmaßte, dass O'Leary sie womöglich hatte über Bord schmeißen wollen, versank ich vor Scham fast im Boden. Unfassbar, dass ich das wirklich gesagt hatte. Natürlich ist das Fernsehen schuld.

Zwischendrin machte ich mir immer wieder Notizen am Whiteboard, und als das Band durchgelaufen war, löschte ich es und übertrug auch noch meine Notizen aus dem Café.

Ohne recht zu wissen, warum, zeichnete ich ein neues Kästchen für den Mann mit dem Cordsakko und fügte eine Beschreibung bei.

Dann malte ich ein riesengroßes Fragezeichen unter die Überschrift *Amelia*.

***

Vor meinem Urlaub hatte ich einen Auftrag angenommen, in dem es um Veruntreuung von öffentlichen Geldern ging. Die staatlichen Zuschüsse in einem Wohnungsbauprojekt waren aller Wahrscheinlichkeit nach in die Urlaubskasse des Bauleiters geflossen.

So gerne ich auch mit den großen Bonzen abrechnete, die Geschichte der Anemonen-Schwestern faszinierte mich tausendmal mehr. Also beschloss ich, die Story über den Baubetrug abzublasen. Hoffentlich konnte ich mich da noch irgendwie rauswinden und meinen Auftraggeber dazu bringen, den Job jemand anderem zu geben.

Brian Dunfey – Redakteur bei der Anzasia Media Group und Mann ohne Manieren – ging selbst ans Telefon. Wahrscheinlich ließ sich seine Assistentin gerade eine indische Kopfmassage verpassen und verleibte sich ein Valium-Sandwich ein.

»Wenn du auf einen Job aus bist, ich brauche noch jemanden, der eine Geschichte über einen Nachbarschaftsstreit macht«, sagte Brian übergangslos.

»Beiß halt in den sauren Apfel und zahl den verdammten Zaun.«

Daraufhin sagte er eine Weile nichts. »Woher weißt du, dass es um mich geht?«

Ich lachte. »Weil ich schlau bin. Deshalb versorgst du mich ja auch ständig mit Jobs.«

Viele meiner Kollegen nehmen Anstoß an Brians Art und wollen deshalb gar nicht mehr mit ihm arbeiten, doch ich mag ihn irgendwie, und in der Vergangenheit waren meine Erfahrungen mit ihm vorwiegend positiv. Das mit dem Zaun hatte mir ein Kollege gesteckt, aber das würde ich Brian gegenüber natürlich nicht zugeben.

»Ich denke, du bist im Urlaub.«

»Bin ich ja auch oder war ich zumindest. Ich wollte dir nur sagen, dass ich eventuell auf eine ganz große Sache gestoßen bin und es deshalb dauern kann, bis ich zu dem Baubetrug komme. Vielleicht solltest du jemand anderen mit dem Job betrauen.«

Am anderen Ende der Leitung herrschte Stille, und ich wartete, ob nun ein Donnerwetter folgen würde, weil ich eine bereits gemachte Zusage brach, oder ob Brian den Köder schlucken würde.

»Wie groß?«, fragte Brian schließlich. Ich zwinkerte Miau Zedong verschwörerisch zu, der mich vom Windsor-Stuhl beobachtete.

»Richtig fett.«

»Gib mir einen Anhaltspunkt.«

»Es geht um einen Mann, der angeblich vor langer Zeit ertrunken ist und noch lebt.«

»Harold Holt?«, fragte er schnell.

»So fett nun auch wieder nicht«, räumte ich ein.

Ich fütterte Brian mit ein paar wohldosierten Details, gerade genug, um ihm Appetit zu machen. Wie ich liebte auch er alles Rätselhafte.

»Also, ich bin an der Story interessiert«, sagte er, gab sich aber Mühe, möglichst desinteressiert zu klingen. »Und keine Übertreibungen diesmal. Ich will nichts als die reine Wahrheit, hörst du?«

Ich legte auf und lächelte über Brians plumpen Witz. Brian und ich kannten uns schon seit Ewigkeiten, und er wusste genau, dass ich meine Geschichten nie mit Unwahrheiten ausschmückte.

Genau das mag ich so sehr am Freiberuflerdasein. Zum einen kann ich bequem von zu Hause an Themen arbeiten, die mich wirklich interessieren, zum anderen bin ich unabhängig und muss keinem Medienkonzern mehr nach dem Mund reden. Das habe ich alles hinter mir.

Die Zeiten haben sich geändert. Heute geht es im Journalismus eher darum, Profit zu machen und eine breite Leserschaft zu gewinnen, und nicht so sehr darum, sich für die Schwachen einzusetzen.

Nach jemand anderes Pfeife zu tanzen ist jedenfalls überhaupt nicht mein Ding. Zumindest nicht, solange ich noch Geld in der Tasche habe. Armut führt allerdings meistens zu einem Umdenken im Ehrenkodex des Scout-David-Imperiums.

16.

Mein Neffe Sam ist ein großer, kräftiger, ungemein charmanter und umgänglicher Kerl, der aussieht wie der Tennisspieler Roger Federer, nur dass er den Kopf voller blonder Korkenzieherlocken hat.

Er kam früher als geplant und wollte vor dem Essen noch ein bisschen mit meinem Fahrrad herumfahren. Ich hatte den dringenden Verdacht, dass es ihm weniger um körperliche Ertüchtigung ging als darum, den letzten Zustrom hübscher Backpackerinnen abzuchecken. Ganz besonders hatten es ihm die heißblütigen Südamerikanerinnen angetan.

»Warum nimmst du nicht den Kater mit?«, schlug ich vor. »Du sagst doch immer, dass Miau Zedong die Mädchen so schön anlockt.«

Erst hielt Sam beide Daumen zur Bestätigung hoch, aber dann verdüsterte sich seine Miene. »Ich kann nicht gleichzeitig fahren und ihn auf dem Arm halten, der hält nicht still.«

»Komm mal mit«, sagte ich und ging hinaus auf die Veranda.

Amüsiert beobachtete Sam, wie ich eine blaue Milchkiste auf dem Gepäckträger meines Fahrrads befestigte. Bislang hatte sich Miau Zedong nur ein einziges Mal von zu Hause weggetraut, und das war, als er hinter meinem Fahrrad hergelaufen war. Seitdem nahm ich ihn einfach auf dem Gepäckträger mit. Zum Glück fand er es herrlich, hinten in der Kiste mitzufahren, und war auch der ganzen Aufmerksamkeit, die er damit auf sich zog, nicht abgeneigt.

Die Kiste hatte ich bei Woolworth auf dem Hof aufgetrieben, gewissermaßen als Dauerleihgabe, und der Sonnenschirm stammte von einem alten Puppenwagen. Das Innere hatte ich mit einem blauen Kissen ausgepolstert und hinten an der Kiste war ein türkisfarbenes Katzengeschirr angebracht.

Sobald Miau Zedong hörte, dass jemand am Fahrrad zugange war, kam er auf die Veranda geschossen und sprang flugs in die Kiste, wo er geduldig stillhielt, während ich ihm das Geschirr anlegte.

»Gegen einen Helm sträubt er sich«, sagte ich zu Sam. »Aber du wirst einen tragen.«

Unwillig setzte Sam den Helm auf. »Muss das sein? Das macht mir meinen ganzen Style kaputt.«

Kurz darauf brausten die beiden Jungs durch die Gasse hinterm Haus, was selbst für Byron Bay ein ungewöhnlicher Anblick war. An der Kreuzung hielt Sam an und nahm den Helm ab, strubbelte sich durchs Haar und setzte die Fahrt fort. Manche Männer haben wirklich immer nur das Eine im Kopf.

Ich ging ins Arbeitszimmer und rief meine Schwester an.

»Wie läuft's?«, fragte ich.

»Alles ätzend.«

»Hast du Andrew schon zur Rede gestellt?«

»Nein. Ich überlege immer noch, wie ich das am geschicktesten anstelle. Wie gesagt, die Jungs will ich da raushalten. Gestern Abend habe ich Andrew auf der Couch schlafen lassen.«

»Wollte er nicht wissen, warum?«

»Klar.«

»Und was hast du gesagt?«

»Dass ich etwas Abstand brauche.«

»Ist er jetzt zu Hause?«

»Nein, er hat Bereitschaft und ist ins Krankenhaus gefahren. Er meinte, er wolle die nächsten Tage dortbleiben, um selbst etwas Abstand zu haben.«

»Wer ist da?«

»Jack und Fergus sind unten. Jack macht gerade Tacos. Und Sam ist bei dir, oder?«

»Ja. Er ist gerade mit Miau Zedong mit dem Fahrrad unterwegs.«

Harper lachte, aber so richtig fröhlich klang sie nicht.

»Wie haben die denn in der Schule auf deinen neuen Look reagiert?«, fragte ich.

»Keiner hat was gesagt, also habe ich auch nicht davon angefangen. Die Direktorin malt wahrscheinlich just in diesem Moment ein dickes schwarzes Minus in meine Akte.«

»Hat Andrew nichts gesagt?«

»Doch, dass ich wunderschön aussehe.«

»Und was hast du geantwortet?«

»Dass er verschwinden und den Kopf in den Müllzerkleinerer stecken soll.«

Obwohl die Angelegenheit sehr ernst war, musste ich kichern.

Wir unterhielten uns noch eine Weile über andere Dinge. Als ich ihr von der hübschen Tasche erzählte, die ich in ihrem Namen für Mum zum Geburtstag gekauft hatte, freute sie sich. Im Moment sei sie so gar nicht in Kauflaune, sagte sie, was ich gut verstand.

Auf einmal hörte ich sie nach Luft schnappen.

»Was hast du?«, fragte ich besorgt.

»Scout, sitzt du gerade?«

Mit dieser Frage leitete man gewöhnlich schlechte Nachrichten ein, also atmete ich einmal tief durch. »Was ist denn passiert?«

»Irgendwie ist gerade alles noch komplizierter geworden.«

»Wie?« Im Geiste ging ich das gesamte Spektrum möglicher Komplikationen durch.

»Ich bin schwanger«, verkündete Harper.

Ungläubig schlug ich die Hand vor den Mund, was glücklicherweise verhinderte, dass ich die negativen Gedanken, die mir durch den Kopf spukten, aussprach. Harper war sechsundvierzig, arbeitete Vollzeit, hatte bereits vier Söhne und ihre Ehe stand auf der Kippe. Was konnte also an dieser Nachricht gut sein?

Als ich mich endlich so weit gefangen hatte, fragte ich: »Wie lange weißt du es schon?«

»Seit zwanzig Sekunden. Ich habe gerade den Test gemacht, als du angerufen hast.« Irgendwie klang sie glücklich, fast beschwingt.

»Freust du dich?«, fragte ich vorsichtig.

»Ja. Ich kann es auch nicht erklären, aber ich bin richtig euphorisch.«

»Wirst du es Andrew sagen?«

»Um Gottes willen, nein. Außer dir wird vorläufig niemand etwas erfahren. Hoffentlich wird es ein Mädchen!«

»Das hoffe ich auch«, sagte ich und wurde von einer plötzlichen Welle schwesterlicher Zuneigung erfasst.

Auch wenn wir nie darüber gesprochen hatten und Harper ihren Söhnen keinesfalls das Gefühl geben wollte, sie seien eine Enttäuschung, wusste ich, dass meine Schwester sich immer ein Mädchen gewünscht hatte. Vermutlich klaffte deshalb auch so eine große Lücke zwischen dem siebenjährigen Fergus und seinen drei älteren Brüdern.

»Findest du, dass ich zu alt bin?«, fragte Harper.
»Ja und nein.«
»Was soll das denn heißen?«
»Dass ich es einerseits finde und anderseits wieder nicht.«
»Mensch, ich weiß echt nicht, wie das passieren konnte.«
»Na, dann denk mal ganz scharf nach.«

17.

Es war neun Uhr, noch drei Stunden bis zu unserem SG-Treffen.

Sam und ich saßen im Wohnzimmer auf dem Sofa, Miau Zedong döste zwischen uns. Im Fernsehen lief ein Rugby-Match mit ausgeschaltetem Ton, und im Hintergrund spielte Jack Johnson. Wir strickten, die Füße auf dem blauen Überseekoffer.

Ich dachte unentwegt an Harpers schwierige Situation. Verschiedene unschöne Tatsachen drängten sich auf. Wegen ihres Alters bestand ein höheres Risiko, dass sie das Kind verlor oder es behindert auf die Welt kam, und als wäre das nicht schlimm genug, schlief Andrew womöglich noch dazu mit einer anderen Frau, und Harper musste sich auf Geschlechtskrankheiten testen lassen. Neulich hatte sie auch noch viel zu viel getrunken, was streng genommen auch Andrews Schuld war.

»Hoffentlich denkt Nadel an den Kuchen«, sagte Sam in meine Gedanken hinein.

»Bestimmt. Und Blut-und-Mut bringt Pizza mit. Du wirst schon nicht verhungern. Zumal du gerade den Großteil der Hühnchenpastete, zwei gebackene Süßkartoffeln, ein halbes Baguette und eine Riesenportion Salat verdrückt hast.« Junge Männer zu beköstigen war eine ganz andere Nummer, als für junge Frauen zu kochen, das hatte ich inzwischen gelernt. Als meine Mädchen so alt waren wie Sam, haben sie wie die Vögelchen gegessen.

Ich hatte Sam gezeigt, wie man am Anfang und am Ende einer Reihe Maschen zunimmt, und allmählich hatte er den Bogen heraus, auch wenn er ewig dafür brauchte.

Ich schaute mir sein Strickzeug an. »Häng das Ingenieursstudium lieber nicht an den Nagel«, neckte ich ihn.

Nachdem ich die letzte Masche an einem großen Rechteck abgekettet hatte, schnitt ich den Faden ab und vernähte ihn. Ich breitete das Strickstück auf dem Schoß aus und bewunderte mein Werk. Mit dicken, oder wie Sam sagte, fetten Nadeln hatte ich kraus rechts gestrickt, das heißt, man strickt jede Reihe einfach rechts ab. Das Rechteck hatte die Größe eines Kissenbezugs und war diagonal in zwei Farben geteilt – hellgelb und schwarz.

Für diese Mission wurden vier gleich große Rechtecke benötigt. Nadel würde später mit einem identischen Stück kommen und Linke Masche und Blut-und-Mut würden ebenfalls ein gestricktes Rechteck mitbringen, nur in der Farbkombi schwarz und rot.

Da Bodkin gerade einen Unternehmer vor Gericht in Brisbane vertrat, war er vom Strickdienst befreit, obwohl er bei der Mission selbst mitmachen würde. Sam hatte das Gerüst für die Wollwerke gefertigt, und die Mitglieder würden heute seine Hausaufgaben in Form von Strickarbeiten begutachten.

»Hast du Mum angerufen?«, fragte Sam.

Ich nickte und meinte nur, dass seine Mutter zwar momentan unglücklich, aber ansonsten okay wäre. Von der Schwangerschaft durfte er natürlich nichts wissen. Es fiel mir nicht leicht, es für mich zu behalten. Wenn jemand ein Kind erwartet, will man es gleich überall herumposaunen. Selbst diesmal hätte ich am liebsten die Fenster aufgerissen und gebrüllt: Meine Schwester hat einen Braten in der Röhre!

Sam legte das Strickzeug weg und sah mich an. »Irgendwie ergibt das alles keinen Sinn. Dad vergöttert Mum und ist so ein Prinzipienreiter, dass ich nicht glauben kann, dass er Mum betrügt. Das passt überhaupt nicht zu ihm.«

»Sehe ich auch so«, sagte ich. Endlich ließ er mal Argumente für seinen Vater gelten.

Ich schob Sams Füße vom Überseekoffer und öffnete das Vorhängeschloss. Beim Öffnen gab der Deckel ein schaurig schönes Knarzen von sich wie ein altes schmiedeeisernes Friedhofstor. Gemeinsam spähten wir hinein, und obwohl wir den Inhalt kannten, überfiel uns ein wohliges Schaudern.

Der Koffer hatte meinem Großvater gehört, als er vor vielen Jahren in der britischen Handelsmarine diente, und irgendwie ist er in meinen Besitz übergegangen. In einem Anfall von Kreativität, der einer bekloppten Doku-Soap im Fernsehen geschuldet war, hatte ich den Koffer in Wedgewood-Blau gestrichen, und nun sah er für alle Welt wie ein behelfsmäßiger Couchtisch aus.

Das Innenleben des Koffers ist weniger alltäglich. Ich verwahre dort die Utensilien für die Strickguerilla, daher das Vorhängeschloss. Und sollte mich jemand mal auf das Schloss ansprechen, würde ich einfach behaupten, dass dort lauter Krimskrams drin sei und ich den Schlüssel verloren hätte.

Zu meinen Pflichten als Schriftführerin der SG gehörte es, Fotobeweise für ein Archiv zusammenzutragen, in dem unsere Aktionen sowie die Reaktionen darauf festgehalten werden. Unsere Satzung, die wir uns so nach und nach ausdenken, verbietet schriftliche Aufzeichnungen, also protokolliere ich unsere Treffen nicht, sondern sammle Zeitungsberichte über uns.

Und die gesamte Beweislast steckte in dem Überseekoffer, zusammen mit Fotos, Wolle, Stricknadeln, Kunstwerken von früheren Missionen, die entweder übrig geblieben waren oder die wir wieder zurückgeholt hatten, und fertigen Modellen, die bei zukünftigen Projekten eventuell zum Einsatz kommen würden.

Außerdem waren darin auch Unmengen schwarzer gestrickter Sturmhauben, die wir bei unseren Aktionen trugen. Linke Masche strickte sie während unserer Treffen, und der Überschuss käme uns eines Tages vielleicht gut zupass, falls wir mal in den Versandhandel für Verbrecherausstattung einsteigen sollten. Sam zählte sechs Sturmhauben ab und legte sie zur Seite.

Als Schriftführerin teile ich außerdem jedem die richtige Wolle für die jeweilige Aktion zu, kümmere mich darum, dass alle Strickstücke rechtzeitig fertig werden, organisiere die Treffen, achte darauf, dass ausreichend Wermut für die Gin Slings zur Verfügung steht, und erinnere Blut-und-Mut kurz vor dem Treffen daran, die Pizza abzuholen.

Davor war Nadel unsere Schriftführerin gewesen, doch als ihre Tochter Zwillinge bekam und Nadel damit zur fünffachen Oma machte, hatte sie abgedankt. Da Nadel auch noch in der Gold-Coast-Bäckerei arbeitete (daher Sams Sorge wegen des Kuchens), waren ihr die ganzen Verpflichtungen einfach über den Kopf gewachsen und der Posten wurde frei. Ich war außer mir vor Freude, als die Gruppe in feierlicher Zeremonie für mich stimmte; dass den Posten außer mir ohnehin keiner wollte, ließ ich außer Acht. Man muss schließlich positiv denken.

In den Sommermonaten treffen wir uns normalerweise bei Kerzenschein auf meiner Veranda. Im Winter finden wir uns auf der überdachten Terrasse vor Bodkins Poolhaus zusammen, eine wesentlich feudalere Unterkunft, die zudem über eine Außenheizung verfügt. Doch zurzeit wurde sein Pool gerade umgestaltet, deshalb kamen heute Abend alle zu mir.

»Auf der Veranda ist es heute Nacht wohl ein bisschen kalt«, sagte Sam. »Wie wäre es mit dem Küchentisch?«

»Super Idee«, entgegnete ich. »Geh du schon mal in die Küche aufräumen und den Tisch decken, ich kümmere mich dann hier um alles.«

Ohne großes Gemurre und Gezeter verschwand Sam in der Küche, während ich mich im Wohnzimmer um alles kümmerte: also den Fernseher ausschaltete, die Füße hochlegte, mit dem Kater schmuste und mir die Wolldecke über die Beine warf.

»Tante Harper bekommt ein Kind«, flüsterte ich Miau Zedong ins Ohr. Irgendjemandem musste ich es schließlich erzählen.

Dann schloss ich die Augen.

Es war Zeit, dass die Schriftführerin ein Nickerchen machte. Allerdings wäre ich wohl kaum so entspannt gewesen, wenn ich geahnt hätte, was mir in dieser Nacht noch bevorstand.

18.

Um halb zwölf weckte mich Sam mit einer Tasse Tee. Er hatte sich schon umgezogen und trug nun schwarze Jeans und ein schwarzes Sweatshirt. Ich sprang noch rasch unter die Dusche, testete meinen Blutzuckerspiegel, flocht einen Zopf und kleidete mich in eine ähnliche Kluft wie Sam.

»Sieht aus, als wäre hier ein Künstler am Werk gewesen«, sagte ich lächelnd, während ich Sams Bemühungen in der Küche begutachtete. »Jetzt, wo ich weiß, was du kannst, bist du natürlich geliefert.«

Stolz grinste er mich an, und ich gab ihm zur Belohnung einen Kuss.

Auf dem Tisch stand eine Platte mit Aufschnitt, Greyerzerkäse, Brie, Baba Ghanoush, gefüllten Weinblättern, ein Korb mit Crackern und eine Schale mit Daisys gerösteten Macadamianüssen. Mein französischer Plüschkoala Charles de Gaulle (ein Relikt früherer SG-Streiche) saß auf einem Küchenstuhl. Manchmal können Jungs echt niedlich sein.

Um Mitternacht schlüpfte Sam mühelos in die Rolle seines Alter Egos Henker und nannte mich sogleich Wollküre. Ich war angenehm überrascht, dass er die Spielregeln so ernst nahm.

Wie immer rückten die anderen SG-Mitglieder mit Präsenten an. Linke Masche und Blut-und-Mut waren die Ersten, die hinten über die Veranda kamen. Die zwei sind seit der Kindheit befreundet, leben und arbeiten beide in Brisbane und waren zusammen hergefahren. Linke Masche, eine attraktive und temperamentvolle Schmuckdesignerin mit blonder Lockenmähne, brachte den Wermut für die Gin Slings mit. Blut-und-Mut, die hochgewachsene, gertenschlanke Chirurgin mit dem schicken Kurzhaarschnitt, hatte Pizza dabei.

Als Nächste traf Nadel mit dem Kuchen ein. Eine hübsche Frau in den Fünfzigern, etwas rundlich und mit lila Strähnen in dem kurzen grauen Haar. Bodkin bildete das Schlusslicht, er ist um die fünfzig, ein ziemlicher Moppel mit lichtem grauen Haar und mehr Kinnen als Winston Churchill. Er hatte eine Flasche Gin dabei.

Linke Masche, Blut-und-Mut und Nadel brachten Körbe voller leuchtend bunter Wolle. Bodkin verwahrte sein Strickzeug in einem schwarzen, sehr wichtig aussehenden Lederkoffer mit den Initialen SG, was uns sehr amüsierte.

Alle trugen dunkle Klamotten und redeten durcheinander.

Beim Mischen der Gin Slings plauderten Linke Masche und ich über ihre neue Schmuckausstellung. Blut-und-Mut stürzte sich begeistert auf den Kater, während Henker ihr erzählte, dass die Uni ganz toll sei, abgesehen von den Vorlesungen und Hausarbeiten. Über allem schwebte Bodkins Yorkshire-Akzent, der einer freudestrahlenden Nadel verkündete, dass die kleinen Zwillinge auf dem Foto zum Donnerwetter noch mal kerngesunde Racker seien.

Kurz darauf nahmen wir am Küchentisch Platz und mussten dabei aussehen wie ein Haufen gut gelaunter Leichenbestatter. Miau Zedong, der unlängst Ehrenmitglied geworden war, genoss das befristete Aussetzen der Küchenmöbelregel und teilte sich den Stuhl mit Charles de Gaulle. Doch nach Miau Zedongs Blicken zu urteilen, würde die French Connection nicht lange anhalten.

Normalerweise werden unsere Treffen von dem Mitglied geleitet, das die Aktion geplant hat, also war Bodkin für den heutigen Ablauf zuständig, eine Aufgabe, die er mit gebührender Seriosität löste. Um 0.30 Uhr schlug er mit der Suppenkelle auf den Tisch und erklärte die Versammlung für eröffnet.

Als Erstes stand die Anwesenheit der Mitglieder auf der Tagesordnung. Da wir alle zugegen waren, machten wir uns um 0.31 Uhr über Gin Slings, Pizza und die Antipasti her. Nadel hatte aus der Bäckerei die Reste von heute mitgebracht: Plunder und Schokoladen-Eclairs, die Henker schon sehnsüchtig beäugte. Wir ziehen nie mit leerem Magen in die Schlacht.

Der nächste Punkt auf der Tagesordnung ging auf unser letztes Treffen zurück.

Bodkin wandte sich an Henker. »Nun zeig mal deine Hausaufgaben, Junge.« Da Bodkin sich unsere Decknamen nicht merken kann, nennt er uns »Mädchen« oder »Junge«.

Henker reichte Bodkin seine drei Strickproben von 10 x 10 cm, der sie gründlich inspizierte und dann herumgab, damit wir alle einen Blick darauf werfen konnten.

Blut-und-Mut, die auf dem Stuhl neben Miau Zedong und Charles de Gaulle saß, war so aufmerksam und zeigte auch dem Kater das Werk. Er schnupperte daran und leckte ihr anschließend die Hand. Als Miau Zedong unser Entzücken ob seiner Reaktion verspürte, warf er sich in die Brust und katapultierte den alten Charlie mit einem Kopfstoß vom Stuhl.

»Lacht ja nicht«, sagte ich. »Damit spornt ihr ihn nur noch mehr an.«

»Das sieht doch schon gut aus«, sagte Nadel, während sie

Henkers Strickkünste begutachtete. »Nicht mehr lange, und du machst Babyschühchen.«

Daraufhin johlten die anderen, und Henker glühte vor Stolz. Mich hingegen haute die Bemerkung glatt um, auch wenn Nadel sie nur so dahingesagt hatte.

»Gibt es noch weitere Fragen oder Anmerkungen?«, wollte Bodkin wissen.

»Ich nehme noch einen Gin Sling«, meinte Nadel.

»Ich auch«, tönte Blut-und-Mut.

Ich stieß Henker an, der noch zwei Gin Slings mischte.

Als Nächstes mussten wir natürlich die heute anstehende Mission besprechen.

Bodkin ist ein penibler Planer, und so wie er mit uns die nächtliche Strickkunstaktion durchging, konnte man meinen, er befehligte einen intergalaktischen Überfall der Enterprise. Eines Tages findet er den SG-Todesgriff, da bin ich ganz sicher.

Linke Masche und Blut-und-Mut würden sich der einen Installation widmen, während Nadel Schmiere stand. Henker und ich würden uns die zweite Installation vornehmen, mit Bodkin als Wachposten. Normalerweise steht bei uns eigentlich keiner Schmiere, aber da es sich diesmal um eine hell erleuchtete Straße in einem Badeort an der Gold Coast handelte, wollten wir auf Nummer sicher gehen.

Bodkin überreichte jedem Team eine ein Meter lange weiße Plastikgardinenstange, die Henker organisiert hatte. Jedes Team nahm sich zwei passende Rechtecke – Henker und ich die schwarz-gelben und Nadel und ihr Team die rot-schwarzen – und fädelte sie mit der kurzen Seite auf die Stange, dafür bohrten wir mit den Fingern die Maschen vor. Als wir fertig waren, hielt ich ein Paar gelb-schwarzer und Nadel ein Paar rot-schwarzer Vorhänge hoch.

»Genial«, sagte Bodkin hochzufrieden. »Einfach genial.«

Dann verteilte Henker noch kleine weiße Endstücke, die wir an die Enden der Gardinenstange setzten. Und anschließend zwei Halterungen pro Team, die er mit doppelseitigem Klebeband versehen hatte. Anschließend demonstrierte er uns noch, wie man die Schutzfolie vom Klebeband löste, um die Halterungen zu beiden Seiten des Zielobjekts anzubringen. Zusammen sollten wir über genügend Hochschulabschlüsse verfügen, um das mit dem Klebeband hinzukriegen.

Dabei hakte Bodkin nach und nach alle Punkte auf der Checkliste ab.

»Hat jemand Ausweis oder Telefon dabei?«, fragte er und sah sich am Tisch um.

Wir schüttelten den Kopf.

»Hat jedes Team eine Kamera dabei?«

Nadel und ich nickten.

»Sturmhauben?«

Nicken.

»Handschuhe!«, rief Bodkin aus, als wäre es ihm gerade eben erst eingefallen. Dabei fixierte er Blut-und-Mut. Die förderte nach einigem Gekrame im Strickkorb sechs Paar brandneue OP-Handschuhe zutage. Da wir heute Nacht in der Nähe des Zielobjekts nicht überall unsere Fingerabdrücke hinterlassen wollten, griffen wir dankbar zu.

Bodkin öffnete seine Aktentasche und holte sechs schwarze Taucherbrillen heraus. »Unsere Gesichter werden den Überwachungskameras ziemlich nah kommen, deshalb zieht die noch über die Sturmhauben, damit euch keiner erkennt.«

Todernst nahmen wir jeder eine Taucherbrille entgegen.

»Nach der Mission treffen wir uns auf dem Parkplatz des

Pizza Hut in Coolangatta«, fuhr Bodkin fort. »Weiß jeder, wo das ist?«

Wir nickten eifrig, die Spannung stieg und wir wollten endlich loslegen.

Bodkin sah erwartungsvoll in die Runde. »Noch Fragen?«

Henker meldete sich. »Will einer von euch noch das letzte Schoko-Eclair?«

Lachend stürmten wir aus der Tür.

19.

Da Bodkin und ich in Byron Bay ziemlich bekannt sind, hatten wir unsere Wollinstallation in einem anderen Ort geplant.

Kurz vor unserem Aufbruch hatte ich mir noch das Diabetes-Set geschnappt und in einer schwarzen Gürteltasche aus Leder verstaut, die perfekt um meine Taille passte. Ohne dieses Set gehe ich eigentlich nirgendwohin, denn darin befinden sich Traubenzucker, Insulin, Spritzen, Alkoholtupfer und eine Glukagonspritze, für den Fall, dass ich einen Zuckerschock bekomme.

Um Viertel nach eins drängten wir uns in drei Wagen und fuhren über die Grenze nach Queensland, zu unserem auserkorenen Badeort. Bodkin, Henker und ich saßen in Bodkins BMW, weil wir später wieder nach Byron Bay zurückmussten. Nadel war in ihrem Commodore unterwegs, da sie an der Gold Coast wohnte, und Linke Masche und Blut-und-Mut in dem Golf von Linke Masche.

Die Fahrt dauerte fünfzig Minuten. Gemäß den SG-Statuten parkten wir die Autos in einer dunklen Seitenstraße, etwa hundert Meter von den beiden Zielobjekten entfernt, die auf der breiten, parallel zum Meer verlaufenden Straße direkt gegenüber voneinander lagen.

Nachdem wir uns alle die Hände geschüttelt hatten, zogen wir OP-Handschuhe und Sturmhauben über und schwärmten in Teams aus. Um meinen Zopf unter der Sturmhaube zu verbergen, musste ich ihn aufzwirbeln, wodurch laut Henker mein Kopf eine so seltsame Form bekam, dass ich aussah wie ein Alien. Jeder von uns hatte eine Taucherbrille um den Hals, die wir kurz vor dem Zielobjekt aufsetzen würden. Die Wachposten trugen die Kunstwerke und das Gestänge.

Nadel, Linke Masche und Blut-und-Mut entfernten sich leise und mit gesenkten Köpfen. Da ihr Zielobjekt am Ende der Hauptstraße lag, mussten sie die Nebengassen nehmen und die Straße in einiger Entfernung überqueren, um sich dann unbemerkt wieder ein Stück zurückzustehlen. Im Nu waren sie in der Dunkelheit verschwunden.

Bodkin, Henker und ich hielten uns nah an Zäunen und Mauern und bewegten uns lautlos im Gänsemarsch auf dem Gehweg vorwärts. Wir waren schon halb an der Kreuzung der Hauptstraße angelangt, da blieb Bodkin, der vorausging, plötzlich stehen. Als ich aufschaute und einen Streifenwagen auf uns zukommen sah, setzte mein Herz einen Moment aus. Wenn die uns entdeckten, wären sie quasi gezwungen anzuhalten und zu fragen, was zum Geier wir um diese Uhrzeit in dem Aufzug vorhatten.

Blitzschnell hechteten wir in die nächste Einfahrt und kauerten uns hinter einen riesigen Kamelienbusch. Hatten sie uns bemerkt? Mir rutschte das Herz in die Hose. Ich rechnete jeden Moment mit dem Heulen der Sirene.

Als der Polizeiwagen auf gleicher Höhe mit uns war, legte ich Henker beruhigend die Hand auf die Schulter. Wenn der Wagen jetzt anhielt, würden wir wie die Kaninchen in alle Himmelsrichtungen auseinanderstieben. Bei meinem Adrenalinpegel würde ich es spielend bis Cape York schaffen.

Langsam rollte der Streifenwagen an uns vorbei. Wir warteten still, bis er am Ende der Straße abbog und außer Sicht verschwand. Henker machte Anstalten, aus dem Versteck zu kommen, doch Bodkin bedeutete ihm noch zu warten. Und tatsächlich, eine Minute später hatte der Polizeiwagen gedreht und kam zurück die Straße hinuntergefahren. Hilfe! Wenn der vor der Einfahrt hielt, säßen wir in der Falle.

Ich hielt die Luft an, als der Wagen im Schneckentempo an uns vorbeikroch.

Vorsichtig linste Bodkin hinter dem Busch vor. »Sie sind vorne an der Kreuzung rechts abgebogen«, flüsterte er.

Henkers Faust schoss in die Luft, und ich atmete erleichtert auf. Die Bullen hatten uns nicht gesehen, und unser Zielobjekt lag in der entgegengesetzten Richtung.

Auf Bodkins Zeichen bewegten wir uns rasch auf die Kreuzung zu und versteckten uns in einem Ladeneingang. Noch etwa fünfzig Meter. Wenn nichts dazwischengekommen war, sollte das Team auf der anderen Straßenseite schon in Position sein.

In der Ferne bellten Hunde, und man roch das Meer. Die Wellen schlugen an den Strand, die Straßenlaternen tauchten die verlassene Straße in geisterhaftes Licht. Ziemlich unheimlich.

Bodkin warf einen Blick auf die Uhr und bedeutete uns, die Taucherbrillen aufzusetzen. Henker und ich sahen uns an und mussten das Lachen unterdrücken. Wir sahen spitzenmäßig aus.

Um 2.20 Uhr gab Bodkin das Zeichen auszurücken.

Wie Diebe in der Nacht eilten wir gebückt zu unserem Ziel, dem Geldautomaten einer großen Bank. Gegenüber auf der anderen Seite sah ich das andere Team am Geldautomat einer weiteren Großbank ankommen.

Mit Gardinenstange samt Vorhängen bewaffnet stand Bodkin mit dem Rücken zu uns und schützte Henker und mich vor fremden Blicken.

Henker und ich hatten jeder eine Halterung in der Hand. Flugs pulten wir die Schutzfolie von dem doppelseitigen Klebeband und achteten darauf, auf einer Höhe zu sein, als wir die Halterung rechts und links über dem Geldautomat an die Fassade klebten. Hier war Präzision gefragt, denn unser Kunstwerk sollte aussehen, als gehörte es dorthin. Nichts ist schlimmer als schlampige Arbeit.

In einer fließenden Bewegung reichte Bodkin mir die Gardinenstange mit den Vorhängen und den schon fertig aufgesteckten Endstücken. Sorgsam hängten Henker und ich die Gardinenstange in die Halterungen. Anschließend hielt ich die Gardinenstange fest, während Henker die Vorhänge vor dem Geldautomat zuzog.

»Genial«, flüsterte Bodkin, und das war es wirklich.

Den Geldautomaten schmückte nun ein flotter gelbschwarzer Vorhang. Ich sah schon den Leitartikel über Corporate Design in der *Financial Review* vor mir. Ach was, die Titelseite der *Times* mit der Schlagzeile: AUSTRALISCHE BANK SETZT MIT IHRER KUNDENFREUNDLICHKEIT WELTWEIT MASSSTÄBE.

Als ich ein helles Blitzen vernahm, wirbelte ich herum. Auf der anderen Straßenseite fotografierte Nadel gerade ihren Geldautomaten, vor dem nun ein schmucker rotschwarzer Vorhang prangte. Ich war so in meine Träumereien über unseren künftigen Ruhm versunken, dass ich darüber beinahe meinen Job als Fotografin vergessen hätte.

Aus den Augenwinkeln sah ich, wie sich das Team gegenüber bereits verdrückte. Auch Henker und Bodkin entfernten sich verstohlen. Ich ließ mir Zeit und machte in Ruhe meine Fotos.

Als ich die Kamera in meiner Jacke verstaute, ging plötzlich hinter mir eine Sirene los. Ich fuhr vor Schreck zusammen. Der Streifenwagen hatte offenbar die Scheinwerfer ausgeschaltet, und wegen des Meeresrauschens hatte ich ihn nicht kommen gehört. Darin saßen zwei Polizisten, von denen mir einer mit dem Finger drohte. Die Scheinwerfer gingen plötzlich an und blendeten mich. Ich hörte eine Wagentür aufgehen.

Statt auf Lob für unsere künstlerische Leistung zu warten, machte ich mich aus dem Staub, und zwar in entgegengesetzter Richtung von Henker und Bodkin. Ich lief, als wäre der Teufel höchstpersönlich hinter mir her. Hoffentlich würden die Bullen mir folgen und die anderen beiden gar nicht bemerken. Bodkin wäre sicher eine leichte Beute, aber meine größte Angst galt Sam. Wenn sie ihn fassten, würde meine Schwester mich killen und meine Mutter würde ihr dabei noch helfen. Da würde ich schon lieber auf der Flucht von der Polizei erschossen werden.

Beim Laufen riss ich mir die Brille herunter, um besser sehen zu können. Meine Gedanken rasten mit meinen Beinen um die Wette. Sollte ich Sturmhaube, Taucherbrille und Handschuhe wegwerfen? Doch sie gewährleisteten zumindest meine Anonymität.

In vollem Lauf erreichte ich die Straßenecke, bog links und an der nächsten Kreuzung wieder rechts ab. Ich hatte keinen Schimmer, wo ich war und in welche Richtung ich rannte. Ich lief links in eine Seitengasse und wieder links in eine weitere Straße. Erschöpft blieb ich stehen, um Luft zu schnappen. Gegenüber standen Schaukeln und Klettergerüste ... ein Park ... hier musste ein Park sein.

Ängstlich blickte ich mich um, ob mir der Polizeiwagen gefolgt war. Sehen konnte ich ihn nicht, aber ich hörte die Sirene noch. Hauptsache, Sam war entkommen. Ich rannte hinüber zum Spielplatz und warf mich in der Dunkelheit unter die Rutsche, wo ich dem Geruch und dem

Gefühl nach zu urteilen auf Kiefernmulch gelandet war. Mit dem Gesicht nach unten und den Armen über dem Kopf lag ich reglos da. Die Polizeisirene setzte aus, und alles was ich hören konnte, war mein eigener Herzschlag. Ich horchte nach Schritten. Nichts.

Eine ganze Weile rührte ich mich nicht. Meine Fantasie spielte verrückt. Vielleicht lungerten hier Verrückte herum, die nur darauf warteten, mich auszurauben oder mir eine infizierte Nadel in den Arm zu rammen. Und wo zum Teufel steckte die Polizei? Waren sie Sam auf den Fersen? Hatten sie ihn womöglich erschossen? Ich sah schon die Schlagzeile vor mir: *Sohn eines berühmten Chirurgen auf der Flucht von Polizei erschossen … Tante um drei Uhr nachts beim Rutschen auf einem Kinderspielplatz verhaftet.*

Mitten im Winter auf dem kalten Boden im Park zu liegen, ist der Gesundheit nicht unbedingt zuträglich. Die feuchte Kälte zog mir bis in die Knochen. Mir war eisig kalt, und ich klapperte schon mit den Zähnen. Allmählich ging mir auf, dass ich mich überhaupt nicht gut fühlte. Lag das an der Kälte oder an meinem Blutzuckerspiegel?

Bei Typ-I-Diabetikern besteht immer die Gefahr, dass der Blutzuckerspiegel bei Stress oder körperlicher Anstrengung in den Keller fällt. Und bei Langzeitdiabetikern wie mir müssen die Symptome nicht einmal besonders ausgeprägt sein.

Ich versuchte, Ruhe zu bewahren, und machte eine Bestandsaufnahme: Ich schwitzte, zitterte, mein Herz schlug laut wie eine Buschtrommel und mir war schwindelig. Ja, mein Blutzuckerspiegel verabschiedete sich gerade, und wenn ich nicht etwas dagegen tat, konnte ich ins Koma fallen.

Zu dumm, dass ich kein Handy dabeihatte. Ich versuchte, alle melodramatischen Gedanken, wie etwa von einem

Hundebesitzer beim frühmorgendlichen Gassigehen tot aufgefunden zu werden, so gut es ging zu verdrängen. Vorsichtig rollte ich mich auf den Rücken und fummelte mit tauben Fingern an meiner Bauchtasche herum. Endlich gelang es mir, den Reißverschluss aufzubekommen, einen Traubenzucker herauszunehmen und mir in den Mund zu stecken.

Eine Minute. Zwei Minuten. Drei Minuten.

Geduldig starrte ich auf die Unterseite der Rutsche und wartete auf die Wirkung des Zuckers. *Das ist dir schon in weitaus schlimmeren Situationen passiert,* redete ich mir zur Beruhigung ein, nur wollte mir leider keine einfallen.

Da nichts geschah, nahm ich noch einen Traubenzucker und wartete wieder. Langsam fühlte sich mein Körper wieder normal an, allerdings war ich schwach und fror furchtbar. Vorsichtig stand ich auf und klopfte mir den Mulch von den Klamotten. Ich riskierte ein paar Schritte, dann noch ein paar. So weit, so gut. Ich schaute mich um.

Wo war ich überhaupt?

Grob orientierte ich mich am Himmel, und sobald ich Lichter ausmachen konnte, lief ich darauf zu, in der Hoffnung, es könnte die Hauptstraße sein. Ich kam nur schleppend voran, denn ich wollte meinen Körper nicht über die Maßen strapazieren. Wenn es mit mir wieder körperlich bergab ging, würde ich irgendwo klingeln müssen. Wo war die Polizei, wenn man sie brauchte?

Auf einmal hörte ich das rhythmische Stampfen eines sich nähernden Läufers. Ich versteckte mich in einer Einfahrt. Es dauerte einen Moment, bis mir klar wurde, dass ich den jungen Mann kannte, der da an mir vorbeitrabte. »Sam!«

Sofort drehte er um und kam zu mir.

»Ein Glück«, sagte er atemlos. »Alles okay?«

»Glaub schon. Mir ist etwas flau, und ich friere total.«

Sam zog sein Handy hervor und rief Bodkin an. »Ich habe sie. Fahr die Beach Street hoch, ich mache mich dann schon bemerkbar. Und dreh die Heizung volle Pulle auf.«

Sam nahm mich in den Arm und rieb mir über den Rücken.

»Du bist ja halb erfroren«, sagte er. »Und falls du dich wunderst, das Telefon hat die ganze Zeit über in Bodkins BMW gelegen.« Die Erklärung hätte er sich schenken können. Ich war so froh, ihn zu sehen, dass er meinetwegen sämtliche SG-Regeln hätte brechen können.

Trotz heftiger Proteste meinerseits zog Sam sich den Pulli aus und streifte ihn mir über. Angenehme Wärme umgab mich, dennoch konnte ich das Zähneklappern nicht abstellen.

Kurz darauf tauchte ein Wagen vor uns auf. Sam winkte und Bodkin sprang heraus.

»Waren wir noch eine kleine Runde joggen?«, fragte er, öffnete mir die Beifahrertür und half mir vorsichtig hinein. Obwohl ich mich echt schlapp fühlte, brachte ich noch ein Lächeln zustande.

Unterwegs sagte Bodkin: »Die anderen sind schon am Treffpunkt. Frau Doktor wollte sichergehen, dass mit dir alles in Ordnung ist, bevor sie nach Brisbane fährt.« Er drehte sich zu Sam um. »Ruf sie mal an!«

»Und die P... P... Polizei?«, stammelte ich.

»In dem Moment, wo du losgelaufen bist, müssen die einen Notruf bekommen haben«, meinte Bodkin. »Wenn du stehen geblieben wärst, hättest du gesehen, dass sie mit Sirene und Blaulicht davongefahren sind.«

Ich murmelte noch, dass ich die Sirene gehört hätte, und dann muss ich in der Wärme auch schon weggenickt sein, denn als Nächstes waren wir am Treffpunkt in Coolangatta und Blut-und-Mut testete meinen Blutzuckerwert. Sie nickte und sagte: »Zum Glück ist alles in Ordnung. Mann, du hast uns einen gehörigen Schrecken eingejagt.«

»Danke, dass ihr gewartet habt«, sagte ich.

Blut-und-Mut lächelte mich an. »Hier, trink das. Nadel hatte eine Thermoskanne Tee dabei. Davon wird dir schön warm.«

»Lieber nicht«, entgegnete ich. Es gibt nichts, was ich mehr hasse als abgestandenen Tee aus der Thermoskanne.

»Keine Widerrede!« Sie drückte mir die Tasse in die Hand und reichte mir noch einen Anzac-Keks. »Das ist eine ärztliche Anweisung!«

Ich nahm einen Schluck Tee, und er schmeckte verdammt köstlich.

20.

Am Freitagmorgen verspürte ich nicht die übliche Euphorie wie sonst nach einem SG-Einsatz.

Das Intermezzo mit der Polizei, der unberechenbare Diabetes und mangelnder Schlaf hatten die Freude über das nächtliche Abenteuer gedämpft, und ich war nervös und müde. Außerdem machte ich mir Sorgen um Harper, und Tobys Rückkehr war auch einen Tag näher gerückt. Morgen war es so weit!

Kurz bevor er ging, schaute Sam noch im Netz nach, ob die Strickguerilla es in die Morgenzeitungen geschafft hatte, aber da war noch nichts. Ich winkte ihm zum Abschied und machte mich gleich ans Wäschewaschen, in der Hoffnung, die hausfraulichen Tätigkeiten würden meinen zerrütteten Nerven guttun. Half aber nicht, und um zehn rief ich meine Töchter an. In diesem Zustand muss ich mich immer um meine Küken kümmern. Ansonsten bleibt mir nur noch das Möbelrücken.

Niska ging schon beim zweiten Klingeln ran.

»Hi Mum, was gibt's?«

»Nicht viel, Schatz. Wie geht es dir? Hast du schon mit Max gesprochen?«

»Tasha hat ihn angerufen. Wir drei gehen heute Abend ins Kino.«

Das freute mich. »Was macht die Arbeit?«

»Ach, typisch Männermagazin, die üblichen internen Querelen. Das nervt mich total.«

Obwohl Niska schimpfte, wusste ich, dass sie nur ein wenig Dampf abließ. Von klein auf haben sie Jungs und Bücher fasziniert, als Journalistin für ein Männermagazin war sie also genau in ihrem Element. Niska hatte ihre Nische gefunden, und irgendwann hatte meine Mutter dann auch aufgehört, allen Nachbarn zu erzählen, ihre Enkelin arbeite für ein Hochzeitsmagazin.

»Was macht die Liebe?«, fragte ich. Ihr letzter Freund war ein Industriedesigner mit dem klangvollen Namen Hansel fforbes de Vere Hungerford, den meine Mutter als netten Jungen bezeichnet hatte. Damit hatte sie der Beziehung den Todesstoß versetzt. Für nette Jungen war kein Platz in Niskas Leben.

»Nicht viel, und bei dir?«

»Alles gut.«

»Wann kommt Toby?«

»Morgen.« Selbst ich konnte die Beklommenheit in meiner Stimme hören.

»Das klingt ja nicht gerade begeistert.«

»Ich habe ein bisschen Angst. Er ist so lange weg gewesen.«

»Du und Angst!«, rief sie aus und setzte ohne Umschweife hinterher: »Du hast jemanden kennengelernt, stimmt's?«

Ich war nahe dran, ihr mein Herz auszuschütten, aber so etwas besprach man als Mutter nicht mit seinen Kindern. Andererseits wollte ich sie auch nicht belügen, also entschloss ich mich für den Mittelweg und murmelte: »Mhmm, vielleicht.«

»Wie ist er so?«

»Umwerfend.« Damit war alles gesagt.

»Umwerfend wie Hugh Jackman oder umwerfend wie Colin Firth?«

Ich dachte einen Augenblick nach. »Eindeutig Hugh Jackman.«

Schallendes Gelächter drang durch den Hörer. »Ist es etwa Dad?«

Huch, wie kam sie bloß darauf? Träumten alle Kinder davon, dass ihre geschiedenen Eltern wieder zusammenfanden?

»Nein, Schatz, es ist nicht dein Vater«, sagte ich bestimmt.

»Männer lassen sich nicht gerne verarschen«, ließ Niska mich wissen. Wegen ihres Jobs hält sich meine Tochter für eine Expertin in Männerfragen. Tja, sie hatte noch eine Menge zu lernen.

»Das habe ich ja auch gar nicht vor«, sagte ich. »Und ich wäre dir sehr verbunden, wenn du Tasha und Oma gegenüber nichts erwähnst, okay?«

»Ich werde schweigen wie ein Grab.«

»Hast du schon ein Geschenk für Oma?«

»Ja, eine Strickjacke.«

»Ist sie hübsch?«

Niska seufzte. »Nein, ich habe die hässlichste genommen, die ich finden konnte.«

»Sorry«, sagte ich. »Blöde Frage.«

»Mum, ich muss leider aufhören.«

»Okay, Niska. Ich wollte auch nur mal kurz deine Stimme hören.«

Ich legte das Telefon weg und sah Miau Zedong an. Der Kater musste meine bange Stimmung gespürt haben, denn seit dem Aufstehen klebte er an mir wie eine Napfschnecke. Er war mir in die Küche gefolgt, hatte mir beim Abwaschen zugesehen, war mit ins Arbeitszimmer gedackelt und ließ mich auch jetzt nicht aus den Augen, als ich Tasha anrief.

Sie hatte gerade Visite.

»Alles okay, Mum?«, fragte sie schnell.

Tasha ist nicht der Typ, der ewig an der Quasselstrippe hängt, und wenn ich anrufe, denkt sie immer gleich, dass was nicht stimmt. Diesmal lag sie mit ihrer Vermutung ja auch nicht so ganz falsch.

»Ja, Schatz, wollte nur mal kurz hören, wie es dir geht.«

»Hast du schon mit Nisk gesprochen?«

»Ja, ich habe sie gerade angerufen.«

»Okay, dann kann sie mir ja heute Abend alles erzählen.«

»Da gibt es gar nichts zu erzählen«, sagte ich. Hoffentlich würde Niska dichthalten.

»Hat Nisk dir erzählt, dass wir ins Kino gehen?«

»Ja, sie meinte, du hättest Max angerufen.« Tasha und Max haben sich immer nahegestanden. Vielleicht hatte er sich ihr ja anvertraut.

»Hab ich, und er hat mir gesagt, was passiert ist. Ich kann mir das bei Onkel Andrew gar nicht vorstellen. Das sieht ihm überhaupt nicht ähnlich.«

»Das meinte Sam auch.«

Ein Pieper ging los. »Die Arbeit ruft, sorry, Mum.«

Ich hängte ein, ließ mich mit einem theatralischen Seufzer in den Stuhl zurückfallen und dachte an meine Schwester.

Auch wenn sie es nie zugeben würde, war Harper gerade in einer äußerst verletzlichen und sensiblen Verfassung. Wie ich aus Erfahrung wusste, neigte sie in den ersten Schwangerschaftsmonaten zu starken Gefühlsschwankungen und emotionalen Ausbrüchen, von daher erschien es mir nicht der ideale Zeitpunkt, eine Entscheidung zu treffen, die womöglich ihr Leben verändern würde.

Außerdem fürchtete ich, dass Harper die Aussprache mit Andrew vor sich herschob, weil sie Angst hatte, er könnte die Affäre zugeben.

Ich konnte nicht zulassen, dass Harpers Zukunft von reinen Vermutungen abhängig war. Und obwohl sie mich sicher erschlagen würde, wenn sie wüsste, dass ich hinter ihrem Rücken agierte, gab es doch nur einen Weg, endlich Gewissheit zu haben. Ich musste meinen ursprünglichen Plan wahr machen und Andrew beschatten lassen. Und zwar je eher, desto besser.

Der Gedanke, dass ein fremder Privatdetektiv seine Nase in unsere Familienangelegenheiten steckte, behagte mir allerdings so gar nicht, weswegen ich kurz mit der Idee spielte, ihn selbst ins Visier zu nehmen. Doch die Vernunft gewann die Oberhand, und ich verwarf den Gedanken ganz schnell wieder. Zwei Minuten später wusste ich auf einmal, wer diesen Job übernehmen könnte, ohne dass Harper oder Andrew je davon erführen. Jemand, den Andrew noch nie gesehen hatte.

Ich rief Daisy an.

»In den 80ern hätte man sich für 80 000 Dollar in Sydney ein Haus kaufen können, also, für eine Jacht kommt mir das ein wenig viel vor«, sagte sie gleich als Erstes.

»Mhmm.«

»Findest du das nicht auch komisch?«

»Ja. Ich habe auch schon Kontakt zu einem Händler in Sydney aufgenommen. Der Typ, mit dem ich gesprochen habe, meinte, sein Vater hätte O'Leary die Jacht verkauft. Im Moment ist der Vater auf den Fidschis, aber morgen ist er wieder da. Hoffentlich ruft er mich zurück.«

»Wie lief das Treffen mit Nemony?«

Mit Blick auf das Whiteboard brachte ich Daisy auf den neuesten Stand.

»Wie ist sie denn so?«, fragte Daisy anschließend.

»Ganz anders als Hermione. Und sie ist hübsch.«

»Habe ich auch schon gehört. Wie anders?«

»Moderner. Und kein bisschen depressiv. Irgendwie hat das alles nicht zu dem gepasst, was Hermione mir über sie erzählt hat. Eine von beiden sagt nicht die Wahrheit.«

»Und wie geht es jetzt weiter?«

»Nemony hat versprochen, mir Unterlagen vorbeizubringen. Dann werde ich sie noch mal nach dem Kauf der Jacht fragen.«

»Wenn ich dir irgendwie helfen kann, sag Bescheid«, erbot sich Daisy. »Ich tu's gerne. Manchmal ist das Leben mit dem Gemüse hier doch etwas eintönig.«

Ich ergriff die Gelegenheit beim Schopf.

»Hättest du Lust, meinen Schwager im Northgate Hospital zu beschatten?«

»Total«, sagte sie kurzerhand.

»Könnte langweilig werden.«

»Macht nichts. Ich habe Lust darauf. Sag mir einfach, was los ist.«

In den nächsten zehn Minuten legte ich ihr die Situation in groben Zügen dar. Da Daisy ohnehin schon vermutet hatte, dass Harper ihren Mann der Untreue verdächtigte, hatte ich kein allzu schlechtes Gewissen, ihr ein paar Details anzuvertrauen. Schließlich diente es einem guten Zweck.

»Ich soll Andrew also ausspionieren?«

»Ja, du könntest ihm folgen, um herauszufinden, wo diese Frau wohnt, und versuchen, ein Foto von den beiden zu schießen. Jeder Hinweis bringt uns weiter.«

Da Andrew die nächsten Tage im Krankenhaus bleiben wollte, erklärte ich Daisy, dass er irgendwann das Hauptgebäude verlassen würde, um in das alte Schwesternquartier zu gehen, wo der Bereitschaftsdienst mittlerweile untergebracht war.

»Gut«, sagte Daisy, »es gibt also mehrere Möglichkeiten.

Er könnte im Krankenhaus bleiben, nach Hause fahren, einkaufen gehen, das Krankenhaus mit der Frau verlassen und zu ihr nach Hause fahren oder das Krankenhaus allein verlassen und zu ihr fahren oder sie im Motel oder Hotel treffen. Er könnte aber auch eine Not-OP haben.«

»So ungefähr.«

Ich nannte ihr Fabrikat, Farbe und Kennzeichen von Andrews Wagen und sagte, dass er immer einen der Mitarbeiterparkplätze hinterm Krankenhaus nehme. »Auf dem Parkplatz steht ein Wohnmobil, den der Gesundheitsdienst nutzt«, sagte ich. »Wenn du im Auto sitzt oder dort herumschlenderst, wirst du also keinen Verdacht erregen. Es wird aussehen, als würdest du auf jemanden warten. Traust du dir das auch wirklich zu?«

»Machst du Witze?« Daisy war Feuer und Flamme. »Arbeitet er heute?«

»Ja, freitags hat er immer OPs. So gegen fünf sollte er fertig sein.«

»Da gibt es nur ein Problem.«

»Und das wäre?«, fragte ich.

»Ich habe keine Ahnung, wie er aussieht.«

Lachend gab ich Daisy eine Einführung im Beschatten. Regel 1: Finde heraus, wo das nächste Klo ist. Sobald ich aufgelegt hatte, mailte ich ihr ein paar Familienfotos mit Andrew darauf. Ich konnte förmlich hören, wie Daisy die Titelmusik zu *Hawaii Five-O* pfiff.

21.

Nach einem Sandwich mit Tomaten und Salat und einem erfrischenden Nickerchen beschloss ich, zu den Telefonzellen zu laufen und Splash Charters anzurufen.

Bewegung schadet ja bekanntlich nie, doch abgesehen vom Gesundheitsaspekt wollte ich manchmal auch vermeiden, dass man meinen Anruf zurückverfolgen konnte. Splash Charters, die womöglich einen Flüchtling beherbergten, war so ein Fall.

Selbst eine Vorwahl zu wählen, um die eigene Rufnummer zu unterdrücken, reicht oft nicht. Heutzutage kann einen jeder, der über den richtigen technischen Schnickschnack verfügt oder jemanden kennt, der die Einzelverbindungsnachweise hacken kann, ausfindig machen. Außerdem kann ich in einer öffentlichen Telefonzelle der harmlosen Fantasie frönen, ich wäre eine abtrünnige MI5-Agentin. Ich habe schon überlegt, mir selbst kleine Nachrichten in Mauerritzen zu hinterlassen. Was tut man nicht alles, um den Arbeitsalltag aufzupeppen.

Eigentlich war es noch viel zu früh, die Geburtstagsgeschenke für meine Mutter abzuschicken, aber da ich die Telefonzelle in der Nähe der Post ansteuern würde, wollte ich es trotzdem bereits tun. Miau Zedong half mir, sie in einen alten Bogen Weihnachtspapier einzuschlagen. Meine Mutter würde das garantiert nicht stören, wir schicken uns ja auch schon seit 2002 die gleiche Geburtstagskarte hin und her. Wir retten den Planeten auf unsere eigene Art.

Ich stopfte mir den Post-it-Zettel mit der Telefonnummer der Chartergesellschaft in die Hosentasche und wollte gerade los, als ich Miau Zedongs bettelnden Blick sah.

»Also schön«, sagte ich und machte die Leine an seinem Halsband fest, und wir spazierten – also ich spazierte, er trippelte – in der Nachmittagssonne herunter zur Post, wo alle hellauf begeistert von ihm waren und ihn streicheln wollten.

Nachdem ich das Päckchen abgeschickt hatte, rief ich bei Splash Charters an.

»Splash Charters, Kylie am Apparat, was kann ich für Sie tun?« Die Stimme am Telefon war jung und klang nach Callcenter.

Beim ersten Anlauf wollte ich den Namen der Frau auf dem Zeitungsfoto herausbekommen, deshalb erzählte ich Kylie denselben Blödsinn wie McCormack, nämlich dass ich auf der Suche nach dem Namen einer Schulfreundin wäre.

»Keine Ahnung«, sagte sie. »Ich habe das Foto nie gesehen.«

Mist!

»Könnte ich denn bitte mal mit Mick sprechen?«, fragte ich höflich. Eher unwahrscheinlich, dass O'Leary seinen richtigen Namen nehmen würde, aber einen Versuch war es wert.

»Soll der hier arbeiten?«, fragte Kylie.

»Ich glaube schon.«

»Sind Sie auch sicher, dass das der richtige Name ist?«

»Ja, ich dachte, der gehört zu Ihrer Crew.«

»Unser Chef heißt Mitch Leary, aber einen Mick haben wir hier nicht.«

Juhuu! »Nein, der hieß ganz bestimmt Mick Park«, sagte ich schnell. »Der ist so um die dreißig, Amerikaner«, fügte ich hinzu, um sie von der Fährte abzubringen, und versuchte, dabei ganz ruhig zu klingen, während ich innerlich vor Freude Luftsprünge machte. Menschen, die mit Absicht verschwinden, um ein neues Leben zu beginnen, behalten gerne ihre Initialen bei. Mick hatte offenbar lediglich eine andere Kurzform seines Vornamens gewählt und das O' seines Nachnamens fallen gelassen. Der Typ litt garantiert nicht unter Gedächtnisschwund, dachte ich beglückt, sonst hätte er sich kaum einen so ähnlichen Namen aussuchen können.

»Dann arbeitet er wahrscheinlich für eine andere Chartergesellschaft«, sagte Kylie bedauernd. Wenn die wüsste.

Nachdem ich mich bei ihr bedankt hatte, legte ich auf und atmete erst einmal erleichtert auf, dass ich nicht nach Mick O'Leary gefragt hatte. Wenn er von Kylie erfahren hätte, dass sich jemand nach einem Mick O'Leary erkundigt hatte, wäre er noch im Morgengrauen mit Sack und Pack nach Westbengalen abgedampft.

Hochzufrieden mit meinem Fund trabte ich beschwingt nach Hause.

Wobei ich für das kurze Stück ewig brauchte, weil mich jeder Dritte anhielt, um den Kater zu streicheln. Ich machte mir einen Spaß daraus, den Kater wahlweise Sarkozy, Obama oder Merkel zu nennen, je nachdem, was ich als Herkunftsort des verzückten Touristen vermutete.

Bei Spanien musste ich leider passen.

***

An der Haustür wartete Nemony Longfellow auf mich. Sie sei nur kurz hier, um mir die Unterlagen zu bringen.

»Was für eine schöne alte Wohnung«, sagte Nemony, als ich sie in meine 50er-Jahre-Küche führte.

»Danke. Möchten Sie vielleicht einen Tee?«

»Gerne. Milch, keinen Zucker.«

Nemony setzte sich an den Küchentisch und legte einen Stapel Papiere vor sich hin. Ich nahm Miau Zedong von der Leine und setzte Wasser auf.

»Ich liebe altmodische Küchen«, sagte Nemony und sah sich um. »Die haben so viel mehr Stil als diese sterilen Edelstahlbunker, die aussehen, als wollte man dort Leichen sezieren. Da fragt man sich allen Ernstes, was die Leute bei sich im Kühlfach verstecken.«

Ich lächelte und widmete mich der Zubereitung einer Kanne Darjeeling. Für einen Testdurchlauf mit Chai Chi kannte ich Nemony nicht gut genug.

Heute trug sie eine schwarze Jeans, ein langärmliges schwarzes Shirt und eine beige Weste mit langen schwarzen Fransen, um die ich sie schwer beneidete. Mit dem Haar im Bananendutt sah sie aus wie Audrey Hepburn. Wie Hermione umgab auch sie ein Duft von Lavendel.

»Darf ich Sie etwas Persönliches fragen?«

»Warum wir immer Schwarz tragen?«

Vor Scham errötete ich und sagte: »Ja, das habe ich mich offen gestanden schon gefragt.«

Ihre schönen braunen Augen funkelten schelmisch. »Die Leute halten uns für böse Hexen, dabei mögen wir Schwarz einfach gern.«

»Sie sind also … keine Hexen?«

Nemony kicherte. »Wir sind nur Schwestern, mehr nicht. Vielleicht funktioniert unsere Intuition ein wenig besser als bei anderen. Doch bei O'Leary hatte ich offensichtlich einen Aussetzer.«

Sie seufzte und ich schenkte ihr einen mitfühlenden Blick. »Trägt Amelia eigentlich auch Schwarz?«

Kaum war der Name ihrer Schwester gefallen, wirkte Nemony angespannt, wie auch schon in Brunswick Heads.

»Manchmal«, sagte sie ausweichend.

»Wenn sie von ihrer Geschäftsreise zurück ist, würde ich mich gerne mal mit ihr unterhalten.«

»Das ist nicht nötig«, versetzte sie.

Daraufhin ließ ich die Amelia-Sache erst mal auf sich beruhen.

Miau Zedong, der Nemony schnüffelnd um die Füße gestrichen war, sprang ihr auf den Schoß.

»Schubsen Sie ihn ruhig runter«, sagte ich.

»Schon gut, ich mag Katzen.«

Für uns schenkte ich den Tee in meine feinen weißen Porzellantassen, dem Kater machte ich eine Schüssel am Boden neben dem Kühlschrank fertig. Sogleich sprang er von ihrem Schoß und machte sich beherzt über seinen Tee her. Nemony beobachtete ihn amüsiert.

Ich setzte mich ihr gegenüber an den Tisch und nahm die Unterlagen in die Hand. »Sind das Kopien?«

Nemony nickte. »Ganz oben ist Micks Geburtsurkunde. Das Original habe ich zu Hause.«

Ich trank einen Schluck Tee und schaute mir die Geburtsurkunde an. Mick war im April 1953 in Belfast geboren und auf den Namen Michael O'Leary getauft worden. Einen zweiten Vornamen hatte er nicht.

»Hatte Ihr Mann einen irischen Akzent?«, fragte ich.

»Ja. Das war auch ein Grund, warum ich mich in ihn verliebt habe. Manchmal habe ich ihm einfach nur zugehört, ohne wirklich zu verstehen, was er sagt.«

Ich musste lächeln. Ich wusste genau, was sie meinte.

»Nur noch mal zur Bestätigung. Mr O'Leary hat seinen britischen Pass, den Sie nie zu Gesicht bekommen haben, verloren und einen Ersatz beantragt, der nie eingetroffen ist. Stimmt das so?«

»Ja. Ich verstehe nicht, warum er seine Geburtsurkunde nicht mitgenommen hat. So was braucht man doch, oder nicht?«

»Seltsam ist das schon, da gebe ich Ihnen recht, aber normalerweise gibt es für alles eine Erklärung.«

In meinem Kopf überschlugen sich die Gedanken. Hatte O'Leary seine Geburtsurkunde zurückgelassen, weil er nun den Nachnamen Leary verwendete? Und war das vielleicht auch der Name in dem Pass, den er angeblich verloren hatte?

Ich nahm den Untersuchungsbericht und blätterte bis zur letzten Seite. Im Urteil hatte die Untersuchungsrichterin geschrieben, bedauerlicherweise könne es keinen Zweifel darüber geben, dass Michael O'Leary tatsächlich tot sei. Es gebe weder Anzeichen, dass er noch am Leben sei, noch Hinweise darauf, dass er sein Verschwinden nur vorgetäuscht habe, um ein neues Leben zu beginnen.

Weiter hieß es, die genauen Umstände des Todes seien nicht zu klären, doch nichts deute auf ein Fremdverschulden hin. Obwohl weder ein Haiangriff noch ein tödlicher Unfall an Bord ausgeschlossen werden könne, sei die Jacht vermutlich im Sturm gekentert und somit Ertrinken die wahrscheinlichste Todesursache. Abschließend wurde amtlich bescheinigt, dass Michael O'Leary vor Sydney Heads, New South Wales, im Meer zu Tode gekommen war. Mit Datum und Beileidsbekundung.

»Den Rest lese ich dann später«, sagte ich und legte den Untersuchungsbericht beiseite.

Bei den nächsten Dokumenten handelte es sich um die

Heiratsurkunde und O'Learys Sterbeurkunde. In beiden Fällen war der Name Michael O'Leary angegeben.

Ich breitete die Kontoauszüge vor mir aus. Das Konto war mit einer Einzahlung von 100 000 Dollar eröffnet worden. Es gab zwei größere Abbuchungen: 80 000 Dollar an Bosuns Marines und 12 000, die Nemony zufolge für den Wagen gewesen waren.

»Können Sie mir noch etwas mehr über den Kauf der Jacht erzählen?« Ich fragte mich, wie lange sie es wohl noch ohne Zigarette aushielt.

»Was wollen Sie denn wissen?«

»Haben Sie sich die Boote gemeinsam angeguckt oder hat Ihr Mann das ganz allein gemacht?«

»Mick hat die Jacht ausfindig gemacht, und wir haben sie uns dann zusammen im Hafen angeschaut.«

»War an der Jacht ein Preisschild, so wie man es von Autohändlern kennt?«

Nemony sah nachdenklich aus. »Nein, da hing kein Schild«, sagte sie schließlich. »Ich glaube, Mick hat mir gesagt, wie viel sie kostete. Warum fragen Sie?«

»Weil das 1983 ein happiger Preis für eine Bombora 23 Classic war.«

»Ach ja? Davon hatte ich keine Ahnung.« Nemony wirkte auf einmal beunruhigt, als dämmerte ihr plötzlich etwas. »Ich habe den Scheck an Bosuns Marine mit unterzeichnet. Mir ist nie in den Sinn gekommen, dass der Betrag gar nicht für die Jacht bestimmt sein könnte. Meinen Sie, Mick hat mit denen einen Deal gemacht und die haben ihm die Hälfte in bar zurückgegeben?«

»Schon möglich«, sagte ich. Sie hatte laut ausgesprochen, was ich dachte.

»Dieser Mistkerl«, murmelte Nemony.

Auf dem letzten Bankauszug waren nur noch die 40

Dollar ausgewiesen, von denen Nemony schon gesprochen hatte. Ich ging die verschiedenen Ausgaben durch, und sie bestätigte mir, dass es sich um die normalen Lebenshaltungskosten wie Miete und Lebensmittel handelte. Abgesehen von den Zinsen gab es keinerlei Einnahmen.

»Hat keiner von Ihnen gearbeitet?«, fragte ich.

»Nein, wir haben es uns gut gehen lassen.«

Miau Zedong hatte seinen Tee ausgeschlürft und putzte sich die Pfötchen. Nemony beobachtete ihn verzückt.

»Haben Sie Ihre Schwester mal nach der Kanzlei gefragt, die das Erbe Ihres Onkels verwaltet hat?«

»Oh ja, die Kanzlei heißt Dansy, Barker und Howe.«

Auf die Ecke vom Bankauszug schrieb ich mir die Namen auf. Ich wollte unbedingt mal ein Wörtchen mit Overton Siliphant, dem Familienanwalt, reden, der sich um Willard Longfellows Nachlass gekümmert hatte. Irgendwie wurde ich das ungute Gefühl nicht los, dass O'Leary schon vor der Hochzeit von Nemonys Erbschaft erfahren hatte. Vielleicht sogar schon, bevor er auf der Lavendel-Farm aufgekreuzt war. Hoffentlich gelang es mir, diesen Siliphant ausfindig zu machen, damit er Licht in die Sache brachte.

»Haben Sie schon etwas herausbekommen?«, fragte Nemony.

Ich schüttelte den Kopf. Wenn ich ihr jetzt gestand, was ich herausgefunden hatte, würde sie sich womöglich in den nächsten Flieger nach Norden, Richtung Shute Harbour, setzen, um O'Leary den Marsch zu blasen, und dann würde er wieder verduften. Beim ersten Mal war es ihm immerhin gelungen, dreißig Jahre unentdeckt zu bleiben. Beim nächsten Mal würde er vielleicht auf Nimmerwiedersehen verschwinden, und ich würde nie erfahren, wie und warum er überhaupt untergetaucht war. Oder beweisen können, dass er noch am Leben war. Bevor irgendjemand nach Norden flog, lag noch ein gutes Stück Arbeit vor mir.

»Darf ich Ihnen vielleicht noch eine persönliche Frage stellen?« Ich wollte sie erneut mit ihrer vermeintlichen Depression konfrontieren

»Das hört sich aber ominös an.«

»Hermione erzählte mir, Sie leiden an Depressionen, aber das stimmt ja offensichtlich nicht. Warum sollte mich Ihre Schwester anlügen?«

Ich rechnete damit, dass sie mir auswich, doch sie sagte: »Hermione hat Ihnen erzählt, dass ich depressiv bin, weil sie es selbst glaubt.«

»Das verstehe ich nicht.«

»Was ich Ihnen jetzt sage, ist ganz im Vertrauen. Das dürfen Sie nicht für Ihren Artikel verwenden.«

Mit festem Blick sagte ich: »Ich verspreche Ihnen, dass ich das nicht verwenden werde.«

Ich hielt immer Wort, aber das konnte Nemony ja nicht wissen. Es sei denn, es hatte sich inzwischen herumgesprochen – das hoffte ich natürlich.

»Über die Jahre habe ich meiner Schwester gegegenüber einen falschen Eindruck erweckt, und bitte glauben Sie mir, dass es keine Absicht war. Hermione geht fest davon aus, dass ich all die Jahre unter Depressionen gelitten habe, und ich habe es weder bestätigt noch abgestritten.«

»Warum nicht?«, fragte ich verwundert.

»Hermione ist noch von der alten Schule, fromm und puritanisch, und würde nie gutheißen, was ich Ihnen jetzt anvertraue.« Nemony zögerte. Sie schien unschlüssig, ob sie fortfahren sollte. »Nachdem ich Mick verloren hatte, war ich tatsächlich unglücklich und niedergeschlagen.

Und nachdem Hermione mir ständig in den Ohren lag, ich solle den Psychiater aufsuchen, den unser Hausarzt vorgeschlagen hatte, habe ich einen Termin gemacht, ohne die Absicht zu haben, überhaupt hinzugehen.«

»Aber Hermione hat mir gesagt, Sie seien seit dreißig Jahren bei einem Psychiater in Behandlung.« Nun war ich vollends verwirrt.

Nemony lachte laut auf. »Irgendwie stimmt das ja auch. Ob das allerdings als Behandlung durchgeht, weiß ich nicht.«

»Oh!« Das musste ich erst einmal verdauen. »Er ist Ihr Liebhaber!« Im Nachhinein verstand ich nun auch ihr verschmitztes Lächeln im Biergarten und ihr Zögern, sich mir mitzuteilen. Ob sie Hermione gegenüber Schuldgefühle hatte?

»Keine Sorge«, meinte sie. »Ich bin nie seine Patientin gewesen. Ich hatte ihn damals angerufen und gesagt, ich würde nur meiner Schwester zuliebe einen Termin machen, hätte aber nicht vor, ihn tatsächlich wahrzunehmen. Ich fand, dass Trauer eine ganz normale menschliche Reaktion ist, die mit der Zeit von selbst nachlässt. Er stimmte mir zu, und wir kamen ins Gespräch. Dann fragte er mich, ob ich auf die Mosman High in Sydney gegangen war. Wie sich herausstellte, war er in Hermiones Jahrgangsstufe gewesen und erinnerte sich noch gut an sie. Er meinte, er könne gut verstehen, warum ich den Termin hätte machen wollen, und dann haben wir erst einmal gelacht.«

Ich quittierte ihre Erzählung mit einem verständnisvollen Lächeln.

»Erzählen Sie weiter«, sagte ich aufmunternd.

»Dann kam eines zum anderen. Zunächst haben wir uns nur zum Kaffee verabredet und uns über Blumen unterhalten. Später kamen Verabredungen zum Abendessen hinzu und Gespräche über die Lavendelfarm. Und als klar war, dass wir uns zueinander hingezogen fühlten, haben wir ein Verhältnis miteinander angefangen.«

»Warum haben Sie nicht geheiratet?«, fragte ich.

»Weil er bereits verheiratet war, und ein Katholik lässt sich nicht einfach so von seiner Frau scheiden. Aber mich hat es auch nicht gestört. Uns beiden passte dieses zwanglose Zusammensein gut, und so treffen wir uns seit dreißig Jahren einmal die Woche.«

Obwohl mich ihr Geständnis irgendwie amüsierte, fand ich es dennoch gemein, dass sie Hermione all die Jahre in dem Glauben gelassen hatte, ihr ginge es nicht gut, bloß um die Affäre zu kaschieren. Ihre Schwester derartig zu täuschen passte ehrlich gesagt nicht zu dem Eindruck, den ich von ihr gewonnen hatte.

Außerdem ergab das irgendwie auch gar keinen Sinn. Nemony hätte andere Wege finden können, die Affäre geheim zu halten. Und ich bezweifelte, dass man anderen über einen solch langen Zeitraum eine Depression vorgaukeln konnte, schon gar nicht, wenn es sich um ein Familienmitglied handelte. Hinter der Sache mit der Depression steckte eindeutig mehr, als sie mir weismachen wollte.

Ja, ich weiß. Ich war natürlich die Letzte, die sich moralisch aufs hohe Ross schwingen konnte, wo ich doch selbst eine Affäre hatte, von der meine Schwester noch nichts wusste. Allerdings würde ich die Scharade bestimmt nicht dreißig Jahre aufrechterhalten können, und ich würde Harper nicht vormachen zu leiden, wenn es nicht der Wahrheit entspräche.

Nemony musste mir die Bestürzung angesehen haben. »Die Heimlichkeit einer Affäre macht auch ihren Reiz aus.

Sie wissen schon, die verbotenen Früchte …«, versuchte sie sich zu rechtfertigen.

Ich rang mir ein Lächeln ab. Mir machten die Heimlichkeiten und Schwindeleien zu schaffen, die meine Affäre mit sich brachte. Einen Reiz konnte ich ihnen beim besten Willen nicht abgewinnen. Innerlich zählte ich bis zwanzig, denn ich sorgte mich, Nemonys feine Intuition könnte meine Gedanken erahnen und irrtümlich annehmen, das Missfallen gelte ihr.

Doch das Missfallen richtete sich ganz allein gegen mich selbst.

22.

Nachdem ich Nemony zur Tür gebracht hatte, blickte ich aus dem Arbeitszimmer auf die Straße hinunter. Wie ich vermutet hatte, zündete sich Nemony erst einmal eine Zigarette an. Nach zwei hastigen Zügen warf sie den Kopf in den Nacken und schritt davon.

Auf der gegenüberliegenden Straßenseite fiel mir eine altbekannte Gestalt ins Auge, die vor einem Schaufenster stand. Es war der Mann mit dem Cordsakko. Für meinen Geschmack war das ein Zufall zu viel, also blieb ich am Fenster stehen, um zu sehen, ob er Nemony folgte. Doch er steckte die Hände in die Taschen und schlenderte in die andere Richtung davon.

Neugierig geworden rannte ich die Treppen wieder hinunter und ihm hinterher auf die Straße, aber er war nirgends zu sehen. Ich hielt in ein paar Läden nach ihm Ausschau, doch das Cordsakko war wie vom Erdboden verschluckt.

Als ich zurückkam, hatte sich Miau Zedong auf meinem Schreibtischstuhl häuslich niedergelassen. Bevor ich ihn verscheuchte, notierte ich erst einmal das Auftauchen des Cordmanns am Whiteboard. Dann googelte ich die Nummer von Dansy, Barker und Howe, der Anwaltskanzlei aus Sydney, die sich um den Nachlass des guten alten Onkel Willard gekümmert hatte. Eigentlich hätte das auch bis Montag Zeit gehabt, aber solange ich etwas um die Ohren hatte, brauchte ich wenigstens nicht darüber nachzudenken, dass Toby morgen nach Hause kam. Ich rief an und hoffte, dass das Büro noch besetzt war.

Eine Frau mit neuseeländischem Akzent meldete sich.

»Guten Tag«, zwitscherte ich. »Ich bin Journalistin und recherchiere für eine Reportage über die Familie Longfellow. Von Miss Nemony Longfellow habe ich erfahren, dass bei Ihnen ein gewisser Overton Siliphant tätig war, ein guter Freund ihres Onkels Willard Longfellow. Ich würde mich gerne mit Mr Siliphant in Verbindung setzen. Könnten Sie mir dabei vielleicht behilflich sein?«

Ich hatte keinen Schimmer, ob Willard und Overton tatsächlich befreundet waren, aber den Namen nach hätten sie es eigentlich sein müssen.

»Können Sie mir den Namen bitte buchstabieren?«, fragte die Frau.

Nachdem ich das getan hatte, lauschte ich in der Warteschleife Vivaldis *Vier Jahreszeiten*, bis sie wieder an den Apparat ging.

»Mr Siliphant ist seit fünfundzwanzig Jahren in Rente. Zuletzt haben wir gehört, dass er in eine Seniorenresidenz an die Nordküste gezogen ist. Leider kann sich hier kein Mensch an den Namen der Einrichtung erinnern. Offenbar hat vor ein paar Wochen schon mal jemand angerufen und sich nach Mr Siliphant erkundigt, aber dem konnten wir auch nicht weiterhelfen.«

Wie bitte?

»Wissen Sie noch, wer der Anrufer war?« Ich versuchte, nicht allzu aufgeregt zu klingen. »War es vielleicht auch ein Journalist?«

»Warten Sie mal kurz.« Ich hörte, wie sie sich von ihrem Platz entfernte, dann Stimmengemurmel. Schritte näherten sich und sie nahm den Hörer wieder in die Hand. »Ja, der Mann schien Journalist zu sein, aber meine Kollegin erinnert sich nicht mehr an den Namen.«

»Danke«, sagte ich. »Ich finde ihn bestimmt.« Damit meinte ich Overton Siliphant und den mysteriösen Journalisten.

Da das Bootsunglück, über das Dandy McCormack berichtet hatte, gerade mal acht Tage her war und Hermione das Foto danach erst gesehen hatte, konnte ich mir nicht vorstellen, dass es sich bei dem Anrufer um McCormack handelte oder jemand anders bereits die gleiche Geschichte wie ich verfolgte. Dennoch malte ich einen neuen Kasten mit der Überschrift *Mysteriöser Journalist ans Whiteboard*.

An der Haustür klopfte es laut, und mit Miau Zedong im Schlepptau ging ich unten nachsehen. Lyric vom Blumenladen stand vor der Tür. Er reichte mir einen riesigen Strauß Gartenblumen.

»Für dich, Scout«, sagte er grinsend.

Ich bedankte mich, schloss die Tür und hüpfte die Treppen hinauf, den Kater dicht auf den Fersen. Ich riss den Umschlag mit der Karte auf.

Ich zähle die Tage, Rx

Die Blumen waren atemberaubend: rote Banksien und Telopeas, goldene Zylinderputzer und dunkelgrüne Eukalyptusblätter. Einen Moment lang genoss ich das wohlig warme Gefühl des Umworbenwerdens, bis sich die Schuldgefühle Toby gegenüber meldeten. Um nicht in allzu grüblerische Stimmung zu geraten, schickte ich Rafe schnell eine Dankes-SMS und stellte die Blumen in eine Glasvase auf meinen Schreibtisch, wo ich sie beim Arbeiten sehen konnte.

Im Netz suchte ich eine ganze Weile nach Overton Siliphant, fand aber nichts, nicht mal den klitzekleinsten Hinweis auf einen Mr Siliphant von der Seniorenresidenz *Zur Sonnigen Gruft* oder einem Etablissement mit ähnlich gruseligem Namen. Na, zumindest war ich noch auf keinen Nachruf gestoßen.

Da es mir keine Ruhe ließ, rief ich Hermione an, um zu fragen, ob sie oder Nemony sich vor ein paar Wochen an einen Journalisten gewandt hätten. Großer Fehler. Schwer beleidigt ließ sie mich wissen, dass sie nichts dergleichen getan hätten.

»Eigentlich habe ich ja erwartet, dass Sie mich über Ihre Fortschritte aufklären«, sagte sie hochnäsig, als wäre ich ihre Angestellte und schuldete ihr regelmäßig Bericht. »Ich habe jetzt auch keine Zeit zu telefonieren. Ich bin Vorsitzende des Lavendelfarmerverbands Nordküste und schreibe gerade den Newsletter.«

»Sie sind nicht mein Chef, Miss Longfellow«, sagte ich, bemüht, mich nicht allzu sehr in die Defensive bringen zu lassen. »Sie sind nicht meine Klientin, Sie bezahlen mich nicht, und somit bin ich nicht verpflichtet, Sie über meine Arbeit auf dem Laufenden zu halten.«

»Das mag ja sein«, bemerkte sie spitz, »aber ohne mich hätten Sie überhaupt keine Geschichte.«

Statt mich mit ihr weiter zu streiten, fragte ich schnell: »Wissen Sie zufällig, wo Overton Siliphant in Sydney gewohnt hat oder in welches Altenheim er gezogen ist?«

»Ach, du liebe Güte!«, schnaubte sie. »Er hat in der Nähe unseres Elternhauses in Mosman gewohnt. Woher soll ich wissen, wo er hingezogen ist? Wenn es sonst nichts mehr gibt: Ich habe zu tun.« Und damit legte sie auf. Kein Auf Wiedersehen. Nichts.

»Du alte Hexe!«, schimpfte ich. Allmählich verstand ich, warum Nemony ihre Gefühle vor der älteren Schwester verbarg.

Ich bemühte mich, den Ärger über Hermione auszublenden, und suchte nach einem Verzeichnis mit Seniorenheimen an der Nordküste. Wenn Siliphant in Mosman gelebt hatte, war anzunehmen, dass er irgendwo in der Gegend geblieben war.

Zunächst rief ich die Heime in der Nähe des Hafens an und arbeite mich dann nach Norden vor. Ich spielte mit offenen Karten und sagte, dass ich Journalistin sei, Nachforschungen über Mr Willard Longfellow anstelle und nach einem alten Bekannten von ihm suche, um einige Ungereimtheiten zu klären.

Fündig wurde ich am Chamomile Court an Sydneys Nordküste. Eine fröhliche Altenpflegerin teilte mir mit, dass Mr Siliphant in den Neunzigern und bei klarem Verstand, allerdings stocktaub seid, und ungern ein Hörgerät trüge. Ich wartete, während sie Mr Siliphant fragte, ob er sich noch an Willard Longfellow erinnern könne und mit mir reden wolle.

»Ja, Mr Longfellow ist ein Freund von ihm gewesen«, sagte die Altenpflegerin schließlich. »Mr Siliphant erinnert sich noch gut an ihn und würde gerne mit Ihnen sprechen, aber am Telefon hat das keinen Zweck. Da müssten Sie schon persönlich kommen.«

Ich dankte ihr, und bevor ich auflegte, ließ ich mir noch eine Wegbeschreibung geben und notierte die Besuchszeiten.

Mit geschlossenen Augen lehnte ich mich im Stuhl zurück. Wenn ich Siliphant fragen wollte, ob O'Leary schon vor der Hochzeit von Nemonys Erbschaft erfahren haben könnte, müsste ich nach Sydney fahren und es direkt tun. Selbst wenn mich ein Gespräch mit ihm nicht weiterbrächte, wäre die Fahrt nach Sydney nicht umsonst. Ich könnte bei Bosuns Marine vorbeischauen, mir von Geoff

Shaw ein paar Jachten zeigen lassen, ein Gefühl für Boote bekommen und meine Eltern und meine Töchter besuchen. Und Rafe.

Er fehlte mir.

Sehr.

***

Um achtzehn Uhr schaltete ich den Fernseher ein, wegen der Lokalnachrichten. Unsere SG-Aktion war gleich die erste Meldung, sofort drückte ich den Aufnahmeknopf. *Vandalen wüten gegen Banken an der Gold Coast* lautete der dramatische Aufhänger, doch als die Moderatorin auf die Einzelheiten zu sprechen kam, schien sie amüsiert.

Man schaltete zu einer Reporterin vor Ort. Im Hintergrund waren unsere gelb-schwarzen Vorhänge zu sehen, ein wenig zurückgezogen, um den Zugang zum Geldautomaten zu ermöglichen. Irgendein Witzbold hatte ein Gemälde des Widerständlers Ned Kelly neben den Geldautomaten gehängt. Ich musste lachen – es macht Spaß, wenn unsere Kunst so verstanden wird, wie sie gemeint ist

Es folgte ein Interview mit der Bankdirektorin. Sie sei zwar nicht erfreut, dass eine Graffiti-Gang ihre Bank ins Visier genommen habe, aber weder ihr Geldautomat noch der der Nachbarbank sein beschädigt worden. »Sobald das klar war, fand die Belegschaft das Ganze sehr lustig und hat Fotos gemacht«, sagte sie gut gelaunt.

Dann war ein Polizist an der Reihe. Er habe schon eine Vermutung, auf wessen Konto die raffinierte *Masche* ginge, mit der das Eigentum der Bank verunstaltet worden sei. Die Künstler würde er sich *vorknüpfen*. In letzter Zeit wiederhole sich das *Muster*, diesmal würden die Schuldigen nicht durchrutschen, sondern *festgenadelt*, pardon, festgenagelt werden. Er verzog dabei keine Miene, was mich echt beeindruckte. Die Moderatorin im Studio grinste von einem Ohr zum anderen.

Das Telefon klingelte. Es war Sam. »Guckst du gerade?«, fragte er aufgeregt.

»Mhmm.«

»Warum hat der Bulle so komisch geredet?«

»Er hat einfach aufs Stricken angespielt. Ich fand's lustig.«

»Also will man uns gar nicht zur Strecke bringen?«

»Nein. Da haben die Besseres zu tun. Das Bild von Ned Kelly hat das Ganze schön abgerundet. Hat es dir gefallen?«

»Ja, schade, dass ich nicht selbst darauf gekommen bin.«

»Aber ist doch super, dass wir jemand anderes dazu inspiriert haben. Eine bessere Reaktion kann es doch gar nicht geben.«

»Jack war total begeistert. Der würde sterben, wenn der wüsste, dass wir es waren.«

Und du wirst sterben, wenn du es ihm erzählst. Das habe ich natürlich nicht gesagt, nur gedacht.

»Wie geht es Harper?«, fragte ich.

»Jetzt heult sie nicht mehr, jetzt kotzt sie die ganze Zeit.«

»Ist sie zu Hause?«

»Nein, einkaufen. Aber ich sage ihr, dass sie dich anrufen soll.«

Nachdem wir uns verabschiedet hatten, schickte ich allen SG-Mitgliedern eine SMS, dass über uns ein super Bericht in den Nachrichten war und dass sie auf jeden Fall morgen in die Zeitungen schauen sollten.

Anschließend begutachtete ich den Zustand der Wohnung und ging dann ins Badezimmer, um mich im Spiegel einer ähnlichen Prüfung zu unterziehen. Was hatte nun dringender Pflege nötig, ich oder die Wohnung? Normalerweise füllte ich vor Tobys Rückkehr immer den Kühlschrank mit Lebensmitteln und Bier auf, schrubbte die Bude wie eine Wahnsinnige und putzte mich heraus. Diesmal jedoch konnte ich mich nicht dazu aufraffen, obwohl vielleicht sogar Tobys neue beste Freunde, Barney und die schöne Sonya, mit von der Partie sein würden.

Ich ärgerte mich über mich selbst, dass ich die Entscheidung darüber, was ich in Sachen Toby und Rafe unternehmen wollte, mal wieder bis auf den letzten Drücker hinausgeschoben hatte. Auf dem Bett liegend ging ich alles in Gedanken noch mal durch.

Wenn ich nicht total den Verstand verlieren und mir darüber hinaus noch einen Funken Selbstwertgefühl bewahren wollte, konnte ich nicht mit beiden gleichzeitig eine Beziehung führen, das war schon mal das Erste. Und zweitens musste ich Toby wohl oder übel meine Affäre mit Rafe beichten, bevor es jemand anders tat. Drittens, und genau da lag der Hund begraben, wusste ich nicht, mit wem von beiden ich zusammen sein wollte.

Im Moment wollte ich bloß in Rafes Armen liegen, aber was, wenn ich Toby erst wiedersah? Würde mir dann klar werden, wie dumm ich gewesen war, alles aufs Spiel zu setzen, weil er der Mann war, den ich über alles liebte? Und würde er mir verzeihen?

Oh Mann, das klang ja schon verdächtig nach *Zeit der Sehnsucht*.

23.

Ich hatte entschieden, Toby bei der ersten sich bietenden Gelegenheit alles zu gestehen. Für heute legte ich meine Liebesprobleme somit ad acta und machte mich bettfertig.

Meine Bettlektüre bestand aus dem zwanzigseitigen Untersuchungsbericht zum Tod von Mick O'Leary. Miau Zedong hatte es sich neben mir im Bett gemütlich gemacht. Sein Kopf lag auf meinem Bein, und er schnurrte leise.

Der Bericht behandelte ausführlich Nemonys erste Aussage, die angespülten Wrackteile und die Maßnahmen der Seenotrettung sowie die große Erfahrung O'Learys als Segler. Das alles brachte mich keinen Schritt weiter – bis ich auf eine Stelle stieß, wo es hieß, *die Lavender sei offiziell registriert*.

Unter dem Punkt *Polizeiliche Ermittlungen* stand, Inspector Norman Smith vom Dezernat New South Wales hätte bestätigt, dass von weiteren Ermittlungen keine neuen Erkenntnisse zur Frage, ob der Vermisste tot oder noch am Leben sei, zu erwarten seien. Die Suche sei unter den gegebenen Umständen gründlich durchgeführt worden.

Ob Smith wohl von O'Learys vermeintlich verlorenem Pass gewusst hatte? Und hatte er die Registrierung der Jacht überprüft? Hatte er trotz seiner Aussage Zweifel gehabt, ob alles mit rechten Dingen zugegangen war?

Ich musste unbedingt mit dem Inspector sprechen, aber wahrscheinlich war er inzwischen im Ruhestand und nicht so leicht aufzutreiben. Die Polizei von New South Wales würde Smiths Adresse garantiert nicht herausrücken, aber vielleicht konnte Rafe helfen. Mit ein bisschen Glück lebte Smith noch in Sydney, dann könnte ich ihm auch gleich einen Besuch abstatten, wenn ich dort war.

Ich war fast eingeschlafen, als Miau Zedong plötzlich aus dem Bett sprang. Ich hörte die Haustür unten aufgehen und schnellte kerzengerade hoch. So viele Leute haben einen Schlüssel zu meiner Wohnung – Harper, meine drei ältesten Neffen, Toby, Miles, meine Töchter, meine Eltern –, es hätte so ziemlich jeder sein können. Vielleicht war es auch ein Einbrecher, der Mann im Cordsakko auf der Suche nach Nemony zum Beispiel!

Ich schnappte mir *Bleak House* vom Nachttisch – keine Ahnung, was ich mir dabei dachte, gegen einen potenziellen Eindringling würde mir das wohl kaum helfen – und stürmte aus dem Schlafzimmer.

Harper stand oben auf der Treppe mit Miau Zedong im Arm. Ihre Reisetasche stand neben ihr am Boden, also würde sie wohl über Nacht bleiben.

»Tut mir leid, wenn ich dich erschreckt habe«, sagte sie. Sie küsste mich auf die Wange und folgte mir in die Küche. »Ich muss mit dir reden.«

»Sind Sam und Jack zu Hause bei Fergus?«

Mürrisch setzte sie den Kater ab und nahm am Küchentisch Platz. »Was glaubst du denn? Dass ich Fergus allein zu Hause lasse?«

Auf ihren beleidigten Ton ging ich gar nicht ein. »Wie geht es dir denn?«

»Morgens ist mir immer so schrecklich übel. Das habe ich noch nie gehabt, vielleicht ist es diesmal ein Mädchen.«

Ich lächelte sie an und machte mich ans Teekochen.

»Aber du lässt doch alle nötigen Untersuchungen machen?«, fragte ich besorgt. »Ich meine, du bist sechsundvierzig.«

»Nur damit du es weißt«, sagte Harper bestimmt. »Ich habe nicht vor, es abzutreiben, es sei denn, mit dem Kind stimmt etwas nicht. Ich bin gesund, habe schon vier Kinder und genug Geld und Unterstützung, um das notfalls auch ohne Andrew durchzuziehen. Und ja, ich werde jede erdenkliche Untersuchung machen lassen.«

Ich gab ihr einen Kuss aufs Haar. Das war ein gutes Zeichen. Vielleicht hatte ich mir ganz umsonst Sorgen gemacht, wobei ich bei meiner Schwester lieber auf Erfahrungswerte baute als auf aktuelle Erwartungen. »Was treibt dich um diese Uhrzeit noch her?«

»Kannst du mir einen Privatdetektiv besorgen, der Andrew beschattet? Ich muss endlich wissen, was zum Teufel da vor sich geht.«

Noch ein positives Zeichen! Ich setzte mich zu ihr an den Küchentisch, erleichtert, dass sie das Problem jetzt so vernünftig anging. Vielleicht war das Kind tatsächlich ein Mädchen!

Uns beiden war klar, dass Harper mich das genauso gut übers Telefon hätte fragen können und die eigentliche Frage eher war, ob *ich* Andrews Beschattung übernehmen würde. Meine Schwester befürchtete immer, ich könnte ihre wahre Absicht missverstehen, wenn sie mir nicht gegenübersteht. Daher der Besuch.

Ich schenkte uns Tee ein und fragte geziert: »Würde es Madame überraschen zu erfahren, dass schon jemand auf den Fall angesetzt ist?« Gleich würde sie mir vorwerfen, meine Nase ungefragt überall hineinzustecken, aber nichts dergleichen geschah.

»Im Ernst? Hast du schon was herausgefunden?«

»Ganz im Ernst. Ich mache es nicht selbst, aber in ein paar Tagen wissen wir mehr.«

»Wen hast du denn angeheuert?«

»Einen befreundeten Ermittler.« Harper würde ausrasten, wenn sie wüsste, dass Daisy dahintersteckte.

»Sag mir einfach, was es kostet«, sagte sie. »Das zahle ich gerne.«

»Das kostet nichts.«

»Und dafür bist du ihm dann wieder einen Gefallen schuldig?«

Ich zuckte die Achseln. »So ähnlich.«

Harper lächelte mich dankbar an. Sie wechselte das Thema: »Und wie kommst du in dem Longfellow-Fall voran?«

Da ich mich nicht mehr erinnern konnte, was ich ihr bereits erzählt hatte, fing ich einfach noch mal von vorne an, wobei ich die Affäre zwischen Nemony und dem Arzt aussparte. Anschließend diskutierten wir eine Weile über die verschiedenen Szenarien, bis wir genug hatten.

Als wir im Zimmer der Zwillinge das Bett bezogen, sagte Harper: »Glaubst du wirklich, der Jachthändler hätte einen Scheck von 80000 Dollar angenommen und O'Leary 40000 in bar zurückgegeben?« Ihrem Gesichtsausdruck nach zu urteilen schien sie es nicht für wahrscheinlich zu halten.

»Könnte sein. Was spricht dagegen?«

»Dagegen spricht, dass Bargeld ein flüssiger Posten ist und ich mir nicht vorstellen kann, dass ein Geschäftsmann das freiwillig gegen einen Scheck eintauscht, der überall durch die Bücher geht und für den man auch noch Einkommenssteuer zahlen muss.«

Da hatte sie gar nicht so unrecht, das hatte ich nicht bedacht. Eigentlich war das ein ziemlich wichtiger Einwand.

»Es gäbe noch eine weitere Möglichkeit«, fuhr Harper fort.

»Und die wäre?«

»Er könnte zwei Jachten gekauft haben.« Sie sagte das so beiläufig, dass mir die Tragweite nicht sofort klar war. Auf diese Möglichkeit war ich noch gar nicht gekommen, dennoch wäre das eine plausible Erklärung. O'Leary könnte mit der zweiten Jacht davongesegelt sein.

Ich grinste Harper an. »Gut gemacht, Sherlock.«

»Ich habe so meine Sternstunden«, sagte sie stolz.

24.

Den Samstagmorgen verbrachte ich im Arbeitszimmer damit, die Informationen aus dem Untersuchungsbericht auf das Whiteboard zu übertragen, und Harper im Badezimmer damit, sich zu übergeben. Miau Zedong saß vor der Badezimmertür und legte den Kopf schief, offenbar unbeeindruckt von der Geräuschkulisse.

Während Harper also anderweitig beschäftigt war, rief ich Daisy an, ob es schon Neuigkeiten gäbe.

»Nichts von Belang«, sagte sie seufzend. »Andrew ist erst kurz nach sechs aus dem Krankenhaus gekommen und direkt rüber in das Schwesternquartier. Dann habe ich eine Stunde gewartet, was ihm ja genügend Zeit zum Duschen und Umziehen gegeben hätte, aber er ist nicht wieder aufgetaucht, also bin ich nach Hause.«

»War es sehr öde?«, fragte ich.

»Überhaupt nicht. Ich habe Radio gehört.«

»Sag einfach Bescheid, wenn du die Nase voll hast.«

»Mach ich, keine Sorge. Heute Morgen verkaufe ich Obst und Gemüse auf dem Markt, aber heute Nachmittag begebe ich mich wieder auf Posten. Was meinst du? Ist sechs Uhr okay?«

»Das ist eine gute Zeit«, antwortete ich.

»Wenn er wirklich eine Affäre haben sollte, kann ich das irgendwie nachvollziehen«, sagte sie nachdenklich. »Er ist schon ein stattlicher Mann.«

»Ja, trotzdem passt es nicht zu ihm.«

»Kann dennoch passieren«, entgegnete sie traurig.

Wir unterhielten uns noch eine Weile, und als ich die Badezimmertür hörte, dankte ich Daisy und legte auf.

Harper kam ins Arbeitszimmer und sah äußerst blass aus. »Hast du zufällig Cracker da?«

»Bei mir haben abgestandene Limonade und trockener Toast immer am besten funktioniert.«

»Ich versuche alles.«

Sie ließ sich auf den Windsor-Stuhl fallen, und ich ging in die Küche, um das Gegenmittel vorzubereiten. Als ich zurückkam, starrte Harper aus dem Fenster auf die Straße, und Miau Zedong saß am Boden und starrte Harper an.

»Ich könnte den ganzen Tag hier sitzen und das Treiben unten beobachten«, sagte sie und nahm Toast und Limonade entgegen. »Mir ist schleierhaft, wie du überhaupt zum Arbeiten kommst.«

»Ich bin eben sehr diszipliniert«, antwortete ich und riskierte einen kurzen Blick nach draußen, um nach dem Cordmann Ausschau zu halten, aber er war nicht da.

»Von wegen«, sagte Harper und biss in den Toast.

Grinsend fragte ich: »Wann wirst du es den Jungs und Mum und Dad sagen?« Andrew sparte ich wohlweislich aus.

»Erst wenn ich alle Untersuchungen hinter mir habe. Man kann ja nie wissen.«

Ich war froh, dass sie ihre Entscheidungen offenbar mit gesundem Menschenverstand traf. »Nimm dir doch ein Buch und geh wieder ins Bett.«

»Kann ich nicht. Ich bringe Fergus heute Morgen zum Fußball.« Sie warf einen Blick auf die Uhr. »Ich sollte lieber duschen und los.«

»Iss doch erst mal auf«, befahl ich. Mich nervte, dass meine Schwester immer von einer Sache zur nächsten sprang.

»Sonst kann das mit der Übelkeit auch nicht besser werden.«

Harper schenkte mir einen verächtlichen Blick, dann sah sie hinab zu Miau Zedong, der sie immer noch intensiv anstarrte.

»Was guckt der Kater denn so? Will er was von meinem Toast abhaben?«

»Nein, du sitzt auf seinem Stuhl.«

»Verzeihen Sie bitte, der Herr«, sagte Harper und ich lachte. Ihr ging es schon viel besser.

Nachdem sie geduscht und noch ein paar Toasts verdrückt hatte, machte sich Harper auf den Heimweg, wobei sie in meiner alten Levis und ihrem weißen T-Shirt ganz unbeabsichtigt ziemlich stylisch wirkte. Über Toby hatten wir gar nicht gesprochen, obwohl er ja heute zurückkam. Harper hatte vor ein paar Tagen am Telefon schon gemerkt, dass ich seiner Rückkehr zwiespältig gegenüberstand, und ich war ihr dankbar, dass sie das Thema nicht angeschnitten hatte.

Sobald die Haustür ins Schloss fiel, suchte ich im Netz nach Reaktionen auf unsere SG-Aktion und wurde nicht enttäuscht. Zwei Queenslander Zeitungen brachten umfangreiche Berichte mit Fotos.

Die Schlagzeilen waren super: NEUE VERSTRICKUNGEN und VORHANG ZU FÜR GROSSBANKEN!

Ich rief Sam an und erzählte ihm von den Artikeln und dass seine Mutter nach Hause käme, um Fergus zum Fußball zu bringen. Dann schickte ich eine SMS an die restlichen SG-Mitglieder, druckte die Artikel aus, öffnete den Überseekoffer und heftete sie im Ordner »Pressestimmen« weg.

In meinem Wohnzimmer herrschte das reinste Chaos, und auf einmal überkam mich das Bedürfnis, hier mal klar

Schiff zu machen, wahrscheinlich eher um Tobys Freunde zu beeindrucken als Toby zuliebe. Gerade als ich den Staubsauger aus dem Besenschrank im Flur ziehen wollte, klingelte das Telefon. Noch mal Glück gehabt.

Harper war dran.

»Ist was passiert?« Mein erster Gedanke war, dass ihr im Auto schlecht geworden war.

»Nein, gar nichts«, sagte sie fröhlich. »Ich rufe nur an, um dir zu sagen, dass du heute Morgen um zehn einen Termin bei Rainbow hast. Es ist schon alles abgemacht und bezahlt, dir bleibt also keine Wahl. Du hast Waschen, Schneiden, Highlights, eine Gesichtsbehandlung und eine Massage mit heißen Steinen vor dir.« Damit legte sie auf.

Grinsend schob ich den Staubsauger zurück in den Schrank.

25.

Es war schon nach vier Uhr, doch von Toby und seinen Freunden noch immer keine Spur.

Auch wenn ich ziemlich Bammel hatte, war ich bereit. Rainbow hatte wahre Wunder an mir vollbracht und mich ordentlich aufgemöbelt. Zur weiteren moralischen Unterstützung trug ich Harpers dunkelgrüne Baumwollhose, die sie hier vergessen hatte, zusammen mit einem lose gestrickten beigefarbenen Pulli, einem geblümten Schal und meinen flachen schwarzen Ballys.

Hatte ich mich vielleicht zu sehr aufgedonnert?

Ich sah in den Spiegel.

Nein, rein äußerlich war alles in Ordnung. Nur innerlich herrschte das reinste Chaos.

Was würde ich wohl empfinden, wenn ich Toby wiedersah? Wie würde ich reagieren, wenn er mich küsste? Und was für ein Kuss wäre das wohl?

Oh Mann, ich klang wie eine neurotische Gans. Zu einem leidenschaftlichen Kuss würde es in Barneys und Sonyas Gegenwart ohnehin nicht kommen. Jedenfalls hoffte ich das.

Um fünf Uhr ging ich schließlich davon aus, dass ihr Flug verspätet war, und checkte mein Handy, aber ich hatte keine Nachricht. Um die Zeit zu vertreiben, räumte ich meinen Schreibtisch auf.

Ich nahm Tobys Foto aus der Schublade und stellte es neben den Bildschirm. Dann legte ich es zurück in die

Schublade, nur um es gleich darauf wieder herauszuholen und sein Gesicht zu betrachten.

Ein markantes Gesicht, dessen Kanten und Rundungen mir nur allzu vertraut waren. Normalerweise konnte ich mir immer kleine Veränderungen des Fotos vorstellen, als würde Toby mich anlächeln, doch heute gelang mir das nicht.

Abermals ließ ich das Bild in der Schublade verschwinden, massierte mir die Stirn und stöhnte laut auf.

Miau Zedong, der friedlich auf seinem Windsor-Stuhl geschlummert hatte, sah auf und starrte mich mit seinen stachelbeergrünen Augen an.

»Mir ist schlecht«, sagte ich.

Der Kater gähnte, sprang auf meinen Schoß und rieb das Köpfchen an meinem Kinn. Er schnurrte wie ein kleiner Motor.

Als sich um sechs Uhr der Haustürschlüssel im Schloss drehte, fuhren wir beide erschreckt zusammen. Miau Zedong sprang von meinem Schoß, und ich stand auf, um nachzusehen, wer es war. Meine Kehle war wie zugeschnürt. Ich nahm noch ein paar tiefe Atemzüge, bevor ich in den Flur trat.

Toby, Barney und Sonya standen bereits oben auf der Treppe. Barney spielte mit dem Kleingeld in seiner Hosentasche. Sonya hielt Miau Zedong auf dem Arm und streichelte ihn. Toby, der Jeans und das marineblaue Sweatshirt trug, das ich ihm zu Weihnachten geschenkt hatte, kraulte den Kater. Die vertraute Kleidung machte alles nur noch schlimmer.

»Hey«, sagte Toby und lächelte verlegen, als sei er eher überrascht als erfreut, mich zu sehen. Oder bildete ich mir das nur ein?

Ich lächelte zurück, aber da mein Mund so trocken war,

blieb meine Oberlippe auf einer Seite unschön an den Zähnen kleben. Aus Angst, es könnte wie ein fieses Grinsen wirken, schlug ich schnell die Hand vor den Mund. Zu allem Überfluss wurde ich auch noch rot. Tobys gerunzelte Stirn machte mir klar, dass ihm mein seltsames Verhalten nicht entgangen war.

Die Müdigkeit nach dem langen Flug sah man ihm überhaupt nicht an, aber Toby war schon immer ohne viel Schlaf ausgekommen. Sein dickes blondes Haar war länger und unbändiger geworden, und er hatte merklich abgenommen. Im Gesicht prangte eine frische halbmondförmige Narbe, die ich nur zu gerne berührt hätte.

Toby nahm mich in den Arm und küsste mich flüchtig auf die Wange. Eine eher freundschaftliche Begrüßung, die ich automatisch mit einer herzlichen Umarmung erwiderte. Als würde ich einen guten Freund willkommen heißen, nicht meinen Geliebten, und zu meiner großen Erleichterung verzehrte ich mich auch nicht vor Leidenschaft wie bei unseren früheren Wiedersehen.

Danach musterte Toby mich ausgiebig. Als er fragend eine Braue hob, geriet ich sofort in Panik.

Oh Gott. Wusste er etwa schon alles über mich und Rafe?

»Du trägst den Zopf jetzt auf der anderen Seite«, sagte er endlich und nickte anerkennend. »Gefällt mir.«

In meiner endlosen Erleichterung versuchte ich nicht an meine schwitzigen Hände zu denken, als mich Toby offiziell seinen Freunden vorstellte und wir uns die Hand gaben.

Sonya, die noch immer Miau Zedong im Arm hielt, war vielleicht Anfang dreißig, klein und puppenhaft, mit blonder Mähne, unglaublich blauen Augen und für meinen Geschmack viel zu weißen Zähnen. Sie trug eine rosa Strickjacke, enge weiße Jeans und hochhackige Schuhe. Wer bitte reiste in weißen Jeans und hohen Schuhen?

Da war Barney mit seiner blauen Jeans, dem karierten Hemd und dem grauen Sweatshirt schon praktischer gekleidet. Er war um die vierzig, hochgewachsen und athletisch, hatte dunkles Haar mit Geheimratsecken und ein nettes Lächeln.

Wie Sonya mir lang und breit erklärte, arbeiteten beide in wahnsinnig wichtigen Positionen für eine wahnsinnig renommierte internationale Hilfsorganisation und hatten sich bei ihrem lebensgefährlichen Einsatz in Kandahar mit Toby angefreundet. Irgendwie klang das herablassend, als wäre mein Job weniger wert als ihrer. Ich war leicht pikiert und wünschte, mein Telefon würde klingeln. Dann könnte ich so tun, als würden die Vereinten Nationen mich zur Telefonkonferenz abberufen.

Barney musste meine Verärgerung gespürt haben und sagte beschwichtigend: »Du hast es echt gut, an einem so schönen Ort leben und arbeiten zu können.«

»Danke«, sagte ich und strahlte Sonya triumphierend an. Albern, ich weiß, aber ich konnte mir nicht helfen. Mir ging die Frau jetzt schon auf die Nerven.

»Sorry, dass wir so spät dran sind«, sagte Toby, obwohl er es nicht wirklich zu bedauern schien. Sanft nahm er den Kater aus Sonyas Armen und hielt ihn wie ein Baby.

»Achtung, Achtung, süßes Tier!«, blubberte Sonya und Toby grinste sie an.

»Unser Flug war zwei Stunden verspätet«, erklärte Barney.

»Das habe ich mir schon gedacht«, entgegnete ich lächelnd. »Möchtet ihr vielleicht einen Tee?«

»Jetzt nicht«, sagte Toby schnell. »Wir sind müde und müssen dringend duschen. Ich fahre Barney und Sonya rüber ins Sonnets, da können sie sich in ihren Zimmern ausruhen.«

»Ihre Zimmer?«, fragte ich überrascht.

»Wir sind nicht zusammen«, trillerte Sonya. »Barneys Frau fliegt morgen von Adelaide ein.«

Verlegen sah ich Barney an. Ich war ganz automatisch davon ausgegangen, dass sie ein Paar waren.

»In einer Stunde essen wir im Botticelli, kannst gerne mitkommen«, sagte Toby und reichte mir Miau Zedong.

Kannst gerne mitkommen? Kam er denn nicht zurück, nachdem er sie im Hotel abgesetzt hatte?

Ich war so perplex, dass ich kein Wort herausbrachte.

»Dann sehen wir uns in einer Stunde«, sagte Toby, und als ich immer noch nicht reagierte, schob er Sonya und Barney gen Ausgang.

Unten an der Tür drehte Toby sich noch mal um und nickte mir zu. »Wir reden später.«

O Gott! Er weiß es.

Nachdem ich die Haustür geschlossen hatte, lehnte ich mich mit dem Kopf dagegen und seufzte. Mir war übel und mein Magen rumorte. Wenn Toby von der Affäre wusste, warum war er überhaupt in die Wohnung gekommen? Oder hatte er es bislang nur vermutet und es nun in meinen Augen gelesen? So scharfsinnig konnte er doch gar nicht sein, oder?

Ich riss mich zusammen, fütterte Miau Zedong, testete meinen Blutzucker, spritzte mir Insulin und zwang mich anschließend, ein Sandwich mit Tomaten und Salat zu essen und ein Glas Milch zu trinken. Wenigstens half das gegen das flaue Gefühl im Bauch, später würde ich vor Aufregung ohnehin keinen Bissen herunterbringen.

Natürlich blieb mir nichts anderes übrig, als mich im Restaurant zu zeigen. Ansonsten würde ich Toby vor seinen Freunden blamieren. Gewisse Formen der Höflichkeit sollten gewahrt bleiben, und ich hatte vor, mich auf reife und souveräne Art in die Unterhaltung einzubringen.

Klang nach einem guten Plan.

***

Bocca di Bacco ist ein witziges italienisches Restaurant in Byron Bay, das Miles dreist als Bocca di Kacko bezeichnet.

Heute Abend war es dort gerammelt voll und laut, und Toby, Barney, Sonya und ich saßen an einem Fenstertisch und tranken Cocktails. Die Männer hatten eine Platte mit Meeresfrüchten bestellt, Sonya eine Pizza und ich einen kleinen Caesar's Salad.

Mein Plan erwies sich leider von Anfang an als Reinfall. Ich hätte genauso gut zu Hause bleiben können. Toby hatte mir zur Begrüßung lediglich ein flüchtiges Lächeln geschenkt und sich dann voll und ganz Barney und Sonya gewidmet.

Es war offensichtlich, dass keiner von ihnen geduscht oder sich umgezogen hatte. Ich wollte zwar gerne glauben, dass es im Sonnets ein Problem mit den Zimmern gegeben hatte, aber es war wesentlich wahrscheinlicher, dass Toby meine Wohnung fluchtartig hatte verlassen wollen.

Obwohl ich gekränkt war, sagte ich mir die ganze Zeit, dass sich Toby, wenn er von Rafe wusste – und seinem abweisendem Verhalten nach zu urteilen wusste er es garantiert –, genauso unwohl fühlen musste wie ich. Allerdings ließ er sich nichts anmerken.

Für meinen Begriff himmelte Sonya Toby und seinen ach so heroischen Beruf ein wenig zu sehr an, und dieses neckische Geplänkel der drei untereinander kotzte mich ehrlich gesagt an. Barney hatte eine Meinung zum Heroinhandel, Toby zu den Stammeskriegen und Sonya hatte Meinungen über Meinungen. Da konnte ich nicht mitreden, deshalb hielt ich den Mund und blickte interessiert drein.

Toby saß mir gegenüber, schwadronierte selbstbewusst über das Weltgeschehen und tat so, als sei nichts weiter dabei, dass anderen seine Art zu leben gefährlich und exotisch vorkam. Und auf einmal war mir sonnenklar, dass alle Bewunderung und Liebe, die ich einmal für ihn empfunden hatte, einen sanften Tod gestorben waren. Wenn ich geglaubt hatte, unser Wiedersehen würde das Feuer erneut entfachen, hatte ich mich gründlich geirrt. Bei mir, das wurde mir zu meiner Erleichterung klar, war die Flamme endgültig erloschen. Ob es ihm genauso ging? Das würde alles so viel einfacher machen.

In diesem Moment wünschte ich mir nichts sehnlicher, als dass Rafe hier wäre. Dass er hier mit mir säße, über meine dummen Witze lachte und mir Leckerbissen vom Teller stibitzte. Dass wir nach dem Essen noch einen kleinen Schaufensterbummel machten und uns Dinge ansahen, die wir uns nie und nimmer würden leisten können, und dann würden wir uns vor den Fernseher kuscheln und alberne Polizeiserien gucken. Rafe würde ständig auf alle Fehler bei der Ermittlungsarbeit hinweisen und mich damit wahnsinnig machen, und um ihn mundtot zu machen, würde ich ihm mit der Hand durch die dicken dunklen Locken fahren und ihn küssen, bis wir beide keine Luft mehr bekamen. Am nächsten Morgen würden wir *Schere, Stein, Papier* spielen, um zu entscheiden, wer den Tee machen und wer die Zeitung holen muss.Es war mir schleierhaft, warum ich jedes Mal verlor und zum Zeitungsladen traben musste.

Die Erkenntnis, dass meine Beziehung zu Rafe nicht nur

aus Sex bestand, traf mich wie der Blitz. Gott weiß, wie lange ich da auf der Leitung gestanden hatte. Bislang war ich von der völlig verfehlten Annahme ausgegangen, dass ich emotional mit Toby und körperlich mit Rafe verbandelt war. Kein Wunder, dass ich so durcheinander gewesen war.

Eine seltsame Ruhe überkam mich. Sobald Toby und ich später allein waren, würde ich ihm so schonend wie irgend möglich beibringen, dass es zwischen uns aus und ich nun mit Rafe zusammen war.

Eine Zeit lang suchte ich nach einem angemesseneren Ausdruck als »mit Rafe zusammen sein«, was dazu führte, dass mir immer wieder unsere leidenschaftlichen Bettszenen vor Augen standen, und so war alles andere, was mir einfiel, vollkommen unpassend. Oh Mann. Der Plan war in der Theorie eindeutig besser als in der Praxis, aber ich musste ihn umsetzen. Heute noch.

Meine Tischgenossen, die von meinem persönlichen Aha-Moment natürlich nichts ahnten, diskutierten gerade die Korruption innerhalb der Eliten afrikanischer Staaten. Da ich von dem Thema so gut wie keine Ahnung hatte, blieb ich stumm.

Je weiter der Abend voranschritt, desto deutlicher wurde mir, dass Sonya eine für eine Entwicklungshelferin ungewöhnlich elitäre Haltung gegenüber den Armen, Verzweifelten und Unterprivilegierten an den Tag legte. Was ihre politische Orientierung anging, war sie nicht nur Mitte-rechts, sondern fiel über den rechten Rand. Ab und zu sah ich, wie Barney bei ihren Kommentaren zusammenzuckte, aber niemand widersprach ihr. Nicht mal ich.

Als wir beim Gelato angelangt waren, hatte ich genug von Sonyas selbstherrlichem Gequatsche. Höchste Zeit, ein paar wirklich bedeutungsvolle politische Thesen in die Runde zu werfen.

»Findet ihr nicht«, sagte ich laut, »dass Condoleezza Rice mit ihrer neuen Frisur aussieht wie Lucy von den *Peanuts?*« Ich legte mein Kinn in die Hände und sah fragend in die Runde.

Von da an ging der Abend unweigerlich bergab.

***

Barney und Sonya hatten mein Angebot, noch einen Kaffee bei mir zu trinken, abgelehnt und waren in ihre Hotelzimmer geflüchtet. Toby saß bei mir in der Küche und kippte sich einen Kognak nach dem anderen hinter die Binde, während ich ruhelos auf und ab lief. Es versprach nicht gerade das reife Beziehungsgespräch zu werden, das mir vorgeschwebt hatte.

»Warum musstest du nur so verdammt unhöflich zu Sonya sein?«, fragte Toby ärgerlich und knallte das Glas auf den Tisch.

»Findest du es nicht seltsam«, gab ich erbost zurück, »dass jemand, der für eine Hilfsorganisation arbeitet, so fanatisch rechtes Gedankengut vertritt? Das ist ja schon krankhaft.«

Toby zuckte mit den Achseln. »Ist mir nicht aufgefallen.«

»Also bitte. Die hat Asylbewerber als illegale Einwanderer bezeichnet. Dass die armen Menschen aus einem Kriegsgebiet geflohen sind, schien ihr gar nicht in den Sinn zu kommen!«

Miau Zedong, der mich die ganze Zeit vom Türrahmen aus beobachtete, machte auf dem Absatz kehrt und rannte davon. Ehrlich gesagt hätte ich das auch gerne getan.

»Du hättest nicht so streitlustig sein müssen«, entgegnete

Toby. »Und dann fragst du sie auch noch, ob die Schweiz ihrer Meinung nach die britischen und polnischen Soldaten, die aus deutscher Kriegsgefangenschaft entkommen waren, hätte abweisen sollen!«

»Nun bleib mal auf dem Teppich«, keifte ich. »Die Frau ist einfach nur dreist. Ist gerade mal ein paar Stunden in Byron und tönt herum, dass es total überbewertet ist. Entschuldigung, aber Byron ist mein Zuhause!«

»Ja, gut, das war ein bisschen überzogen, aber ich mag sie«, sagte er entschieden. »Sie ist klug und witzig.«

Langsam wurde es mir zu bunt.

»Du magst sie also, weil sie so *klug* und *witzig* ist? Da kannst du dann auch über ihre bornierten Ansichten hinwegsehen, ja?« Ich schnaubte. »In Wahrheit ist sie einfach jung und sieht gut aus, und du denkst nicht mit dem Kopf!« Kaum hatte ich das gesagt, tat es mir schon leid – zu spät.

Wütend sahen wir uns an. Die Atmosphäre hatte sich längst von kühl zu eisig gewandelt.

Auf einmal schlug Toby mit den Fäusten auf den Tisch und kippte dabei seinen Kognak um. So ruhig und entschieden, dass es mir kalt den Rücken herunterlief, sagte er: »Wage es ja nicht, mir irgendetwas zu unterstellen, bloß weil du wegen deiner widerlichen Affäre mit Rafe ein schlechtes Gewissen hast.«

Mir war, als hätte mich ein Tanklaster überfahren.

Mir blieben die Worte im Halse stecken. Ich versuchte, die Fassung zurückzugewinnen. Er wusste also Bescheid. Wie lange wohl schon? Und woher?

Ich war sauer, dass er mich so überrumpelt hatte, und obwohl ich schuldig im Sinne der Anklage war, hatte ich eher Lust zurückzuschlagen, als um Vergebung zu betteln.

Mit verschränkten Armen lehnte ich mich an die Spüle und sagte gehässig: »Und wag du nicht, über mich zu richten, Toby Sawyer. Du bist all die Jahre auch nicht gerade ein Waisenknabe gewesen.«

Wütend stand Toby auf und ballte die Fäuste: »Ja, aber ich habe nicht mit deinen verdammten Freundinnen geschlafen!«, brüllte er.

Er zitterte vor Wut, und einen Moment lang fürchtete ich, er würde mich schlagen. Noch nie hatte ich ihn so aufgebracht erlebt.

»Zumindest habe ich dir von den Frauen erzählt«, sagte er boshaft, als wäre damit jede Verfehlung seinerseits ungeschehen gemacht. »Wie lange hattest du denn vor, dieses ... Willkommens-Theater noch zu spielen, bevor du mir das mit Rafe erzählt hättest?«

Unsanft schob er seinen Stuhl zurück, der daraufhin umfiel, und ging rastlos in der Küche auf und ab.

»Ich wollte es dir heute Abend sagen.«

»Ja, klar.« Er trat gegen eine leicht geöffnete Schranktür, die knallend zuflog und wieder aufsprang.

»Doch, verdammt noch mal«, versetzte ich wütend und richtete mich zur vollen Größe auf. Nichts bringt mich mehr auf, als wenn man mich fälschlich beschuldigt.

Ich schnappte mir das Geschirrhandtuch und wischte wie wild den Kognak auf.

»Woher weißt du es? Wer hat es dir gesagt?«

»Wer hat dich verpetzt, meinst du?«

»Nein, wer hat es dir gesagt?« Kochend vor Wut pfefferte ich das Geschirrtuch in die Spüle und baute mich direkt vor Toby auf.

Er wich einen Schritt zurück. »Ist doch egal, wer. Hauptsache, ich weiß es.«

»Mir ist es aber nicht egal«, feuerte ich zurück.

»Dein Pech!«, brüllte er, hob das Kognakglas auf – eins von zweien, die Harper mir geschenkt hatte – und schleuderte es gegen die Wand.

»Sehr reif von dir«, meinte ich kopfschüttelnd.

Es folgte eine tiefe Stille, in der wir uns anstarrten. Ich zitterte am ganzen Körper, und Toby war blass geworden.

»Oh Mann, warum habe ich das gemacht?« Er hob den Stuhl auf und setzte sich wieder an den Küchentisch, den Kopf in die Hände gestützt.

»Wir müssen beide runterkommen.« Auch ich hatte mich wieder einigermaßen gefangen und legte ihm kurz beruhigend die Hand auf den Arm, bevor ich mich ihm gegenübersetzte. Wir verhielten uns beide nicht richtig.

Toby nahm meine Hände. »Die ganze Streiterei um Sonya ist doch nur ein Vorwand, um sauer aufeinander zu sein.«

»Vielleicht. Aber sie ist auch echt eine aufgeblasene Gans.«

»Auf jeden Fall«, versicherte er und konnte sich ein Grinsen nicht verkneifen.

Ich entzog ihm meine Hände.»Wenn du von Rafe gewusst hast, warum bist du überhaupt nach Byron Bay gekommen?«

Toby antwortete nicht gleich. »Weil ich gehofft hatte, dass du ihn abgewiesen hast. Aber gleich, als ich dich gesehen habe, war mir klar, dass da was läuft. Dir stand das schlechte Gewissen förmlich ins Gesicht geschrieben.«

Unwillkürlich verbarg ich das Gesicht in den Händen, als könnte das den Schmerz, den ich ihm zugefügt hatte, lindern.

»Vor den anderen konnte ich es nicht ansprechen«, fuhr er fort, »und deshalb wollte ich so schnell wie möglich wieder weg. Ich hatte gehofft, du würdest nicht zum Restaurant kommen, und als du dann da warst, konnte ich dich kaum ansehen.«

»Ich hätte zu Hause bleiben sollen«, stieß ich hervor. »Es war ein Fehler. Irgendwie war mir klar, dass du schon Bescheid wusstest. Aber heute Abend hätte ich es dir gesagt, wirklich.«

Toby sah verzweifelt aus und schien mit den Worten zu ringen. »Ich liebe dich, Scout, und ich werde dich immer lieben, aber ich bin nicht bereit, dich mit jemandem zu teilen.«

»Ich lasse mich auch nicht teilen!«, rief ich empört. Keine Ahnung, warum mir das nun wieder herausgerutscht war. Ich unterdrückte meinen Ärger, denn der hatte hier am Tisch nichts zu suchen. Toby hatte mir gerade gesagt, dass er mich liebte, und auch wenn er immer einen Platz in meinem Herzen haben würde, konnte ich die Worte nicht erwidern.

»Liebst du Rafe?«, fragte Toby und sah mich direkt an.

»Ich möchte mit ihm zusammen sein«, antwortete ich ehrlich.

»Lieber als mit mir?«

Ich presste die Lippen aufeinander und wandte den Blick ab. Was sollte ich darauf antworten, ohne ihm noch mehr wehzutun? Das Pochen meines Herzens hallte laut in meinen Ohren. Toby hatte die Augen geschlossen und ließ den Kopf hängen. Nicht nur mich hatte er verloren, sondern auch seinen besten Freund.

»Ich habe so ein schlechtes Gewissen«, sagte ich nach einiger Zeit und wischte eine Träne fort, die mir über die Wange lief. »Es tut mir so leid, Toby.«

»Mir tut es auch leid.« Er schaute auf und schenkte mir mit feuchten Augen ein kleines tröstliches Lächeln. »Ein bisschen ist es auch meine Schuld«, sagte er. »Ich bin ja nie hier.«

Durch einen Tränenschleier sah ich ihn an, erleichtert, dass er mir nicht die alleinige Schuld gab. Schließlich hätte er ja auch sofort nach Hause kommen können, als er von der Sache mit Rafe erfahren hatte, aber das behielt ich für mich.

Da Toby so blass war, fiel die Narbe auf seiner Wange besonders auf. Ich berührte sie vorsichtig. »Wie ist das denn passiert?«

Zärtlich legte er seine Hand auf meine. »Nichts Spektakuläres, befürchte ich. Ich bin vom Fahrrad gefallen.«

Bei anderer Gelegenheit hätte ich wohl darüber gelacht, dass er sich im Kriegsgebiet ausgerechnet eine solch alltägliche Verletzung zugezogen hatte, doch ich war einfach nur traurig. Sanft zog ich meine Hand zurück.

Wir redeten noch eine Stunde lang über unsere schönen Zeiten und klärten die praktischen Details, die eine Trennung nach sich zieht – ich würde es den Zwillingen und meinen Eltern sagen, Toby würde seine Sachen aus meiner Wohnung holen und mir den Schlüssel zurückgeben. Es war, als ginge es gar nicht um uns, sondern um ein anderes Paar.

Praktisch, wie ich bin, fragte ich: »Wo schläfst du denn heute Nacht?«

»Ich habe ein Zimmer im Sonnets. Habe schon mal vorgesorgt.« Toby stand auf. »Ich muss los«, sagte er. »Rafe ist ein Glückspilz. Mit dir hat er einen echten Fang gemacht.«

Ich erhob mich. Er küsste mich auf die Wange, und wir hielten uns eine Weile fest im Arm.

Und dann war er weg.

***

Das Einschlafen fiel mir schwer. Lange lag ich wach und starrte an die Decke, Miau Zedong, der sich während unseres Streits unterm Bett versteckt hatte, im Arm. Neben einer gehörigen Portion Schuld und schlechtem Gewissen fühlte ich eine Leere, die mir Angst machte. Ich hatte Toby einmal geliebt, und er war ein großer Teil meines Lebens gewesen, der plötzlich fehlte.

Dann überlegte ich, wie er wohl von Rafe erfahren hatte. Wer hatte es ihm gesagt? Von meinen Freunden war es bestimmt keiner gewesen, doch mir wollte auch ansonsten niemand einfallen, dem ich für den Verrat die Pest an den Hals hätte wünschen können.

Kurz hatte ich den Impuls, Rafe anzurufen und ihm alles zu berichten, aber das kam mir irgendwie falsch vor – als würde ich dem Sieger die Nachricht von seinem Triumph überbringen.

Ich vergrub das Gesicht im Kissen und schloss die Augen. Keine Ahnung, was die Zukunft für mich und Rafe bereithielt. Hoffentlich viel Gutes, denn ich hatte einen hohen Preis dafür gezahlt.

26.

Am Sonntagmorgen wachte ich bedrückt auf. Ich setzte mich an den Schreibtisch und ließ mich von Rafes Blumen und einer Mail von Daisy etwas aufheitern. Sie wollte mir etwas zeigen und fragte, ob ich am Nachmittag auf einen Tee vorbeikommen könnte.

Ich schrieb zurück, dass ich kommen würde, und buchte meine Flüge nach Sydney, Abflug am nächsten Morgen und Mittwochabend zurück. Dann schickte ich eine Mail an meine Eltern, die Zwillinge und Max und ließ sie wissen, dass ich ein paar Tage in Sydney sein würde, um an einem Fall zu arbeiten.

Als ich unter der Dusche stand, rief Bill Shaw, der pensionierte Besitzer von Bosuns Marine, an und hinterließ eine Nachricht. Ich ging ins Arbeitszimmer und rief ihn zurück. Miau Zedong sprang dienstbeflissen auf seinen Windsor-Stuhl, bereit, Protokoll zu führen.

Shaw ging beim dritten Klingeln ans Telefon. Ich stellte mich kurz vor, und wir plauderten etwas über Ferien auf den Fidschis und über mein Glück, in Byron Bay zu leben. Das würde Sonya aber anders sehen, dachte ich boshaft.

»Geoff meinte, Sie schreiben einen Artikel über das Segeln im Hafen von Sydney in den 80ern und brauchen Informationen über die Bombora 23.« Er klang freundlich und hilfsbereit.

»Ich will mal ganz ehrlich sein, Mr Shaw.« Mein Gefühl

sagte mir, dass er mir von Nutzen sein würde, und da wollte ich möglichst bei der Wahrheit bleiben.

»Nennen Sie mich doch Bill«, sagte er.

»Ich bin als Journalistin auf Enthüllungsstorys spezialisiert und arbeite an einem alten Fall. 1983 ist der Segler Mick O'Leary samt seiner Jacht verschwunden. Es tut mir leid, dass ich zu Ihrem Sohn nicht ganz ehrlich gewesen bin.«

»Machen Sie sich keine Gedanken. Ich freue mich, dass sich jemand der Sache annimmt.« Irgendwie klang er beinahe erleichtert.

»Ihr Sohn hat mir erzählt, dass Sie O'Leary die Jacht verkauft haben und dass Ihnen irgendetwas an ihrem Verschwinden merkwürdig vorkam.«

»Nein, das muss Geoff in den falschen Hals gekriegt haben, mit dem Verschwinden der Jacht hatte das nichts zu tun. Ich hatte ein ungutes Gefühl, als er und seine Frau die Jachten gekauft haben.«

Mein Herz machte einen Satz. »Sagten Sie Jachten?« Hatte Harper den richtigen Riecher gehabt?

»Ganz genau. Sie haben zwei Bombora 23 Classic gekauft, mit Ersatzsegeln, Versicherung, Beiboot und etlichem an Rettungsausrüstung. Die Rechnung belief sich auf 82 500 und wir einigten uns auf 80 000. Sie gaben mir einen Scheck, der problemlos gutgeschrieben wurde.«

Ich hatte ein schlechtes Gewissen, weil ich dem armen Mr Shaw zugetraut hatte, mit O'Leary ein krummes Ding gedreht zu haben. Und dann hatte er noch gesagt, die Boote seien versichert gewesen. Hatte Nemony mich angelogen oder hatte sie wirklich nichts davon gewusst?

»Sie haben aber ein gutes Gedächtnis«, sagte ich schwer beeindruckt. »Erinnern Sie sich zufällig noch, bei wem die Jachten versichert waren?«

Bill schmunzelte. »Ich habe die Unterlagen vor mir liegen. Die Versicherung hieß Chartered Marine. Als ich mich zur Ruhe gesetzt habe, habe ich alle Papiere aufgehoben. Ich habe damals mit dem Gedanken gespielt, noch als Berater zu arbeiten, da wäre es doch dumm, alles wegzuwerfen. Was wollen Sie noch wissen?«

»Also zunächst mal, was hat Sie bei dem Kauf damals irritiert?«

»Eigentlich nichts von Bedeutung, aber der Mann bat mich, seiner Frau gegenüber die zweite Jacht nicht zu erwähnen. Angeblich sollte es eine Überraschung werden. Nachdem beide den Scheck unterschrieben hatten, sagte seine Frau: ›Und, hast du dir schon *einen* Namen überlegt?‹ und nicht ›Hast du dir schon *Namen* überlegt?‹, also ich bin überzeugt, dass sie ahnungslos war. Zwar kam mir die Sache eigenartig vor, aber es war kein Fall für die Polizei, deshalb habe ich es nach dem Unglück nicht gemeldet. Meinen Sie, ich hätte doch zur Polizei gehen sollen?«

»Hätte ich an Ihrer Stelle wohl auch nicht getan«, sagte ich. »Niemand macht sich gerne zum Affen.«

»Wissen Sie, es könnte sein, dass Mrs O'Leary nie von der zweiten Jacht erfahren hat.«

Und wie ich das wusste.

»Und als es zu dem Unglück kam«, sagte er weiter, »habe ich mich gefragt, ob er sein Verschwinden nur vorgetäuscht hat und mit der zweiten Jacht auf und davon ist.«

Nun musste ich ihn schleunigst bremsen. Das waren genau meine Gedanken gewesen und deshalb musste ich jetzt ablenken, denn ich wollte nicht, dass er seine brauchbaren Ideen noch mit jemand anderem teilte, vor allem nicht mit der Polizei.

Schnell sagte ich: »Bestimmt hat die Frau von der zweiten Jacht gewusst und sie dann behalten.« So viel zu meinen Vorsatz, bei der Wahrheit zu bleiben.

»Wer weiß«, sagte er. »Jedenfalls ist die Jacht nicht zum Verkauf an mich zurückgegangen, und ich war der Generalvertreter für Bombora. Wenn sie zum Verkauf angeboten worden wäre, hätte ich davon erfahren.«

»Hat die Polizei Sie nach dem Sturm befragt?«

»Nein, dazu bestand ja kein Anlass. Wahrscheinlich haben sie damals mit der Versicherung gesprochen, und die hätte sie ja über das zweite Boot informiert. Das war ein weiterer Grund, warum ich es nicht für nötig hielt, mich an die Polizei zu wenden.«

Hätte sich die Polizei tatsächlich an die Versicherungsgesellschaft gewandt, hätte das im Untersuchungsbericht gestanden, doch das band ich ihm lieber nicht auf die Nase.

»Gibt es eine Möglichkeit, Jachten zu identifizieren?«, fragte ich. »Wie bei Autos?«

»Jein. Alle neuen Jachten haben eine Nummer, aber bei Jachten, die über dreißig Jahre alt sind, ist das schwierig. Boote, die vor 2006 gebaut wurden, haben kein ABP, kein Typenschild vom Australischen Bootsbauverein, und viele haben nicht mal eine HIN.«

»Was ist denn eine HIN?«

»Heutzutage haben alle registrierten Boote eine Rumpfidentifizierungsnummer, die sogenannte Hull Identification Number. Die HIN muss rechts am Heck angebracht sein und bleibt über die Lebensdauer des Bootes erhalten.«

»Hatten die Jachten, die Sie O'Leary verkauft haben, HINs?«

»Leider nicht, aber wenn eine der Jachten in den letzten Jahren verkauft und das Boot offiziell einem neuen Eigentümer überschrieben wurde, muss es eine HIN zugeteilt bekommen haben. Theoretisch können Sie mit der Originalregistrierungsnummer die neue HIN herausbekommen und damit jedes Boot ausfindig machen.«

»Warum nur theoretisch?« Das klang ziemlich vertrackt.

»Früher wurde das alles nicht so genau genommen, und die Registrierungsnummer zu ändern, war ein Kinderspiel. Man brauchte nur nach Queensland zu segeln, dort reichte der Kaufvertrag, um ein Boot neu zu registrieren. Anschließend fuhr man mit dem neuen Bootsschein und der neuen Registrierungsnummer zurück nach New South Wales. Somit würde eine nachträglich vergebene HIN keine Rückschlüsse über die Originalregistrierungsnummer und die Herkunft der Jacht zulassen. Auf diese Weise verschwinden viele gestohlenen Jachten.«

Diese Informationen konnten mir vielleicht weiterhelfen, also schrieb ich mit.

Im Untersuchungsbericht stand, dass die *Lavendel* offiziell registriert sei. »Haben Sie zufällig noch die Kopien von den Registrierungen?«

»Ich habe noch Kopien der Anträge, aber welche Nummern O'Leary zugewiesen wurden, weiß ich natürlich nicht.«

»Also ohne die Originalregistrierungsnummer oder eine HIN«, ich versuchte, mir die Enttäuschung nicht anmerken zu lassen, »hat man im Prinzip keine Chance, die zweite Jacht ausfindig zu machen, die ja wohl ohnehin keine HIN hat?«

»Ausfindig machen vielleicht nicht«, sagte Bill, »aber wenn Sie sie gefunden haben, können Sie sie eventuell identifizieren.«

»Das verstehe ich nicht.«

»Bei den Jachten, die ich O'Leary verkauft habe, waren die Seriennummern des Herstellers an mehreren Stellen eingraviert.«

»Sind Sie sicher?«

»Selbstverständlich. Die Nummern stehen hier auf der Rechnung. B23C104 und B23C105.«

»Ist es möglich, eine Jacht allein mit der Seriennummer zu finden?«, fragte ich hoffnungsvoll.

»Eigentlich nicht. Die stehen nur auf der Rechnung und den Versicherungspapieren, bloß nach so einer langen Zeit würde das nichts bringen. Aber geben Sie die Hoffnung noch nicht auf. Bei Tom, einem Freund von Geoff, kann man sein Boot registrieren lassen. Er versieht die Rümpfe mit den HINs. Soll ich dem mal die Kopien der Anträge geben? Wenn er Namen und Nummern zur Hilfe nimmt, stößt er vielleicht auf was.«

»Das wäre super, Bill«, sagte ich. »Diese ganze Nummerierung ist mir zu hoch.«

Er lachte. »Wenn Sie mal in Sydney sind, würde ich Sie gerne auf einen Segelturn in einer Bombora 23 mitnehmen.«

Sofort ergriff ich die Gelegenheit. »Ehrlich gesagt, fliege ich morgen für ein paar Tage nach Sydney.«

»Großartig«, antwortete er erfreut. »Wir treffen uns Dienstagmorgen um zehn Uhr im Bosuns Marine, da zeige ich Ihnen dann, wo die Seriennummern stehen, und anschließend machen wir eine kleine Spritztour.«

Ich gab ihm meine Handynummer, damit sein Sohn mich notfalls anrufen konnte, falls etwas dazwischenkam. Dann dankte ich ihm für seine Hilfe und legte auf.

»Hast du das mit den ganzen Nummern kapiert?«, fragte ich Miau Zedong. Sofort kam er auf meinen Schoß gesprungen, und wir schmusten erst einmal eine Runde. Als Nächstes brachte ich mein Whiteboard auf den neuesten Stand. Ich trat einen Schritt zurück, um zu prüfen, ob es irgendeine Verbindung gab, die ich bislang übersehen hatte, aber mir fiel nichts auf.

Irgendwie hatte ich zu gar nichts Lust, und ehe ich mich versah, hatte ich den Staubsauger aus dem Schrank gezerrt und düste damit in der Wohnung umher wie Benny Hill im Schnelldurchlauf. Ich machte mich über Badezimmer und Küche her, goss die Pflanzen und fegte die Veranda. Ich schämte mich, dass ich nicht die Traute gehabt hatte, Toby gleich von Anfang an von meiner Affäre mit Rafe zu erzählen.

Putzen war meine gerechte Strafe, und ich machte es gründlich.

27.

Nach dem Mittagessen packte ich meine Sachen für Sydney und rief Rafe an.

Bislang hatten Rafe und ich nie Ansprüche aneinander gestellt und uns auch keinerlei Versprechen gegeben. Es mag seltsam klingen, aber wir hatten noch nicht einmal darüber gesprochen, was bei Tobys Rückkehr passieren würde.

Ob Rafe damit rechnete, dass ich ihm den Laufpass gab? Setzte er darauf, dass ich das Ganze als kurzes Intermezzo betrachtete? Oder hatte er gar eine Art Dreiecksbeziehung im Sinn, bei der er in der Versenkung verschwand, wenn Toby in Byron war, und wieder auftauchte, sobald die Luft rein war? Bei dem Gedanken daran kam ich mir vor wie ein Timesharing-Apartment in Noosa.

Wie immer war allein der Klang seiner Stimme elektrisierend.

»Hast du dich schon entschieden, wer von uns beiden schlimme Dinge mit deinem Traumkörper anstellen darf?« Seine Stimme umschmeichelte mich wie warmer Honig.

Da ich nicht vorhatte, ihm im Einzelnen von meiner Trennung von Toby zu erzählen, ging ich auf seinen spielerischen Ton ein. »Das kommt ganz darauf an. Dafür müsste ich erst mal deine Liste mit schlimmen Dingen sehen, bevor ich mich entscheide.«

Rafe lachte. »Ein prächtiges Juwel wie Ihr, Mylady, sollte nie geteilt werden.«

»Das wird auch nicht geschehen«, sagte ich. »Ich gehöre ganz Euch.«

»Wann sehen wir uns?«

»Morgen. Ich komme nach Sydney.«

»Soll ich uns in einem ganz, ganz teuren Hotel einmieten?«

»Unbedingt. Ein prächtiges Juwel wie ich sollte nur in den feinsten Linnen schlafen.«

»Wer hat denn was von schlafen gesagt?«, fragte er anzüglich.

***

Als ich in Yab Noryb vorfuhr, saß Daisy auf der Veranda in der Nachmittagssonne. Neben ihr auf dem Bambussofa lag Twiggy, den Kopf auf ihrem Schoß. Die Hündin war zugedeckt und hatte die Augen geschlossen. Daisy streichelte sie traurig.

»Ist Twiggy okay?«, fragte ich besorgt.

Daisy schüttelte den Kopf, und ihre Augen füllten sich mit Tränen.

»Es ist bald so weit, Twigs«, murmelte Daisy. Dann sah sie zu mir auf: »Ich habe ihr gesagt, dass sie uns verlassen darf. Wir sind beide bereit.«

»Ist Dave da?«

»Nein, er hat es nicht mehr ausgehalten. Ist ins Büro gefahren.«

»Ich mache uns einen Tee und setze mich dann zu euch.«

»Drinnen kannst du mal einen Blick auf meinen Computer werfen. Da ist ein Bild von Andrew mit einer jungen Frau.«

Bevor ich hineinging, ließ ich die Hand einen Moment

auf Daisys Schulter ruhen. Dave und Daisy gehören dem Club der Hundefreunde an, und Twiggy war einer der beiden pensionierten Rennwindhunde, die sie adoptiert hatten. Der andere Hund, Bertie, war im letzten Jahr an Altersschwäche gestorben. Nirgends hätten sie ein besseres Gnadenbrot bekommen als bei Daisy.

Ich setzte Wasser auf, ging zum Computer und ruckelte an der Maus, bis der Bildschirm zum Leben erwachte und das Foto erschien. Andrew war darauf zu sehen, den Arm um die Schultern einer jungen Frau gelegt. Jack hatte unrecht. Sie war nicht potthässlich, ganz im Gegenteil. Sie war groß und hübsch, hatte dunkles schulterlanges Haar und wirkte sehr sportlich. Zur Hüftjeans trug sie ein weißes T-Shirt und eine eng anliegende schwarze Lederjacke. Um den Hals hatte sie einen wunderschönen lila-grünen Schal geschlungen.

Allem Anschein nach hatte Daisy die beiden beim Verlassen eines Restaurants geknipst. Mir war so, als hätte ich die Frau irgendwo schon einmal gesehen, nur wusste ich nicht, wo. Ich lud das Foto auf meinen USB-Stick, machte Tee, legte noch eine Packung Papiertaschentücher mit aufs Tablett und trug es nach draußen.

»Schönes Foto«, sagte ich, während ich das Tablett abstellte.

»Ich habe es dir nicht geschickt, weil ich nicht wusste, ob Harper deine Mails liest«, meinte Daisy.

Ich sagte, das sei schlau gewesen, und schenkte uns Tee ein.

Daisy stellte ihre Tasse vorsichtig auf der Lehne des Bambussofas ab und streichelte Twiggy.

»Ich war so gegen halb sieben am ehemaligen Schwesternwohnheim«, sagte sie leise. »Andrew ist um sieben weggefahren. Ich bin ihm bis nach Surfer Paradise gefolgt, wo er vor einem Backpacker-Hostel gewartet hat. Zwei Minuten später kam die Frau heraus und stieg in den Wagen. Andrew hat sich zu ihr herübergebeugt, ihr einen Kuss auf die Wange gegeben und dann sind sie losgefahren. Ich habe mich an sie drangehängt und bin ihnen bis zu einem indischen Restaurant in Broadbeach gefolgt. Sie haben an einem Fenstertisch gesessen, und ich bin ein paarmal vorbeigegangen. Als sie nach einer Stunde das Restaurant verlassen haben, habe ich das Foto gemacht. Dabei habe ich so getan, als würde ich die Auslagen im Schaufenster daneben fotografieren.«

Twiggy winselte. Daisy beugte sich hinunter und drückte ihr einen Kuss auf. »Ist ja gut, Twigs.«

Eine Weile schwiegen wir. Daisy streichelte Twiggy, und ich ließ die Informationen erst mal sacken. In der Sonne war es angenehm warm, und es herrschte eine herrliche Ruhe.

Schließlich nahm Daisy den Faden wieder auf. »Andrew hat sie zum Hostel zurückgefahren und ihr zum Abschied ein Küsschen auf die Wange gegeben. Es war eher ein freundschaftlicher Kuss, von Leidenschaft keine Spur.«

»Mhmm«, sinnierte ich. »Es hört sich nicht nach einer Affäre an.«

»Nein«, pflichtete sie mir bei. »So sah es auch nicht aus.«

»Könnte natürlich jemand von der Arbeit sein, vielleicht eine Schwester, die Probleme hat.«

»Ja, aber wenn es eine Kollegin wäre, würde die dann im Hostel wohnen?«

Ich schüttelte den Kopf.

»Ich glaube nicht, dass Andrew eine Affäre hat«, sagte Daisy entschieden. »Da war keine Romantik im Spiel.«

Ich dankte Daisy für ihre Hilfe. Obwohl sie sich als brillante Detektivin entpuppt und den Beweis erbracht hatte, dass bei Andrew irgendetwas im Busch war, beschlossen wir, dass es nichts bringen würde, wenn sie ihn weiter beschattete. Um die Identität der jungen Frau aufzudecken und herauszufinden, was sie in diesem Backpacker-Hostel trieb, bedurfte es eines Profis. Jetzt war ich gefragt.

Wir verfielen wieder ins Schweigen und saßen noch lange im untergehenden Sonnenlicht, lauschten dem Gesang der Vögel und Twiggys vereinzelten Seufzern. Nach einer Weile verstummten die Seufzer. Ich sah Daisy an.

»Ich glaube, sie ist von uns gegangen«, flüsterte sie und ihre Stimme brach.

Ich kniete mich neben Daisy hin und nahm ihre Hand.

»Tut mir leid«, sagte ich. Es war ein trauriger Moment, und ich war froh, bei ihr sein zu können.

Ich rief Dave an, und als er kam, begruben wir Twiggy neben Bertie im Schatten eines alten Eukalyptusbaumes, mit Blick auf das Tal. Als Dave ein paar bewegende Worte sagte, liefen Daisy die Tränen über das Gesicht. Wir stießen mit Gin Tonics auf Twiggys Wohl an. Möge sie gut im Hundehimmel ankommen.

***

Als ich nach Hause kam, hatte ich eine Nachricht auf dem Anrufbeantworter. Meine Tennispartnerin Sarah Walters bat mich, sie auf dem Revier zurückzurufen.

»Hi Sarah«, sagte ich, nachdem ich durchgestellt wurde. »Wie sieht es aus, Lust auf eine Tennispartie?«

»Noch zu früh. Der Arzt meinte, in zwei Wochen vielleicht.«

»Macht nichts«, sagte ich. »Gab es einen besonderen Grund für deinen Anruf?«

»Es geht um den Teddy, den du gefunden hast. Der Vater des Jungen möchte sich persönlich bei dir bedanken. Er ist Pilot und will dir zwei Inlandsflüge schenken. Er hat mich gebeten, dir seine Nummer zu geben, damit du dich bei ihm meldest.«

Erstaunt notierte ich mir die Nummer, dankte Sarah und legte auf. Was für eine großzügige Belohnung für eine kleine gute Tat. Andererseits wusste ich, wie sehr Kinder an ihren Schmusetieren hingen, deshalb hatte ich den Bär ja überhaupt nur zur Wache gebracht.

Zwei Minuten später protestierte ich bei Captain Alistair Diamond, dass ich gar keine Belohnung verdient hätte. Ich schwadronierte, sein Dank sei mir Lohn genug. Zum Glück hörte der Mann nicht auf mich. Er gab mir zu verstehen, dass ich mit dem gefundenen Teddybär gerade so den III. Weltkrieg abgewendet hatte. Schmunzelnd notierte ich, wie ich die gewünschten Flüge buchen musste.

Ironie des Schicksals, dass ich gerade richtig viel für meinen Last-Minute-Flug nach Sydney berappt hatte. Aber mit den anderen Tickets könnte ich zum Barrier Riff fliegen, und es kristallisierte sich immer mehr heraus, dass das schon recht bald sein würde. Bei zwei Freiflügen könnte ich sogar noch jemanden mitnehmen. Als Erstes kam mir Harper in den Sinn, aber mit ihrer Morgenübelkeit konnte ich das abhaken. Da es für mich keine Urlaubsreise war, kam Rafe nicht infrage. Daisy war wohl die beste Wahl, so konnte ich mich auch gleich bei ihr für ihre Observierungsdienste erkenntlich zeigen. Außerdem würde sie das nach Twiggys Tod etwas aufmuntern.

***

Harper machte gerade vegetarische Lasagne, als ich anrief.

»Ich reagiere so empfindlich auf Gerüche«, klagte sie. »Als ich heute im Supermarkt an der Fischtheke vorbeigelaufen bin, hätte ich fast gekotzt.«

Das konnte ich ihr gut nachfühlen. In meiner Schwangerschaft war es Schinken gewesen.

»Ich habe Informationen von ... dem Detektiv«, sagte ich. Beinahe wäre mir Daisys Name herausgerutscht.

»Und?«

»Andrew wurde mit einer jungen Frau gesehen, aber es scheint sich nicht um eine Affäre zu handeln.«

Meine Schwester hörte schweigend zu, während ich ihr Daisys Beobachtungen übermittelte.

»Und wer ist bitte schön diese Person, mit der mein Mann keine Affäre hat?« Ihre Worte trieften nur so vor Sarkasmus. Offensichtlich glaubte sie nicht an Andrews Unschuld.

»Keine Ahnung«, antwortete ich. »Aber ich habe ein Foto von den beiden zusammen. Irgendwie kommt sie mir bekannt vor, aber ich weiß nicht, woher.«

»Schick es mir an meine Schul-Mailadresse.«

»Mach ich. Wirst du ihn zur Rede stellen?«

»Weiß ich noch nicht.«

Harper erzählte mir, dass sie sich über Möglichkeiten der Kinderbetreuung und Unterstützung für Alleinerziehende informiert hatte, was wohl hieß, dass sie über eine Trennung von Andrew nachdachte.

Da ich mich in dieser Hinsicht auf keinerlei Diskussion einlassen wollte, ehe ich nicht die ganze Wahrheit kannte, sagte ich ihr nur kurz, dass ich für ein paar Tage nach Sydney fliegen und mich wohl mit Max treffen würde. Ich versprach, sie zu besuchen, sobald ich zurück war.

Hoffentlich tat Harper in der Zwischenzeit nichts Unüberlegtes! Sobald ich aufgelegt hatte, dachte ich sorgenvoll an all die Hormone in ihrem Körper, die jeden vernünftigen Gedanken quasi schon im Keim erstickten.

28.

Als der Flieger am Montagmorgen in Sydney landete, war es kühl und bewölkt. Ohne die übliche Portion Sonnenschein wirkte die Stadt düster, und ich war froh, dass ich mit meinem roten Chanel-Blazer und dem beigen Lochmusterschal wenigstens etwas Farbe in den Tag brachte.

Im Nullkommanichts hatte ich mir einen Wagen gemietet und fuhr über die Sydney Harbour Bridge Richtung Norden, um Overton Siliphant zu besuchen. Die Altenpflegerin hatte mir am Telefon gesagt, morgens sei er am fittesten, also besser das Eisen schmieden, solange es heiß war.

So gegen elf Uhr fuhr ich im Kamillenhof vor, einem todschicken Seniorenheim in Avalon. Eine Pflegekraft in blauer Kluft und quietschenden Schuhen brachte mich zu Mr Siliphants Unterkunft, einer wunderschönen Suite mit auf Hochglanz polierten antiken Möbeln, Familienfotos und blühenden Pflanzen.

Mr Siliphant döste in einem braunen Ledersessel in der Ecke seines Wohnzimmers. Mit dem grün karierten Sakko, der dunkelgrauen Hose und den braunen Lederschuhen war er um einiges eleganter als der Durchschnittspensionär. Sein Haar war ordentlich frisiert, und er roch nach Aftershave, wahrscheinlich Old Spice. Auf dem Tisch vor ihm lag eine Zeitung, die auf der Seite mit den Ergebnissen der Pferderennen aufgeschlagen war. Ich kannte also schon mal eines seiner Hobbys.

Die Pflegerin rüttelte ihn sanft an der Schulter. »Liebelein, hier ist die Frau, die mit Ihnen über Willard Longfellow sprechen wollte.« Bei dieser plumpen Vertraulichkeit verging mir alles, zumal Overton eher wie ein Lord als ein Liebelein wirkte.

Sobald die Frau verschwunden war, holte ich eine Flasche Whiskey hervor. »Ich hoffe, Alkohol ist hier erlaubt, Mr Siliphant.«

»Ja, vielen Dank.« Er nahm mir die Flasche ab und sah mich aus wässrigen grauen Augen an. »Nur mit den Gogo-Girls sieht es schlecht aus.« Mr Siliphant sprach langsam und einen Tick zu laut, aber ansonsten war er gut zu verstehen.

Lachend nahm ich auf dem Stuhl neben ihm Platz. Ich bemühte mich, deutlich zu sprechen, und erklärte ihm, wer ich sei und dass ich für einen Artikel Informationen über einen Mann suche, der vor dreißig Jahren verschwunden sei und Nemony Longfellow, die Nichte von Willard Longfellow, geheiratet habe. Auch dass Hermione, Nemonys ältere Schwester, glaubte, dieser Mann sei gar nicht ertrunken, sondern noch am Leben, teilte ich ihm mit.

Er verschränkte die Hände im Schoß. »Wie geht es denn den Longfellow-Mädchen? Die waren schon immer ein komischer Haufen. Wie aus … aus …« Mit einer wilden Geste suchte er nach den richtigen Worten. »Aus *Macbeth*.«

Der Vergleich amüsierte mich. »Denen geht es gut. Sie leben in Byron Bay auf der Lavendelfarm ihrer Eltern.«

»Hat Nemony nach dem Verlust ihres Mannes wieder

geheiratet? Was war das nur für ein bildhübsches Mädchen damals.«

»Nein, sie hat nicht wieder geheiratet. Und sie ist immer noch bildhübsch.«

Er nickte und sah auf die Uhr. »Wir haben eine halbe Stunde Zeit. Meine Enkelin holt mich zum Essen ab.«

Ich lächelte. Schön, dass sich die Familie um ihn kümmerte.

»Ich weiß nicht so recht, wie ich Ihnen behilflich sein kann«, sagte er.

»Es geht um Nemonys Erbschaft. Sollte ihr Mann noch am Leben sein, und es sieht ganz danach aus, muss er sein Verschwinden inszeniert haben, und ich werde den Verdacht nicht los, dass er vor der Hochzeit schon von dem Geld gewusst hat.«

Overton Siliphant sah nachdenklich aus. »Vielleicht hat Nemony ihm davon erzählt«, sagte er. »Dass jemand aus unserer Kanzlei die Information preisgegeben hat, halte ich für unwahrscheinlich. Diskretion war unser oberstes Prinzip.«

»Nemony streitet das aber ab, und ich glaube ihr. Ich will Ihnen nicht zu nahetreten, doch ich würde gerne ein paar mögliche Szenarios durchspielen.«

Er runzelte die Stirn. »Ich verstehe Sie schon, aber ich fürchte, da kann ich Ihnen nicht weiterhelfen. Nemonys Mann habe ich nie kennengelernt.«

Ich reichte ihm das Zeitungsfoto mit der Rettungsmannschaft und der havarierten Motorjacht.

»Erkennen Sie jemanden auf dem Bild, Mr Siliphant?«

Er betrachtete das Foto gründlich. »Ja, diesen Mann«, sagte er und deutete mit seinem knorrigen Finger auf O'Leary. »Und die Frau hier an der Seite hat ein paar Jahre bei uns als Empfangsdame gearbeitet. Irin. Tolle Beine.

Der Mann kam häufiger vorbei und hat sie besucht. Die waren ganz sicher ein Paar. Mehr als einmal habe ich sie ermahnt, die Besuche zu unterbinden, weil er sie bei der Arbeit gestört hat.«

Ich hielt die Luft an. »Erinnern Sie sich noch an ihren Namen? Oder seinen?«

»Sie hieß Leila Leary. Hat uns ganz plötzlich verlassen, ist einfach verschwunden. Und er hieß Mick. Das weiß ich noch so gut, weil Mick genauso ein typisch irischer Name ist wie Leila.« Ruckartig hob er den Kopf und sah mich an. »Ist das etwa der Mann, der Nemony geheiratet hat?« Ich nickte aufgeregt und war ganz aus dem Häuschen. Es lief so viel besser, als ich zu hoffen gewagt hatte.

»Wissen Sie zufällig auch noch, wann Leila gegangen ist?«, fragte ich gespannt.

»Sogar das weiß ich noch«, sagte er schmunzelnd. »Es war um meinen fünfundsechzigsten Geburtstag herum. Damals habe ich hin und her überlegt, ob ich mich zur Ruhe setzen soll. Also war es irgendwann im November 1983.«

»Hatte Leila Zugang zu den Akten, insbesondere zu der Akte von Willard Longfellow?« Meine Stimme überschlug sich fast, ich konnte kaum noch an mich halten.

Wir sahen uns an und Mr Siliphant nickte bedächtig. »Das hatte sie ganz sicher.«

Wenn Siliphant jünger gewesen wäre, hätte ich ihm die Hand zum Abklatschen hingehalten. Jetzt hatte ich Gewissheit, dass O'Leary schon vor der Hochzeit von Nemonys Erbschaft erfahren haben konnte. Weiter wusste ich, dass Leila vor dreißig Jahren den Nachnamen Leary benutzt hatte und Mick O'Leary sich nun Mitch Leary nannte. Da drängte sich natürlich die Frage auf, ob Mick und Leila schon verheiratet gewesen waren, bevor Nemony ins Spiel kam. Außerdem war es sicher kein Zufall, dass Leila ausgerechnet zum Zeitpunkt von O'Learys vermeintlichem Ertrinken aus der Kanzlei verschwunden war.

»Und es gibt noch etwas, das Sie vielleicht interessieren könnte«, sagte Mr Siliphant. »Vor ein paar Wochen ist bereits ein anderer Journalist hier gewesen. Ein gewisser Dandy McCormack.«

Ich war ganz Ohr. Er war also der mysteriöse Journalist, der nach Mr Siliphant gesucht hatte. War McCormack mit der Herausgabe der Namen so zurückhaltend gewesen, weil er der Sache mit O'Learys Verschwinden schon vor dem Unfall am Riff auf der Spur war? Oder steckte noch etwas anderes dahinter?

»Was wollte er denn wissen?«

Siliphant lächelte gequält. »Er hat mich über Leila Leary ausgefragt. Hat mir ein Foto von ihr gezeigt und wollte von mir bestätigt haben, dass sie das ist. Dieser O' Leary, den Sie suchen, stand auf dem Bild direkt neben ihr.«

»Hat er sonst noch was gefragt?«

»Ja, ob ich Leila Leary ein Zeugnis ausgestellt hätte. Daraufhin habe ich ihm gesagt, dass sie damals bei uns gearbeitet hat, die Kanzlei aber keine Zeugnisse, sondern lediglich Arbeitsbescheinigungen ausgestellt hat. Nach diesem Mick hat er nicht gefragt.«

»Haben Sie ihn darauf hingewiesen, dass Sie Mick ebenfalls erkannt haben?«

Er kicherte. »Keine Sorge, ich habe ihn mit keiner Silbe erwähnt.«

»Warum nicht?«

Mr Siliphants Augen funkelten spitzbübisch. »Zum einen

hat er mir keinen Whiskey mitgebracht, und zum anderen war er längst nicht so hübsch wie Sie. Er hat nach Zigarren gestunken und ein dreckiges altes Cordsakko getragen. Cord konnte ich noch nie leiden.«

Mir blieb der Mund offen stehen. *Dandy McCormack war der Cordmann!*

Mr Siliphant musste mein Entsetzen falsch gedeutet haben, denn er zwinkerte mir zu.

»Nicht schlecht für so ein Liebelein wie mich, was?«

***

Ich fuhr hinunter zum Strand in Avalon und suchte mir einen Parkplatz mit Meerblick. Große dicke Regentropfen fielen vom Himmel, also blieb ich im Wagen sitzen und machte mir dort Notizen. Alle paar Minuten stellte ich den Scheibenwischer an, um die Windschutzscheibe freizumachen.

Warum interessierte McCormack sich für Leila Leary, jedoch nicht für Mick? Je länger ich darüber nachdachte, desto überzeugter war ich, dass er von dem Fall, dem ich auf der Spur war, nichts ahnte. Aber warum war er in Brunswick Heads aufgetaucht, als ich mich dort mit Nemony getroffen hatte, und dann wieder, als sie mich zu Hause besucht hatte?

Um aus McCormacks Verhalten schlau zu werden, ging ich unser Telefongespräch im Geiste noch einmal durch. In der Absicht, ihn von meiner Fährte abzulenken, hatte ich mir aus Versehen die einzige Person auf dem Bild herausgepickt, für die er sich zu interessieren schien. Er befürchtete offenbar, dass ich hinter der gleichen Geschichte her sei wie er, und wollte mir deshalb Leilas Namen nicht verraten.

Plötzlich verstand ich.
Nicht hinter Nemony war McCormack her gewesen.
Sondern hinter mir!

29.

Um die Mittagszeit testete ich meinen Blutzuckerspiegel und setzte mir eine Insulinspritze. Ich schloss den Wagen ab, spannte meinen Schirm auf und flitzte über die Straße zu einer Imbissbude, wo ich mir ein Sandwich mit Geflügelsalat bestellte.

Von Dandy McCormack war nichts zu sehen, aber ich konnte mir ohnehin kaum vorstellen, dass er mir nach Sydney gefolgt war. Wahrscheinlich schnüffelte er gerade in Byron Bay herum und stellte Fragen, nur worüber und wem, das wusste ich nicht. Er musste an einer heißen Sache dran sein, sonst wäre er nicht so in Sorge, dass ich ihm die Story vor der Nase wegschnappen könnte.

Ich nahm das Sandwich mit ins Auto und klingelte bei Miles durch, der sich in meiner Abwesenheit um Miau Zedong kümmerte. Nachdem ich mich vergewissert hatte, dass alles in Ordnung war, beschrieb ich ihm McCormack und fragte, ob jemand, auf den diese Beschreibung zutraf, sich nach mir erkundigt hätte.

»Nein, da hätte ich dich schon angerufen. Muss ich mir Sorgen machen?«

»Nee, ich glaube, der Typ ist harmlos«, sagte ich. »Er schnüffelt hinter den gleichen Leuten her wie ich, nur hoffentlich aus einem anderen Grund.«

Miles versprach, mich sofort anzurufen, falls jemand aufkreuzte und Fragen stellte.

Nach dem Essen wählte ich die Nummer von Chartered

Marine, der Gesellschaft, bei der O'Learys Jachten ursprünglich versichert waren. Dem Mädchen am Telefon machte ich weis, ich sei Mrs Michael O'Leary, hätte eine weitere Jacht erworben und wollte die bei der gleichen Gesellschaft versichern wie die Jachten 1983.

Ich wartete, während sie in den Unterlagen nachschaute.

Schließlich sagte sie: »Ja, die Jachten waren bei uns versichert, aber die Police wurde schon im September '83, nach dem ersten Quartal, für beide Boote gekündigt.«

»Sind Sie sicher?«, fragte ich.

»Ja. Nach den ersten drei Monaten wurden keine Beiträge mehr bezahlt, und es wurde nie irgendwelche Ansprüche angemeldet.« Das Mädchen las die Nummer der Versicherungspolice vor, und ich schrieb mit.

»Ja«, sagte ich, »die gleiche Nummer habe ich hier auch stehen.«

Sie erklärte mir, dass ich damals wohl bei einer anderen Gesellschaft eine Police abgeschlossen haben musste. Ich dankte ihr und legte auf.

Die Sache wurde langsam interessant. Ich war überzeugt, dass O'Leary die Versicherung gekündigt hatte, um seine Spuren zu verwischen. Wahrscheinlich hatte er vor seinem Verschwinden noch irgendwo eine neue Versicherung abgeschlossen, aber wie sollte ich das beweisen?

Stattdessen überlegte ich, was O'Leary unternommen haben könnte, um die Originalregistrierungsnummer der Jachten zu vertuschen. Von Bill Shaw wusste ich, wie lax diese Dinge damals gehandhabt wurden und dass man nur nach Queensland segeln musste, um gegen Vorlage des Kaufvertrags das Boot neu registrieren zu lassen.

Ich rief die Longfellows an, und glücklicherweise ging Nemony an den Apparat. Um das Gespräch möglichst knapp zu halten, behauptete ich, mein Handy spiele verrückt und die Verbindung könne jederzeit abbrechen, daher müsse ich ihr schnell ein paar wichtige Fragen stellen.

»Ist Ihr Mann mal nach Queensland gesegelt, nachdem Sie damals die Jacht gekauft haben?« Ich musste aufpassen, dass ich nicht versehentlich *Jachten* sagte. »»Für ein paar Tage vielleicht?«

»Ja, ist er. Woher wissen Sie das?«

Ohne auf ihre Frage einzugehen, hakte ich weiter nach: »Hat er einen bestimmten Grund dafür genannt?«

»Er wollte einen Freund an der Gold Coast besuchen, der einen Unfall hatte.«

Von wegen!

»Haben Sie diesen Freund je kennengelernt?«

»Nein, er ist gestorben. Mick war sehr mitgenommen.«

Ich klopfte mehrfach gegen das Telefon, rief ein paarmal hektisch »Hallo?«, als sei die Verbindung unterbrochen, und legte auf.

Für mich bestand kein Zweifel, dass O'Leary mit seinem Kaufvertrag von Bosuns Marine eine oder beide Jachten in Queensland neu hatte registrieren lassen, um ihre Herkunft zu verschleiern.

Da könnte Geoff Shaws Kumpel Tom die Nummern ja bis zum Sankt-Nimmerleins-Tag abgleichen und würde auf nichts stoßen.

Ich ging mit dem Handy online, um zu schauen, ob Rafe mir gemailt hatte. Hatte er und uns für zwei Nächte im Intercontinental Hotel einquartiert. Ab heute Nachmittag um drei konnte ich dort einchecken, er würde dann so gegen sechs kommen.

Ich konnte mich nicht beherrschen und las Rafes erotische Mail noch einmal. Obwohl ich allein im Wagen war, wurde ich feuerrot. Ich konnte es kaum abwarten, ihn wiederzusehen.

Eine Horde Teenager in Schuluniformen lief am Auto vorbei. Ein Mädchen kam sich besonders cool vor, stolzierte affektiert umher und rief Passanten dumme Sprüche hinterher. Mir winkte sie dreist zu. Könnte sie jetzt meine Gedanken lesen, bekäme sie wahrscheinlich einen pubertären Herzinfarkt.

Es hörte auf zu regnen, und ich ging spazieren, um mich abzulenken und nicht pausenlos von Rafe zu fantasieren. Ich zwang mich, mich wieder auf den Fall zu konzentrieren, und entschied, dass ich als Nächstes herausfinden musste, ob Mick und Leila 1983 schon verheiratet waren. Könnte schwierig werden, weil ich keine Ahnung hatte, welche Namen sie damals benutzt hatten. Da Mick so ein Geheimnis um seinen Pass gemacht hatte, vermutete ich fast, dass sie unter vollkommen anderem Namen geheiratet hatten, obwohl Mick laut Geburtsurkunde O'Leary hieß. Doch die hatte er schließlich bewusst zurückgelassen.

Eine Frau im blauen Sari saß auf einer Parkbank, ihre beiden Jungs kurvten auf Fahrrädern umher. Irgendetwas am Anblick der Frau ließ mich aufmerken, aber ich wusste nicht so recht, was es war. Erst als ich ein gutes Stück weitergelaufen war, fiel es mir wie Schuppen von den Augen.

Immigration! Mick und Leila stammten aus Irland. Waren sie womöglich schon verheiratet gewesen, bevor sie nach Australien eingereist waren? Von Nemony wusste ich, dass Mick 1977 nach Australien gekommen war, und wenn das stimmte, hatte ich schon mal einen Anhaltspunkt.

Ich eilte zurück zum Wagen und rief Brian bei Anzasia Media an. Brians Cousin Gerry Dunfey arbeitete nämlich bei der Einwanderungsbehörde in Brisbane, und Anfang des Jahres hatte ich seiner Abteilung geholfen, Beweise gegen einige üble Zeitgenossen zu sammeln. Meinen Informationen war es zu verdanken gewesen, dass er und seine Leute bei den anderen Vollzugsbehörden richtig gut dastanden. Gerry wusste das, und auch wenn wir uns noch nie persönlich begegnet waren, war ich überzeugt, dass er mir helfen würde. Brian hatte bestimmt Gerrys Durchwahl, und das würde mir diesen Durchstellzirkus, den Behörden gern am Telefon veranstalten, ersparen.

»Hast du den Vermissten schon?« Wie üblich fiel Brian gleich mit der Tür ins Haus.

»Nein, hast du die Sache mit dem Zaun schon geregelt?«, konterte ich.

Wutschnaubend sagte er: »Ich habe deinen Rat befolgt und das verdammte Teil bezahlt. Jetzt bereue ich es.«

»Ich brauche mal Gerrys Nummer«, sagte ich rasch, um mir nicht noch mehr Unmut zuzuziehen.

»Das kostet dich was.«

»Was?«

»Du nimmst mich aus dem Verteiler des Northern Rivers Nacktkünstlerkollektiv.«

Ich verkniff mir das Lachen. »Was haben sie dir denn diesmal geschickt?«

»Infos für einen anstehenden Kurs: ›Männliche Geschlechtsteile naturgetreu darstellen.‹ Meine Assistentin musste sich erst mal einen Tag freinehmen.«

»Woher weißt du, dass ich dich auf die Liste gesetzt habe?«

»Wer sonst?«

Offenbar fand er es selbst lustig, und ich musste auch lachen. »Gebongt. Krieg ich jetzt Gerrys Nummer?«

Brian rasselte sie herunter, ich dankte und legte auf. Das war eines unserer besseren Gespräche, deshalb spielte ich volle zwei Sekunden mit dem Gedanken, ihn tatsächlich von der Mailingliste des Künstlerkollektivs zu nehmen. Doch dann brachte ich es nicht über mich. In Brians Vorstellung bestand Byron Bay aus lauter faulen, nichtsnutzigen Hippies in Hanfklamotten, die nur herumhingen und Kräutertee schlürften. Und ich machte mir einen Spaß daraus, ihn in dieser Theorie zu bestärken.

Schmunzelnd wählte ich Gerrys Nummer. Hoffentlich war er nicht so sozial gestört wie sein Cousin.

Als er den Hörer abnahm, war ich freudig überrascht, dass er sich gleich an mich erinnerte. Gerry schien gut gelaunt und ein freundlicher Mensch zu sein.

»Wie kommen Sie denn mit unserem nerdigen Supermann zurecht?«, fragte er.

Mal ein bisschen über Brian herzuziehen, war natürlich verlockend, aber so etwas sprach sich schnell herum, und ich musste ihm gegenüber loyal bleiben. Schließlich lebte ich von seinen Aufträgen. »Super«, sagte ich fröhlich. »Manche Kollegen stören sich an seiner ruppigen Art, aber ich mag ihn. Wir arbeiten wirklich gut zusammen.«

Gerry lachte laut auf. »Sie haben also nicht nur ein dickes Fell, sondern sind auch noch diplomatisch. Uns andere bringt er nämlich alle auf die Palme.«

Nachdem wir noch ein wenig geplaudert hatten, kamen wir zum eigentlichen Grund meines Anrufes. Um nicht gleich die Katze aus dem Sack zu lassen, erklärte ich ihm bloß, dass mich der Familienstand eines Paares interessierte, das womöglich 1977 aus Nordirland eingewandert war. Und dass es toll wäre – wenn es nicht allzu viel Mühe machte oder gegen das Gesetz verstieße –, wenn er mir dabei helfen könnte.

»Wissen Sie, ob die beiden ein Aufenthaltsvisum hatten?«, fragte Gerry.

»Nicht mit Sicherheit, aber davon würde ich einfach mal ausgehen.«

»Gut, dann geben Sie mir die Namen, und ich kümmere mich darum.«

Ich nannte ihm die Namen Mick, Mitch oder Michael O'Leary/Leary und Leila Leary/O'Leary. »Bei der genauen Schreibweise von ›Leila‹ bin ich überfragt, und es könnte jede dieser Namenskombinationen sein.«

»Pässe?«

»Britisch, glaube ich.«

»Geburtsdaten?«

Ich gab ihm das Datum auf Micks Geburtsurkunde.

»Ich melde mich gleich zurück«, versprach er.

Die Daten waren sicherlich im Computer eingespeist, also würde es hoffentlich schnell gehen. Ungeduldig warf ich den Wagen an und machte mich auf der Barrenjoey Road auf den Weg zurück nach Sydney. Als ich auf der Höhe von Dee Why war, rief Gerry zurück, und ich hielt in einer Nebenstraße.

»1977 sind Michael und Leila Leary von Nordirland nach Australien ausgewandert«, teilte er mir mit. »Sie wurden 1975 in Belfast getraut. Beide hatten britische Pässe und unbefristete Aufenthaltsgenehmigungen. Hilft Ihnen das weiter?«

»Was ist mit dem Geburtsdatum?«, fragte ich.

»Das stimmte.«

»Danke, Gerry«, sagte ich. »Mehr wollte ich gar nicht wissen.«

»Wo ich gerade die Informationen hier vor mir habe«, sagte er, »kann ich Ihnen auch noch erzählen, dass beide mittlerweile australische Staatsbürger sind, australische Pässe auf die Namen Michael und Leila Leary haben und bei einer kürzlich erfolgten Verlängerung den jeweils anderen als Notfallkontakt angegeben haben. Ansonsten bin ich bei den Dokumenten auf keine Unregelmäßigkeiten gestoßen. Soll ich einen Vermerk machen, damit sie noch mal genauer unter die Lupe genommen werden?«

»Nein, nicht nötig. Mich hat einzig der Familienstand interessiert.« Das fehlte mir noch, dass andere die Nase in meinen Fall steckten.

»Sagen Sie Bescheid, wenn ich sonst noch was für Sie tun kann«, sagte Gerry. »Schön, dass wir uns mal gesprochen haben.«

»Fand ich auch.« Ich dankte ihm erneut und legte auf.

Also war Mick schon vor Australien mit Leila verheiratet gewesen. Kein Wunder, dass er Nemony vorgemacht hatte, sein Pass sei verschwunden. Allerdings erklärte dies noch nicht den abweichenden Namen auf der Geburtsurkunde. Aber ich konnte mir schon denken, wie er das gedeichselt hatte.

Ich würde Nemony bei nächster Gelegenheit bitten, mir das Original zu zeigen. Denn nur dort ließ sich erkennen, ob ich den richtigen Riecher gehabt hatte.

Langsam, aber sicher umzingelte ich meine Beute.

30.

Mir blieben noch ein paar Stunden, bis ich im Hotel einchecken konnte, und ich hatte auch schon eine Idee, wie ich die Zeit rumbringen konnte.

Meine Mutter Margo gibt montagnachmittags immer einen Aquafitness-Kurs für Senioren. Ich gab die Adresse in das Navi ein und machte mich auf den Weg zum Schwimmbad. Ich parkte den Wagen und ging hinein, Mum suchen.

Im flachen, mit einer Leine abgetrennten Teil des Beckens sprang sie vor etwa zwanzig Damen im Wasser herum. Zu »Another Brick in the Wall« von Pink Floyd vollführten ihre Teilnehmerinnen die seltsamsten Verrenkungen mit ihren Armen und Beinen. Plötzlich streckte meine Mutter die Arme in Richtung ihrer Kursteilnehmerinnen aus, die vereint ihre eigene Adaption des Songtextes brüllten:

»We don't need no old-aged pension.
We don't need no girth control…«

Daraufhin tauchten alle unter und schossen mit einem Arm in der Luft wieder aus dem Wasser: *»Yeah! Leave us kids alone!«*

Das konnte sich nur meine Mutter ausgedacht haben. Lachend setzte ich mich an den Rand und sah zu. Mum hat sich noch nie darum geschert, was andere denken; eine Eigenschaft, die ihr selbst und anderen viel Freude bereitet. In unserer Jugend hatte sie ein richtiggehendes Hobby daraus gemacht, meine Schwester und mich zu blamieren. Das Älterwerden empfand sie auch heute noch als Geschenk, aber das Erwachsenwerden gehörte nicht notwendigerweise dazu.

Zehn Minuten später stieg sie aus dem Wasser und eilte zu mir herüber. Sie strotzte nur so vor Gesundheit und lächelte glücklich.

»Ich habe deine Mail bekommen«, sagte sie und nahm mich in den Arm. »Schön, dass du da bist, Schatz.« Energisch rubbelte sie sich das Haar mit dem Handtuch trocken und fragte dann: »Wo schläfst du überhaupt?«

»In einem Hotel in der Stadt.«

»Wo ist Toby?« Sie sah sich stirnrunzelnd um. »Hast du ihn gar nicht mitgebracht?«

Ich schüttelte den Kopf. Irgendwann musste die Wahrheit doch heraus. »Wir sind nicht mehr zusammen«, gestand ich. »Ist traurig, aber irgendwie war es an der Zeit.«

»Halt mal kurz.« Ohne auf meine Bemerkung einzugehen, reichte sie mir zwei Handtuchzipfel zum Festhalten, damit sie sich dahinter umziehen konnte. Mühsam pellte sie sich aus ihrem Badeanzug und kämpfte sich halb nass in ihre Unterwäsche.

»Hast du gehört, was ich über Toby gesagt habe?«, fragte ich und sah mich um, ob irgendjemand ihren öffentlichen Striptease beobachtete.

»Ja, ich hoffe nur, du weißt, was du tust. In deinem Alter findet man nicht so leicht wieder einen netten Mann. Vielleicht musst du dich bei einer dieser Online-Partnerbörsen anmelden.«

Was sollte ich darauf antworten? Wenn ich ihr zustimmte, würde ich damit einräumen, dass ein Leben ohne Mann nicht vollständig war, eine Wertvorstellung, die ich ganz sicher nicht teile. Und offenbar hatte Mum auch unser

Telefongespräch im März vergessen, als ich ihr gestanden hatte, dass ich mich zu einem anderen Mann hingezogen fühlte. Aber ohne ein weiteres Familienmitglied als Verstärkung an meiner Seite würde der Name Rafe hier nicht fallen.

Mum nahm mir das Handtuch ab und warf es auf einen Stuhl. Oha. Nun stand sie da in ihrer Unterwäsche, die auch noch schief saß. Höchste Zeit, eine weitere Jugenderinnerung aus meinem Kopf zu verbannen. Ich wandte den Blick ab.

»Warum benutzt du denn nicht die Umkleide?«, fragte ich.

»Fußpilz«, sagte sie munter, als würde das alles erklären.

Frei von jeglichen Schamgefühlen schlüpfte meine Mutter in eine schwarze Sporthose und ein graues Sweatshirt mit einem Aufdruck der Griffith University. »Hat mir Sam geschenkt«, sagte sie und zeigte auf den Pulli. Dann kämmte sie sich das Haar, warf die Bürste in ihre Tasche und hakte mich unter.

»Komm mit zum Wagen, Schatz. Ich habe eine Thermoskanne mit anständigem Tee dabei und ein paar Johannisbeerkekse.«

***

Kurz vor drei verabschiedete ich mich von ihr, nicht ohne ihr noch zu versprechen, zu dem Familientreffen zu kommen, das sie für den nächsten Abend organisiert hatte. Ich hatte vor, dort mit Rafe aufzukreuzen, und freute mich schon jetzt auf die verdutzten Gesichter. Für ihn würde es eine Art Feuertaufe werden, aber das würde er schon überstehen. Niska würde ihn ganz sicher gleich ins Herz schließen.

Über die Sydney Harbour Bridge fuhr ich direkt in die Harrington Street, wo Toby wohnte. Warum für den Parkdienst des Hotels blechen, wenn ich umsonst auf einem der beiden Stellplätze parken konnte, die Toby ohnehin nie nutzte? Ich hatte eine Magnetstreifenkarte für die unterirdische Parkgarage, und Toby hätte bestimmt nichts dagegen. Na schön, wenn er es wüsste, hätte er nach den neuesten Entwicklungen vielleicht doch etwas dagegen, aber da er ja hoffentlich noch in Byron Bay weilte, würde er es nie erfahren. Ich fand das in Ordnung.

Von dort war es nur ein kurzer Fußmarsch zum Hotel, und ich genoss den Trubel und die Hektik um mich herum. Hin und wieder fand ich die Großstadt aufregend, aber dauerhaft wollte ich hier nicht leben. Am Ende würde ich nur den weiten blauen Himmel und das Meer vermissen.

»Schicker Blazer, Miss Davis«, bemerkte die Empfangsdame und reichte mir die Schlüsselkarte für das Zimmer, das Rafe gebucht hatte. »Chanel?«

Lächelnd nickte ich. Sie brauchte ja nicht zu wissen, dass der Blazer aus einem Second-Hand-Laden in Brisbane stammte und nur fünfundsiebzig Dollar gekostet hatte. Oder dass er meiner Schwester gehörte. Ich fühlte mich schrecklich mondän und betrat beschwingt den Fahrstuhl.

Das Zimmer war fantastisch und bot eine Bilderbuchansicht von der Sydney Harbour Bridge. Doch mein Blick galt vor allem dem großen einladenden Bett. Sehnsüchtig blickte ich darauf. Ich konnte Rafes Ankunft kaum noch erwarten. Ich wollte ihn spüren, ihn küssen.

Ich setzte mich aufs Bett, schloss die Augen und stellte mir vor, wie Rafe seine Pistole in das Nachtschränkchen legte und den Gürtel abnahm. In meiner Fantasie drehte er sich dann zu mir herum und sah mich an, mit mittelmeerblauen Augen, die im Kontrast zu den dunklen Locken noch stärker leuchteten. Ich stellte mir vor, wie ich ihm langsam das Hemd aufknöpfte und mit den Händen über die muskulöse Brust fuhr. Ich küsste den kräftigen Hals und verschwand in seinen Armen. Beim Gedanken daran kribbelte es überall, und ich musste erst einmal tief durchatmen.

Einen Gesetzeshüter mental zu entkleiden macht durstig, also packte ich meine Teekanne und meinen Assam-Tee aus, setzte Wasser auf und brühte einen richtig guten Tee auf. Zu meiner Freude gab es in der Mini-Bar sogar echte Milch von echten Kühen.

Ich setze mich mit meinem Notizbuch und dem Tee an den Tisch am Fenster und brachte meine Aufzeichnungen auf den neuesten Stand. Anschließend inspizierte ich das Zimmer. Als Rafe kam, kannte ich jede Schublade und jeden Schrank, wusste, wie die Fernbedienung funktionierte, hatte alle Gratisproben im Badezimmer durchprobiert, mein Parfüm auf die Kissen gesprüht, war frisch geduscht, trug eine dunkelgraue Hose und einen eng anliegenden blassblauen Kaschmirpullover mit kurzen Ärmeln. Dazu eine lange Perlenkette und einen Spritzer Mitsouko. Das Haar fiel mir offen bis zur Hüfte.

Rafe machte mir mein gedankliches Vorspiel zunichte, indem er nicht in Uniform kam – aber auch in Jeans, offenem weißen Hemd und dunklem Sakko sah er atemberaubend aus. Er ließ seine Reisetasche fallen, schloss die Tür und betrachtete mich. Ich wollte ihm in die Arme laufen, doch ich konnte mich nicht rühren. Langsam ließ er den Blick über meinen Körper gleiten, und ein amüsiertes Lächeln umspielte seine Lippen.

»Hast du den Pulli selbst gestrickt?«, neckte er mich.

Nur mit Mühe konnte ich meinen Schreck verbergen.

Nicht zum ersten Mal fragte ich mich, ob Rafe wohl über meine geheimen SG-Aktivitäten Bescheid wusste. Immer wieder machte er versteckte Anspielungen, aber nie wurde er konkret.

Doch ich hatte mich schnell wieder gefangen und sagte betont gelassen: »Natürlich nicht, ich kann doch gar nicht stricken.«

Als er auf mich zukam, hatte er noch immer dieses amüsierte Lächeln auf den Lippen. Rafe strahlte die reine Sinnlichkeit aus, und ich konnte den Blick nicht von ihm lassen. Lächelnd sah er mir in die Augen, strich mir sanft durchs Haar und legte die Hände auf meine Schultern.

Behutsam glitten seine Hände über meinen Rücken. Er drehte mich herum und küsste meinen Nacken, schmiegte sich an mich, während er meine Brüste streichelte. Ich glaube, in diesem Moment setzte mein Herz ein paar Schläge aus. »Ich will mit dir schlafen«, flüsterte er.

Seufzend fuhr ich zu ihm herum. Er nahm mein Kinn in die Hände und küsste mich, zunächst liebevoll und zärtlich, dann wild und leidenschaftlich, als würde die Welt jeden Moment untergehen. Er stöhnte vor Lust, und wir rissen uns ungestüm die Kleider vom Leib.

Er ließ seinen Blick über mich wandern. »Gehört das wirklich alles mir?«

Ich lächelte ihn an. »Nein, das gehört mir, aber du darfst damit spielen.«

31.

Rafe und ich frühstückten im Bett. Nach dem trüben Wetter gestern wurden wir heute mit strahlendem Sonnenschein belohnt, und von unserem Fenster schauten wir auf einen glitzernden blauen Hafen und die glänzende Sydney Harbour Bridge.

Wie gestern Abend hatten wir das Essen aufs Zimmer kommen lassen und futterten uns durch Eggs Benedict und frischen Obstsalat. Rafe hatte mir die morgendliche Insulindosis gespritzt, wie jedes Mal, wenn wir die Nacht zusammen verbracht hatten. Noch nie zuvor habe ich das jemandem gestattet. Ich weiß gar nicht so genau, warum, aber es war eine sehr intime Erfahrung für uns beide.

Ich fühlte mich großartig. Fast den ganzen Abend und die ganze Nacht bis in die frühen Morgenstunden war ich gehörig und fabelhaft geschändet worden. Jeder Nerv in meinem Körper schien zu vibrieren, alle Farben leuchteten heller, und das Atmen war noch nie so leicht gewesen. Gänzlich befriedigt lehnte ich mich zu Rafe hinüber und küsste ihn.

»Wäre es schlimm, wenn ich jetzt auf den Balkon stürmen und laut Hurra schreien würde?«, fragte Rafe und grinste schelmisch.

»Nicht, wenn du dir vorher eine Hose anziehst«, sagte ich. »Sonst rennen uns die Frauen hier die Bude ein.«

»Na, die müsste ich enttäuschen.« Rafe stellte die Kaffeetasse ab und lehnte sich zurück in die Kissen. »Ich kann nämlich nicht mehr.«

Ich schob das Frühstückstablett beiseite, schmiegte mich in seine Armbeuge und legte den Kopf auf seine Brust. Eine Weile lagen wir schweigend da, und ich lauschte dem gleichmäßigen Rhythmus seines Atems. Ich konnte mich nicht erinnern, mich jemals so geborgen, so rundum zufrieden gefühlt zu haben.

Keiner von uns hatte bislang meine Trennung von Toby erwähnt. Und jetzt darüber zu sprechen, während wir zusammen im Bett lagen, wäre mir unpassend vorgekommen. Rafe wusste, dass es vorbei war, und er wusste, dass ich wusste, dass er es wusste. Für den Augenblick musste das reichen.

»Warum bist du eigentlich hier?«, fragte Rafe und strich mir übers Haar. »Außer, um dich von mir durchnehmen zu lassen, meine ich.«

Lachend stieß ich ihm in die Rippen. »Wenn ich es dir sage, muss ich dich anschließend leider umbringen.«

»Du hast mich schon fast umgebracht.«

»Tja, kannst du dir ein schöneres Ende vorstellen?«

Er streichelte mein Gesicht und fuhr mit dem Finger über meine Lippen. Wie sollte ich mich jetzt noch konzentrieren?

»Ich bin einem neuen Fall auf der Spur«, sagte ich. »Es geht um eine Jacht, die vor dreißig Jahren im Hafen von Sydney bei einem Sturm verschwunden ist. Ein Segler namens Mick O'Leary ist dabei ertrunken. Heute Morgen treffe ich mich mit einem Bootshändler, um mir eine ähnliche Jacht anzuschauen.« Dass der Fall mit den berühmt-berüchtigten Anemonen-Schwestern zu tun hatte, verschwieg ich wohlweislich, denn ich wollte nicht von der Gendarmerie in die Zange genommen werden.

Ganz abgesehen davon wäre es unklug, Einzelheiten mit Rafe zu besprechen, denn bei einem mutmaßlichen Verbrechen wäre er per Amtseid gezwungen einzugreifen. Er wusste, ich würde die Behörden beizeiten einschalten, und bohrte nicht weiter nach. Moment, irgendetwas hatte ich ihn doch noch fragen wollen, was war das noch gleich? Ach ja.

»Sag mal, weißt du vielleicht, wie ich einen pensionierten Polizisten aus New South Wales ausfindig machen könnte? Smith heißt er.«

»Dienstgrad?«

»Inspector, glaube ich.« Ich erzählte ihm, dass Norman Smith am Fall der verschwundenen Jacht gearbeitet hätte und mir vielleicht weiterhelfen könnte.

Rafe sah auf seine Armbanduhr. »Nach acht kann ich ein bisschen herumtelefonieren. Wenn ich ihn auftreibe, darf ich dir offiziell natürlich nicht seine Adresse und Telefonnummer geben, aber ich könnte ihn bitten, dich anzurufen. Was hältst du davon?«

»Super, danke.« Ich hob den Kopf: »Gehst du heute zur Fortbildung?«

»Hmm.«

»Na, dann schlaf mal nicht ein«, sagte ich.

»Nachmittags habe ich frei. Ich lege mich dann hier noch mal aufs Ohr. Wo willst du heute Abend essen?«

Das hätte ich ja fast vergessen! »Meine Mutter hat ein Familientreffen geplant. Wahrscheinlich grillt Dad mal wieder Lamm. Es beginnt so um sechs.«

Ich war gespannt, wie er reagieren würde. Er grinste bis über beide Ohren.

»Warum grinst du so?«, fragte ich.

»Weil ich deine Familie kennenlernen soll!« Er schien sich wirklich zu freuen. »Werden deine Töchter auch da sein?«

»Ja, und mein Neffe Max, Harpers ältester Sohn.«

»Sind deine Töchter auch so hübsch wie du?«

»Noch viel hübscherer«, scherzte ich. Rafe küsste mich liebevoll.

Arm in Arm dösten wir vor uns hin, und ich hätte noch ewig so liegen bleiben können. Doch um acht war mir klar, wenn ich jetzt nicht aufstand, würde ich überhaupt nicht mehr aus den Federn kommen.

»Ich muss mich fertig machen«, sagte ich und löste mich schweren Herzens aus Rafes Umarmung und den verhedderten Laken. Ich ging ins Badezimmer, und er griff zum Telefon. Zehn Minuten später trat er zu mir in die Dusche und legte die Arme um mich.

»Hast du Inspector Smith ausfindig machen können?« Mit sanften Bewegungen rieb er sich an mir.

»Habe ich.« Rafe biss mir spielerisch in den Hals.

»Und?«

»Und ich habe mich geirrt«, flüsterte er mir ins Ohr. »Ich kann doch noch.«

***

Bei meinem langen dicken Haar dauert es immer ewig, bis es trocken ist, und als ich endlich mit einem einigermaßen ordentlichen Seitenzopf aus dem Badezimmer kam, war Rafe schon auf dem Weg zu seinem Seminar.

Die Reste unseres Frühstücks waren bereits abgeräumt, und die kleine rote Rose, die auf dem Tablett gestanden hatte, lag nun mit einem Post-it-Zettel auf dem Bett. Rafe schrieb mir, dass er mit Norman Smith gesprochen habe, der sich noch gut an den Fall erinnere und sich bei mir melden wolle.

Als ich auf dem Bett saß, entdeckte ich an der Lampe einen weiteren Post-it-Zettel. Ich schaute mich um und überall, am Fenster, der Tür, der Wand und den Möbeln klebten Zettel.

Ich nahm den Zettel von der Lampe und sah, dass er mit roten Kussmündern bedeckt war. Ich ging im Zimmer umher und sammelte die Zettel ein, die alle voller Kussmünder waren. Beglückt zog ich einen Umschlag aus der Briefpapiermappe des Hotels, steckte die Post-it-Zettel hinein und verstaute alles in meinem Koffer. Solche Dinge muss man aufbewahren.

Mein Handy klingelte, und Harper war dran.

»Wie geht es dir heute Morgen?«, fragte ich vorsichtig.

»Bei der nächsten Olympiade kotze ich für Australien.«

»Bist du in der Schule?«

»Ja. Ich gucke mir gerade das Foto an, das du mir von Andrew und *dieser Person* geschickt hast. Erinnerst du dich wieder, wo du sie schon mal gesehen hast?«

»Leider nein. Was denkst du?« Während wir uns unterhielten, schaltete ich den Laptop ein, kramte den USB-Stick aus der Tasche und öffnete das Foto.

»Sie ist vielleicht Mitte zwanzig und potthässlich. Und ich finde, sie wirkt europäisch, aber auf eine billige, nuttige Art«, sagte Harper boshaft.

Es ärgerte mich, dass Harper überhaupt nicht darauf einging, dass Andrew und diese Frau allem Anschein nach gar keine Affäre hatten. Wobei sie mit dem europäischen Look recht haben könnte, dafür würde auch das Backpacker-Hostel sprechen. Doch dass die Frau billig oder gar nuttig wirkte, stimmte nun wirklich nicht, und hübsch war sie auch.

»Wohnt Andrew noch im Krankenhaus?« Womöglich hatte meine Schwester ihm verboten, nach Hause zu kommen.

»Ja, ich habe ihm gesagt, dass ich ihn hier nicht haben will«, sagte sie und bestätigte meinen Verdacht. »Man braucht kein Medizinstudium, um zu kapieren, warum ich mich jeden Morgen übergebe, und ich will erst wissen, wer dieses Flittchen ist, bevor ich ihm von der Schwangerschaft erzähle.«

Oh je!

Ich versuchte es mit Vernunft: »Warum hörst du nicht auf, dich zu martern, und fragst ihn einfach, wer die Frau ist?«

»Um mir seine Lügen anzuhören? Ohne mich. Da warte ich lieber, was der Privatdetektiv herausfindet.«

Ähm, das war ja wohl ich, fiel mir siedend heiß ein. Schleunigst wechselte ich das Thema und berichtete von dem Familienessen heute Abend und dass Mum sich vor aller Augen in ihrer Unterwäsche präsentiert hatte.

Irgendwann würde ich meiner Schwester auch gestehen müssen, dass ich Rafe heute meiner Familie vorstellen würde. Denn natürlich wollte ich nicht, dass sie im Nachhinein davon erfuhr, und irgendjemand würde es ihr garantiert stecken. Außerdem nahm ich an, dass meine Mutter ihr längst erzählt hatte, dass es zwischen Toby und mir aus war. Allerdings täuschte ich mich vielleicht auch, denn Harper hatte noch nichts dazu gesagt.

Gerade setzte ich zu einer blumigen Jane-Austen-Version meines Liebeslebens an, bei der ich, die Heldin, dem Werben des ruppigen, doch gut aussehenden Helden erlag, da fiel Harper mir plötzlich ins Wort. Sie habe irgendwo von der hohen Rate der Fehlgeburten bei Frauen über fünfundvierzig gelesen, und sie wolle dieses Kind mehr als alles in der Welt haben.

Ich erwiderte, dass sie fit und kerngesund sei und dass ich glaubte, die Wahrscheinlichkeit reduziere sich bei Mehrfachmüttern ohnehin. Und dieses eine Jahr über fünfundvierzig sei ja schließlich kein Ding.

»Ich wollte jetzt keine Beschwichtigungen von dir hören«, sagte sie eisig.

»Ich wünsche mir natürlich auch, dass du das Kind bekommst, Harps«, beeilte ich mich zu versichern, mit wesentlich mehr Begeisterung, als ich empfand. »Es ist alles unglaublich aufregend.«

»Genau das wollte ich hören.« Sie klang versöhnt.

Unser Gespräch wurde von einer lauten Schulklingel übertönt.

»Bist du noch dran?«, fragte ich, nachdem das grausige Läuten verklungen war.

»Hm.«

»Toby und ich haben Schluss gemacht«, sagte ich schnell, bevor ich es mir anders überlegen konnte. »Ich habe jemand anders kennengelernt. Du hast gerade genug eigene Probleme, deshalb habe ich nichts gesagt.«

Mir fiel ein Stein vom Herzen, dass ich es ihr endlich gestanden hatte, und wappnete mich zugleich für eine Rüge. Als nichts kam, wagte ich mich noch einen Schritt weiter vor: »Ich stelle ihn heute Abend Mum und Dad vor.«

Immer noch keine Reaktion.

»Harps?«

»Schhh! Ich denke nach.«

Nervös spielte ich in der Zwischenzeit mit meinem Zopf herum. Harper hatte Toby sehr gemocht, und ich wusste, dass sie traurig sein würde. Ich erwartete also nichts Geringeres als die spanische Inquisition.

»Wann hast du diesen neuen Mann kennengelernt?«, fragte sie endlich.

»Ich kenne ihn schon lange, aber angefangen, uns zu treffen, haben wir im März, nachdem Toby nach Afghanistan aufgebrochen ist.« Nur nicht zu viele Details, Scout. Fass dich kurz.

»Und wann haben Toby und du euch getrennt?«

»Samstag, als er nach Hause kam«, antwortete ich wahrheitsgemäß.

»Also hast du die ganze Zeit über ein schlechtes Gewissen gehabt?«

»Hm.«

»Und?«

»Und was?«

»Na, wer ist es?«, fragte sie ungeduldig.

Harper hatte Rafe schon im März bei mir auf der Veranda kennengelernt. Da er bei ihr einen ziemlichen Eindruck hinterlassen hatte, wusste sie sicher noch, wer er war. Er hatte diese Wirkung auf Frauen.

»Kannst du dich noch an den Polizisten erinnern, der vorbeikam, als ich mich von dem Rippenbruch erholt habe?«

»Der mit Toby zur Schule gegangen ist?«

»Genau der.« Ich biss mir auf die Unterlippe, in Erwartung einer Standpauke über Freundschaft und Loyalität.

»Scout«, sagte sie ruhig. »So gerne ich Toby auch mochte, aber ich habe mir schon lange Sorgen gemacht, dass du zu viel in eine Beziehung mit einem Typen investierst, der nie da ist. Ich weiß, wie wichtig dir deine Unabhängigkeit ist, aber von einem Partner, der in der gleichen Stadt wohnt, hast du so viel mehr. Und darf ich dich zu deiner Wahl beglückwünschen?«

Mit einer solch positiven Reaktion hatte ich gar nicht gerechnet. »Danke.«

»Hey«, zischte sie. »Bild dir bloß nichts ein. Ich bin trotzdem sauer, dass du mir jetzt erst davon erzählst. Sorry, ich muss los. Hab dich lieb.« Und damit legte sie auf.

Ich war überrascht, wie gut meine Schwester die Sache mit Rafe aufgenommen hatte, und ehrlich gesagt heilfroh, so glimpflich davongekommen zu sein. Eine Weile blickte ich noch auf das Bild von Andrew und der jungen Frau. Wo hatte ich sie bloß schon mal gesehen?

»Wer bist du?«, fragte ich laut. »Und was zum Teufel hast du mit meinem Schwager zu schaffen?«

32.

Um zehn Uhr saß ich bei Bosuns Marine in dem sehr nautischen Verkaufsbüro in der Nähe der Spit Bridge in Mosman und bewunderte die Seekarten an der Wand. Geoff Shaw kochte Kaffee für seinen Vater und mich. Seit die Sparfüchse damals im Büro den allseits beliebten Teewagen, wo man nachmittags verschiedene Teesorten und Leckereien kaufen konnte, abgeschafft hatten, machte ich einen großen Bogen um Bürotee.

In Jeans und einem blau-weiß gestreiften Pulli verbreitete auch ich nautisches Flair. Um das Zopfende hatte ich mir ein kleines rotes Baumwolltuch mit Totenkopfmotiv gebunden und dazu trug ich blaue Segelschuhe. Als i-Tüpfelchen hatte ich noch die Hosenbeine aufgerollt. Ich habe im Laufe der Jahre die Erfahrung gemacht, dass die Leute zugänglicher sind, wenn man so aussieht, als verkehrte man in den gleichen Kreisen.

»Fehlt da nicht der Papagei auf der Schulter?«, fragte Bill amüsiert mit Blick auf mein Outfit.

Ich wurde rot. Geoff schien zu spüren, wie peinlich mir das war, und fragte: »Freuen Sie sich schon aufs Segeln?«

»Und wie«, antwortete ich, obwohl mich bereits leise Zweifel beschlichen. Das Büro befand sich auf einem schwimmenden Ponton und mir wurde jetzt schon übel von der ständigen Bewegung. Keine guten Voraussetzungen für die offene See.

»Das Wetter ist ideal«, sagte Bill. »Wir segeln bis nach Manly, kaufen Fish & Chips und so gegen eins, halb zwei sind wir wieder zurück. Was meinen Sie?«

Ich lächelte ihn an. »Hört sich gut an.«

Die Männer der Familie Shaw waren klein und stämmig. Bill, der ältere der beiden Seebären, hatte silbergraues Haar, ein freundliches, wettergegerbtes Gesicht und wirkte stark und verlässlich. Geoff sah genauso aus, nur mit hellbraunem Haar. Zusammen ergaben sie wohl das erfahrene Makler-Team, von dem auf der Website die Rede war.

Nachdem jeder seinen Kaffee hatte, setzten wir uns an Geoffs übervollen Schreibtisch, er in seinen Kapitänssessel, Bill und ich ihm gegenüber. Bill reichte mir eine braune Mappe.

»Ich habe die Unterlagen von den O'Leary-Geschäften kopiert«, sagte er.

Ich dankte ihm und schlug die Mappe auf. Ganz am Anfang lag der Vertrag über zwei identische Jachten mit Rettungsausrüstung und Versicherung. Ferner waren noch etliche Segel, ein Beiboot und ein Außenbordmotor aufgelistet. Ursprünglich belief sich die Rechnung auf 82 500 Dollar, in der rechten Spalte waren die Rabatte aufgeführt. Laut den Unterlagen betrug der endgültige Kaufpreis 80 000 Dollar.

Bill tippte mit dem Finger auf die Liste mit der Rettungsausrüstung. »Wissen Sie, ob das Beiboot unter den Trümmern gefunden wurde?«

»Nein, es war nicht darunter«, sagte ich. »Warum fragen Sie?«

»Weil es ein Schlauchboot war«, antwortete Bill. »Und zwar ein richtig gutes.«

Ich sah ihn an. »Ist das wichtig?«

»Kommt drauf an«, mischte sich Geoff ein. »Wenn das Schiff sinkt und man einen Notruf abgesetzt hat, pumpt man als Nächstes das Beiboot auf und rudert in Sicherheit.«

Ich nahm einen Schluck Kaffee und überlegte. Nach dem, was ich über den Sturm gelesen hatte, wäre an diesem Tag nicht einmal Herkules imstande gewesen, im Schlauchboot den Hafen zu durchqueren. Ich ging noch einmal die Zubehörliste durch. Beim Außenbordmotor stutzte ich. »Könnte man diesen Motor auch an ein Schlauchboot montieren?«

Beide Männer nickten. »Bei einem guten Schlauchboot würde das funktionieren.«

»Und das war ein gutes«, wiederholte Bill.

Geoffs Telefon klingelte, er entschuldigte sich und ging hinaus. Ich widmete mich weiter der Liste mit der Sicherheitsausrüstung: Rettungswesten, Wasserpumpen, Ruder, wasserfeste Taschenlampen, Funkgeräte, Kompasse und allerlei Pipapo.

»Meiner Meinung nach«, sagte Bill eifrig, »könnte er das Beiboot schon von Anfang an hinter sich hergezogen haben, aufgeblasen und mit Motor versehen, bereit für die Flucht. Er könnte den Notruf kurz vor der Küste abgesetzt haben, ins Beiboot geklettert und ans Ufer gefahren sein, auch wenn es nicht ganz ungefährlich war.«

»Wäre das denn zu schaffen?«

»Ja, wenn er kräftig genug war.«

Ich verkniff mir ein zufriedenes Grinsen. Bill hatte wahrscheinlich gerade beschrieben, wie O'Leary sein Verschwinden eingefädelt hatte – obwohl ich es wohl nie würde beweisen können.

Leider musste ich Bills detektivischem Eifer einen

Dämpfer verpassen: »Andererseits könnte die Jacht auch im Sturm gesunken und O'Leary ertrunken sein. Und die zweite Jacht, Beiboot und Außenbordmotor könnten im Besitz seiner Frau sein.«

Er sah geknickt aus. »Können wir sie nicht einfach fragen?«

»Bislang habe ich sie nicht finden können«, log ich schlechten Gewissens. »Wahrscheinlich hat sie neu geheiratet.«

»Bestimmt«, sagte er. »Die war ein richtiger Hingucker.«

Ohne auf seine Chauvi-Bemerkung zu reagieren, widmete ich mich den anderen Dokumenten in der Mappe. Beide Anträge auf Registrierung waren auf den Namen Michael O'Leary ausgestellt, und als Beweis seiner Identität hatte er seine Geburtsurkunde vorgelegt. Als Friedensrichter hatte Bill Shaw für die Rechtmäßigkeit der Unterlagen gebürgt.

Bei den letzten Seiten handelte es sich um technische Beschreibungen der Boote.

»Damit haben Sie mir wirklich sehr geholfen«, sagte ich und packte die Mappe in meine Tasche.

Geoff kam zurück ins Büro. Er wirkte verstimmt. »Das war Tom. Er hat die Originalregistrierungsnummern von 1983 herausbekommen. Eigentlich müssen die Nummern jedes Jahr erneuert werden, doch das ist offenbar nicht geschehen.«

»Kann er nicht die Registrierungsnummern mit den HINs vergleichen?«, fragte ich.

»Das hat er ja versucht. Aber unter dem Namen Michael O'Leary hat er keinerlei Einträge in New South Wales und Queensland finden können, weder private noch gewerbliche. Hier kommen wir leider nicht weiter«, sagte Geoff. Er reichte mir das Blatt mit den Registrierungsnummern, und ich legte es in die Mappe. Obwohl ich mir von Toms Suche nicht besonders viel versprochen hatte, wunderte es mich doch, dass der Computer nicht wenigstens bei »Leary« etwas ausgespuckt hatte. Aber vielleicht war Tom auch nicht sehr gründlich gewesen.

»Das ist ja jammerschade wegen Ihres Artikels«, sagte Bill, der davon ausging, dass dies meiner Geschichte den Garaus gemacht hatte.

»Man kann nicht immer gewinnen«, entgegnete ich, bemüht, ebenso verdrossen auszusehen wie Bill.

Der kippte den Kaffee herunter, steckte seine Brille ein und stand auf. »Wollen Sie trotzdem segeln?«

»Klar«, sagte ich und klatschte mir auf die Schenkel. Erleichtert, dass mir nicht mehr schlecht war, erhob ich mich, schüttelte Geoff zum Abschied die Hand und folgte Bill hinaus. Admiral Davis war bereit, mit allen Ehren an Bord begrüßt zu werden.

Die Bombora 23 Classic, die Bill sich von einem Kumpel ausgeliehen hatte, war am Anleger vertäut. Die Jacht hieß Summa Breeze, war pink wie ein Pavianpopo und kam gegen die spektakulären Hightechboote ringsum nicht an. Irgendwie war ich die ganze Zeit davon ausgegangen, dass O'Leary die Bomboras noch in Betrieb hatte. Doch Splash Charters würde nie im Leben einen so alten Kahn vermieten. So oder so mussten beide Bomboras inzwischen längst verschwunden sein.

»Was haben Sie denn?«, fragte Bill, der mir die Hand reichte, um mir an Bord zu helfen. Offenbar sah man mir die Enttäuschung an.

Ich rang mir ein Lächeln ab. »Ich ärgere mich nur ein bisschen wegen der Geschichte.«

»Wie Sie schon sagten, man kann eben nicht immer gewinnen. Ich zeige Ihnen trotzdem, wo Sie die Seriennummern des Herstellers finden. Man kann ja nie wissen.«

Die Seriennummern befanden sich auf zwei Plaketten, von denen eine innen am Rumpf befestigt war und die andere gut versteckt in einem kleinen Fach in der Kajüte. Wenn man nicht wusste, wo das Teil war, würde man es nie im Leben finden.

Auf dem Heckbalken neben der Plakette klebte ein Schild mit der Registrierungsnummer und darunter befand sich eine weitere Plakette mit der HIN, wie Bill mir erklärte. Beide Nummern waren zudem außen am Rumpf angebracht.

In den nächsten Stunden führte er mich ins kleine Einmaleins des Segelns ein. Als wir zu Bosuns Marine zurückkehrten, hatte ich mich entspannt und konnte die Fahrt genießen – bei der Navy würde ich dennoch auf absehbare Zeit nicht anheuern. Ich hatte jedes Mal fast einen Herzinfarkt bekommen, wenn wir im Hafengetümmel andere Boote passierten, und Bills Ruf »Da passen wir locker vorbei!« würde mich wohl noch im Schlaf verfolgen.

Bevor ich Bosuns Marine verließ, kaufte ich noch eine fesche Kapitänsmütze mit der Aufschrift *Skipper* für meinen Neffen Fergus und machte ein paar Fotos von der Summa Breeze. Anschließend bedankte ich mich herzlich bei Bill und versicherte ihm, dass ich ihn auf jeden Fall nennen würde, wenn ich den Artikel doch noch schreiben sollte.

Schlecht gelaunt ging ich zurück zum Wagen und versuchte, mich damit abzufinden, dass ich O'Learys Jachten einfach nicht aufspüren konnte. Selbst die Seriennummern halfen nicht. Es sei denn, ich knöpfte mir sämtliche Bombora Classics in den australischen Hoheitsgewässern eigenhändig vor, und selbst dann könnten die Plaketten schon längst entfernt worden sein.

33.

Zwei Dinge beschäftigten mich, als ich mich auf der Spit Road Richtung Innenstadt in den Verkehr einreihte.

Zum einen fragte ich mich, wie ich Harper und Andrew helfen konnte. Mir tat es in der Seele weh, meine Schwester unnötig leiden zu sehen, denn es gab bestimmt eine ganz einfache Erklärung für Andrews Treffen mit dieser jungen Frau. Jedenfalls hoffte ich das. Nach dem, was Daisy berichtet hatte, war ich zwar überzeugt, dass die Beziehung vollkommen harmlos war, aber ganz sicher konnte ich mir nicht sein. Sollte ich getreu meinem Mantra *abwarten, beobachten, entscheiden* selbst die Beschattung von Andrew aufnehmen? Oder sollte ich ihn einfach anrufen und ihm sagen, dass er mit einer jungen Frau gesehen worden war? Schließlich war er sich dieser wichtigen Tatsache wahrscheinlich gar nicht bewusst.

Ich wusste nicht weiter und widmete mich daher zunächst meinem zweiten Problem: Ich war im Besitz von O'Learys Registrierungsanträgen. Sogar die Originalregistrierungsnummern hatte ich inzwischen herausgefunden. Mein Instinkt sagte mir, dass mir hierbei irgendetwas entgangen war. Bloß was?

Mein Handy klingelte. Ich bog links in die Aweba Street und hielt am Straßenrand.

»Hallo«, meldete ich mich.

»Spreche ich mit der Journalistin Scout Davis?« Die Stimme eines atemlos klingenden älteren Mannes.

»Ganz genau.«

»Ich bin Norman Smith«, schnaufte er, bevor ihn ein böser Hustenanfall ereilte, der mir Zeit gab, meine Gedanken zu sortieren. Ich hatte mir noch überhaupt keine Fragen überlegt, was ganz und gar untypisch für mich war.

»Bitte entschuldigen Sie«, sagte er. »Ich hatte gerade eine Lungenentzündung.«

Ich wusste nicht, was Rafe ihm erzählt hatte, aber da er ja selbst nur das Nötigste wusste, konnte ich mit der Wahrheit ökonomisch umgehen. Das erschien mir ohnehin ratsam. Denn einem pensionierten Polizisten sein Versagen in einem früheren Fall vorzuhalten und mit der möglichen Wiederaufnahme des Falles zu drohen, war keine gute Idee.

»Soweit ich verstanden habe, wollen Sie mit mir über eine Jacht sprechen, die während des Sturms '83 verschwunden ist.«

»Ja, genau. Ich schreibe einen Artikel über den Sturm und bin auf der Suche nach Informationen über den Segler, der dabei ertrunken ist. Um der Geschichte eine persönliche Note zu geben.«

»Ich will Ihnen gerne helfen, aber das ist alles schon so lange her. Woran haben Sie denn gedacht?«

»Haben Sie je Kontakt zu den O'Learys in Irland aufgenommen?«

»Wir konnten damals keine Familienangehörigen ausfindig machen. Ungewöhnlich für einen katholischen Iren. Ich habe die Polizei in Belfast unterrichtet, aber die haben keine O'Learys mit einem Verwandten in Australien gefunden. Danach habe ich die Sache nicht weiterverfolgt, weil die Ehefrau steif und fest behauptete, er hätte keine weitere Familie mehr. Wenn wir damals nicht so knapp besetzt gewesen und ich nicht einem neuen Mordfall zugeteilt worden wäre, wäre ich sicher drangeblieben. Mir kam das Ganze irgendwie merkwürdig vor.«

Smiths Tätigkeit bzw. Untätigkeit leuchtete mir ein, denn Nemony hatte mir gegenüber ja auch geäußert, dass O'Leary keine Angehörigen gehabt hätte. Mir schien, als sei Smith mit der Bearbeitung des Falls selbst nicht ganz zufrieden gewesen, also wagte ich mich mit meinen Fragen ein wenig weiter vor. Ich hatte schließlich nichts zu verlieren. Schlimmstenfalls würde er die Antwort verweigern.

»Ich habe mit seiner Frau gesprochen«, sagte ich. »Von ihr habe ich erfahren, dass O'Learys Ausweis kurz vor dem Sturm verschwunden ist. Haben Sie davon gewusst?«

»Ich kann mich nicht entsinnen. Irgendwie hat mir die Frau von verlorenen Dokumenten erzählt, für die er Ersatz beantragt hat, aber was genau, weiß ich nicht mehr.«

»Ist es denkbar, dass Sie sich damit an die Einwanderungsbehörde gewandt haben?«

»Tut mir leid, aber daran kann ich mich nicht mehr so genau erinnern. Wahrscheinlich nicht. Wie gesagt, wir waren damals sehr überlastet, deshalb habe ich mich wohl auf die Aussage der Ehefrau verlassen. Zu der Zeit hatten wir eine Menge schwerer Fälle. Alles, was ich wusste, habe ich bei der Untersuchung zu Protokoll gegeben, also etwa, ob es irgendwelche Kontobewegungen nach seinem Verschwinden gab oder ob seine Kreditkarte benutzt worden war. Die Untersuchungsrichterin hat dann Tod durch Ertrinken festgestellt.«

»Hielten Sie das Urteil für korrekt?«, fragte ich ihn geradeheraus.

Er überlegte einen Moment. »Objektiv betrachtet hat

die Richterin anhand der ihr vorliegenden Beweise die richtige Entscheidung gefällt, aber meines Erachtens hätte in dem Fall trotzdem noch weiter ermittelt werden müssen. Mein Gesuch wurde aber damals abgelehnt. In meinen Augen haben eine ganze Reihe von Faktoren nicht zusammengepasst, allen voran die Tatsache, dass er als irischer Katholik keinerlei Familie hatte.«

Neben mir brauste ein Motorrad vorbei, also wartete ich, bis es außer Hörweite war. »Erinnern Sie sich noch, was Sie damals sonst noch gestört hat?«

»Leider nicht, und das ärgert mich maßlos. Senior Sergeant Kelly sagte, Sie arbeiten vorwiegend an Enthüllungsstorys. Wenn ich Sie wäre, würde ich mir O'Learys Verschwinden noch einmal genauer ansehen. Aber wo anfangen nach all den Jahren? Oder sind Sie dem bereits auf der Spur?«

Zeit, Farbe zu bekennen. »Ja, das bin ich.«

»Prima. Ich helfe Ihnen, wo ich kann. Wenn Sie mal ein paar Ideen durchspielen wollen, können Sie sich gerne melden.«

»Das ist wirklich nett, und bitte verzeihen Sie, dass ich am Anfang nicht ganz ehrlich zu Ihnen war.«

»Ich hätte das nicht anders gemacht«, sagte er. »Wie geht es denn der Witwe?«

»Gut. Sie lebt in der Nähe von Byron Bay auf einer Farm.«

»Das war eine ausgesprochen nette Person.«

Ich lachte. »Genau dasselbe hat sie auch über Sie gesagt.«

Im Hintergrund war eine Türklingel zu hören und wildes Bellen.

»Da ist jemand an der Tür«, sagte Smith. »Ich rufe Sie an, sobald mir einfällt, was mir damals noch komisch vorgekommen ist.«

Nachdem ich das Handy verstaut hatte, schaute ich aus dem Fenster. Ich befand mich ganz oben auf einem Hügel in dem exklusiven Badeort Balmoral Beach, und vor mir breitete sich ein spektakuläres Hafenpanorama aus. Kurz entschlossen fuhr ich hinunter zum Strand und stellte das Auto ab. Die Parkuhr ignorierte ich trotzig. Ein bisschen Rebellion ist immer gut, finde ich. Ich blieb aber sicherheitshalber doch an einem Picknicktisch in der Nähe sitzen, falls die Politessen kamen.

Nach einer halben Stunde hatte ich mir alles Wichtige aus den Gesprächen mit den Shaws und Norman Smith notiert. Dabei hoffte ich, mir würde endlich einfallen, was mich an diesen Registrierungsanträgen der Jachten gestört hatte. Vergebens.

Kurz redete ich mir ein, es könnte etwas damit zu tun haben, dass nur O'Learys Name auf den Anträgen stand, aber schon bald verwarf ich die Idee wieder. In den frühen 80ern war es sicher gang und gäbe, auf Formularen nur den Namen des Mannes aufzuführen.

Die gute alte Zeit war vielleicht doch nicht so gut gewesen.

***

Als ich um halb vier ins Hotelzimmer zurückkehrte, waren die Vorhänge halb zugezogen, und Rafe lag im Bett. Auf Zehenspitzen sah ich nach, ob er schlief.

Tat er – selbst eine Schar tamburinschlagender Rosenkakadus hätte ihn nicht geweckt. Er lag auf dem Rücken, einen Arm unterm Kopf, den anderen ausgestreckt auf dem Bett. Die Bettdecke war bis knapp über die Lenden gerutscht und entblößte seine breite Brust und die schmale Linie dunklen Haars unter dem Nabel. Einen Augenblick lang ergötzte ich mich an diesem Anblick. Selbst am Reißbrett hätte man einen Mann kaum besser entwerfen können.

Ich zog mich aus, duschte und stellte mir den Wecker auf fünf. Meine Eltern, Alex und Margo, erwarteten uns so gegen sechs, da bliebe uns also noch genügend Zeit, uns zurechtzumachen und mit der Fähre hinüber zu ihnen nach North Sydney zu fahren.

Rafe regte sich nicht, als ich seinen Arm beiseiteschob und neben ihn ins Bett kletterte. Eine Zeit lang lag ich seitlich auf den Unterarm gestützt da und sah ihm beim Schlafen zu.

Ich kannte ihn beinahe so lange wie Toby, und wenn ich ihn jetzt so ansah und mir vergegenwärtigte, wie schön die letzten Monate mit ihm gewesen waren, fiel es mir schwer zu glauben, dass ich ihn anfangs für einen Macho gehalten und ihn nicht hatte ausstehen können.

Meine Fehleinschätzung beruhte auf einem dummen Spruch, den er vor Jahren über mich abgelassen hatte. Damals hatte Rafe mich auf einer Party als Tobys »Schickse« vorgestellt, ein Lapsus, der wie ich heute wusste, zu viel Alkohol, zu wenig Schlaf und der Tatsache geschuldet war, dass Rafe fand, ich wäre nie sonderlich freundlich zu ihm gewesen.

Zugegebenermaßen war ich damals wirklich nicht besonders nett zu ihm, was wiederum auf meiner eigenen sexistischen Überzeugung beruhte, gut aussehende Männer wie Rafe würden automatisch erwarten, dass ihnen alle Frauen zu Füßen liegen, und dazu wollte ich natürlich keinesfalls gehören. Rafe meinte, mich herumzukriegen sei das längste Werben in der australischen Geschichte gewesen.

Anders als Toby neigte Rafe nicht zu düsteren Grübeleien und war ein sehr angenehmer Zeitgenosse. Wenn ich arbeitete, las er einfach stundenlang, ohne mich zu stören, außer um mir Tee zu bringen. Trotz seines Berufs sah er die Welt mit einer rosaroten Brille, und bei ihm war das Glas immer halb voll. Zum Leben brauchte er nicht viel: gutes Essen, guten Wein, den Strand, das Meer und mich. Seine einzigen schlechten Eigenschaften waren, dass er miserabel kochte und selbst sein Bier am liebsten mit Ketchup verfeinert hätte, aber damit konnte ich leben.

Glücklich und zufrieden schloss ich die Augen und schlief ein.

34.

»William oder Harry?«, fragte Niska ihre Schwester. »Wenn du dir einen aussuchen müsstest?«

»In Uniform oder Polo-Dress?«, wollte Tasha wissen.

»Uniform.«

»Harry, ganz klar. Und du?«

»Harry.«

Ich hüstelte zum Zeichen, dass ich hinter ihnen stand. Beide saßen auf dem Balkon meiner Eltern auf altmodischen Liegestühlen, tranken nach dem Essen einen Kaffee und genossen die Aussicht. In der Luft hing der schwere Geruch der Sobranie Black Russian, die Niska rauchte.

Es war eine klare, kühle Nacht. Über der Harbour Bridge und dem Sydney Opera House funkelten die Sterne am mitternächtlichen Firmament, und die Fenster der Wolkenkratzer glitzerten um die Wette. Ich fand schon immer, dass der Blick vom Balkon meiner Eltern nachts am schönsten war.

Die Zwillinge drehten sich um. Zwei hübsche Mädchen in den Zwanzigern, die sich ähnelten, wenn auch nicht wie ein Ei dem anderen. Beide hatten mein blondes Haar, meine blauen Augen und die helle Haut geerbt, aber zum Glück nicht meinen Diabetes.

Tasha sah längst nicht so müde aus wie zu Ostern. Allerdings hätte sie sich früher nie mit einem praktischen Pferdeschwanz, alter Jeans und Sweatshirt blicken lassen. Doch ich hielt lieber den Mund, denn sonst würde sie mir nur eine Predigt über die wirklich wichtigen Dinge im Leben halten und mir zur Strafe androhen, sich bei Ärzte ohne Grenzen für einen Einsatz in Äthiopien zu melden. Tasha wusste nur zu gut, wie sie mich triezen konnte.

Niska hingegen gab wie immer das sorglose Glamourgirl. Das Haar fiel ihr in dicken Wellen über die Schultern, sie trug ein eng anliegendes orangefarbenes Twinset, eine maßgeschneiderte schwarze Hose, roten Lippenstift, Perlenkette und schwarze Pumps.

»Wo sind denn die anderen?«, fragte Niska.

»Max und Rafe sind mit Opa im Gästezimmer und spielen mit der Eisenbahn. Oma telefoniert mit ihrer Bridge-Partnerin.«

»Setz dich doch zu uns, Mum.« Tasha klopfte neben sich auf den Stuhl aus Rohrgeflecht. »Und erzähl uns von den Bienen und Blumen.«

Ich reagierte mit mütterlich missbilligendem Blick auf ihre Andeutung, setzte mich aber dennoch.

»Mein Liebesleben geht dich wirklich nichts an, Schatz«, sagte ich und schlang meine graue Strickjacke wärmend um mich.

»Mum hat recht, Tash, das geht dich echt nichts an«, sagte Niska sarkastisch. »Wir hatten die letzten zehn Jahre doch kaum was mit Toby zu tun, und über den Mann, mit dem Mum sich jetzt vergnügt, brauchen wir nichts weiter zu wissen. Außer dass er hammermäßig aussieht.«

Das saß! Die Mädchen hingen an Toby, und mir wurde klar, dass es ziemlich unsensibel von mir war, sie komplett außen vor zu lassen. Außerdem schuldete ich es ihnen auch, ein wenig, wenn auch ganz sicher nicht zu viel, von meiner neuen Beziehung zu erzählen.

»Was genau meinst du mit ›vergnügen‹?«, wiederholte ich in der Hoffnung, die Stimmung etwas aufzuhellen.

»Das ist Omas Ausdruck für Sex«, erklärte Tasha.

Niska drückte ihre Zigarette aus. »Komm schon, Mum. Spuck's aus. Du kannst es doch kaum für dich behalten.«

Nachdem ich sichergestellt hatte, dass wir allein waren, lieferte ich den Mädchen eine stark zensierte Fassung von dem, was zunächst zwischen Toby und mir und dann zwischen Rafe und mir vorgefallen war. Damit ich in diesem Szenario nicht allzu schlecht wegkam, erwähnte ich auch noch kurz Tobys Affären. Außerdem versicherte ich ihnen beiden, dass sie natürlich weiterhin mit Toby in Kontakt bleiben konnten.

»Also meldest du dich doch nicht bei einer Dating-Agentur an, wie Oma hofft?«, fragte Niska.

»Wieso, meint ihr, ich könnte noch eine bessere Partie machen?«, fragte ich, und wir lachten.

In dem Moment rief meine Mutter, irgendjemand solle den Müll herunterbringen.

»Lasst mich das machen«, sagte Niska und sprang auf. »Da kann ich Oma gleich fragen, ob sie mir schon einen tollen Job bei einem Hochzeitsmagazin besorgt hat.«

Ich wandte mich Tasha zu. Bislang hatte ich noch keine Gelegenheit gehabt, in Ruhe mit Max zu sprechen, doch ich wusste, dass die beiden geredet hatten.

»Wie geht es Max?«

Sie trank ihren Kaffee aus und stellte Tasse und Untersetzer am Boden ab.

»Er glaubt nicht, dass sein Vater eine Affäre hat, und meint, es muss was anderes dahinterstecken. Deswegen hatte er schon Riesenzoff mit Jack.«

»Bestimmt hat Max recht«, sagte ich, ohne weiter ins Detail zu gehen.

»Männer!«, rief Tasha aus. Sie schien meine Bemerkung

als Plattitüde abzutun. »Wie geht's der armen Tante Harper?«

»Sie ist ziemlich durcheinander, traurig, ein wenig verloren und ganz schön sauer.«

»Wissen es Oma und Opa schon?«

»Nein«, antwortete ich, »und dabei sollten wir es auch belassen. Harper wird es ihnen schon irgendwann sagen.«

In dem Moment kam Niska zurück auf den Balkon und verkündete: »Oma meint, wir sollen alle ins Wohnzimmer kommen. Sie will uns die Bilder vom Häuschen in Katoomba zeigen.«

Das Häuschen in den Blue Mountains war eine der jüngsten Investitionen meiner Eltern. Als mein Vater in Rente gegangen war und seine Kleintierpraxis verkauft hatte, hatten sich meine Eltern auch von ihrem Haus getrennt und sich die kleinere Wohnung genommen. Dad vermisste seinen kleinen Flecken Grün schmerzlich, daher nun das Häuschen.

Tasha stöhnte. »Armer Rafe«, murmelte sie. »Hoffentlich fängt Oma nicht wieder mit der Renovierung an.«

»Das macht ihm nichts«, entgegnete ich.

»Ich mag ihn, Mum.« Niska legte mir von hinten die Hände auf die Schultern und küsste mich aufs Haar.

»Ich auch.« Zu meiner Überraschung klang Tasha regelrecht begeistert. »Den halt dir mal warm.«

Ich stand auf, drückte beide Mädchen und gab ihnen einen Kuss. Ich kam mir vor wie bei einem dieser tränenreichen Familientreffen bei Oprah Winfrey. Wie immer wünschte ich, wir würden näher beieinander wohnen. Drinnen standen Mum und Rafe vor ihrer neuen Bambusstaffelei, die mein Vater ihr zum Geburtstag besorgt hatte, und betrachteten ihr neuestes Bild des Hafens. Vor der Rente hatte Mum als Food-Fotografin für ein Verlagshaus gearbeitet, und nun hatte sie mit dem Malen angefangen, um ihre kreative Ader auszuleben. Bislang sahen alle ihre Bilder aus wie Jackson Pollock auf Speed.

»Ist der weiße Klecks da die Oper?«, fragte ich und stellte mich zu ihnen vor die Leinwand.

»Du bist gut, Scout«, sagte meine Mutter und schenkte mir ihr breitestes Lächeln. Garantiert bekam ich das verdammte Ding zu Weihnachten.

»Gefällt es Ihnen, Rafe?«, fragte meine Mutter und sah ihn erwartungsvoll an.

Er rieb sich nachdenklich das Kinn. »Ich verstehe nichts von Kunst«, sagte er diplomatisch.

»Heißt das, es gefällt Ihnen nicht?«

Er zögerte. »Na ja, für Landschaften kann ich mich nicht so begeistern, aber ich mag Gemälde von Ned Kelly.«

Oh nein! Auf einmal klebte mir die Zunge am Gaumen, und mein Herz schlug ein bisschen schneller. Hatte Rafe etwa den Fernsehbericht gesehen, wo das Kelly-Gemälde neben unserer Strickkunst am Geldautomat hing? Ich traute mich kaum, ihn anzusehen, aus Angst, er könnte meine Beklommenheit bemerken.

Zum Glück brüllte mein Vater vor Lachen und zog damit alle Aufmerksamkeit auf sich. »Das sollte dir eine Lehre sein, nicht immer nach Komplimenten zu heischen, Margo«, sagte mein Vater. Meine Mutter klopfte Rafe lächelnd auf den Rücken. Sie schien ihm seine Ehrlichkeit bereits verziehen zu haben.

Meine Eltern hatten Toby sehr gemocht, und es musste schwer für sie sein, dass ich ihnen plötzlich einen neuen Mann vor die Nase setzte. Bei meinem Vater hatte Rafe allerdings schon einen Stein im Brett, weil er ihm eine Flasche Bombay Sapphire Gin mitgebracht und seine Eisenbahn bewundert hatte. Meine Mutter hatte sich trotz einer Schachtel Thorntons Trüffelpralinen nicht so schnell kaufen lassen. Es würde eine Weile dauern, bis er auf ihre Geschenkeliste zu Weihnachten aufgenommen wurde.

Obwohl es bis zu Mums Geburtstag noch ein paar Tage hin war, hatten wir schon heute Kuchen gegessen, und jetzt machte sie Geschenke auf. Dad hantierte derweil mit seinen neuesten technischen Anschaffungen, damit wir uns die Fotos auf dem Fernseher anschauen konnten.

Mein Päckchen war am Morgen eingetroffen, und als sie den Schal, den perlenbestickten Beutel und die Strickjacke von Niska sah, freute sich meine Mutter wie eine Schneekönigin. Tasha und Max hatten ihr eine Box gekauft, in der sie ihre Kunstutensilien transportieren konnte, wenn sie im Park *en plein air* malen wollte.

Glücklicherweise dauerte die Fotovorführung nicht allzu lange. Der gute Rafe bemühte sich aber, die Fotokünste meiner Mutter überschwänglich zu loben, was ihm ein verschwörerisches Grinsen meines Vaters einbrachte.

Als Rafe und ich uns eine halbe Stunde später verabschiedeten, begleitete uns Max zum Fähranleger.

Von Harpers Jungs ist Max seinem Vater am ähnlichsten, sowohl vom Aussehen her als vom Charakter. Er ist groß, hat gepflegte dunkle Locken, ein markantes Kinn und Andrews klangvollen tiefen Bass. Mit seiner Neugierde und seinem Sinn für Struktur und Ordnung gibt er bestimmt einen guten Apotheker ab.

Wir plauderten ein bisschen, bis das Gespräch auf Max' Eltern kam. Rafe spürte, dass Max lieber mit mir allein reden wollte, und ließ sich diskret etwas zurückfallen.

»Wie geht es Mum denn nun wirklich?«, fragte Max.

»Sie schlägt sich wacker«, sagte ich. »Mach dir keine Sorgen. Das findet sich schon alles wieder.«

»Mann, das hoffe ich. Aber du sagst mir doch Bescheid,

wenn ich zu Hause gebraucht werde? Ich habe das Gefühl, ich sollte jetzt für Mum da sein.«

Er tat mir so leid. Als Ältester hielt er es sicher für seine Pflicht, Verantwortung für die Familie zu übernehmen. *Verdammter Andrew!* Mit dem musste ich mal ein Wörtchen reden, und zwar bald. Das Ganze drohte die gesamte Familie zu entzweien.

»Max«, sagte ich sanft. »Ich glaube nicht, dass dein Vater eine Affäre hat. Die Sache wird sich sicher bald aufklären.« Mein Wort in Gottes Ohr.

Am Fähranleger drückte ich Max noch mal fest an mich und sagte, er bräuchte sich keine Sorgen zu machen. Aber auch wenn meine Worte von Herzen kamen, war mir klar, dass sie auf taube Ohren stießen. Natürlich würde er sich sorgen. Traurig sah ich ihm hinterher, wie er mit gesenktem Kopf, die Hände tief in den Taschen vergraben, davonging.

Gott sei Dank bombardierte Rafe mich nicht sofort mit Fragen. Inzwischen hatte ich ihn als einen Menschen kennengelernt, der anderen ihren Raum ließ und nie aufdringlich wurde. Wie ein routinierter Reporter wusste er, dass es sich auszahlte, den anderen schweigen zu lassen, und dass die Worte mit der Zeit ganz von allein kamen.

Wahrscheinlich habe ich ihm deshalb, oben an Deck an ihn gekuschelt, alle familiären Sorgen anvertraut. Von wegen zu niemandem ein Wort, dachte ich reumütig, aber die Probleme betrafen Rafe ja nicht direkt, also fand ich es irgendwie okay. Doch die Schwangerschaft erwähnte ich aus Loyalität meiner Schwester gegenüber nicht.

Als ich geendet hatte, wischte Rafe mir die Gischt aus dem Gesicht und küsste mich zärtlich.

»Wenn ich irgendwie helfen kann, sag Bescheid«, flüsterte er und küsste mich diesmal leidenschaftlicher. Darüber vergaßen wir den Rest der Welt und als wir in Circular Quay anlegten, waren wir schon drauf und dran, uns mitten auf der Fähre »zu vergnügen«, um mit meiner Mutter zu sprechen.

Verschämt kichernd wie zwei liebestrunkene Teenager eilten wir von Bord.

35.

Mittwoch früh nahmen Rafe und ich auf die althergebrachte Weise der Liebenden in aller Welt Abschied voneinander. Ehe er wieder nach Byron Bay kam, würde ich mich vermutlich schon am Great Barrier Riff an die Fersen des gar nicht so toten Mr Michael Leary geheftet haben.

Mir blieb zum Glück noch etwas Zeit, bis ich das Hotelzimmer verlassen musste, und so warf ich den Laptop an. Ich hatte zwei neue Mails.

In der von Niska stand bloß: Hugh Jackman meets Colin Firth!, worüber ich sehr lachen musste.

Daisy hatte auch geschrieben und bat, sie noch vor Mittag anzurufen. Wahrscheinlich sollte ich ihr irgendetwas aus Sydney mitbringen, deshalb rief ich gleich zurück.

»Wie läuft der Fall?«, fragte sie.

Bei Daisy wusste ich, dass es keine bloße Höflichkeitsfloskel war, deshalb berichtete ich ihr von meinen Gesprächen mit Overton Siliphant, Bill und Geoff Shaw und Inspector Norman Smith. Auch von meinem Gespräch mit der Einwanderungsbehörde und von meinem Schatten, dem Cordmann, erzählte ich. Wenn ich Daisy tatsächlich als meine Begleitung zum Riff mitnehmen wollte, war es nur logisch, sie in den Fall einzuweihen, auch wenn ich nicht unbedingt auf ihre Mithilfe baute.

»Also hat es sich gelohnt, nach Sydney zu fliegen?«

»Unbedingt«, sagte ich und schwelgte sofort in sündigen Fantasien von einem nackten Rafe.

»Wann geht denn dein Rückflug?«, fragte Daisy.

Ich beamte mich zurück auf die Erde. »Erst heute Abend gegen sechs. Soll ich für dich hier noch was erledigen?«

»Du kannst natürlich Nein sagen. Es ist schon ein ziemlich großer Gefallen.«

»Frag einfach«, sagte ich. Nach dem, was Daisy für mich getan hatte, hätte ich ihr auch eine Dachschindel vom neuen Opera House abgeschlagen, wenn sie mich darum gebeten hätte.

Als Daisy mir allerdings sagte, was ich für sie mitbringen sollte, kippte ich fast rückwärts vom Bett.

Doch ich gewann schnell meine Fassung zurück. »Kein Problem. Du musst mir nur ganz genau erklären, was ich tun soll, ich kenne mich da nämlich gar nicht aus.«

Ich war froh, dass ich mich bei Dave und Daisy endlich mal revanchieren konnte, und schrieb eifrig mit. Die Nummer wollte ich auf keinen Fall vermasseln.

Die Anweisungen waren klar und präzise, und nachdem Daisy noch alle möglichen Eventualitäten mit mir durchgespielt hatte, las ich ihr meine Mitschrift vor.

»Gut, so kann eigentlich nichts schiefgehen«, versicherte sie mir.

»Ich komme direkt vom Flughafen zu euch. So gegen neun sollte ich da sein.«

»Ich freue mich«, sagte Daisy. »Und ich hebe dir was zu essen auf.« Wir beide hörten uns wie aufgeregte Teenager an.

Daisys Mission würde fast den ganzen Nachmittag in Anspruch nehmen, aber das störte mich nicht weiter. Sie würde im Vorfeld alles telefonisch arrangieren. Den restlichen Vormittag hatte ich für mich.

Gegen neun zog ich mir Blazer und Schal an und ging nach draußen. Die Sonne schien, aber die Straßen lagen im Schatten, und es war kühl. Zwischen den Hochhäusern pfiff unbarmherzig der Wind, und ich sehnte mich nach dem offenen Himmel und dem warmen Winterwetter zu Hause. Mit gesenktem Haupt, die Jacke fest um mich gewickelt, drehte ich mich immer wieder um, damit mir ja nicht der Cordheini im Nacken saß, und machte mich auf zu einer Filiale von David Jones in der Elizabeth Street.

Nachdem ich mich mit einer Armada französischer Parfüms eingesprüht und mir ein Truthahn-Brie-Sandwich als Mittagessen besorgt hatte, fuhr ich nach oben und kaufte einen eleganten schwarz-lila Schwangerschaftsbadeanzug für Harper. Sie plantschte gerne mit dickem Bauch im Wasser, und so konnte ich ihr zeigen, dass ich voll und ganz hinter ihrer Schwangerschaft stand. Wo ich schon mal da war, konnte ich es mir nicht verkneifen, auch noch durch die Babyabteilung zu schlendern. Wenn ich mich nicht vorsah, würde ich bald anfangen, mir Namen zu überlegen. Scout wäre doch zum Beispiel ganz nett.

Wieder im Hotel setzte ich mich aufs Bett und rief Nemony Longfellow an. Ich wollte mich für das verunglückte Telefonat am Montag entschuldigen und sie bitten, mit der Originalgeburtsurkunde ihres Mannes bei mir vorbeizukommen. Hoffentlich würde das die gewünschte Antwort liefern.

Leider nahm Hermione das Telefonat entgegen.

»Hallo, Hermione«, sagte ich fröhlich. »Könnte ich bitte Nemony sprechen?«

»Nein, können Sie nicht, die ist draußen auf dem Feld. Was wollen Sie?« Hermione war unfreundlich und kurz angebunden.

Was du kannst, kann ich schon lange, dachte ich. »Mit Nemony sprechen!«, sagte ich scharf.

»Haben Sie O'Leary schon gefunden? Zeit genug hatten Sie ja!«

Es brachte nichts, Hermione daran zu erinnern, dass ich nicht in ihren Diensten stand und ihr keine Auskunft schuldig war. Aber wenn ich außer Daisy und Harper jemandem von O'Leary erzählen würde, dann Nemony und auch ihr nur in homöopathischen Dosen. Ich kannte sie nicht gut genug, um einschätzen zu können, ob sie nicht doch irgendwann Rachegelüste packen und sie zur Polizei gehen würde. In dem Fall könnte ich die Story nämlich abschreiben und wäre die Gelackmeierte.

Andererseits wusste Nemony bereits, dass O'Leary noch am Leben war und sich irgendwo am Great Barrier Riff aufhielt, dennoch hatte sie die Behörden nicht eingeschaltet. Und sowohl sie als auch Hermione hatten mir ihre Gründe deutlich zu verstehen gegeben. Inwieweit und wann wollte ich Nemony also einweihen? Das musste ich mir gut überlegen.

»Also?«, fragte Hermione ungeduldig.

Ich ignorierte ihre Frage und sagte kühl: »Bitte richten Sie Nemony aus, sie soll mich zurückrufen.« Damit klappte ich das Handy zu. Den Hörer aufzuknallen, wäre sicherlich noch befriedigender gewesen, aber es war dennoch ein gutes Gefühl.

Genervt von dem Telefonat stöhnte ich auf und ließ mich zurück aufs Bett fallen. Zum hundertsten Mal fragte ich mich, was Hermione Daisy wohl geschenkt haben mochte und warum Daisy bloß so ein Geheimnis daraus gemacht hatte.

Nemony rief zurück, als ich gerade am Packen war. Zum

Glück war sie ganz anders gestrickt als ihre Schwester und begrüßte mich herzlich.

»Tut mir leid wegen der schlechten Verbindung gestern«, sagte ich.

»Macht ja nichts. Warum wollten Sie wissen, ob Mick in Queensland gewesen ist?«

Auf die Frage war ich vorbereitet: »Ich vermute, dass er Ihre Jacht in Queensland neu registriert hat.«

»Warum sollte er das getan haben?«

»Ich bin nicht sicher«, log ich, »aber könnten Sie mir vielleicht morgen Vormittag die Originalgeburtsurkunde vorbeibringen? Dann reden wir darüber.«

»Erzählen Sie mir dann, was Sie bisher herausgefunden haben?«

»Natürlich.« Hoffentlich hing das eine nicht vom anderen ab. Mist, ich musste mir tatsächlich schon sehr bald darüber klar werden, wie viel ich ihr erzählen wollte. Eigentlich hatte ich mir auf dem Rückflug einen Schlachtplan gegen diesen Dandy McCormack zurechtlegen wollen, aber Nemony war dringlicher.

Wir verabredeten uns für den nächsten Tag um elf Uhr zum Tee bei mir. Nemony versprach, O'Learys Geburtsurkunde mitzubringen und frisch gebackene Kürbis-Lavendelmuffins.

Oh je. Als Kind hatte ich einmal Lavendelblüten gegessen, als ich wegen meiner strikten diabetischen Ernährung quasi gezwungenermaßen im Garten meiner Mutter nach Leckerbissen fahndete. An den widerlich seifigen Geschmack konnte ich mich noch gut erinnern.

»Ach, das ist doch nicht nötig«, versuchte ich höflich abzuwiegeln.

***

Um 11 Uhr checkte ich aus dem Hotel aus, holte den Mietwagen aus Tobys Tiefgarage und tippte die Adresse ins Navi ein, die Daisy mir in Sans Souci gegeben hatte. Da an meinem Auto keine wüsten Beschimpfungen klebten, war Toby wohl noch nicht wieder zurück in Sydney.

Als ich am Ziel eintraf, hatte sich Daisys kostbare Fracht mit dem scharfen Namen Jalapeno Lad, seinerzeit das zweitschnellste Tier der Welt, auf dem Sofa zusammengerollt und guckte die Übertragung eines Golfturniers.

Seit seinem Ausscheiden aus dem aktiven Windhundrennen im reifen Alter von fünf Jahren gewöhnte sich Peppy, wie Jalapeno Lad von seinen Freunden genannt wurde, langsam an das Vorstadtleben mit seiner Pflegemutter Mrs Annette Simms, und wartete darauf, adoptiert zu werden. Allem Anschein nach kam Peppy mit den Härten des Simms'schen Alltags gut zurecht.

Mrs Simms, eine reizende füllige Frau um die fünfzig, stellte uns vor. Als Peppy seinen Namen hörte, gähnte er herzhaft, sprang vom Sofa und taperte zu mir herüber. Glücklicherweise sah er kein bisschen so aus wie Hermione Longfellow. Er war ein hübscher eleganter Bursche mit geschecktem Fell, einem weißen Fleck auf der Brust und wunderschönen braunen Augen. Daisy wäre sofort hin und weg.

Auf dem Sofa hatte dieses riesige Tier irgendwie viel kleiner gewirkt. Ich hielt ihm meine Hand zum Schnuppern hin und wurde sogleich mit begeistertem Lecken und einem Stupser belohnt. Mrs Simms meinte, er habe mich als Freundin akzeptiert und ihm gefiele mein Parfüm.

»Sie riechen aber wirklich gut. Was ist das?«

»Halb Frankreich. Ich komme gerade aus der Parfümabteilung im Kaufhaus«, erklärte ich, und sie lachte.

Nachdem Peppy noch kurz sein Geschäft im Garten verrichtet hatte, band Mrs Simms ihm ein grünes Halsband um und legte ihm einen warmen Hundemantel und einen Maulkorb an.

»Er friert schnell«, sagte sie. »Das grüne Halsband bedeutet, dass er umerzogen wurde, also müsste er den Maulkorb eigentlich gar nicht tragen, aber vielleicht ist es Ihnen beim Autofahren angenehmer.«

Ich nickte zustimmend. Tatsächlich war ich nicht sonderlich erpicht darauf gewesen, mit einem Tier durch die Gegend zu kutschieren, das ich noch nicht kannte.

Nachdem Mrs Simms mich noch über alle relevanten hündischen Details in Kenntnis gesetzt hatte, reichte sie mir eine Kiste mit Papieren, weiteren Hundemänteln, Trockenfutter und einem Album mit Fotos von Peppys kometenhafter Karriere. Dann durfte er auf den Rücksitz.

Mrs Simms streichelte Peppy noch mal und ermahnte ihn, ein guter Hund zu sein.

»Und Sie werden doch Mrs Fanshaw bitten, mir Bescheid zu geben, wie Peppy sich macht, nicht wahr?«

Ich versicherte ihr, dass Peppy in ein ganz wundervolles Zuhause käme, dankte ihr für ihre Hilfe und stieg in den Wagen. Beim Wegfahren sah ich im Rückspiegel, wie Mrs Simms an der Straße stand und sich die Augen wischte. Ich ließ das Fenster herunter und winkte ihr stellvertretend für Peppy noch mal zu.

36.

Am frühen Nachmittag hielt ich am Güterterminal des Flughafens in Mascot. Da Peppy nach wie vor als Rennhund galt, musste er als Frachtgut reisen, doch Daisy hatte alles so arrangiert, dass wir im gleichen Flieger saßen und ich ihn am Gold Coast Airport in Coolangatta in Empfang nehmen würde.

Daisy hatte der Frachtabteilung den gesamten Papierkram schon zugefaxt, also musste ich nur noch warten, bis ein Mitarbeiter Peppys Papiere und Plakette überprüft hatte. Auch meinen Ausweis wollte er sehen und ich musste noch ein Formular unterschreiben, bevor wir Peppy samt Zubehör in einer großen Kiste verstauten.

»Gute Reise«, rief ich Peppy zum Abschied zu. Doch er wirkte ungerührt, ganz Profi.

Ich brachte den Mietwagen zurück, kaufte mir einen Kaffee und ergatterte im Terminal ein ruhiges Plätzchen. Bis zum Abflug waren es noch drei Stunden, also zum Einchecken viel zu früh. Doch wenn es Probleme mit Peppy gegeben hätte, hätte ich den Zeitpuffer vielleicht gebraucht.

Kaum hatte ich mich hingesetzt, da klingelte auch schon mein Handy. Inspector Norman Smith war dran.

»Sie hören sich ja schon viel besser an«, sagte ich gut gelaunt.

»Ja, danke. Und mir ist auch endlich eingefallen, was mich an dem Fall gestört hat.«

Ich stellte meinen Kaffeebecher auf dem Boden ab und nahm Stift und Notizbuch aus der Tasche.

»Das ist ja super. Und vielen Dank, dass Sie mich zurückrufen.«

»Es war die Versicherung«, fuhr er fort. »Mrs O'Leary sagte aus, dass weder ihr Ehemann noch die Jacht versichert gewesen seien. Obwohl ich den Eindruck hatte, dass sie die Wahrheit sagte, konnte ich mir nicht vorstellen, dass man so viel Geld für ein Boot ausgibt und es dann nicht versichert.«

»Haben Sie mal ein paar Versicherungen angerufen?«, fragte ich.

»Dazu war keine Zeit mehr, bevor wir auf den Mordfall angesetzt wurden. Für meinen Chef war die fehlende Versicherung damals der eindeutige Beweis, dass alles seine Richtigkeit hatte.«

Ein kleines Kind stürmte auf mich zu, und ich brachte meinen Kaffee schnell in Sicherheit. Als ich mich besorgt nach der Mutter umsah, kam sie schon angelaufen, um ihren Schützling zurückzuholen.

»Aber Sie haben das nicht so gesehen?«

»Nein.«

»Haben Sie mit dem Händler gesprochen, der O'Leary die Jacht verkauft hat?«, fragte ich. Obwohl Bill Shaw mir ja bereits gesagt hatte, dass sich die Polizei nicht bei ihm gemeldet habe, konnte eine Rückversicherung nie schaden.

»Gab ja keinen Grund. Genauso wenig reden wir bei einem Verkehrsunfall mit dem Autohändler. Wobei ich den Bootshändler vielleicht doch ausfindig gemacht hätte, wenn damals mehr Zeit gewesen wäre. Wenn ich jetzt so darüber nachdenke, hätte der vermutlich über die Versicherung Bescheid gewusst.«

Natürlich hatte Bill das, genauso wie er wusste, dass es zwei Jachten gab, aber das würde ich Smith nicht auf die Nase binden. Es war offensichtlich, dass O'Learys Verschwinden auch deshalb gelingen konnte, weil die Polizei überlastet und unterbesetzt gewesen war, aber daran traf Smith keine Schuld.

Auch diesmal bot er an, dass er zur Verfügung stünde, falls ich ein paar Ideen durchspielen wollte. Ich bedankte mich, und wir legten auf.

Smith war also auch der Meinung, dass Nemony nichts von der Versicherung gewusst hatte. Auf den Instinkt eines alten Bullen war ja nun wirklich Verlass. Und auf meinen auch – ich war von Nemonys Aufrichtigkeit überzeugt.

Ich sammelte meine Habseligkeiten ein und wanderte im Flughafen umher, in der Hoffnung, die Bewegung würde mir eine Lösung für mein McCormack-Problem bescheren. Unwillkürlich sah ich mich nach ihm um.

Eine Menge Leute liefen umher, alle mit Gepäck. Ich malte mir aus, wie McCormack mich Zigarre rauchend hinter einer Zeitung verschanzt beobachtet und ich laut rufe: »Der Mann da drüben verfolgt mich!«, woraufhin er aufgescheucht wie ein Karnickel davonläuft, ich ihm auf den Fersen. Ich lasse selbst Usain Bolt alt aussehen und erwische McCormack an der Drehtür, wo ich ihn samt Zigarre zwischen den Scheiben festsetze. Dann löchere ich ihn so lange, bis ihm die Puste ausgeht und er mir um Gnade flehend gesteht, woran er arbeitet.

Mein Tagtraum währte volle zehn Minuten, und es spielte überhaupt keine Rolle, dass man in Flughäfen nicht rauchen darf und die Türen elektronisch betrieben werden. Dramatische Filmszenen an Flughäfen lassen eigentlich immer ein bisschen an Schlüssigkeit vermissen.

Ich ging zu meinem Platz zurück und bat Miles per

SMS, er möge Miau Zedong mitteilen, dass es heute Abend spät würde.

Dann strengte ich wieder meine grauen Zellen an.

Hatte McCormack sich tatsächlich nur mit Overton Siliphant getroffen, um ihn nach Leila Learys Zeugnis zu fragen? Alles deutete darauf hin. In dem Fall wollte McCormack wohl nur noch ein paar letzte offene Fragen für seinen Artikel klären, so wie ich es auch getan hätte. Hinter Mick O'Leary war er nicht her, so viel stand fest, aber er würde erst von mir ablassen, wenn er überzeugt wäre, dass ich nicht an seiner Geschichte dran war. Doch als geübte Schnüfflerin würde ich ihm schon auf die Schliche kommen.

Ich entschloss mich, das McCormack-Problem auf die altbewährte Weise anzugehen: *abwarten und Tee trinken.* Und in dem Fall vielleicht noch Witterung aufnehmen.

Mein Gehirn arbeitete auf Hochtouren. Wozu brauchte Leila Leary, die mit dem Chef von Splash Charters verheiratet war, eigentlich ein Arbeitszeugnis?

***

Als ich endlich in meiner Wohnung in Byron Bay ankam, war es schon spät, und ich war erschöpft und froh, endlich zu Hause zu sein.

Jalapeno Lad war wohlbehalten bei seinen Adoptiveltern angekommen, obwohl ich mich den ganzen Flug über verrückt gemacht hatte, der Hund könnte im falschen Flieger gelandet und auf dem Weg nach Tokio sein. So abwegig war meine Angst nicht, denn manche meiner Gepäckstücke hatten schon mehr von der Welt gesehen als ich. So hatte ich noch immer nicht entschieden, ob und was ich Nemony morgen erzählen würde.

Eine mit schottischen Dudelsackspielern gesäumte Einfahrt war eigentlich das Mindeste, was ich als Empfangskomitee zu Ehren von Peppys Ankunft in Yab Noryb erwartet hätte, aber Dave und Daisy begrüßten ihn dafür mit strahlenden Gesichtern und sanften Stimmen. Dave führte Peppy behutsam in die Küche, wo im Kamin schon ein Feuer brannte.

Daisy streichelte Peppy vorsichtig, flüsterte ihm Koseworte zu und nahm ihm Maulkorb und Leine ab. Peppy leckte ihr die Hand, und Daisy lächelte mich mit tränennassen Augen an.

Sie erklärte mir, dass sich der Name des Hundes aus der Kurzform für Pepper wie in Jalapeno Pepper ableitete. Darauf war ich brillante Detektivin überhaupt nicht gekommen!

Peppy fühlte sich im Nullkommanichts wohl. Bis Daisy mir das Chili aufgewärmt hatte, hatte er sich bereits vor dem Kamin auf dem Sofa zusammengerollt, den Kopf auf Daves Schoß.

Seit Daisy mir von Daves Fehltritt mit der Lehrerin für Kreatives Schreiben berichtet hatte, sah ich ihn mit anderen Augen. Ich wünschte, sie hätte mir nie davon erzählt. Wenn ich Dave jetzt anschaute, musste ich ihn mir unwillkürlich in einer leidenschaftlichen Umarmung mit Miss Jabberwocky vorstellen, was selbst meine Fantasie an ihre Grenzen brachte. Daves Pantoffeln machten das Ganze nicht leichter.

Daisy drängte mich, über Nacht zu bleiben, aber ich lehnte ab. Auch wenn es sehr verlockend war, mich von den Fanshaws verwöhnen zu lassen, wollte ich ihnen lieber etwas Zeit allein mit Peppy lassen. Ich sagte daher, ich hätte morgen früh viel zu tun.

Die Rückkehr in meine Wohnung war bittersüß. Miles

steckte den Kopf aus der Küchentür, als er mich die Verandastufen heraufkommen hörte, und rief mir ein freundliches Hallo zu. Und als ich oben die Pforte öffnete, sprang Miau Zedong mir auf den Arm, rieb sich an meinem Gesicht, leckte mich ab und schnurrte wie ein Generator.

Ich fühlte mich geliebt und gebraucht und schrieb allen, dass ich gut zu Hause angekommen sei. Danach schaltete ich den Computer gleich aus, damit ich nicht noch anfing, meine Mails zu lesen. Der Tag war wirklich lang genug gewesen.

Erst in der Küche bekam meine Laune einen Dämpfer verpasst. Auf dem Tisch lag Tobys Haustürschlüssel und eine kurze unpersönliche Nachricht, dass er seine Sachen abgeholt hatte.

Toby war für mich viele Jahre lang nicht nur ein Liebhaber, sondern auch ein guter Freund gewesen. Der Schlüssel auf dem Tisch schien nun so endgültig, gleichzeitig war ich so müde und Harper so traurig, und Peppy hatte ein Riesenglück mit seinem neuen Zuhause, und das alles war einfach viel zu viel für mich. Ich brach in Tränen aus.

Natürlich war mal wieder der Diabetes an diesem Gefühlschaos schuld.

37.

Am Donnerstagmorgen wurde ich in aller Frühe vom Telefon geweckt. Harper war dran.

»Na?«, sagte ich.

»Selber na!«

»Und?«, fragte ich schlaftrunken, denn Mum hatte sie bestimmt schon wegen Rafe angerufen.

»Alles gut«, versicherte sie mir. »Mum und Dad fanden ihn toll.«

»Was macht die morgendliche Übelkeit?« Ich setzte mich auf.

»Kein Kommentar.«

»Okay, ist Andrew da?«

»Nein, und auch hier kein Kommentar. Wie geht es meinem Max?«

In aller Kürze gab ich den Abend bei unseren Eltern und das Gespräch mit Max wieder.

Sie fragte: »Hast du Lust, am Samstag die Secondhandläden an der Gold Coast unsicher zu machen und dann was essen und ins Kino zu gehen?« Offensichtlich wollte sie nicht über die Situation bei ihr zu Hause sprechen.

»Klar.«

»Hol mich um zehn ab«, befahl sie.

Obwohl ich mir nach wie vor Sorgen um sie machte, musste ich grinsen. Secondhandläden unsicher zu machen war eine meiner Lieblingsbeschäftigungen. Jedes Jahr verbrachten wir mehrere Tage damit, die besten Läden an der

Gold Coast abzuklappern. Jede von uns hatte ein jährliches Budget von 200 Dollar, für das wir vor allem gebrauchte Designerklamotten kauften. Das machte echt Spaß, und diesmal gab es noch dazu einen konkreten Anlass: schicke Schwangerschaftsoutfits. Ich konnte es kaum abwarten!

Draußen schien die Sonne – ein weiterer Wintertag im Paradies. Die Natur lockte, und ich sputete mich mit meinem Morgenprogramm, fütterte Miau Zedong, zog Turnschuhe an und ging hinaus.

Als Nemony Longfellow zum Tee eintraf, war ich bereits einmal zum Leuchtturm und zurück gelaufen und wusste ganz genau, wie viel ich ihr erzählen würde.

Nämlich gar nichts!

Jedenfalls nicht, solange ich nicht alle Puzzleteilchen zusammengesetzt hatte. Dann würde ich sie fragen, ob es rechtlich unbedenkliche Dinge gäbe, die sie dennoch nicht mit der Öffentlichkeit teilen wollte. Nemony war schon O'Learys Opfer geworden, auf gar keinen Fall sollte sie meines werden.

Meine Überlegungen basierten auf den altmodischen Idealen eines fairen Journalismus, bei dem es eher darum geht, den Schwachen eine Stimme zu verleihen und die Schuldigen anzuprangern, als um Profit um jeden Preis. Meine Geschichte sollte in jedem Fall Nemonys Ansehen wahren und sie nicht als naive, wehrlose Frau darstellen, die irgendeinem gerissenen Iren auf den Leim gegangen war.

Ich hatte es auf Mick und seine Verbrechen abgesehen. Nemony sollte als Heldin aus meiner Geschichte hervorgehen, nur wusste ich noch nicht, wie ich das bewerkstelligen sollte. Auch deshalb wollte ich sie erst am Schluss einweihen.

Nach einem zweistündigen Spaziergang kam mir das alles ganz plausibel vor.

Nemony und ich saßen bei mir am Küchentisch, Miau Zedong bewachte indes den Kühlschrank. Der Kater trug das Halsband aus künstlichem Malachit, das seine stachelbeergrünen Augen betonte. Nemony trug Schwarz, wie immer, und um den Hals einen Seidenschal mit bunten Herbstblättern, der ihre hellbraunen Augen betonte. Ich hatte immer noch Jeans und das T-Shirt vom Spaziergang an, der nichts anderes bewirkt hatte, als die Denkfalten auf meiner Stirn zu betonen.

Wie befürchtet hatte Nemony Kürbis-Lavendelmuffins dabei. Im Sinne ausgleichender kulinarischer Gerechtigkeit machte ich uns eine Kanne Chai Chi.

Nemony nahm einen Schluck und lächelte. »Nicht schlecht«, sagte sie und bot mir einen Muffin an. Wir taten sehr vornehm und ignorierten den Geruch scharf gebratener Zwiebeln, der aus Miles' Küche heraufzog.

Am liebsten hätte ich mich umgehend auf Micks Geburtsurkunde gestürzt, aber man sollte immer erst mal die Etikette wahren, bevor man zum Geschäftlichen kommt.

»Ziemlich ungewöhnlich, ein so intensives Gemüse mit einer zart duftenden Blüte zu kombinieren«, sagte ich und nahm einen winzigen Bissen von dem Muffin.

Nemony beobachtete mich beim Kauen und machte einen nachdenklichen Eindruck. Tapfer schluckte ich und nickte dabei auch noch, während ich mental bis zehn zählte.

So weit, so gut. Kein schwallartiges Erbrechen.

»Ausgefallen, aber nicht schlecht«, sagte ich. »Der Teig ist schön locker. Gefällt mir.« Hoffentlich nahmen ihre feinfühligen Antennen die Lüge nicht wahr.

»Das freut mich aber«, sagte sie. »Hermione meint, die schmecken wie Seife!«

»Ach nee!«, rief ich aus und ahmte ihren verwunderten Tonfall nach.

»Hermione lässt keine Gelegenheit aus, mir etwas Gemeines zu sagen. Ihre Selbstgerechtigkeit ist kaum auszuhalten. Es ist ein Albtraum, mit ihr zu leben.«

Ich war baff, wie ehrlich sie war. »Glaubt Hermione deshalb, Sie hätten Depressionen? Weil Sie auf ihre barsche Art so ablehnend reagieren?«

Sie nickte. »Sie sind sehr einfühlsam.«

»Daran liegt es nicht«, sagte ich. »Ich konnte mir nur nicht vorstellen, dass Sie über all die Jahre die Depressive vorgespielt haben. In Wahrheit sind Sie zu Hause einfach nur unglücklich, nicht wahr?«

»Unglücklich, verärgert, frustriert, aber nicht depressiv, nein.«

Irgendwie tat sie mir leid, und ich fragte mich, wie sie mit ihrer anderen Schwester Amelia zurechtkam. Man kann sich seine Familie zwar nicht aussuchen, doch sich distanzieren und wegziehen kann man schon. Warum sie das nicht längst getan hatte, war mir schleierhaft.

»Haben Sie mal versucht, mit Hermione darüber zu sprechen?«, fragte ich.

Nemony nahm einen Muffin und betrachtete ihn eingehend, als bräuchte sie Zeit zu überlegen. »Ja, ich habe ihr schon viele Male versucht zu erklären, wie schwierig es ist, mit ihr zusammenzuleben«, sagte sie endlich, »aber es macht alles nur noch schlimmer. Hermione hört nur, was sie hören will, und sie weigert sich beharrlich, meine *Depression*, wie sie es nennt, mit unserer Beziehung in Verbindung zu bringen. Dann bekomme ich wieder Schuldgefühle und schneide das Problem an, aber jedes Mal endet es im furchtbaren Streit. Hermione glaubt felsenfest, dass ich Mick noch hinterhertrauere, und ich kann sie nicht davon abbringen. Es ist furchtbar, aber ich habe mich inzwischen damit abgefunden.«

»Warum bleiben Sie bei Ihrer Schwester?« Die Frage interessierte mich brennend.

Sie sackte in sich zusammen und machte ein bekümmertes Gesicht.

»Entschuldigung«, sagte ich erschrocken.

Nemony holte tief Luft. »Schon gut. Ich hätte es Ihnen gleich sagen sollen. Ich bleibe, weil ich bleiben muss. Meine Schwester Amelia ist ... behindert. Kurz nachdem ich nach Micks Verschwinden wieder nach Hause gezogen war, hatte Amelia einen Unfall. Sie wurde vom Traktor überrollt. Dabei wurde ihr Gehirn schwer geschädigt, sie kann nicht sprechen, nicht laufen und wird über einen Schlauch ernährt. Die Arme muss rund um die Uhr betreut werden. Hermione und ich kümmern uns um sie.«

»Das tut mir ja so leid«, sagte ich. Natürlich erklärte das auch, warum Amelia schon seit Jahren nicht mehr gesehen worden war. Die Anemonen-Schwestern wären nicht die erste und sicher auch nicht die letzte Familie, die sich nach außen abgeschottet hatte, um im Angesicht von Krankheit und Behinderung ihre Privatsphäre zu schützen. Dennoch konnte ich nicht ganz nachvollziehen, warum Nemony mir erzählt hatte, Amelia sei geschäftlich verreist. Was sollte die Lüge? Es ist ja schließlich keine Schande, behindert zu sein. Seltsam war die ganze Sache schon, aber wenigstens verstand ich nun, warum Nemony bei einer Schwester blieb, die sie nicht ausstehen konnte.

Ja, ich verstand es, doch gutheißen konnte ich es nicht, vor allem weil mir Amelia leidtat, die auf Gedeih und

Verderb zwei Pflegerinnen ausgeliefert war, die permanent auf Kriegsfuß miteinander standen. Das musste die Hölle sein, eine vermeidbare dazu.

»Bekommen Sie staatliche Unterstützung? Kurzzeitpflege wenigstens?«, fragte ich.

Nemony schüttelte den Kopf. »Danke, aber wir brauchen keine Almosen. Wir kommen zurecht.« Ihr Ton war schroff, offenbar empfand sie meine Frage als Beleidigung.

»Das hat doch nichts mit Almosen zu tun!«, entgegnete ich ein wenig scharf und fügte versöhnlich hinzu: »Die Leistungen werden vom Staat finanziert.«

»Sämtliche Einrichtungen, die ich gefunden habe, hatten kirchliche Träger. Unsere Eltern würden sich im Grab umdrehen, wenn sie wüssten, dass wir die Wohltätigkeit der Kirche in Anspruch nähmen.«

So diplomatisch wie möglich erklärte ich ihr, dass viele Kirchen häusliche Pflegedienste betrieben, die aus staatlichen Mitteln finanziert würden und professionelle Hilfe anböten, die mit Religion nichts am Hut hatten.

»Die Kirche verwaltet nur die Gelder, stellt die Pflegekräfte ein und behält einen bestimmten Prozentsatz, um alles am Laufen zu halten«, sagte ich. »Von Almosen kann keine Rede sein.«

»Sie verstehen das einfach nicht«, sagte Nemony verzweifelt.

»Was verstehe ich nicht?«

Als Nemony sich vorbeugte, sah ich die Tränen in ihren Augen. »Wissen Sie«, sagte sie leise, »wir waren an dem Unfall schuld. Hermione und ich«, mit der Hand wischte sie sich die Tränen weg, die ihr über die Wangen rollten. »Es hat stark geregnet«, fuhr sie fort, »und Hermione und ich hatten uns ganz furchtbar gestritten, über … ach, egal. Amelia hielt es nicht mehr aus, stürmte nach draußen und fuhr mit dem Traktor davon. Im Schlamm ist er umgekippt und hat sie unter sich begraben.«

Ich ging Taschentücher holen und reichte sie Nemony. Aus Schuldgefühlen hatte sie mich wegen Amelia angelogen. Wie traurig.

»Ich bin mir sicher, dass Ihnen staatliche Hilfe zusteht«, sagte ich sanft. »Da könnten Sie und Hermione sich mal eine Pause gönnen. Und Amelia würde es sicher auch guttun.«

Nemony sah mich durch einen Tränenschleier an. »Ich tue alles, um Amelias Leben erträglicher zu machen«, sagte sie ernst. »Danke, Scout. Ich werde mich noch mal informieren.«

Ein Blick auf die Küchenuhr verriet mir, dass schon ordentlich Zeit verstrichen war und ich mich jetzt wieder auf den eigentlichen Grund unseres Treffens konzentrieren sollte.

»Ich komme mit meinen Nachforschungen gut voran«, sagte ich, »würde aber gerne noch ein paar Dinge abklären, bevor ich Sie in alles einweihe. Ich würde Ihnen nämlich lieber Tatsachen präsentieren als Spekulationen.«

Nemony zuckte die Achseln. »Ich habe dreißig Jahre gewartet. Da halte ich es auch noch ein wenig länger aus.«

»Haben Sie die Geburtsurkunde dabei?« Ich war erleichtert, dass Nemony mich nicht weiter drängte.

»Ja, sie ist in meiner Tasche. Ich hole sie mal.«

Ihre Tasche stand neben der Küchentür. Sobald sie aufgestanden war und mir den Rücken zugedreht hatte, versenkte ich meinen angebissenen Muffin in der Milchkanne auf dem Tisch, und ob man's glaubt oder nicht, das Ding trieb obendrauf.

Hilfe!

»Ich stelle nur kurz die Milch in den Kühlschrank«, sagte

ich und hielt die Hand über die Kanne, bis ich sie sicher in der hintersten Ecke des Kühlschranks versteckt hatte.

Wir setzten uns zurück an den Tisch, und Nemony gab mir die Geburtsurkunde.

»Darf ich sie vielleicht erst einmal behalten, um sie mir später in Ruhe anzusehen?«, fragte ich. Obwohl ich natürlich liebend gerne unverzüglich einen Blick darauf geworfen hätte, fürchtete ich, Nemony könnte meine Reaktionen mitbekommen.

»Kein Problem«, sagte sie und sah auf die Uhr. »Ich muss jetzt auch los.«

Bevor sie ging, schrieb ich ihr noch eine Telefonnummer auf, unter der sie sich nach Hilfe für Amelia erkundigen konnte. Nemony versprach, dort anzurufen, wobei sie mit der Idee bei Hermione bestimmt auf Granit stoßen würde. Und wenn Hermione erst spitzkriegte, dass die Sache auf meinem Mist gewachsen war, dann gute Nacht, Marie.

38.

Als Mick zur Welt kam, wurden Geburtsurkunden in Nordirland, wie wohl fast überall auf der Welt, noch von Hand geschrieben. Auf einer Fotokopie würde man eine winzige Veränderung gar nicht erkennen können, deshalb wollte ich das Original sehen.

Aufgeregt setzte ich mich mit der Lupe an den Küchentisch und untersuchte die Handschrift auf dem sechzig Jahre alten Dokument.

Und da war es auch schon, so gut gemacht, dass es kaum auffiel, es sei denn, man suchte danach. Michael oder Leila hatten vor dem Namen *Leary* ganz sorgsam in passender schwarzer Tinte ein O' hinzugefügt.

Es war noch genug Platz zwischen den Wörtern vorhanden, sie wirkten nicht gedrängt, doch die Originaltinte war ausgeblichen und eine Spur heller. Um die Fälschung ganz zweifelsfrei festzustellen, bedürfte es einer forensischen Prüfung, aber meine Augen waren mir Beweis genug. Mit einem Federstrich war aus dem Kind Michael Leary der Mann Michael O'Leary geworden. Die einfachste Art der Fälschung, zumal für einen Iren, und Leary war sicher nicht der erste Betrüger, der sich das zunutze gemacht hatte.

Um in New South Wales zu heiraten, muss man seine Volljährigkeit nachweisen. Wer in Australien geboren wurde, tut das in der Regel mit der Geburtsurkunde; Ausländer können entweder ihre Geburtsurkunde oder ihren Pass vorzeigen. Da auf Nemonys Heiratsurkunde der Name Michael O'Leary stand, war mir jetzt klar, dass Leary sich mit seiner Geburtsurkunde ausgewiesen haben musste, denn von Gerry Dunfey hatte ich ja erfahren, dass sein Pass auf den echten Namen Michael Leary ausgestellt war.

Ebenso wusste ich aus den Unterlagen von Bill Shaw, dass Leary seine Geburtsurkunde für die Anmeldung der Jachten verwendet hatte. Jede Wette, dass er damit auch das gemeinsame Konto mit Nemony eröffnet hatte.

Während es immer ziemlich viel Papierkram erfordert, einen Pass zu ersetzen, war und ist es relativ einfach, eine neue Geburtsurkunde ausgestellt zu bekommen. Dafür hätte Leary lediglich beim Belfaster Standesamt anrufen und um eine offiziell beglaubigte Kopie seiner Geburtsurkunde bitten müssen.

Ich nahm an, dass er die alte zurückließ, um etwaige Verfolger in die Irre zu führen. Norman Smiths Vorgesetzter hatte die fehlende Versicherung als Beweis gedeutet, dass alles seine Ordnung hatte. Die hinterlassene Geburtsurkunde musste den Eindruck noch verstärkt haben. Offenbar hatte Leary nicht mit den Argusaugen einer gewissen Miss Davis gerechnet.

Ob er seinen Pass wirklich verloren und einen neuen beantragt hatte, war nun unerheblich, doch ganz sicher hatte er mit dem Manöver verhindern wollen, dass Nemony ihn je zu Gesicht bekam.

Beim Spülen machte ich mental eine Liste von Michael Learys Straftaten. Der Mann hatte ganz schön was auf dem Kerbholz. Bisher hatte er sich in folgenden Punkten schuldig gemacht: Bigamie (es sei denn, er hatte sich vor der Ehe mit Nemony von Leila scheiden lassen, was ich stark bezweifelte), Dokumentenfälschung (er hatte an seiner

Geburtsurkunde herumgedoktert, die ein offizielles Dokument ist), Betrug und Diebstahl (er hatte sich Nemonys Gelder durch Täuschung erschlichen), und er hatte seinen eigenen Tod vorgetäuscht, was zu einer polizeilichen Untersuchung geführt hatte. Abhauen an sich war noch nicht verboten, doch wenn man seinen Tod inszeniert und mit dem Geld und Besitz eines anderen verschwindet, dann schon.

Noch wusste ich nicht, ob Leary über Leila auch noch Geld von einer Lebensversicherung kassiert hatte, doch ich hielt es für unwahrscheinlich, da der Totenschein auf den Namen O'Leary ausgestellt war.

Weiter blieb zu klären, ob Leary 1983 die Jacht unter seinem richtigen Namen versichert und dafür Ansprüche geltend gemacht hatte (wenn die Jacht überhaupt zu Schaden gekommen war).

Dem Kerl traute ich alles zu. Michael Leary war ein Hochstapler und ein herzloser Schuft, der alles tun würde, um seine und Leilas Freiheit zu beschützen. Höchste Zeit, dass ich Vorsicht walten ließ.

Miau Zedong folgte mir ins Arbeitszimmer, setzte sich auf seinen Windsor-Stuhl und sah zu, wie ich die Ergebnisse aus Sydney auf das Whiteboard übertrug. Seit gestern Abend warf er mir seltsame Blicke zu, aber ich wusste nicht, ob es daran lag, dass ich verreist war, oder ob er Peppy roch. Katzen sind manchmal ganz schön schwer zu durchschauen.

Die Arbeit am Whiteboard kostete mich nicht nur über eine Stunde Zeit, sondern ich verschlang auch noch ein Sandwich mit Schweizer Käse und leerte eine weitere Kanne Tee, diesmal Orange Pekoe. Danach setzte ich mich auf meinen Schreibtischstuhl und betrachtete das Whiteboard.

Es war ein neues Kästchen namens *Leila Leary* hinzugekommen. Darin stand: *Warum brauchte sie ein Arbeitszeugnis, wenn sie doch für ihren Mann arbeitete? und: Weshalb ist McCormack ihr auf den Fersen?*

Zehn Minuten lang schwang ich auf meinem Drehstuhl hin und her und überlegte. Schließlich kam ich zu dem Ergebnis, dass Leila Leary das Zeugnis gebraucht haben könnte, um außerhalb der Saison anderswo zu jobben. Und Leila wäre sicher nicht die Erste, die beim Ausscheiden aus einem Job firmeneigenes Briefpapier mitgehen ließ – das war immer praktisch, sollten in der Zukunft mal glänzende Referenzen gefragt sein.

Weiter vermutete ich, dass ihr zweiter Job mit McCormack zu tun hatte, deshalb war er an ihren Referenzen interessiert.

Die Whitsunday Region, wo Splash Charters angesiedelt war, hatte trotz ihrer großen Fläche nur wenig Einwohner. Vermutlich kannte man sich dort. Und wahrscheinlich hatte Leila Leary vor Ort, entweder in Airlie Beach oder auf einer der Inseln, Arbeit gefunden. Ich suchte mir daher die dortigen Ferienanlagen heraus und notierte die Telefonnummern. Irgendwo würde sich schon jemand finden, der wusste, wo Leila arbeitete.

Als Nächstes knöpfte ich mir noch einmal die Anträge auf Registrierung vor. Vielleicht würde ich ja endlich darauf kommen, was genau mich daran seit Donnerstag irritierte. Mit dem Nummerierungssystem oder der unterlassenen Verlängerung hatte es wohl nichts zu tun. Es musste etwas weniger Greifbares sein. In diesen Dokumenten steckte irgendeine Information, die auf einen größeren Zusammenhang verwies. Nur worauf genau?

Auf einmal fiel es mir wie Schuppen von den Augen. Die Anträge würden mir verraten, in welchem Zeitraum

Mick den Namen O'Leary benutzt hatte. Endlich hatte ich den Zusammenhang hergestellt.

»Gut«, sagte ich schließlich zu Miau Zedong. »Leila Leary hat ein paar Jahre lang für Siliphant gearbeitet, und 1982 erbte jedes der Longfellow-Mädchen 100 000 Dollar. Siliphant zufolge hätte Leila davon gewusst haben können. Und zu der Zeit waren Mick und Leila bereits als Mr und Mrs Leary verheiratet.«

Ich beugte mich zum Kater hinüber und kraulte ihn hinter den Ohren.

»Irgendeine Idee?«, fragte ich.

Miau Zedong sah aus, als hätte er gekifft, ein Ausdruck, den er in meiner Abwesenheit noch perfektioniert hatte.

»Im Januar 1983 stellt sich Mick auf der Farm der Longfellows als Wanderarbeiter vor. Was für ein Zufall! Der Ehemann einer Frau, die für den Testamentsvollstrecker arbeitet, taucht auf der Farm der Begünstigten auf und sucht Arbeit. Dann wird Mick von Hermione gefeuert, weil er es mit Nemony im Lavendelschuppen treibt. Nemony brennt mit Mick durch, und im März 1983 heiraten die beiden. Zu dieser Zeit muss er den Namen auf seiner Geburtsurkunde schon in O'Leary umgewandelt haben.«

Die Hände in die Hüften gestemmt tigerte ich im Arbeitszimmer umher, das Whiteboard fest im Blick. »Im Juli 1983 kauft Mick zwei Jachten auf den Namen O'Leary. Als O'Leary verschwindet er im November 1983 in einem Sturm. Zur gleichen Zeit verschwindet Leila aus Siliphants Anwaltskanzlei.«

Aber Moment mal, dachte ich und ging in Gedanken noch einmal zurück. Hermione hatte mir gesagt, dass Mick sich im Januar 1983 bei ihr als O'Leary vorgestellt hatte, also musste er sich das mit der Namensänderung schon vorher überlegt haben.

Genau! Da hatte er zum ersten Mal diesen Namen benutzt und in Verbindung mit weiteren Indizien war damit eindeutig bewiesen, dass Mick und Leila den Betrug von Anfang an geplant hatten.

Ich fragte mich, ob Mick und Leila wohl nur auf den richtigen Augenblick gewartet hatten, bis Leila in der Kanzlei ein geeignetes Opfer gefunden hatte. Das große Erbe der drei ledigen Longfellow-Schwestern war wohl zu verlockend gewesen. Mick musste sich im Himmel gewähnt haben, als er auf der Farm die wunderschöne Nemony entdeckte.

Der Sturm hatte die perfekte Gelegenheit geboten unterzutauchen. Vermutlich hatten Mick und Leila sein Verschwinden beim nächsten schlechten Wetter geplant, und da sie nicht wissen konnten, wann das sein würde, musste Leila vorab von der Bildfläche verschwinden, ohne zu kündigen. Das war allerdings reine Spekulation.

Eine Frage beschäftigte mich sehr: Hatte Mick womöglich vorgehabt, Nemony über Bord zu werfen, wenn sie ihn an diesem stürmischen Nachmittag in Sydney begleitet hätte? Es war ein sehr unschöner Gedanke, doch er drängte sich auf. Vielleicht hatte die Fehlgeburt Nemony also tatsächlich das Leben gerettet.

Mit neuem Schwung schritt ich zur Tür und rief Miau Zedong zu: »Reich mir das Lichtschwert, wir gehen herumschnüffeln!«

39.

Diesmal trug ich Miau Zedong auf dem Arm zu den Münztelefonen in der Jonson Street, damit ich nicht ständig von begeisterten Passanten angehalten wurde, die den Kater streicheln wollten. Außerdem blies ein ungewöhnlich frischer Wind von der See, und er war kuschelig warm.

Sämtliche Telefone waren von jungen Reisenden belegt, von denen einige auf proppenvollen Rucksäcken hockten und die alle dringend ein Bad nötig hatten.

Ich musste ziemlich lange warten und sah misstrauisch über die Straße und in jedes vorbeifahrende Auto – doch keine Spur vom Cordmann. Wahrscheinlich hätte ich das Telefonat auch gefahrlos von zu Hause führen können, aber Vorsicht ist besser als Nachsicht. Wann immer ich anonym bleiben wollte, nutzte ich die öffentlichen Telefonzellen gerne als Zweitbüro.

Schließlich legte ein junger Mann mit Dreadlocks und Nasenring direkt neben mir auf, und ich griff schnell nach dem Hörer. Er stank nach Gras und beißendem Schweiß, aber was sein musste, musste sein.

Nachdem ich Miau Zedong auf dem Gehweg abgesetzt hatte, zog ich die Liste der Inseln aus der Tasche. Ich fing ganz oben mit Amherst Island an. Eine komplizierte Verschleierungstaktik kam mir unnötig vor, und als sich eine junge Frau am anderen Ende der Leitung meldete, fragte ich einfach: »Könnte ich bitte mit Leila Leary sprechen?«

Aus reiner Effekthascherei legte ich mir einen irischen Akzent zu.

»Kleinen Moment«, sagte die Frau. Es war ein Klicken zu vernehmen, danach drang laut wummernde Musik an mein Ohr.

Ich hatte einen Plan. Sollte ich mit Leila verbunden werden, würde ich mich als Mitarbeiterin einer Stiftung ausgeben, die um Spenden wirbt. Sinn der Übung war herauszufinden, wo Leila arbeitete, und da die Hauptsaison vorbei war, bestand Hoffnung, dass das Personal aus Einheimischen bestand, die sich alle untereinander kannten.

Die Musik hörte abrupt auf. »Sind Sie noch da?«, fragte die Frau.

»Ja.«

»Leila ist heute nicht auf der Insel. Wollte sie heute herkommen?«

»Ähm, nein. Ich dachte, sie arbeitet bei Ihnen.«

»Da haben Sie die falsche Insel erwischt. Leila managt eine Bar auf Silver Gull. Sie können sie dort erreichen oder bei Splash Charters.«

»Danke«, sagte ich und legte auf.

Eins zu null für Sherlock und Watson!

Als Geschäftsführerin einer Bar hatte man eine verantwortungsvolle Position inne, bei der man mit großen Mengen Geld hantierte, besonders auf einer Urlaubsinsel, wo trinken konkurrenzlos war. Betrieb Leila da ein wenig kreative Buchhaltung? Oder unterstellte ich ihr zu Unrecht kriminelle Machenschaften?

Wohl kaum. Leila hatte an einem Komplott mitgewirkt und Nemony um ihr Geld gebracht, sehr wahrscheinlich ihr Arbeitszeugnis gefälscht und nun interessierte sich auch noch der Cordmann für sie. Für mich war das Beweis genug.

Ich schnappte mir Miau Zedong und ging ins Reisebüro. Von Silver Gull Island hatte ich noch nie gehört, also wollte ich mich mit einer Reisebroschüre informieren.

In einer Nachbarschaft zu leben, wo jeder jeden kennt, ist zwar schön, aber es hat auch seinen Preis: Es ist zeitraubend. Ich konnte nicht einfach nur ins Reisebüro marschieren und mir rasch die Broschüre holen. Es dauerte locker eine halbe Stunde, bis die üblichen Höflichkeiten ausgetauscht und die allseitigen Neuigkeiten – die eigenen, die des Gegenübers und die aller anderen – erzählt waren.

Natürlich hätte ich auch direkt nach Hause gehen und über Silver Gull im Netz recherchieren können. Das würde ich ohnehin noch tun, aber ich hatte gerne etwas in der Hand. Urlaubsorte sind auf Hochglanzpapier so viel ansprechender als auf dem Computerbildschirm. Wein würde man ja auch nicht aus einer Kaffeetasse trinken, oder?

Doch heute Nachmittag hatte ich Glück, und das Reisebüro war gerammelt voll. Ich winkte Sunny und Romola, die an ihren Schreibtischen beschäftigt waren, dezent zu und bediente mich bei den Broschüren, darunter auch eine von Splash Charters. Ich hoffte auf Fotos von Mick, aber da waren keine. Also machte ich mich auf den Heimweg.

Miau Zedong, den Außeneinsätze immer sehr ermüdeten, eilte zu seinem Windsor-Stuhl und rollte sich dort zusammen, er wollte jetzt allein gelassen werden.

Ich ging schnurstracks in die Küche, machte eine Kanne Chai Chi und stellte das Tablett auf das Bett. Ich warf mir eine Decke über die Beine und während ich wartete, bis der Tee gezogen hatte, rief ich Daisy an.

»Hat sich Peppy schon eingewöhnt?«, fragte ich.

»Man könnte meinen, er hätte nie ein anderes Zuhause

gehabt«, sagte sie glücklich. »Er ist so ein lieber Kerl, Scout. Vielen Dank, dass du ihn uns gebracht hast.«

»Jederzeit gerne«, sagte ich und meinte es auch so.

Ich nahm an, dass Daisy Peppy in seiner Eingewöhnungsphase womöglich nicht würde allein lassen wollen. Aber es konnte ja nicht schaden, sie zumindest zu fragen, ob sie mich zum Riff begleiten wollte. Mit dem Fall kam ich allein zurecht, aber die Detektivarbeit würde mich nicht rund um die Uhr in Anspruch nehmen, und es wäre schön, die restliche Zeit mit einer Freundin zu verbringen.

»Was hast du in den nächsten Wochen denn so vor?«, fragte ich.

»Nichts Besonderes. Warum? Brauchst du die Hilfe einer erstklassigen Detektivin?«

Ich lachte. »Nein, aber ich muss ein paar Tage ans Riff und da wollte ich dich fragen, ob du Lust hast mitzukommen.« Ich erzählte Daisy von den Freiflügen und dass ich dringend selbst den fotografischen Beweis erbringen musste, dass Mick noch am Leben war. »Aber vielleicht passt dir das im Moment gerade nicht. Außerdem könnte es brenzlig werden.«

»Wie meinst du das?«

Bevor Daisy eine Entscheidung fällte, sollte sie wissen, was ich weiter herausgefunden hatte. Es wäre unfair, sie darüber im Unklaren zu lassen, deshalb brachte ich sie auf den neuesten Stand der Ermittlungen. Am Ende war ich recht zufrieden mit meiner Zusammenfassung.

»Mick könnte also unangenehm werden, wenn er sich bedroht fühlt?«, wollte Daisy wissen.

»Gut möglich, aber damit hast du eigentlich nichts zu tun«, sagte ich beschwichtigend.

»Bild dir mal nur nicht ein, dass ich am Strand rumliege, während du dich mit den Ganoven amüsierst!«

Ich lächelte. »Wenn du magst, darfst du meine offizielle Fotografin sein.«

»Das lasse ich mir schon eher gefallen.«

»Heißt das, dass du mitkommst?«

»Mhmm. Klingt schon verlockend. Wann wolltest du denn fahren?«

»So bald wie möglich.«

Daisy fackelte nicht lange. »Ich begleite dich liebend gerne. Ben kommt bald nach Hause, dann kann er sich um Peppy kümmern, wenn Dave arbeitet. Da kann sich der Hund auch gleich an ihn gewöhnen. Wo werden wir wohnen?«

Erfreut über Daisys begeisterte Reaktion, erzählte ich ihr, dass ich Broschüren von einer kleinen Insel namens Silver Gull hätte, auf der Leila arbeitete.

Miau Zedong schaute sich im Zimmer um und sprang zu mir aufs Bett, wobei er das Tablett nur um Haaresbreite verfehlte. Vielleicht hatte er sich erst einmal vergewissert, dass Rafe nicht da war. Belustigt streichelte ich ihn, während ich Daisy Amelias Geschichte erzählte.

»Kein Wunder, dass sie keiner mehr gesehen hat«, sagte Daisy. »Arme Amelia.«

Dem tragischen Anlass gemäß sprachen wir mit traurigen Flüsterstimmen, bis Daisy das Thema wechselte.

»Hast du deinen neuen Badeanzug schon getestet?«, fragte sie in Hinblick auf meinen schwarzen Einteiler mit der blauen Borte, den ich im Sommerschlussverkauf mit Daisy erworben hatte.

»Ja, aber beim nächsten Mal brauche ich Personenschutz.«

»Das hättest du wohl gerne«, sagte Daisy lachend. »Ich komme morgen früh vorbei und schaue mir die Prospekte an. Ciao.«

Nach dem Telefonat schüttelte ich die Kissen auf und zog die Decke noch ein wenig höher. Miau Zedong kuschelte sich an mich und gemeinsam sahen wir uns die Broschüren von Silver Gull Island an.

Der hanebüchene Blödsinn, den sich der emotional instabile Werbetexter aus den Rippen geleiert hatte, beschrieb eine verschlafene kleine Insel, auf der die Zeit stillstand und sich die Besucher in ruhiger und anonymer Atmosphäre entspannen konnten.

»Mal sehen, wie lange noch!«, sagte ich zu Miau Zedong.

Wie heißt es so schön: Manches wahre Wort wird im Scherz gesprochen!

40.

Ich war wohl eingenickt, denn das Telefon riss mich aus dem Schlaf. Auf dem Wecker war es zehn nach sechs.

»Hallo«, sagte ich benommen.

»Was bilden Sie sich überhaupt ein?«, fauchte Hermione Longfellow. »Nemony und ich brauchen keine Hilfe, weder von Ihnen noch von sonst irgendjemandem. Halten Sie sich gefälligst aus unserem Leben heraus!«

Au weia! Ich rieb mir die Augen, um wach zu werden. »Ich habe dabei an Amelia gedacht, nicht an Sie«, gab ich mich entschieden und sorgte mich gleichzeitig, ob sie mich wohl in diesem Moment durch die Leitung mit einem Fluch belegte.

»Amelia geht es gut. Nemony geht es gut. Mir geht es gut«, sagte sie, halb wütend, halb empört.

»Nemony geht es nicht gut«, entgegnete ich ruhig. »Das haben Sie mir selbst erzählt.«

Touché.

Schweigen am anderen Ende der Leitung. Ich fragte mich, ob Hermione mir gerade genauso Grimassen schnitt wie ich ihr.

Lautes Schnauben. »Ich wünschte, ich hätte Sie nie kennengelernt«, sagte sie gehässig.

»Ich nehme das jetzt mal als Dankeschön«, sagte ich. Sie legte auf.

Offenbar war sie kein großer Fan von mir. Doch der Anruf hatte mir gezeigt, dass es Hermione selbst auch nicht gut ging. Mit dem Vorschlag, sich Hilfe zu holen, musste ich bei ihr einen wunden Punkt getroffen haben. Diese Erkenntnis änderte jedoch nichts daran, dass ich den unbändigen Wunsch hatte, schreiend mit einer Schere durch die Wohnung zu laufen.

Miau Zedong warf einen Blick auf mich und gähnte.

»Wer hat das noch mal gesagt?«, fragte ich ihn. »›Ein allzu langes Opfer kann das Herz in Stein verwandeln.‹«

Der Kater wusste es auch nicht, aber mit Zitaten haben wir es beide nicht so.

Ich verdrängte alle Gedanken an Hermione, denn es war Zeit, dass ich mich um meinen Blutzucker kümmerte und über das Abendessen nachdachte.

Miau Zedong folgte mir ins Badezimmer und sah zu, wie ich mir die abendliche Insulinspritze setzte. Als ich aufschaute, blickte ich in den Spiegel über dem Waschbecken. Hilfe! Kein Wunder, dass die Vogue bei mir lange nicht mehr wegen Stylingtipps angefragt hatte.

Ich bürstete mir das Haar, flocht mir einen neuen Seitenzopf, puderte mir das Gesicht, trug Lippenstift auf und schlüpfte in eine saubere Jeans, eine weiße Bluse und meine flachen schwarzen Ballys. Es ist wichtig, dass man gewisse Standards wahrt, wenn man von zu Hause arbeitet. Wie ich zu Miau Zedong zu sagen pflege, als Premierministerin würde ich ein Trainingsanzugsverbot für das heimische Büro aussprechen. Und Harper würde als Generalgouverneur Laubbläser verbieten. Zu zweit hätten wir schon mal die schlimmsten Probleme im Griff.

Im Kühlschrank fand sich nichts Spannendes, bzw. ich war zu faul zu kochen, also flitzte ich hinunter in Miles' Küche, wo ich Schweinebraten nach Florentiner Art und einen Wintersalat mit gegrillten Kirschtomaten, grünen Bohnen und Spargel abstaubte.

Durch die Schwingtüren sah ich, dass sich das Restaurant schon mit den ersten Abendgästen füllte. Donnerstags war immer viel los, und es wurde höchste Zeit, dass ich Miles mal wieder in der Küche half, um mich für mein Miles&More-Programm zu revanchieren.

»Ich komme nachher runter und helfe euch beim Abräumen«, sagte ich zu Miles und gab ihm ein Küsschen auf die Wange.

»Nein, das tust du nicht«, gab er lächelnd zurück. »Du schläfst dich erst einmal richtig aus.«

»In Sydney hast du sicher nicht viel Schlaf gekriegt«, schaltete Mario sich feixend ein.

»Für heute lasse ich dir diese Bemerkung noch mal durchgehen, Mario.« Ich suchte schleunigst das Weite, bevor ich mit meiner flammenden Röte noch die Küche in Brand steckte.

Das Essen war köstlich. Ich aß in der Küche und hörte währenddessen eine Folge der Radiosendung *This American Life* auf meinem Laptop. Es ging um zwei Frauen, die 1951 in einer Kleinstadt in Wisconsin als Babys versehentlich vertauscht worden und in den falschen Familien aufgewachsen waren.

Das Thema machte mich nachdenklich. Daraufhin sah ich mir das Foto von Andrew und der jungen Unbekannten noch einmal an. Warum kam sie mir so bekannt vor?

Ich spielte mit dem Bild ein wenig herum, zoomte das Gesicht der Frau heran, und auf einmal fiel mir etwas auf, was mir schon gleich damals bei Daisy am Computer hätte auffallen müssen.

»Oh Gott!«, sagte ich laut. Ich stand auf, vergrub den Kopf in den Händen. »Oh Gott!«

Ich ging zurück zum Laptop und sah mir das Bild noch einmal an. Wenn ich recht hatte, musste ich Andrew schnellstens kontaktieren und ihm mitteilen, dass er mit einer jungen Frau gesehen worden war und dass Harper dachte, er habe eine Affäre. Ansonsten würde sich das Dilemma nicht lösen lassen, alles würde nur noch schlimmer und meine Schwester und Neffen noch mehr verletzt werden.

Oder sollte ich Harper lieber gleich anrufen und ihr erzählen, wer die junge Frau meiner Meinung nach war? Wäre Harper nicht schwanger gewesen, hätte ich das bestimmt getan, aber ich wollte ihr unter diesen Umständen keinen Schock verpassen. Zumal sie mich über die Häufigkeit von Fehlgeburten bei Frauen über 45 aufgeklärt hatte.

Ich ging hinüber ins Arbeitszimmer, um Andrew anzurufen. Hermiones Warnung, mich gefälligst aus ihrem Leben herauszuhalten, saß mir noch in den Knochen. Ich fragte mich, ob Andrew ähnlich reagieren würde, und wenn ja, ob es gerechtfertigt wäre. Aber als Journalistin ist es ja praktisch mein Job, meine Nase in die Angelegenheiten anderer Leute zu stecken – da beißt sich die Katze in den Schwanz.

Auch hatte ich wenig Lust, wieder so ein angestrengtes Telefonat mit Andrew zu führen wie beim letzten Mal. Ich nahm mir vor, diesmal alles ganz ruhig und sachlich mit meinem Schwager zu besprechen.

Trotz aller guten Vorsätze zitterten meine Hände, als ich Andrews Nummer im Krankenhaus wählte.

41.

»Blaine-Richardson«, meldete sich Andrew in seiner typisch nüchternen Art.

Da seine Stimme nach wie vor tief und sonor klang, hatte Harper ihm offenbar doch noch nicht die Nasenscheidewand mit Saubohnen zertrümmert.

»Scout hier, Harpers Schwester«, sagte ich und merkte im selben Moment, wie bescheuert sich das anhörte. Von wegen ruhig und sachlich.

»Ich weiß schon, wer du bist«, sagte er leicht amüsiert.

»Sorry, Andrew, aber irgendwie hatte ich Angst, dich anzurufen. Ich wollte mich für unser letztes Gespräch entschuldigen, das war blöd. Harper hatte mir gerade von eurem Streit erzählt, und da habe ich mich wohl auf ihre Seite geschlagen.«

Sein Verhalten änderte sich abrupt. »Harper bespricht unsere Probleme mit dir?«

»Natürlich«, nahm ich sie in Schutz. »Wir sind Schwestern!«

Schweigen am anderen Ende der Leitung. Schließlich hörte ich einen entnervten Seufzer. »Das geht dich eigentlich nichts an«, sagte er gereizt.

Nun langte es aber. Zur Ehrenrettung aller Schwestern dieser Welt vergaß ich meine gute Kinderstube.

Ich platzte einfach in einem Atemzug damit heraus: »Ich lasse mich nicht mit dir auf eine Diskussion ein, ob mich das was angeht oder nicht. Und ich rede jetzt auch nicht mehr um den heißen Brei herum, Andrew. Harper glaubt, du hättest eine Affäre. Ich gehe jedoch davon aus, dass die junge Frau, mit der du gesehen wurdest, deine Tochter ist. Sie sieht haargenau aus wie deine Mutter und wie Jack.« Ich wartete, dass Andrew mir widersprach, aber das würde er nicht. Sobald mir die Familienähnlichkeit aufgefallen und mir klar geworden war, dass Jack und Harper sie wiedererkannt hätten, wenn es sich um eine ihnen bekannte Verwandte gehandelt hätte, und als ich mir dann auch noch ihr Alter und Daisys Beschreibung vergegenwärtigt hatte, lag eigentlich alles auf der Hand.

Andrew würde entweder auflegen oder, und das war wahrscheinlicher, versuchen herauszufinden, was ich wusste und woher. Als er jedoch auch Minuten später keinen Ton von sich gab, dämmerte mir, dass ich ihn vollkommen überrumpelt hatte, und änderte die Taktik.

Diesmal ging ich behutsamer vor. »Sie ist ein hübsches Mädchen, Andrew.«

Wenigstens atmete er mittlerweile wieder.

»Andrew?«

»Oh Gott.« Er seufzte. »Spielt Harper deshalb so verrückt? Weil sie meint, ich hätte eine Affäre?« Ihm war die Besorgnis anzumerken.

Ohne direkt auf seine Frage einzugehen, sagte ich: »Jemand hat dich mit einer jungen Frau gesehen und es Harper erzählt.« Dass es ausgerechnet Jack war, musste er ja nicht wissen.

»Und wo hast du sie gesehen?«

Ich hielt inne. Auf keinen Fall würde ich ihm sagen, dass Harper mich gebeten hatte, einen Detektiv anzuheuern, und ich daraufhin Daisy auf ihn angesetzt hatte. Dafür musste ich wohl allein den Kopf hinhalten.

»Ich bin dir gefolgt«, log ich. »Ich habe euch zusammen gesehen und ein Foto gemacht. Sie ist Jack wie aus dem Gesicht geschnitten. Ich wusste, dass sie mit dir verwandt sein muss.«

Ironie des Schicksals, dass ausgerechnet Jack sie gesehen und in seiner Wut behauptet hatte, sie wäre potthässlich. Natürlich hatte sie ein ausgesprochen hübsches Gesicht, und entweder verschwand der Spruch in der Versenkung oder er fand Eingang in Jacks Comedy-Programm. Ich plädierte für die Versenkung.

»Ich habe dich gar nicht bemerkt«, sagte Andrew und klang zum Glück kein bisschen sauer.

»Ich habe eben Erfahrung im Beschatten.«

»Ach was«, sagte er leicht amüsiert.

Sich über meine berufliche Kompetenz lustig zu machen, war Andrews Versuch, unser frostiges Verhältnis etwas aufzutauen. Ich wagte ein kleines Lachen.

»Hat Harper das Foto gesehen?«, fragte Andrew.

»Ja, und sie glaubt trotzdem, du wärst ihr untreu.«

»Ist ihr denn die Ähnlichkeit gar nicht aufgefallen?«, wollte er wissen. »Das ist doch offensichtlich.«

»Nein, aber sie hat auch gerade viel um die Ohren.« Zum Beispiel ein weiteres Kind, von dem Andrew noch nichts wusste.

»Warum hast du es Harper nicht gesagt?«, fragte er.

»Ich habe es mir gerade erst zusammengereimt. Und überhaupt, warum sagst du es ihr nicht selbst?«

»Ich warte noch den Vaterschaftstest ab.«

»Aber das sieht doch ein Blinder, dass das deine Tochter ist.«

»Finde ich auch, nur meine Tochter nicht. Sie will meine Familie erst nach dem Test kennenlernen.«

»Und?«

»Sie ist ganz eindeutig eine Blaine-Richardson«, sagte er stolz.

Grinsend fragte ich: »Und warum hast du es Harper dann noch nicht gesagt?«

»Würdest du Harper im Moment einen bis dato unbekannten Nachwuchs vorstellen? Sie ärgert sich über alles und jeden, besonders über mich. Deshalb halte ich mich auch von zu Hause fern.«

Das Ganze erinnerte ziemlich an absurdes Theater.

»Ja, aber sie ist doch nur so sauer, weil sie glaubt, du betrügst sie!«, rief ich.

»Aber das wusste ich doch bis eben gar nicht«, antwortete er nicht minder aufgebracht.

Da hatte er nicht ganz unrecht.

»Erzähl mir von deiner Tochter, Andrew. Das sind doch tolle Neuigkeiten.«

»Findest du?«

»Ja. Ich gehe mal davon aus, dass du erst gerade von ihr erfahren hast. Du musst doch außer dir vor Freude sein, und dann kannst du es noch nicht mal mit jemandem teilen. Glückwunsch, übrigens.«

Er lachte. »Danke, Scout. Irgendwie habe ich den Schock noch nicht ganz verdaut. Ich kann dir gar nicht sagen, wie froh ich bin, es endlich mal jemandem zu erzählen.«

»So viel hast du mir ja noch nicht erzählt.«

»Ich weiß gar nicht, wo ich anfangen soll.«

»Wie heißt sie denn überhaupt?«

»Saskia. Sie ist achtundzwanzig und Holländerin.«

In den nächsten zehn Minuten erfuhr ich, dass er Saskias Mutter Arabella mit zwanzig kennengelernt hatte, als sie als Studentin durch Australien gereist war. Die beiden hatten eine kurze Affäre, bevor Arabella ihre Weltreise fortsetzte, wollten jedoch in Kontakt bleiben.

Ein paar Monate später lernte Andrew Harper kennen und verliebte sich in sie. Er hörte auf, Arabella Briefe zu schreiben, und dachte auch nicht weiter an sie. Sie hatte die Schwangerschaft nie erwähnt und sich auch nach Saskias Geburt nicht mit ihm in Verbindung gesetzt.

»Ich wünschte, sie hätte es mir gesagt. Arabella wusste ja, wie sie mich erreichen konnte. All die Jahre, in denen ich nichts von Saskia ahnte. Ich will lieber nicht drüber nachdenken.«

Andrew tat mir wirklich leid. Seine Freude war nicht ungetrübt.

»Wie hast du von ihr erfahren?«, fragte ich.

»Vor drei Wochen tauchte sie plötzlich bei mir im Krankenhaus auf. Gleich als ich sie gesehen habe, war mir klar, dass wir verwandt sind. Sie sieht meiner Mutter, als sie jung war, so ähnlich. Und Jack.«

»Wie hat sie dich gefunden?«

»Saskia wusste, dass ich in Australien lebe, hat aber nie nach mir gesucht. Sie hat mir erzählt, dass Arabellas Eltern ihr zugeredet haben, in Holland zu bleiben und das Kind dort zu bekommen. Die Familie war gut situiert und wollte sich kümmern. Saskia glaubt, dass ihre Großeltern es nicht ertragen hätten, wenn Arabella nach Australien ausgewandert wäre. Aber welche Gründe genau dahintersteckten oder warum Arabella die Sache mit der Schwangerschaft für sich behalten hat, werden wir wohl nie erfahren. Als Saskia fünf war, hat Arabella einen Holländer geheiratet, der für eine Erdölfirma arbeitete, und der hat Saskia offiziell adoptiert. Er ist ihr wohl ein guter Stiefvater gewesen. Vor drei Jahren ist er dann auf dem Weg zu einer Bohrinsel in der Nordsee mit einem Hubschrauber verunglückt. Und Arabella ist letzten Mai an Krebs gestorben. Kurz davor hat sie Saskia noch meinen Namen verraten. Es war nicht schwer, mich zu finden.«

»Und nachdem sie erst ihren Stiefvater und dann noch ihre Mutter verloren hatte, hat sie sich nun auf die Suche nach dir begeben?«

»Ja.« Andrew hielt inne. »Natürlich kränkt es mich, dass Saskia vorher nie den Kontakt gesucht hat.«

»Kann ich gut verstehen.« Mich überraschte seine Offenheit.

»Als Teenager hat sie oft darüber nachgedacht, aber sie wollte ihre Mutter nicht traurig machen. Und ihren Stiefvater.«

»Vielleicht hat sie auch gefürchtet, du könntest nichts mit ihr zu tun haben wollen«, gab ich zu bedenken. »Was macht Saskia denn beruflich?«

Andrew lachte leise. »Sie studiert Medizin in Amsterdam.«

»Na, siehst du.« Dass sie Studentin war, erklärte auch, warum sie im Hostel wohnte.

»Hör zu, Scout«, sagte Andrew. »Ich muss jetzt nach Hause und Harper alles erklären. Es wird ein Schock für sie werden, aber im positiven Sinne, wie ich hoffe. Und ich bin froh, dass ich endlich weiß, warum Harper gerade so am Rad dreht. So habe ich sie nicht mehr erlebt, seit sie mit Fergus schwanger war.«

»Ich auch nicht.« Mir lag es auf der Zunge, mehr zu sagen.

Auch Andrew erwartete schließlich eine freudige Überraschung.

42.

Am Freitagmorgen lag Miau Zedong auf seinem Windsor-Stuhl und putzte sich anmutig, während ich im Internet nach den Eignern und Betreibern des Silver Gull Island Resorts suchte. Zwei emsige Bienchen.

Zum Arbeiten trug ich schwarze Leggings und eine ausgeschnittene rostbraune Tunika, die sorgfältig drapiert wie zufällig von der Schulter rutschen sollte. Gegen halb neun hatte ich die Nase voll von dem Gerutsche und saß kurz darauf wieder in Jeans und Che-Guevara-T-Shirt am Schreibtisch.

Silver Gull Island war seit 2009 in privater Hand. Sie gehörte Blue Wonderland Adventures, einem australischen Unternehmen, das weltweit Urlaubsinseln erwarb, um Sonne und Touristendollars abzugreifen.

Der Unternehmensgeschichte entnahm ich, dass Blue Wonderland Adventures seit fünfundvierzig Jahren im Besitz der Familie Burns war. Keinerlei negative Presse.

Erfahrungsberichte von Reisenden waren durchweg positiv, sie beschrieben Silver Gull Island als autofreie Insel, auf der man herrlich spazieren gehen und zu zivilen Preisen übernachten konnte.

Schritt für Schritt arbeitete ich mich bis zur nächsten Führungsebene vor, den Managern von Silver Gull Island.

Ich rief das Büro von Blue Wonderland Adventures in Melbourne an, gab mich als Location-Scout einer Filmgesellschaft aus und bat um die Kontaktdaten des Managers von Silver Gull Island. Das eifrige Mädchen am Telefon konnte mir die Informationen gar nicht schnell genug geben. Ich dankte ihr und legte auf.

Der Manager von Silver Gull Island hieß Mr Barrington Tupper. Auf dem Business-Netzwerk LinkedIn erfuhr ich, dass er Erfahrung im Gastronomie- und Hotelwesen hatte und seit der Privatisierung 2009 im Amt war. Über ihn gab es ebenfalls keine negativen Kommentare im Netz.

Offenbar waren Eigner und Betreiber des Resorts koscher.

Gegen zehn hatte ich mir zusammengereimt, dass Leila ein Zeugnis gebraucht hatte, weil sie für den damaligen neuen Manager eine Unbekannte war.

Immer wieder lenkten mich Gedanken an Harper ab. Sie hatte immer noch nicht angerufen, um mir die tollen Neuigkeiten zu eröffnen. Vielleicht hatte es irgendwo einen schweren Unfall gegeben, und Andrew hatte die Nacht im OP verbracht, statt nach Hause zu fahren. Oder Harper war doch nicht so erbaut von der Tatsache, dass sie Stiefmutter einer achtundzwanzigjährigen Fremden war.

Ich saß wie auf Kohlen und versuchte, mich mit Arbeit abzulenken.

***

Ich hatte mich gerade darangemacht, ein Exposé zu dem Fall zu schreiben, als Daisy kam.

»Huhu«, rief sie von der Veranda.

Miau Zedong hüpfte vom Stuhl und preschte los, um unseren Gast zu begrüßen. Beinahe genauso schnell kam er zurückgeprescht, dicht gefolgt von Peppy. Der Kater schoss unter meinen Schreibtisch, und Peppy legte sich davor und winselte. Er wollte spielen.

Ich streichelte ihn. »Guter Hund«, und sofort leckte er mir die Hand. Unterm Schreibtisch konnte ich Miau Zedong hinter einem Gewirr von Drähten und Kabeln ausmachen. »Komm her«, lockte ich ihn, doch er rührte sich nicht vom Fleck.

»Lass ihn doch, der kriegt sich schon wieder ein.« Daisy kam ins Arbeitszimmer geflattert, ließ ihre Handtasche auf den Windsor-Stuhl fallen und küsste mich auf die Wange. Sie trug lila Hosen, ein eng anliegendes grünes Stricktop mit hochgeschobenen Ärmeln und eine Silberkette mit einem wunderschönen Amethyst-Anhänger. Die Farben hatten schon bei den Suffragetten gute Dienste geleistet, nun auch bei Daisy.

»Soll ich das Porzellan in Sicherheit bringen?«, fragte ich mit Blick auf Peppy. Ich befürchtete unkontrolliertes Umherspringen.

»Ist nicht nötig«, sagte Daisy. »Peppy ist gut erzogen. Im Auto lief alles ganz problemlos.«

Daisy spähte unter den Schreibtisch nach dem Kater. »Ich brauche auf der Stelle einen Tee. Mach du nur deine Sache da zu Ende, ich koche uns eine Kanne. Bleib, Peppy«, befahl sie und verschwand in der Küche.

Vergeblich versuchte ich, mich wieder auf das Exposé zu konzentrieren. Jeden Moment rechnete ich damit, dass Peppy und Miau Zedong in meinem Arbeitszimmer eine Tom-und-Jerry-Nummer abzogen. Ich speicherte meinen Entwurf und öffnete die Website von Silver Gull Island.

Daisy kam mit zwei Tassen Tee zurück. Nachdem sie sie auf dem Schreibtisch abgestellt hatte, zog sie sich den Windsor-Stuhl heran. Gemeinsam betrachteten wir die Website und die Prospekte und tranken unseren Tee.

»Ich finde, wir sollten einen Segelturn mit Splash Charters unternehmen«, sagte Daisy. Ich stimmte ihr zu, froh, dass der Vorschlag von ihr kam. Auch wenn es ganz oben auf meiner To-do-Liste stand, wollte ich nicht von vornherein alles bestimmen.

Mir fiel auf, dass Miau Zedong und Peppy sich schon eine ganze Weile nicht mehr gerührt hatten. Kaum hatte ich daran gedacht, rührte sich etwas zwischen den Kabeln. Oha. Miau Zedong war auf Achse.

Hocherhobenen Hauptes stolzierte er unter dem Schreibtisch hervor und an Peppy vorbei, wie ein Fürst an seinem Leibeigenen. Peppy regte sich nicht.

»Was für ein Snob«, sagte Daisy lachend.

»Dass Peppy ruhig liegen geblieben ist …«, meinte ich verwundert.

»Ich habe ja gesagt, er soll bleiben!«

»Ja, aber das ist doch schon hundert Jahre her.«

Daisy zuckte die Achseln. »Ist eben gut erzogen.«

Schnell entschlossen, wie wir beide sind, wollten wir bereits am kommenden Samstagmorgen von Brisbane nach Hamilton Island fliegen und von dort mit dem Schnellboot nach Silver Gull Island übersetzen. Dort würden wir vier Nächte bleiben, um dann am Dienstag auf dem gleichen Weg nach Brisbane zurückzukehren. Dave sollte uns zum Flughafen bringen und Ben uns abholen – die beiden würden über diesen Teil des Plans sicher hellauf begeistert sein!

Daisy hatte selbst gemachte Quiche und Salat dabei und bereitete unser Mittagessen vor, während ich mit der Fluggesellschaft telefonierte und gemäß den Anweisungen von Captain Diamond die Flüge buchte.

Anschließend rief ich bei der Hotelreservierung in Silver Gull Island an und ließ mir von einem Angestellten mit indischem Akzent die Zimmerpreise für das kommende Wochenende durchgeben. Da sie erschwinglich waren, buchte ich gleich vier Nächte mit Vollpension im Lagoon Beach, direkt am Wasser, mit Blick auf die Lagune. Der Mann bot mir einen Strandpavillon an, aber ich nahm lieber ein Zimmer im zweiten Stock. Dort inmitten anderer Gäste wären Daisy und ich sicherer. Man kann den Wind, der einem entgegenbläst, nicht ändern, aber die Segel richtig setzen und so die Gefahr mindern.

Ich bezahlte mit meiner Kreditkarte und fragte, ob ich auch die Überfahrt von Hamilton nach Silver Gull buchen müsste.

»Nein«, sagte er. »Es gibt täglich zwei Schiffe von Hammo nach Gull, eines am späten Morgen und eines am späten Nachmittag. Die können Sie beide nehmen.«

Ich dankte und legte auf.

Die elektronischen Flugtickets und der Reiseplan waren bereits in meinem Postfach, ich brauchte sie bloß noch auszudrucken.

»Komm, Peppy«, sagte ich, und er folgte mir in die Küche, wo ich Daisy zeigte, was ich gebucht hatte. Miau Zedong ließ sich nirgends blicken.

»Peppy, Platz«, befahl Daisy, und Peppy legte sich brav unter den Küchentisch.

Ich erklärte Daisy die Flugroute und zeigte ihr unsere Unterkunft in der Broschüre.

»Sieht super aus«, sagte sie. »Was kostet es, mit dem Schiff nach Silver Gull überzusetzen?«

»Zwanzig Dollar.«

»Du hast gar nicht gefragt, oder?« Sie grinste mich an.

Ich schüttelte den Kopf und grinste zurück. »Gut aufgepasst. Aus dir machen wir auch noch eine Enthüllungsjournalistin.«

Beim Essen gestand mir Daisy, dass sie Dave als Vorsichtsmaßnahme ein wenig eingeweiht hatte.

Ihre Sorge war nachvollziehbar. »Schlau von dir.« Zwar hatte ich nicht vor, gegen das Gesetz zu verstoßen, doch wenn ich in der Patsche säße, wäre es auf jeden Fall Dave, der mir zur Hilfe kommen müsste.

Ich nahm mir noch ein Stück von der Quiche, und wir plauderten über Peppy und darüber, wie gut er sich schon eingelebt hatte. Gott sei Dank fragte Daisy nicht nach meiner Schwester. Ich hätte ihr zu gerne von Saskia erzählt, aber erst musste ich sicher sein, dass Harper im Bilde war. Dabei wusste Daisy auch noch nichts von Rafe. Und dass Toby und ich auseinander waren. Das wollte ich mir alles für die Insel aufsparen.

Auf einmal stürmte Miau Zedong in die Küche und zog Peppy im Vorbeilaufen eins mit der Pfote über. In der Ecke beobachtete er, wie der Hund reagieren würde.

Peppy blieb an Ort und Stelle und jaulte leise auf. Miau Zedong schlich sich vorsichtig an den Hund heran, machte einen Satz, langte dem Hund erneut eine und rannte zurück in seine Ecke. Peppy jaulte wieder und stampfte mit den Pfoten.

»Okay, Peppy. Geh spielen«, sagte Daisy, woraufhin der Hund unterm Tisch hervorkam und zum Kater trottete. Sie beschnüffelten sich, Peppy galoppierte aus der Küche und Miau Zedong sauste hinterher.

»Endlich Freunde«, sagte Daisy zufrieden, und wie zwei stolze Eltern sahen wir ihnen lächelnd hinterher.

Nachdem wir abgeräumt hatten, ließ Daisy Peppy bei mir und ging einkaufen. Während ich schon ein paar Sachen für die Reise herauslegte, horchte ich immer mit einem Ohr nach den neuen Spielkameraden. Da wir schon Samstag flogen, blieb mir eigentlich nur noch morgen zum Packen, also würde ich meine Secondhandladen-Tour mit Harper verschieben müssen. Aber das dürfte kein

Problem sein, wir konnten es ja auch am darauffolgenden Samstag machen.

Ich sah auf die Uhr. Harper war jetzt in der Schule, aber Andrew hätte es ihr schon längst gesagt haben müssen.

Warum hatte sie mich noch nicht angerufen?

43.

Nachdem Daisy Peppy abgeholt hatte und nach Hause gefahren war, rief ich meine Mails auf, vielleicht hatte Harper ja geschrieben.

Inzwischen hatte ich mir im Kopf schon die unterschiedlichsten Szenarien zurechtgelegt, wie Harper auf Andrews Neuigkeit reagiert haben könnte. Keines davon war gut. Natürlich wäre es ein Schock, aber deswegen würde sie doch nicht gleich ausrasten, oder? Schließlich wurde Saskia gezeugt, bevor Andrew und Harper sich kannten. Na ja, man kann nie wissen.

Leider keine Mail von Harper, doch Nadel hatte mir Fotos geschickt, die sie Freitagmorgen von unserer SG-Maschenkunst an beiden Geldautomaten geschossen hatte. Ich druckte die Bilder in DIN-A4 aus und verstaute sie bis auf eine Kopie im Überseekoffer und schrieb Nadel ein kurzes Dankeschön zurück.

Vermutlich war es die Draufgängerin in mir, die mich zu Folgendem trieb: Ich drehte das ausgedruckte Foto herum und bedeckte die Rückseite mit den gelben Post-it-Zetteln mit Rafes Küssen. Dann steckte ich mein Kunstwerk mit den Post-it-Zetteln nach vorn in einen alten Bilderrahmen und hing es im Schlafzimmer auf. Inwieweit Rafe wirklich wusste, dass ich in die Sache verstrickt war, konnte ich nicht sagen, aber immer wieder ließ er Bemerkungen fallen, die mich misstrauisch machten – unlängst die Frage nach dem selbst gestrickten Pulli im Hotel und dann der Ned-Kelly-Spruch bei meinen Eltern. Mir gefiel der Gedanke, dass Rafe schon sehr bald die Beweise direkt vor Augen haben würde!

Um mich abzulenken, schrieb ich eine Karte an Captain Alistair Diamond, erzählte ihm von den Flügen und dankte ihm für seine Großzügigkeit. Auf den Umschlag schrieb ich die Adresse der Fluggesellschaft. Ich machte etwas Online-Banking, lud das Handy auf und schaffte Ordnung auf dem Schreibtisch.

Mist, warum hatte sich Harper noch nicht gemeldet?

Eine Stunde würde ich ihr noch geben, danach würde ich sie unter irgendeinem Vorwand anrufen, nur um sicherzugehen, dass alles in Ordnung war.

***

Niemand ist so blind wie der, der nicht sehen will. Diese Binsenweisheit sollte mir das Leben in Kürze um die Ohren hauen.

Ich ließ einen erschöpften Miau Zedong schlafend auf dem Windsor-Stuhl zurück und ging hinunter an den Strand, um einen klaren Kopf zu bekommen. Es war warm und sonnig, am Himmel zeigten sich ein paar Schäfchenwolken, die nach Westen zogen.

Zügig marschierte ich am Strand entlang, nahm die kleine Gasse am Café und lief den Weg zurück. Am Surf Club entdeckte ich Sarah in Polizeiuniform, die mit einem durchtrainierten jungen Mann in Surfershorts und einem Surfbrett sprach. Als sie ihr Gespräch beendet hatten, ging ich zu ihr herüber.

»Ist ein öder Job, aber irgendeiner muss ihn ja machen«, sagte Sarah augenzwinkernd. Ich erzählte ihr, wofür ich die Freiflüge einsetzen würde, dass ich Rafe in

Sydney gesehen hätte und dass er sich schon auf zu Hause freue.

Auf einmal verdunkelte sich Sarahs Miene. »Dreh dich jetzt nicht um.«

Natürlich drehte ich mich sofort um. Wer hört schon auf die Polizei?

Ein Pärchen kam Hand in Hand über die Straße geschlendert – Toby und Sonya. Sie küssten sich.

»Schon okay, wir haben uns getrennt. Das macht mir nichts«, sagte ich zu Sarah, aber es machte mir natürlich doch etwas aus. Verletzter Stolz, Eifersucht, Wut, ich fühlte von allem ein bisschen.

Sarah hakte mich unter und zog mich weg. »Deshalb brauchst du dir das noch lange nicht anzugucken.«

Wir gingen durch den Park zum Wasser

»Also, ein bisschen sauer bin ich auch«, sagte Sarah. »Als Tennispartnerin hätte ich doch problemlos deinen abgelegten Liebhaber übernehmen können. Und jetzt ist mir bei Toby schon jemand zuvorgekommen.«

Ihr Versuch, mich aufzuheitern, brachte mich zum Lächeln. »Ich bin eher überrascht als sauer. Ich verstehe nicht, warum ich es nicht habe kommen sehen. Dabei waren die Anzeichen doch offensichtlich.«

»Du darfst den Ball eben nicht aus den Augen lassen, Süße«, sagte Sarah. »Das sage ich dir immer wieder.«

»Das stimmt«, antwortete ich traurig.

»Geht es dir auch wirklich gut?«, fragte sie und strich mir über den Rücken. »Ich muss nämlich rüber zum Schwimmbad.«

Ich nickte. Nachdem sie gegangen war, setzte ich mich an einen Picknicktisch und starrte auf das Meer. Ich fühlte mich wie ein begossener Pudel. Aber was hatte ich denn erwartet? Dass Toby von nun an enthaltsam lebte? Natürlich nicht, trotzdem war es ein Schock. Zumal er wirklich keine Zeit verschwendet hatte.

Meine Aufmerksamkeit wurde von einem kleinen Drama am Trinkbrunnen gefangen genommen. Ein paar Kinder spielten und kreischten vergnügt, während sie sich gegenseitig nass spritzten. Doch die Freude währte nicht lange. Auftritt alternativ angehauchte Puritanerin von links. Sie war um die vierzig, klapperdürr und trug ein verschossenes Blumenkleid, Jesuslatschen und eine sauertöpfische Miene.

»Wie könnt ihr nur kostbares Wasser vergeuden!«, schimpfte sie und baute sich schützend neben dem Brunnen auf. »Wo sind denn eure Eltern?«

Die Kinder verstummten, sahen verschämt zu Boden. Im Nu war aus den ausgelassenen, glücklichen Kindern eine Horde Trauerklöße geworden. Ein Junge lief heulend davon.

In mir hatte sich eine Menge aufgestaut, die Sorge um Harper und der Kummer wegen Toby und Sonya. Irgendwer musste das ausbaden. Und ich hatte da auch schon jemanden im Visier.

Ich stand auf und ging zu der Frau hinüber.

»Sind Sie jetzt zufrieden?« Ich funkelte sie böse an und sprizte ihr eine Ladung Wasser ins Gesicht.

»Huch, unberechenbar, diese Trinkbrunnen«, sagte ich.

Die Kinder brüllten vor Lachen und stoben davon, um es ihrem Freund zu erzählen, der ausgebüxt war. Mit einem Lächeln auf dem Gesicht machte ich mich auf den Heimweg.

Süße Rache gegen eine grausame Welt.

Und Spaß gemacht hatte es auch noch.

***

Zu Hause erwartete mich eine weitere Überraschung.

Harper saß bei mir auf dem Sofa, die Schuhe abgestreift, einen Tee und die Zeitung von gestern vor sich. Ihre Füße lagen auf dem Überseekoffer, und Miau Zedong schlief zusammengerollt auf ihrem Schoß.

Sie sah todschick aus in ihrem maßgeschneiderten burgunderroten Kostüm. Unter dem aufgeknöpften Blazer kam eine elfenbeinfarbene Bluse mit burgunderroten Punkten zum Vorschein. Ihr Gesicht erstrahlte in einem Tausendwattlächeln.

Gott sei Dank!

»Ich warte schon seit Stunden auf dich«, neckte sie mich. »Ich habe heute früher Schluss gemacht und bin gleich hergefahren.«

Da sie beste Laune hatte und ich allerhöchstens eine Stunde unterwegs gewesen war, gab ich ihr einen Kuss und flunkerte: »Also, ich war nur zwanzig Minuten weg.«

»Klar. Setz dich, ich muss dir was Wichtiges erzählen.«

Mit gespielter Aufregung nahm ich ihr gegenüber auf dem Sessel Platz, erfreut, dass Harper es mir persönlich sagen wollte.

»Was ist denn? Bekommst du Zwillinge?«

Merke: Überspann den Bogen nicht.

Harper schüttelte den Kopf und faltete sorgsam die Zeitung zusammen, um mich schön zappeln zu lassen. Mental spielte ich einen Trommelwirbel.

»Das wirst du mir gleich nicht glauben«, sagte sie. »Ich glaube es ja selbst kaum.«

»Was denn?«, fragte ich und rutschte zur Sesselkante.

Und dann erzählte sie es mir. Die ganze Sache – Saskias Familiengeschichte, ihre Ähnlichkeit mit Jack und Andrews Mutter, Andrews Sorge, weil Harper geglaubt hatte, er hätte eine Affäre gehabt – alles eben.

Meine Darbietung war oscarreif. Ich simulierte Schock, Aufregung, Erstaunen, und nachdem ich die komplette dramatische Gefühlspalette abgespult hatte, fragte ich: »Seit wann weißt du es?«

»Seit gestern Abend. Andrew kam mit Blumen nach Hause, meinte, wir müssten reden, und sagte mir, wie sehr er mich liebe. Erst dachte ich, nun will er mich verlassen, aber dann hat er mir von Saskia erzählt. Jetzt mal ehrlich, Scout, wie konnte ich nur denken, dass er mich betrügt?«

»Unglaublich.« Ich bemühte mich, den Umständen entsprechend perplex zu wirken. »Wissen es die Jungs schon?«

Harper nickte. »Sie können es kaum abwarten, Saskia kennenzulernen. Und ich auch.«

»Wann soll das sein?«

»Heute Abend. Sie kommt zum Essen. Andrews Eltern kommen ebenfalls. Wäre schön, wenn du auch dabei wärst. Andrew besorgt Fisch, und ich mache vegetarische Vorspeisen und Salat. Und ich war rasch unten bei Miles und habe einen New York Cheesecake gekauft. Steht bei dir im Kühlschrank. Pass auf, dass ich ihn nicht vergesse.«

So nett ich Harpers Einladung auch fand, vielleicht waren es ein wenig zu viele neue Gesichter für Saskia. Außerdem hatte ich jede Menge zu tun.

»Ich kann nicht, leider.« Ich erklärte ihr, dass ich am Sonntag in aller Frühe zum Great Barrier Riff aufbrechen würde. »Es hat mit meinem Job zu tun, und ich muss noch so einiges vorbereiten.«

Da Harper ohnehin Zeit mit Andrew und Saskia verbringen wollte, verschoben wir unsere Secondhandladen-Tour einfach.

»Was ist mit Max?«, fragte ich. »Wann lernt er Saskia kennen?«

»Ha! Der hat sich gemeldet, als ich zu dir unterwegs war. Er hat vom Flughafen angerufen, er nimmt den nächsten Flieger an die Gold Coast. Auf dem Heimweg hole ich ihn ab.«

»Hast du Andrew von der Schwangerschaft erzählt?«

Sie nickte und lächelte.

»Und?«, fragte ich neugierig.

»Er hat sich total gefreut. Wir wollen aber erst mal die Tests abwarten, bis wir es den Jungs sagen.«

»Warte mal«, sagte ich und stand auf. »Ich habe noch was für dich.« Aus dem Schlafzimmer holte ich die Tüte mit dem Schwangerschaftsbadeanzug und der Kapitänsmütze und reichte sie Harper.

»Die ist für Fergus.«

Mit einem Schmunzeln inspizierte sie die Mütze und setzte sie Miau Zedong auf. Dann hielt sie den Badeanzug hoch.

»Super«, sagte sie. »Genau das, was ich brauche. Lieb, dass du an mich gedacht hast.«

Glücklich grinste ich. Miau Zedong hatte sich unter dem Käppi gar nicht gerührt. Das Herumgetolle mit Peppy hatte ihn vollkommen geschafft.

Harper legte den Badeanzug beiseite. »Ich verstehe nicht, dass dir die Ähnlichkeit zwischen Saskia und Jack nicht gleich aufgefallen ist«, sagte sie. »Irgendwie haben deine detektivischen Fähigkeiten da versagt.«

Dazu schwieg ich lieber.

Ich hatte keine Lust, mir die Augen auskratzen zu lassen.

44.

Harper hatte ihren Käsekuchen mitgenommen und war zum Flughafen gefahren, um Max abzuholen, und ich saß gemütlich auf dem Sofa und schaute *Lemon Tree*. Miau Zedong hatte sein Futter hinuntergeschlungen und döste im Arbeitszimmer. Ausländische Filme sind nichts für ihn.

Es wurde gerade richtig gut, als Dandy McCormack anrief und mir völlig überraschend die *Abwarten-und-Teetrinken-Tour* vermasselte.

Er kam direkt zur Sache. »Hey, wir müssen reden.«

Ich hielt die DVD an. »Woher haben Sie meine Nummer?«

»Sie haben mich vom Handy angerufen!«, sagte er und lachte mich aus.

Mist! Das hatte ich ja vollkommen vergessen.

Beschämt fragte ich: »Warum sind Sie mir nach Brunswick Heads gefolgt?« Angriff ist die beste Verteidigung, vor allem, wenn einem solch ein Lapsus unterlaufen ist. Blitzschnell schaltete ich von himmelschreiender Ungerechtigkeit im palästinensischen Zitronenhain in Lemon Tree auf Halsabschneiderjournalismus um.

»Ich wollte sehen, ob wir der gleichen Sache auf der Spur sind«, antwortete er.

»Und sind wir das?«

»Nein, ich glaube nicht.«

»Sind Sie mir von Byron Bay aus gefolgt?«

»Ja.«

»Woher wussten Sie, dass ich in Byron wohne?«

»Ich habe Ihren Namen im Netz auf der Rangliste des Tennisclubs gefunden.«

Ich seufzte. So einfach war es mitunter, jemanden ausfindig zu machen.

»Hatten Sie Sorge, ich könnte mich in Ihren Fall einmischen?«, fragte ich.

»Eigentlich nicht. Meine Alten wohnen in Bangalow. Da war ohnehin mal wieder ein Besuch fällig«, versuchte er abzuwiegeln.

Bangalow ist ein malerischer Ort in der Nähe von Byron Bay. Bestimmt hatte McCormack sich dort nach mir umgehört und herausgefunden, dass ich über dem Fandango wohnte. Dann hatte er wahrscheinlich so lange vor meiner Tür herumgelungert, bis ich aufgetaucht und nach Brunswick Heads gefahren bin.

»Ich weiß, warum Sie Overton Siliphant aufgesucht haben«, sagte ich. McCormack sollte ruhig wissen, dass auch ich meine Hausaufgaben gemacht und es nicht für nötig befunden hatte, mich noch länger an ihn dranzuhängen. Eigentlich konnte er sich jetzt ausrechnen, dass ich bereits wusste, dass wir verschiedene Fährten verfolgten.

»Und das wäre?«

An dieser Stelle musste ich einfach ein wenig prahlen. »Um Ihren Verdacht bis ins letzte Detail bestätigen zu können. Nämlich, dass Leila Leary sich mit einem gefälschten Arbeitszeugnis auf Silver Gull Island als Managerin beworben hat.«

»Verdammt, Sie sind gut. Brian hält Sie für Superwoman und meint, Sie könnten über Wolkenkratzer springen.«

Ich stutzte. »Brian Dunfey?«

»Ja, Mann. Wir stehen beide auf seiner Gehaltsliste.«

Wie bitte? Garantiert hatte er dann auch von Brian erfahren, wo ich wohnte. Das mit der Tennis-Rangliste war reiner Mumpitz.

»Da Sie sich ja nie wieder bei mir gemeldet haben, gehe ich davon aus, dass wir an verschiedenen Fällen dran sind. Woran arbeiten Sie?«

McCormack war also tatsächlich nicht auf den Kopf gefallen.

»Sie zuerst«, sagte ich aus Vorsicht.

»Organisiertes Verbrechen, illegale Bordelle.«

Ich schluckte. Ich konnte mir Leila Leary schwerlich als Puffmutter vorstellen.

»Ich weiß Bescheid«, sagte ich schnell. »Wollte nur mal sehen, ob Sie ehrlich sind.«

»Und Sie?«, fragte er. »Womit beschäftigen Sie sich?«

»Ach, das ist eine ganz alte Geschichte«, antwortete ich ausweichend. »Geht um vergiftete Tauchflaschen und verdächtige Umstände bei einem Fall von Ertrinken.« Hey, ganz gelogen war das nicht!

»Und was hat Leila Leary mit der Sache zu tun?«, fragte er.

»Gar nichts«, sagte ich. »Ich habe mich für jemand anders auf Ihrem Foto interessiert. Nach Leila habe ich einfach nur so gefragt, reiner Zufall. Ich wusste nichts über diese Frau.« Es waren ja noch genügend andere Menschen auf dem Bild, so hoffte ich, McCormack würde mir nicht auf die Schliche kommen. »Jetzt nur mal so aus Neugier«, fügte ich hinzu, »warum standen weder die Namen der Retter noch der Name der Chartergesellschaft unter dem Foto?«

»Ich wollte verhindern, dass jemand Leila Leary erkennt und aufspürt.«

»Und da haben Sie gedacht, ich wäre ihr auf den Fersen?«

»Ja. Sind Sie sicher, dass Sie Leila noch nie in natura gesehen haben und umgekehrt?«

»Noch nie«, versicherte ich. »Warum?«

»Weil ich Hilfe von jemandem brauche, der von auswärts kommt und dem ich trauen kann. Mich kennt hier nämlich jeder.«

Ich wusste genau, was er meinte. Manchmal ist es so gut wie unmöglich, an einem Fall vor der eigenen Haustür zu arbeiten. Wenn der Cordmann mich um Hilfe bat, könnte er mir im Gegenzug auch helfen, obwohl ich im Moment noch keine Ahnung hatte, wobei. Aber er kannte sich in der Gegend aus und war mit den Leuten vertraut. Sicher könnte er auch etwas für mich tun.

»Auf einer Skala von eins bis zehn, wie gefährlich ist die Sache?«, erkundigte ich mich.

Er zögerte. »Schwer zu sagen.«

»Sagen Sie schon«, bellte ich.

»Nicht am Telefon.«

»Wissen Sie, warum ich Superwoman bin und über Wolkenkratzer springen kann?«, fragte ich. »Weil ich mich immer genau über die Ausmaße der Gebäude und die Windverhältnisse informiere, bevor ich springe.«

»Weiß der Geheimdienst von Ihnen?«, fragte er.

»Ich habe dankend abgelehnt«, erwiderte ich trocken, und er lachte.

»Wir sitzen im gleichen Boot«, sagte er. »Und ich kann Ihnen vielleicht auch mit Ihrem Fall helfen.«

Darauf hatte ich gewartet.

»Das könnten wir bei einem persönlichen Treffen besprechen«, sagte ich. »Am Sonntag fliege ich zum Riff.«

»Klasse, Mann. Welcher Flughafen und um welche Zeit?«

Ich sagte es ihm.

»Wir treffen uns vor dem Hamilton Island Jacht Club eine Stunde nach Ihrer Landung.«

»Ziehen Sie das Cordsakko an, dann erkenne ich Sie wenigstens.«

***

Ich rief umgehend Hettie Armitage an. Hettie hatte jahrelang bei uns im Postamt gearbeitet und sich vor Kurzem nach Bangalow versetzen lassen, um näher an ihrem Wohnort zu sein, weil ihr Mann an Alzheimer litt. Vor Jahren hatten Hettie und ich uns beim Arzt im Wartezimmer kennengelernt und festgestellt, dass wir beide Diabetes Typ I haben. Nun hatten wir schon einige Zeit nicht mehr gesprochen.

»Wie geht's Ted?«, fragte ich.

»Wir kommen zurecht, aber es ist eine heimtückische Krankheit. Jetzt, wo ich um die Ecke arbeite, ist es etwas leichter. So kann ich auch tagsüber mal nach ihm sehen.«

»Sag Bescheid, wenn ich irgendwie helfen kann.«

»Darauf komme ich vielleicht mal zurück, wenn das okay ist?«

»Natürlich, sonst hätte ich es nicht angeboten«, versicherte ich ihr.

»Danke. Rufst du aus einem bestimmten Grund an?«

»Ehrlich gesagt, wollte ich mal fragen, ob du die McCormacks aus Bangalow kennst?«

»Die sind eine alteingesessene Familie. Denen gehört eine Nussplantage. Randy McCormack hat sie letztes Jahr von seinem Vater übernommen. Die Schwester, Mandy, hat im Ort ihr Künstleratelier. Irgendwo soll es noch einen Sohn geben, der Journalist ist.«

»Ja, der interessiert mich. Er heißt Dandy.«

»Gott bewahre«, sagte Hettie. »Randy, Mandy und Dandy.«

Wir lachten, und da Hettie nichts weiter über die McCormacks wusste, plauderten wir über unsere Gesundheit. Ich fragte sie noch, ob sie die Anemonen-Schwestern kannte und wüsste, wo die Lavendelfarm läge. Wie die meisten hatte Hettie von den Schwestern gehört, doch da sie ein Postfach in Byron Bay nutzten, hatte sie keine Ahnung, wo sie wohnten.

Nach dem Telefonat strengte ich meine grauen Zellen noch mal mächtig an. Wo, bitte, sollte man eine Lavendelfarm verstecken? Es konnte ja wohl schlecht angehen, dass niemand wusste, wo sie lag, zumal die Schwestern ja auch im Wählerverzeichnis stehen müssten. In diesem Sinne war es ein weiteres Indiz, dass Leila über Onkel Willards Testament auch die Adresse der Anemonen-Schwestern kannte und sie an Mick weitergegeben haben musste. Denn wenn nicht mal die Einheimischen wussten, wo die Farm lag, wie hätte ein Fremder dort hinfinden können?

Da fiel mir ein, dass Sam mir mal verraten hatte, dass man bei Google einfach nur eine Festnetznummer eingeben brauchte und dann direkt der Anschlussinhaber mitsamt Adresse angezeigt würde.

Ich ging ins Arbeitszimmer und fuhr den Computer hoch. Miau Zedong, der zusammengerollt auf dem Windsor-Stuhl lag, hob den Kopf und sah mich verschlafen an, nickte aber gleich wieder ein.

Kaum hatte ich Hermiones Telefonnummer bei Google eingegeben, öffnete sich ein Fenster mit dem Hinweis, dass der Anschluss Hermione Longfellow in Byron Shire gehörte. Das wusste ich ja längst.

Auf gut Glück versuchte ich es mit dem *Lavendelfarmer-*

verband Nordküste. Als Adresse war ein Postfach in Lismore angegeben, eine halbe Autostunde von Byron Bay entfernt, und Hermiones Telefonnummer. Ansonsten erfuhr man Wissenswertes über den Anbau von Lavendel und die Preise für den Groß- und Einzelhandel. Keine Adressen.

Enttäuscht tippte ich *Dandy McCormack* in die Suchmaschine ein und las ein paar seiner alten Artikel. Nach einer Weile kristallisierte sich ein Thema heraus. Alle Geschichten drehten sich um das organisierte Verbrechen hier und in Neuseeland. Er hatte ein Verbrechersyndikat aufgespürt, das über Tasmanien illegale Drogen importiert und auch hergestellt hatte, Hahnenkämpfe öffentlich gemacht, die Verbindung zwischen dem organisierten Verbrechen und dem Zoll offengelegt und illegales Glücksspiel, Kinderprostitution und eine Reihe anderer übler Machenschaften aufgedeckt.

McCormack spielte im Feld der bösen Jungs und hatte etliche Kriminelle hinter Gitter gebracht. Jedenfalls war er nicht der gemütliche Typ im Cordsakko.

Er tanzte gefährlich nahe am Abgrund.

Und forderte mich zum Tango auf.

Olé!

***

Der Tag hielt noch mehr Überraschungen für mich bereit.

Ich war so aufgedreht, dass ich nicht gleich einschlafen konnte, deshalb las ich Miau Zedong aus *Bleak House* vor, als es laut an meiner Haustür klopfte. Wer konnte das sein? Es war ein Mann, das hörte man am Klopfen.

»Bleib du hier«, befahl ich Miau Zedong aus unerfindlichen Gründen. Der Kater ließ sich ohnehin von niemandem etwas sagen, er würde mitkommen oder liegen bleiben, je nachdem wie es ihm passte. Er blieb liegen. »Guter Kater.«

Ich ging nach unten und linste durch den Spion. Rafe stand mit Blumen auf dem Bürgersteig. Ich riss die Tür auf.

»Ich habe dich vermisst«, sagte er.

Wir schafften es nicht mal die Treppen hinauf.

45.

Am späten Samstagnachmittag regnete es.

Miau Zedong saß schon seit Stunden auf der Veranda und starrte zur Pforte, wahrscheinlich hoffte er auf Peppy. Rafe und ich lagen nackt im Bett. Er las *Bleak House*, während ich eingekuschelt in seinem Arm lag.

»Wann musst du zurück nach Sydney?«, fragte ich.

»Morgen Nachmittag. Und wann bist du wieder da?«

»Donnerstag.«

»Wer kümmert sich um Miau Zedong?«

»Miles. So handhaben wir das immer. Dafür bekommt er eine Flasche Whiskey.«

Rafe legte das Buch beiseite, zog mich an sich und küsste mich auf die Stirn.

»Hättest du Lust auf ein Wochenende im Lamington Nationalpark, wenn wir beide zurück sind?«, fragte er. »Wir könnten uns bei O'Reillys einmieten und Rotwein am Lagerfeuer trinken.«

»Ja, und vielleicht schaffen wir es ja auch lange genug, unsere Klamotten anzubehalten, um eine dieser Regenwaldtouren mitzumachen«, witzelte ich.

Rafe betrachtete lächelnd meinen Körper. »Wohl eher nicht.« Er sah mir in die Augen, strich mir zärtlich über die Brüste und fuhr mir mit der Hand bis zum Bauchnabel.

Wie immer versetzte mich seine Berührung sofort in Flammen. »So bist du mir keine Hilfe beim Packen«, keuchte ich, sprang aus dem Bett und zog mich rasch an, bevor ich seinen Verführungskünsten wieder erlag.

Während ich meinen Koffer packte, las Rafe weiter Dickens. Er schien mich jedoch heimlich zu beobachten, denn als ich einen Edelstahlteekessel und mehrere Teepackungen in meinem Gepäck verstaute, hob er eine Augenbraue. Dann stellte ich einen Erste-Hilfe-Kasten zusammen mit Salbe gegen Insektenstiche und einer ganzen Latte anderer Arzneimittel.

»Planst du eine OP auf der Insel, oder was?«, neckte er mich.

»Lies du nur schön dein Buch«, sagte ich, denn ich musste mich konzentrieren, um auch ja nichts zu vergessen.

Aus dem Badezimmer kehrte ich mit einer Zahnpastatube und einer leeren Puderdose zurück, beides wesentliche Bestandteile meines persönlichen Sicherheitsnetzes. Meine Bemerkung gestern am Telefon, dass ich für einen Sprung über einen Wolkenkratzer immer gut präpariert wäre, war kein dummes Geschwätz gewesen. Eine gewissenhafte Vorbereitung gehörte für mich vor einem Einsatz unbedingt dazu.

Meine größte Sorge ist immer, dass mir in einer Gefahrensituation mein Diabetes-Set abhandenkommt. Kein Diabetiker möchte je ohne Insulin, Traubenzucker oder etwa eine rettende Glukagonspritze dastehen, die im Notfall einer schweren Unterzuckerung entgegenwirkt.

Die Zahnpastatube war leer, den Boden hatte ich zuvor aufgeschnitten und sie ausgewaschen. Ich setzte mich ans Fußende des Bettes und schob die wichtigsten Diabetiker-Utensilien vorsichtig in die Tube.

»Was zum Teufel machst du da?«, fragte Rafe und setzte sich auf, um besser sehen zu können.

»Das ist ein Notfall-Diabetiker-Kit.«

»Zusätzlich zu dem, das du in der Gürteltasche trägst?«

»Hm.« Ich klebte den Boden der Tube zu und warf sie hinüber zu Rafe.

Er unterzog sie einer genauen Betrachtung. »Beeindruckend«, sagte er. Rafe gab sie mir zurück, und ich verstaute die Tube in meiner Kulturtasche.

»Warte erst, bis du gesehen hast, wo ich mein Notfallhandy verstecke.«

»Bitte nicht!« Er schaute entgeistert.

»Sehr witzig.« Zur Demonstration hielt ich die Puderdose hoch, deren Unterteil sich wie ein Deckel auf- und zuschieben ließ. Dann schaltete ich das voll aufgeladene Notfallhandy aus, wickelte es in Papiertaschentücher, steckte es in die Puderdose, schloss den Deckel und ließ auch sie in meinem Kulturbeutel verschwinden.

Als Nächstes packte ich eine wasserdichte Taschenlampe ein, ein Fernglas, einen Mini-Werkzeugsatz, ein Diktiergerät, eine Einwegunterwasserkamera, die notwendigen Ladegeräte und Batterien, einen kleinen wasserundurchlässigen Rucksack und eine Rolle Gefrierbeutel mit Zip-Verschluss.

Rafe beobachtete mich nach wie vor. »Sind die Beutel für Beweismittel?«

»Nein, damit schütze ich meine Ausrüstung vor dem Salzwasser.« Dennoch hatte er mich ungewollt auf eine gute Idee gebracht, eine, auf die ich noch nicht gekommen war.

»Mehr sage ich dazu gar nicht. Nur dass sich die Bösen besser mal warm anziehen sollten.«

Ich lächelte ihm zu, doch er war bereits wieder in das Buch vertieft. Rafes Vertrauen in meine Fähigkeiten beglückte mich immer wieder von Neuem. Noch nie hatte er sich in meine Arbeit eingemischt oder mir suggeriert, ich wäre bestimmten Gefahren nicht gewachsen.

Nachdem ich meinen Koffer zugemacht und in den Flur gestellt hatte, legte ich mich zu Rafe ins Bett und erzählte ihm von Saskia. Als ich fertig war, lachte er herzlich: »Als ob ihr nicht schon genug schöne Frauen in der Familie seid!«

Spielerisch knuffte ich ihn, und wir rangelten eine Weile miteinander, bis ich oben lag. Rafe gab mir einen dicken Schmatzer auf den Mund. »Ohne einen Happen zu essen, kann ich den Standard nicht halten. Wollen wir unten essen?«

Ich sah hinaus in den Regen. Im Kühlschrank gab es auch nichts Leckeres mehr. »Gern.«

Eine halbe Stunde später saßen wir im brechend vollen Fandango. Im Interesse des Lärmpegels verzichtete Miles seit einiger Zeit auf Hintergrundmusik, und so war das Restaurant erfüllt von schönen altmodischen Geräuschen wie Besteckklappern, Gesprächen und gelegentlichem Gelächter.

Als Vorspeise hatten wir uns eine Gorgonzola-Mousse geteilt, jetzt aß Rafe Flusskrebse, und ich arbeitete mich durch eine Regenbogenforelle in Kapern-Dill-Sauce. Rafe trank ein Corona, und ich hatte ein großes Lemon, Lime and Bitters.

Insgeheim wünschte ich mir, dass Toby mit Sonya hereinspaziert käme. Sie würde sicherlich ganz schöne Augen machen, wenn sie Rafe sähe, und ich stellte mir vor, wie ich ihr triumphierend die Zunge rausstreckte.

Mir schien der richtige Moment gekommen, das Thema Toby anzuschneiden.

»Toby wusste schon vor seiner Rückkehr von uns«, sagte ich. »Irgendein Wichtigtuer hat es ihm erzählt.«

Rafe grinste. »Ich weiß.«

Verärgert entgegnete ich: »So witzig finde ich das nicht.«

»Du Dummerchen. *Ich* habe es ihm gesagt.«

»Was?«, rief ich ein wenig zu laut. Einige Gäste drehten sich zu mir um. Ich konnte es nicht fassen! Warum hatte er das getan und vor allem, warum hatte er mir nichts davon gesagt?

Rafe begriff offenbar das Problem nicht. Er legte das Besteck beiseite und nahm meine Hände. Wütend entriss ich sie ihm und funkelte ihn böse an.

»Nach unserem ersten Kuss habe ich Toby eine Mail geschrieben«, sagte er ruhig. »Ich fand, es gehörte sich so. Ich wollte ihm die Chance geben, zurückzukommen und deine Ehre zu verteidigen.«

Meine Ehre! MEINE EHRE! Hatte er sich im Jahrhundert vertan?

Da wir bei Miles im Restaurant saßen, musste ich mich einigermaßen beherrschen. »Und hat sich der edle Herr in irgendeiner Form geäußert?«

Rafe nickte. »Er hat geantwortet, dass er nicht nach Hause käme und mich umbringen würde, sollte ich dich noch mal anrühren.«

»Das hat dich offenbar nicht abgehalten«, sagte ich vorwurfsvoll.

Er lächelte. »Stimmt. Und im Übrigen hast du dich ja auch nicht gerade beschwert.«

Ich schäumte vor Wut. »Um das jetzt noch mal ganz klarzustellen: Toby gegenüber warst du ehrlich, aber mir gegenüber nicht?« Mich kränkte vor allem, dass Rafe hinter meinem Rücken agiert hatte.

Er zögerte. »Ich habe es dir nicht gesagt, weil ich dich nicht verletzen wollte. Toby hat eben nicht alles stehen und liegen gelassen, um um dich zu kämpfen.«

Natürlich war es kränkend, dass Toby trotz Vorwarnung nicht nach Hause gekommen war. In meiner Rolle als Maid Marian fragte ich mich gerade, ob er nicht einfach zu beschäftigt damit gewesen war, sein Schwert in Lady Sonyas Schlafgemach zu verstecken. Vermutlich hatte er sogar ihretwegen seinen Einsatz verlängert. Allein der Gedanke machte mich so dermaßen wütend.

»Um mich kämpfen?«

»Ja«, sagte Rafe. Das Lächeln war ihm inzwischen vergangen. »Ich war bereit, für dich notfalls meine Freundschaft zu opfern.«

»Und, hast du?«, fragte ich. Weiß der Geier, was die beiden hinter meinem Rücken beredet hatten.

Er leerte sein Bier in einem Zug. »Es sieht danach aus, meinst du nicht?«

»Woher soll ich das wissen?«, feuerte ich zurück.

»Ach, nun mach aber mal einen Punkt, irgendjemand musste es ihm doch sagen!«, rief er.

In mir brodelte es wie in einem dampfenden Geysir. Ich schlug mit der Faust auf den Tisch, sodass das Geschirr hüpfte und Rafe zusammenfuhr.

»Ja, und dieser Jemand bin ich!«, versetzte ich.

Rafe verdrehte die Augen, genervt, aussprechen zu müssen, was wir beide wussten: »Ja, aber das hast du eben nicht.«

»Darum geht es doch überhaupt nicht!«

Er schüttelte nur den Kopf. Er fand offenbar, dass es sehr wohl darum ging.

Ich atmete tief durch. Was nun kam, sollte nicht nach einer armseligen Rechtfertigung klingen. Mit eisiger Stimme sagte ich: »Ich hielt es für unangebracht, es ihm per E-Mail mitzuteilen, und ihn in Afghanistan auf dem Handy anzurufen, ist gefährlich. Wenn ihn da jemand geortet hätte, hätte es ihn das Leben kosten können.«

»Ach, nun mach mal nicht so ein Drama«, schimpfte Rafe, obwohl er wusste, dass ich recht hatte. »Dann hättest du ihn ja per Mail bitten können, dich von einem sicheren Apparat aus anzurufen, und es ihm dann sagen können.«

Autsch! Daran hatte ich nicht gedacht, wirklich nicht. Trotzdem fand ich nach wie vor, solche Dinge sollte man nicht am Telefon besprechen.

»Ich hielt es für das Beste, Toby bei seiner Rückkehr sofort alles zu sagen. Und das habe ich auch versucht. Dabei kam heraus, dass er es schon wusste.«

Ich hatte eine Mordswut im Bauch. Die ganze Zeit über hatte ich mir den Kopf zerbrochen, wie ich Toby die Sache mit Rafe beibringen sollte, dabei wusste er es längst, und Rafe wusste, dass er es wusste. Für wen zum Teufel hielten sich die beiden nur, dass sie glaubten, per Mail ausmachen zu können, wer mich haben durfte? Ich kam mir vor wie ein Preisbulle.

Am liebsten hätte ich Rafe die Reste der Regenbogenforelle an den Kopf geknallt, aber stattdessen stand ich auf. Ich musste schleunigst verschwinden, bevor ich etwas sagte oder tat, das ich später bereuen würde.

»Tut mir leid«, sagte ich in einem Ton, der Stahl hätte schneiden können, »aber ich lasse mich nicht wie ein Stück Vieh in einem Online-Handel von zwei Alpha-Männchen verschachern. Mach's gut, Rafe!«

Dann knallte ich fünfzig Dollar auf den Tisch, würdigte die Leute am Nachbartisch, die neugierig lauschten, keines Blickes und marschierte hinaus.

Es hatte aufgehört zu regnen und um mich abzureagieren, lief ich zweimal um den Block, stapfte in jede Pfütze und strafte jeden Laternenpfahl und jedes vorbeifahrende

Auto mit einem vernichtenden Blick. Ein paarmal drehte ich mich um, um zu sehen, ob Rafe mir hinterkam, doch das tat er nicht. Vermutlich wunderte er sich noch immer, warum ich so sauer war. Dabei hätte er sich das doch denken können!

Als ich die Verandastufen zu meiner Wohnung hinaufstiefelte, hatte ich auf ewig jeglichen romantischen Begegnungen mit Männern abgeschworen. Sex hatte ich die letzten Monate weiß Gott zur Genüge gehabt, das sollte für ein oder zwei Leben reichen.

Eine kleine Stimme erinnerte mich daran, dass es sich bei mir und Rafe längst nicht mehr bloß um Sex drehte, meine Gefühle für ihn gingen wesentlich tiefer. Aber davon wollte ich jetzt nichts wissen.

Oben begrüßte mich Miau Zedong, mein einziger treuer Begleiter, und ich nahm ihn auf den Arm.

»Da war'n sie alle futsch«, flüsterte ich ihm ins Ohr und trug ihn ins Haus.

46.

Wider Erwarten schlief ich gut, aber gleich als ich Sonntagmorgen allein im Bett aufwachte, dachte ich als Erstes an Rafe. Stolz, dass ich mir nicht stundenlang die Augen ausgeweint hatte, verbannte ich jedoch sofort alle Gedanken an ihn. Schließlich war ich eine viel beschäftigte Frau mit einer wichtigen Mission.

Während ich darauf wartete, dass Dave und Daisy mich abholen kamen, rief ich bei den Longfellows an, um mit Nemony zu sprechen. Irgendwie konnte ich mir nicht vorstellen, dass sie in der Kirche war.

Ich hatte Glück, und Nemony nahm ab.

»Schön, dass Sie sich melden«, sagte sie gut gelaunt. »Wie läuft es denn so?«

»Ich fliege heute zum Riff. Hoffentlich kann ich Mick aufspüren und Beweisfotos machen.«

»Aber reicht denn das Zeitungsbild nicht aus? Darauf habe ich ihn doch auch erkannt.«

»Ich möchte eindeutigere Fotos, und zwar mit Datum.«

»Glauben Sie, Sie finden die *Lavender?*«

»Wohl kaum, nach all der Zeit«, gab ich zu. »Aber ich halte ganz bestimmt die Augen offen.«

»Dann wünsche ich Ihnen viel Glück. Rufen Sie aus einem bestimmten Grund an?«

»Ja. Haben Sie zufällig noch irgendetwas, auf dem sich Spuren von Micks DNA befinden könnten?« Rafe hatte mich darauf gebracht, als er nach den Gefrierbeuteln gefragt hatte. Bis dahin hatte ich mich voll und ganz auf Fotobeweise konzentriert und keine anderen Strategien in Erwägung gezogen. DNA kam natürlich nur infrage, wenn Nemony tatsächlich noch etwas von Mick aufbewahrt hatte, mit dem man die Proben abgleichen konnte.

»Bleiben Sie kurz dran«, sagte sie, und ich hörte sie weggehen.

Ich stellte mein Telefon auf Lautsprecher und machte in der Zwischenzeit Fotos vom Whiteboard, falls ich unterwegs mal einen Blick darauf werfen wollte.

»Sind Sie noch da?«, fragte Nemony, und ich nahm den Hörer wieder in die Hand.

»Ja.«

»Nein, tut mir leid. Im Moment kann ich gerade nichts finden, aber vielleicht morgen Nachmittag.«

»Oh.« Was für eine seltsame Antwort. »Danke.«

»Übrigens habe ich bei der Stelle angerufen, die Sie mir empfohlen haben«, sagte sie, »wegen einer Unterstützung für Amelia.«

»Und?«

»Hermione ist an die Decke gegangen. Sie will nicht, dass irgendjemand weiß, wo wir wohnen, oder uns besucht.«

»Und weiter?«

»Der Träger schickt morgen Nachmittag jemanden vorbei, der erst einmal schaut, was Amelia braucht und was in unserem Fall hilfreich sein könnte.«

»Was ist mit Hermione?«

»Die ist zu der Zeit auf einer Versammlung des Lavendelfarmerverbands in Lismore.«

»Gut gemacht.« Ich begriff, dass sie Hermiones Abwesenheit nutzen wollte, um im Haus nach Gegenständen von Mick zu suchen. »Donnerstag bin ich zurück«, fuhr ich fort. »Dann melde ich mich gleich.«

»Rufen Sie mich doch auf dem Handy an.«

»Ich wusste gar nicht, dass Sie eins haben!« Das war eine schöne Überraschung.

Nemony lachte. »Ohne wäre es etwas schwierig, mit meinem Doktor zu kommunizieren.«

Auch wahr. Ich schrieb mir ihre Nummer auf.

»Aber sagen Sie Hermione nichts davon«, meinte sie, und ich versprach es.

Nach dem Telefonat kontrollierte ich noch mal, ob ich auch nichts Wichtiges vergessen hatte. Miau Zedong war gefüttert, und er musste mir versprechen, sich zu benehmen, solange Miles auf ihn aufpasste. Mein Diabetiker-Kit trug ich in meiner Gürteltasche, Koffer und Handgepäck, in dem sich auch mein Laptop befand, standen bereits an der Verandatür.

Als hinter dem Haus ein Wagen hupte, küsste ich Miau Zedong zum Abschied, schnappte mir das Gepäck und lief nach unten, wo Dave und Daisy warteten.

***

Im Flugzeug erzählte ich Daisy erst einmal von meinem überraschenden Gespräch mit Dandy McCormack und seiner Bitte um Unterstützung.

»Hoffentlich ist es nichts, was dich in Gefahr bringt«, sagte Daisy.

»Das hoffe ich auch.«

Vorsichtshalber lehnten wir den Flugzeugtee ab und bekamen stattdessen ganz passablen Kaffee mit pappigen Keksen.

»Nemony versucht, Hilfe für Amelia zu organisieren«,

erzählte ich, und gemeinsam gingen wir verschiedene Möglichkeiten durch. Danach gestand ich ihr, dass Toby und ich uns getrennt hatten und ich eine Zeit lang mit jemand anderem liiert war, was aber auch der Vergangenheit angehörte. Rafes Namen erwähnte ich nicht, falls Daisy ihn kannte. Außerdem hätte es die Trennung von ihm so real erscheinen lassen, und ich wollte nicht gerade jetzt, wo ich mich auf meinen Job konzentrieren musste, Salz in die Wunde streuen. Bevor Daisy nachhaken konnte, verkündete ich schon die frohe Botschaft von Andrews Tochter Saskia.

»Ohne deine Hilfe wäre die Sache nicht so schnell bereinigt gewesen«, sagte ich.

»Meinst du?«

»Ganz bestimmt. Wenn mir auf deinem Foto nicht die Ähnlichkeit von Saskia und Jack aufgefallen wäre, hätte ich Andrew nie angerufen.«

Daisy lächelte zufrieden.

Als wir im Sinkflug vom wolkenlos blauen Himmel Hamilton Island ansteuerten, lehnte ich mich über Daisys Schoß und blickte hinaus auf die Wunderwelt der Whitsunday Islands.

In der smaragdgrünen See lagen unzählige üppig grüne Eilande, umgeben von Korallenriffen, an denen sich die Wellen brachen. Blaue Buchten, schmale Flüsse, hohe Berge und Pudersandstrände.

Da konnte der Rest der Welt sich gleich die Kugel geben.

47.

Die Reisebroschüren hielten Wort: Hamilton Island war tatsächlich ein Ferienparadies, das für jeden etwas zu bieten hatte.

Neben idyllischen Stränden und kristallklarem Wasser fand sich auf Hamilton auch ein florierender Kosmos aus Restaurants, Geschäften, Hotels, Apartments und Bars, umgeben von spektakulär schönen tropischen Gärten und heimischer Natur. Ganz gleich, wohin man schaute, überall sahen die Leute aus, als wären sie einem Hochglanzkatalog entsprungen.

Die Temperaturen lagen bei angenehmen 23 °C, sonnig mit leichter Brise. Das Gepäck ließen wir an der Hauptrezeption zurück. Daisy wollte versuchen, eine Karte der Insel und Mittagessen aufzutreiben, während ich mich auf die Suche nach McCormack machte.

Lange brauchte ich nicht. Der Hamilton Island Jacht Club war eines dieser neumodischen Architekturprojekte mit tausend Winkeln und einer skurrilen Dachgestaltung. Offenbar war es auf den Geschmack der oberen Zehntausend ausgerichtet. Mir gefiel es.

McCormack wartete am Vordereingang auf mich. In seinem Cordsakko, einem blassgrünen Hemd, einer grünen Krawatte mit Paisleymuster und grauer Hose sah er aus, als wollte er sich für die Rolle eines Schullehrers aus den 60er-Jahren bewerben.

»Kann ich das Sakko jetzt ausziehen?«, fragte er, als ich näher kam.

»Dürfen Sie.« Wir lächelten und gaben uns die Hand.

»Dann lassen Sie uns drinnen einen Happen essen und ein Bierchen trinken«, sagte er. Ich folgte ihm.

Er führte mich auf eine Terrasse, die Bommie Deck hieß und wo eher die mittleren Zehntausend zu speisen schienen. Von hier hatte man einen geradezu perfekten Blick auf das ruhige blaue Meer der Dent Passage.

Wir bestellten Roastbeefsandwiches, ein Bier für McCormack und ein Mineralwasser für mich.

»Sie wollen wohl einen klaren Kopf behalten«, sagte er.

»Ich bin Diabetikerin«, erklärte ich.

»Schade!« Unser Tisch stand ein wenig abseits, sodass wir ungestört waren. Wir holten unsere Notizbücher hervor.

Nach und nach kamen die ersten Mittagsgäste, glücklich aussehende Menschen mit gesunder Bräune und teurer Sonnenbrille bevölkerten die Nachbartische. Ich bin ziemlich sicher, dass McCormack und ich die Einzigen waren, die sich zum Arbeiten trafen.

Auch diesmal kam er direkt zur Sache. »Sind wir uns einig, dass jeder an seinem eigenen Fall arbeitet und wir uns gegenseitig unterstützen? Wobei ich nicht weiß, wie ich Ihnen helfen kann, Mann. Aber Sie haben auf jeden Fall was bei mir gut.«

»Einverstanden«, sagte ich. Solange er mir gegenüber ehrlich war, hatte ich nichts gegen die Vereinbarung. Wenn er mich aufs Kreuz legen wollte, würde Brian ihm die Hölle heiß machen und ihn womöglich von seiner Gehaltsliste streichen. McCormack wusste das.

»Gut«, sagte er. »Wie lange bleiben Sie?«

»Bis Donnerstag. Ich bin ganz Ohr.«

»Ich brauche jemanden, der bei einer Geldübergabe Fotos macht«, sagte er. »Mich würde man erkennen, deshalb kann ich es nicht selbst tun.«

»Erklären Sie mal etwas genauer.«

»Seit sechs Monaten arbeite ich an einem Fall von illegaler Prostitution.«

»Ich dachte, in Queensland wäre das legal.«

»Behördlich genehmigte Bordelle schon, aber Straßenstrich, illegale Puffs und Massagesalons, die für Sexarbeit missbraucht werden, sind illegal, und das macht über achtzig Prozent des Gewerbes aus. Es ist ein dickes Geschäft. Die machen jedes Jahr Millionen.«

»Was hat das mit Leila Leary zu tun?«

Er nahm einen Riesenhappen von seinem Sandwich und spülte mit einem Drittel seines Biers nach. Ich biss vorsichtig von meinem ab und trank einen Schluck Wasser.

»Sie wäscht das Geld aus dem Bordellgeschäft über ihre Bar«, sagte er und wischte sich mit dem Handrücken den Bierschaum vom Bart. »Ich beschatte einen Typen aus einem der Bordelle. Ich habe Beweise, dass er verschiedenen Etablissements Geld gebracht hat. Vor ein paar Wochen bin ich ihm nach Silver Gull gefolgt und habe die Übergabe mit eigenen Augen gesehen. Besonders diskret ging das nicht vonstatten. Der Typ hat einer Frau mit einem Namensschild einen Geldbeutel überreicht.«

»Leila?«

Er nickte.

»Warum haben Sie nicht gleich da ihr Foto gemacht?«

»Der verdammte Akku war leer.«

»Und nun können Sie es nicht mehr tun, weil Sie den Artikel über das Bootsunglück geschrieben haben und Leila Sie erkennen würde?«

Abermals nickte er. Von seinem Sandwich war schon nichts mehr übrig, während ich noch an meiner ersten Hälfte knabberte. Demonstrativ wischte ich mir mit der Serviette den Mund ab.

»Woher wussten Sie von Leilas Arbeitszeugnis?«, fragte ich.

»Ein Kumpel von mir arbeitet in der Personalabteilung von Silver Gull. Da durfte ich einen Blick in ihre Akte werfen. Im Zeugnis von Overton Siliphants Kanzlei wimmelt es nur so vor Ausdrücken wie ›dynamischer Teamplayer‹, da wusste ich gleich, dass das nicht vor dreißig Jahren geschrieben worden sein konnte.«

»Sie sind für das Arbeitszeugnis extra nach Sydney gefahren?«

»Wie Sie schon richtig vermutet hatten, wollte ich alles bis ins letzte Detail klären. Außerdem verleiht so ein gefälschtes Arbeitszeugnis der Geschichte doch eine menschliche Note, meinen Sie nicht?«

»Doch, aber ich wette, Sie hatten für Ihren Besuch in Sydney noch einen anderen Grund.«

Er grinste. »Die Hochzeit meines Patensohns.«

Eine Horde Teenager in Shorts und T-Shirts schlenderte auf die Terrasse und schob zwei Tische zusammen. Ein Mädchen mit weißen Hotpants und dickem Hintern kam zu uns und fragte, ob wir den dritten Stuhl bräuchten. Wir schüttelten den Kopf.

Merke: Trage nie gepunktete Unterhosen unter weißen Shorts.

»Können Sie mir das mit dem Geld erklären?«

»Ich habe mir die Inselkonten angesehen …«

»Lassen Sie mich raten, bei der Bank haben Sie auch einen Kumpel.«

Er schmunzelte. »Alle paar Tage werden mehrere Tausend Dollar cash bei der Inselbar abgeliefert, und jeden

Montag und Donnertag geht regelmäßig ein Scheck über 7800 Dollar an eine Firma, die sich ABC Supply Events nennt.«

»Eine Strohfirma?«, fragte ich und machte eifrig Notizen.

»Die Firma gibt es wirklich, aber sie liefert nichts und organisiert auch keine Veranstaltungen. Ihr Geschäft ist die Geldwäsche. ABC Supply Events hat gleich mehrere Kunden und benutzt eine ganze Reihe von Etablissements.«

»Auch Leilas Bar?«

»Ja.«

»Wie läuft das denn?«

»Das illegale Bordell, das unter dem Firmennamen Kinki Events operiert, schiebt ABC Supply Events 9800 in bar zu. Von dem Geld steckt sich ABC erst mal Tausend in die eigene Tasche und die restlichen 8800 gehen dann an Miss Leila, höchstwahrscheinlich in Hundert-Dollar-Scheinen.«

»Und wie viel davon behält sie?«

Ganz offensichtlich machte es McCormack Spaß, mir alles zu erklären. »Sie nimmt sich Tausend und zahlt den Rest auf die Inselbank als Einnahmen ein. Dann stellt sie einen Scheck über 7800 Dollar auf ABC Supply Events für Waren oder Dienstleistungen aus. In der Bar werden große Mengen Alkohol umgesetzt, Gläser und so weiter eingekauft, Aushilfen für Hochzeiten und weiß der Geier was angeheuert, also wird keiner misstrauisch.«

»Und weiter?«

»Dann stellt ABC Supply Events einen Scheck an Kinki Events über die gleiche Summe aus, auch für irgendwelche Leistungen, Waren oder sonst was.«

»Und schon hat der Bordellbesitzer 7800 Dollar auf dem Konto, und alles sieht ganz legal aus.«

»Raffiniert, nicht?«

Im Kopf überschlug ich Leilas Gewinn. Über 100 000 Dollar im Jahr. In bar.

»Leila sorgt dafür, dass der Saldo auf dem Konto der Bar am Ende immer stimmt«, sagte er weiter. »Und da das Personal ständig wechselt, schaut keiner genau hin.«

»Und die Einzahlungen bleiben immer unter 10 000 Dollar, also interessiert das bei der Bank niemanden«, sagte ich.

McCormack nickte.

Eine Weile ließ ich mir alles in Ruhe durch den Kopf gehen und überlegte, ob ich ihm helfen wollte. Obwohl die Verbindung zum organisierten Verbrechen ein hohes Risiko barg, schien die Geldübergabe an Leila keine große Sache zu sein, eine unmittelbare Gefahr für mich sah ich da nicht. Und dass McCormack das nicht selbst fotografieren konnte, leuchtete mir auch ein. Doch bevor ich mich entschied, wollte ich wissen, wie sich McCormack bei mir revanchieren konnte.

»Haben Sie einen Kumpel in der Versicherungsbranche?«, fragte ich.

Er nahm die Sonnenbrille ab, putzte eine Schliere vom Glas und setzte die Brille wieder auf. »Kann sein«, antwortete er ausweichend.

»Ja oder nein?« Mir war nicht nach Spielchen zumute.

»Ja«, sagte er grinsend.

Ich aß mein Sandwich auf. Allein kam ich bei den Versicherungen der Bomboras nicht weiter, dafür brauchte ich interne Informationen, die mir nur jemand aus der Branche geben konnte. Mir war nicht ganz wohl dabei, McCormack ins Vertrauen zu ziehen, aber ich würde vorsichtig sein und ihm nur das Allernötigste erzählen.

Ich traf meine Entscheidung. »Wann ist die nächste Geldübergabe?«, fragte ich.

»Morgen früh um zehn.«

»Ich mach's«, sagte ich.

Dann erzählte ich ihm noch etwas über Mick O'Leary.

48.

Daisy und ich saßen unter einer Palme und beobachteten, wie Dandy McCormack im Hafen in ein Schnellboot sprang und damit auf die offene See hinausschoss. Jeder Handgriff verriet, dass er sich gut mit Booten auskannte, dabei legte er eine Agilität an den Tag, die ich ihm gar nicht zugetraut hätte.

»Wie viele Männer tragen auf dem Boot eine Krawatte?«, fragte Daisy. »Der sticht heraus wie ein Schweinekotelett auf einer jüdischen Hochzeit.«

»Deshalb braucht er mich ja«, sagte ich und erklärte ihr kurz meinen Auftrag.

»Kann er dir denn auch irgendwie nützlich sein?«

»Das wird sich noch zeigen. Sein Boot vielleicht.« Im Geiste ging ich bereits die verschiedenen Möglichkeiten durch.

Doch dann hatte ich noch einen anderen genialen Einfall.

Wir fingen an einer Seite des Hafens an und klapperten systematisch alle Liegeplätze nach einer Jacht von Splash Charters ab. Shute Harbour, von wo aus die Gesellschaft operierte, konnte man von hier in einer halben Stunde mit der Fähre erreichen, deshalb war es gut möglich, dass eine ihrer Jachten für einen Tag nach Hamilton Island gesegelt war.

Nach einer halben Stunde hatten wir das erste Boot von Splash Charters gesichtet. Es war eine traumhafte Jacht, wie sie da elegant und schlank auf dem Wasser lag. Der Rumpf glänzte schwarz, und am Bug prangte ein weißer Farbspritzer.

»Das ist Micks Logo«, mutmaßte ich großspurig und zeigte auf den weißen Fleck.

»Ja, und auf dem großen Schild an der Kajüte steht Splash Charters«, sagte Daisy.

»Oh. Ach ja.«

Es war eine Fünfzig-Fuß-Jacht, und am Heck war der Name *Nadine* zu lesen. Daneben weiße Zahlen und eine Reihe von Symbolen, die sich rechts und links am Rumpf wiederholten. Das waren wohl die Kennzeichen, von denen Bill Shaw gesprochen hatte.

Daisy machte ein paar Fotos von der Jacht, dem Namen und den Nummern.

Unbekümmert sah ich mich um. Hier und da beluden Leute ihre Boote, zogen Vorräte auf Handwagen vorbei, aber niemand schenkte uns Beachtung.

Ich hüpfte an Bord und kniete mich hin.

»Bist du wahnsinnig, Scout!«, zischelte Daisy. »Wenn jetzt jemand kommt?«

»Wirf mir die Kamera zu, schnell! Ich habe das Typenschild vom Australischen Bootsbauverein gefunden.«

»Ist das denn so wichtig?«, fragte Daisy und lehnte sich vorsichtig vor, um mir die Kamera zu geben. Sie war weiß wie eine Wand.

»Vielleicht«, antwortete ich, schoss zwei Fotos von der Plakette und versuchte die Kajütentür zu öffnen. Sie war jedoch verschlossen, und ich kletterte wieder an Land.

»Puh«, machte Daisy. Ich hakte sie unter, und wir setzten wir unsere Suche fort, blieben jedoch immer wieder stehen, um das Panorama zu bewundern.

Die zweite Jacht von Splash Charters lag in der Nähe des Jachtclubs vor Anker. Auf dem Weg zu meinem Treffen mit McCormack musste ich direkt daran vorbeigekommen sein.

»Die hat sicher erst später angelegt, sonst wäre sie dir vorhin schon aufgefallen«, sagte Daisy.

Daisys Sicht der Dinge war wesentlich schmeichelhafter, also murmelte ich: »Wahrscheinlich.«

Die Jacht glich der *Nadine* bis aufs Haar. Sie hieß *Belle de Fontenay,* und im Cockpit saß eine braun gebrannte, junge Frau. Ihr sonnengebleichtes Haar war kurz, sie trug eine Menge Silberohrringe, schwarze Shorts und ein schwarzes Poloshirt mit einem weißen Spritzer über der Brust. Sie feilte sich gerade die Nägel.

»Hey, alles klar?«, rief sie kaugummikauend.

»Bestens, danke«, antwortete ich strahlend. »Tolle Jacht. Ist das Ihre?«

»Nee. Gehört Splash Charters«, sagte sie und deutete auf den Schriftzug. »Warten Sie kurz, ich geh mal eine Broschüre holen.«

Sobald sie verschwunden war, zückte ich die Kamera und fotografierte die Jacht und die Nummern am Rumpf.

»Hier bitte«, sagte sie, als sie aus der Kajüte wieder auftauchte, und reichte Daisy die Broschüre.

»Da würde ich ja wahnsinnig gerne mal hineinschauen. Ich bin noch nie auf so einer schicken Jacht gewesen.«

Die Frau winkte uns lächelnd heran. Ihre Zähne waren so perfekt wie bei den Osmonds. »Kommen Sie an Bord«, zwitscherte sie und verschwand durch die Luke nach unten.

Ich stieß Daisy an, damit sie vorging. Nachdem sie an Bord geklettert war, blockierte sie die Luke so lange, bis ich die Plakette vom Australischen Bootsbauverein gefunden und fotografiert hatte. Daisy warf mir einen Blick zu, und als ich nickte, kletterte sie die Stufen hinunter in die Kajüte, ich folgte ihr auf den Fersen. Sie lernte schnell.

Im Inneren der Jacht war es ebenso elegant und gepflegt wie draußen. Holzvertäfelung und helle Lederpolster. In der Kombüse standen ein großer Kühlschrank und ein großzügiger Tisch mit fest verankerten Stühlen. Im Wohnbereich gab es einen Breitbildfernseher und bequeme Sofas.

»Wow! Was kostet denn so eine Jacht?«

Die Frau zuckte die Achseln. »Eine halbe Million, schätze ich.«

Ich versuchte, mir den Schreck nicht anmerken zu lassen, schürzte die Lippen und nickte wissend. »Das wundert mich nicht«, sagte ich.

»Mich auch nicht«, sagte Daisy und guckte genauso kennerhaft.

»Ist das nicht eine von Mitch Learys Jachten?«, fragte ich, als hätte ich gerade eine weltbewegende Erkenntnis gewonnen. »Ich habe schon von seinen fantastischen Segelkünsten gehört.«

»Ja, ja. Sie sollten unbedingt für Dienstag einen Tagesausflug buchen«, sagte sie. »An dem Tag segelt Mitch mit der *Kestrel.*«

»Ist denn die *Kestrel* so schön wie diese hier?«, fragte Daisy.

»Größer«, entgegnete die Frau stolz.

Nachdem wir die Jacht gebührend bewundert hatten, dankten wir ihr zum Abschied und überließen sie ihrer Maniküre.

»Ach du Scheiße«, rief Daisy aus, als wir außer Hörweite

waren. »Eine halbe Million. Und dann hat er auch noch zwei davon und noch eine größere!«

»Das gibt einem zu denken, nicht wahr?«

»Schon, weiß aber nicht genau, was.«

Ich lachte und sah auf meine Armbanduhr. Das Motorboot nach Silver Gull würde in einer Stunde ablegen.

Mit dem Shuttlebus fuhren wir zurück zur Rezeption und sammelten unser Gepäck ein. Danach buchte ich bei Angel, dem Mädchen am Empfang, für Dienstag einen Segelturn mit Splash Charters auf der *Kestrel*. Dafür benutzte ich mein bewährtes Pseudonym Fantasia Jonson und zahlte bar. Unter diesem Namen hatte ich mich in einem meiner früheren Fälle bei einer Sekte eingeschmuggelt, und irgendwie hing ich daran.

»Sie werden die Fahrt genießen«, sagte Angel.

»Mehr, als Sie sich vorstellen können«, säuselte ich.

Im Shuttlebus fuhren wir zurück zur Pier, wo das Motorboot ablegen sollte. Ein Dutzend Leute warteten bereits dort, manche erkannte ich vom Flieger.

Nachdem wir zwei freie Plätze ergattert hatten, gab Daisy mir ein paar Postkarten.

»Hier, erledige schon mal deinen Teil«, befahl sie. »Schreib einfach *Super hier* und dann denkst du dir noch was aus. Das mit der Adresse mache ich dann schon.«

Ich blätterte durch den Stapel, den sie mir in die Hand gedrückt hatte. »Da sind ja überall Delfine drauf.«

»Ich weiß. Delfine mag doch jeder.«

»Was ich meine, ist, dass es alles die gleichen Karten sind.«

Daisy sah mich seltsam an. »Natürlich, weil mir diese Karte gefallen hat. Ich habe noch nie begriffen, warum die Leute immer ewig nach unterschiedlichen Karten suchen, wo sie die doch an verschiedene Leute schicken.«

Genau das liebte ich so an Daisy: ihren Blick für das Offensichtliche.

Lächelnd schrieb ich eine Postkarte an den Skipper Fergus.

49.

Bekannt wurden die Pfingstsonntagsinseln durch James Cook. Er hat sie am Pfingstsonntag 1770 entdeckt, und wenn man sie im schillernden Ozean in all ihrer Schönheit vor sich sieht, versteht man, warum Cook zum Captain ernannt wurde.

Die Überfahrt nach Silver Gull verlief ohne Zwischenfälle und dauerte etwa zwanzig Minuten. Wie zwei Kinder hingen Daisy und ich über der Reling und streckten die Hände nach den Delfinen aus, die sich neben dem Schiff im Wasser tummelten. Sie jagten einander bis zum Bug, tauchten ab und kamen hinter dem Heck wieder zum Vorschein, wo das Spiel von Neuem begann. Einmal verlangsamte der Kapitän die Fahrt, um uns ein Exemplar einer seltenen Schildkrötenart zu zeigen, die sich im Wasser sonnte. Die Schildkröte sah uns kurz an, um dann gleich auf Nimmerwiedersehen zu verschwinden.

Es dämmerte schon, als das Fährboot an der Nordseite der Insel die Fahrt verlangsamte. Das anheimelnde Licht der Ferienanlage fiel auf kleine und große Boote, die in der Calypso Bay vor Anker lagen. Jazzmusik und Gelächter drifteten zu uns herüber.

Daisy stieß mich an. »Morgen müssen wir unbedingt die Boote hier unter die Lupe nehmen.« Ich nickte. Hoffentlich würden wir zwei Bomboras mit großen Schildern finden: HUHU, HIER SIND WIR.

Ich schaute noch einmal aufs Korallenmeer. Überall lagen kleine Inseln im Wasser, deren hohe Gipfel sich gegen den klaren Nachthimmel abhoben. Es war ein wenig unheimlich und plötzlich beschlich mich eine dunkle Vorahnung. Ich schauderte. Wir waren weit weg von zu Hause, und was ich in Gang gesetzt hatte, war noch lange nicht vorüber.

»Ist was?« Daisy berührte mich am Arm und machte ein besorgtes Gesicht.

»Nein, mir ist nur ein bisschen kalt.«

»Mir auch«, sagte sie. »Ganz schön frisch.« Sie zog den Reißverschluss ihrer Jacke hoch und steckte die Hände in die Taschen.

Ich nahm mein Handy heraus und stellte mit Erleichterung fest, dass es funktionierte. Die Reisebroschüre hatte mit dem Breitband-Internetempfang der Ferienanlage geworben, und bei dem Gedanken, mit dem Rest der Welt verbunden zu sein, ging es mir gleich besser.

Das Boot wurde am Ende eines gut beleuchteten Piers vertäut, der weit ins Wasser ragte. Er war so lang wie ein Fußballfeld, auf einer Seite gab es ein weißes Geländer, und in Abständen waren wie auf einer Landebahn Bodenlichter angebracht. Durch die Lichter konnte man bis auf den sandigen Grund gucken. Kleine neonblaue Fische flitzten umher wie bei einer Kür im Synchronschwimmen, und ein farbenfroher Papageienfisch schwamm behände um die Holzpfeiler.

Als wir von Bord gingen, stand schon ein Begrüßungskomitee in Form von zwei durchtrainierten jungen Männern bereit. Beide waren blond und glatt rasiert, trugen blau-weiß geblümte Hawaiihemden, dunkelblaue Shorts und Turnschuhe. Die kühle Nachtluft machte ihnen offenbar nichts aus. Sie stellten sich als Hank und Yoyo vor und bereiteten uns einen begeisterten Empfang. Jetzt ginge es im offenen Minibus zu unserer Unterkunft, verkündete Yoyo enthusiastisch.

Sie luden unser Gepäck in den Wagen, und wir fuhren holpernd über die Holzplanken. Links konnte ich eine kleine Lagune ausmachen, die von einem Riff abgetrennt war. Auf der anderen Seite der Lagune lag ein Strand und dahinter erkannte ich unsere mit Bougainvillea umrankte Unterkunft. Ich machte Daisy darauf aufmerksam.

»Ach, wie schön!«, rief sie.

Rechts von uns, verborgen hinter Kokosnusspalmen, befand sich der Hauptteil der Ferienanlage. Am Strand lagen kleine Katamarane, Pärchen liefen Händchen haltend am Wasser entlang.

Yoyo brachte uns auf unser Zimmer, das angenehm warm und großzügig geschnitten war, mit Wänden in Sandtönen und abgeschliffenen Dielen. Es gab zwei Einzelbetten mit karamellfarbener Bettwäsche und einer lila Tagesdecke, die gefaltet am Fußende lag, eine Sitzgarnitur aus Rattan mit lila Kissen, einen kleinen Schreibtisch und Fensterläden, die zu einem Balkon mit Blick über die Lagune führten.

Daisy verschwand, um das Badezimmer zu inspizieren. »Also, hier lässt es sich aushalten«, bekundete sie.

In diesem Moment kam Hank abgekämpft mit unserem Gepäck herein. Er war völlig außer Atem, vielleicht trog die sportliche Optik ja doch.

»In einer Stunde gibt es eine Begrüßungsrunde im Raffles Room«, sagte Yoyo. »Vor dem Abendessen gibt es Cocktails.«

Ich dankte Hank und Yoyo, und wir fingen an auszupacken. Anschließend warf ich einen Blick in die Minibar. Juhu, echte Milch!

»Guck mal, was ich dabeihabe.« Ich zeigte Daisy Teekanne und Tee.

»Genau das brauche ich jetzt«, meinte sie und machte uns Tee, während ich mich in einen Rattansessel fallen ließ und Bill Shaw anrief.

Er begrüßte mich freudig.

»Hätte nicht gedacht, so bald schon wieder von Ihnen zu hören«, sagte er.

In wenigen Worten erklärte ich ihm, von wo aus ich anrief und dass ich mich gerne mit Tom in Verbindung setzen würde.

»Sagen Sie bloß nicht, dass Sie in der Ecke segeln werden?«

»Doch, am Dienstag«, antwortete ich und hoffte zugleich, dass sich das nette Geplänkel nicht ewig hinziehen würde.

»Sie haben es gut!«

Bill suchte mir Toms Telefonnummer und E-Mail-Adresse heraus und ich notierte mir alles.

»Viel Glück«, sagte Bill. »Halten Sie mich auf dem Laufenden.«

Ich suchte auf Daisys Kamera die Bilder von den beiden Jachten heraus und wählte Toms Handynummer.

Er holte gerade eines seiner Kinder vom Fußball ab.

»Ich mach's kurz.« Ich beschrieb ihm die Luxusjachten und die Plaketten und fragte, ob er die Nummern für mich überprüfen könnte.

»Gehören die dem gleichen Typen, von dem Geoff erzählt hat? Über den Sie Ihren Artikel schreiben wollen?«

Ich zögerte kurz. Die Wahrheit könnte hier sogar ganz vorteilhaft sein. »Ja, eventuell benutzt er den Namen Mitch Leary.«

»Kein Ding«, sagte Tom. »Mailen Sie mir einfach die Fotos. Wenn ich morgen Zeit habe, schaue ich mir das mal an. Montags ist leider immer viel los.«

Ich dankte ihm und legte auf.

»Und, bist du fündig geworden?«, fragte Daisy und reichte mir eine Tasse Tee.

»Hoffen wir es mal.« Ich berichtete ihr von dem Gespräch mit Tom.

Dann baute ich meinen Laptop auf dem Schreibtisch auf und mailte Tom die Bilder.

Nachdem ich Daisy die Zahnpastatube mit dem Notfallkit und die Puderdose mit dem Handy gezeigt hatte, duschten wir und machten uns für die Begrüßungsrunde hübsch. Zu den schwarzen Leggings zog ich ein knallrotes halblanges Top an und meine roten Peeptoes von Jimmy Choo. Daisy trug eine schicke weiße Jeans, ein langärmeliges weißes Shirt und weiße Sandalen. Um die Schultern hatte sie sich einen dunkelblauen Pullover gelegt, was sehr französisch wirkte.

Der Weg zum Raffles Room war gut beleuchtet und wand sich durch dichte tropische Pflanzen und Rasensprenger, denen wir ausweichen mussten.

»Meinst du, es gibt hier Schlangen?«, fragte Daisy.

»Danke für den Hinweis, Daisy.« Nun war ich doppelt vorsichtig, wohin ich trat.

Der Raffles Room oder das Kolonialzimmer machte seinem Namen alle Ehre. Es war ein großes sechseckiges Gartenhaus mit hohem Dachstuhl, Bleiglasfenstern, einem schwarz-weiß gefliesten Boden, schwarzen Korbmöbeln mit riesigen elfenbeinfarbenen Kissen und Farnen auf hohen Blumenhockern.

Im Raum warteten etwa dreißig Leute, Familien mit Kindern im Teenageralter und Paare aller Altersstufen.

Daisy und ich blickten höflich lächelnd in die Runde und setzten uns.

Die Gastgeberin, eine hübsche Dunkelhaarige in den Dreißigern namens Stella, hatte gerade mal fünf Minuten gesprochen, da klingelte mein Handy. Alle sahen mich vorwurfsvoll an. Ich kam mir vor, als hätte ich gerade Skippy, das Buschkänguru, gemeuchelt.

»Sorry«, stammelte ich und eilte nach draußen.

Dandy McCormack war dran.

»Hören Sie zu, Mann«, sagte er. »Ich muss wissen, ob Mick und Leila auf Silver Gull sind. Am Sonntag arbeitet Leila nicht, aber als Managerin hat sie eine Hütte auf der Insel.«

»Woher soll ich wissen, ob die beiden hier sind oder wo diese Hütte überhaupt ist?«, antwortete ich. »Ich bin gerade mal eine Stunde hier.«

»Wo genau sind Sie jetzt?«, fragte er.

»Vor dem Raffles Room.«

»Gut, laufen Sie rüber zur Strandseite und schauen Sie nach links.«

Neugierig befolgte ich seine Anweisungen.

»Sehen Sie die Landzunge mit dem Hügel?«

Ich spähte in die Dunkelheit. »Ja.«

»Hinter dem Hügel liegen vier Hütten am Strand, mit Blick zur Bucht. Die letzte gehört den Learys.«

In der Ferne konnte ich die Hütten gerade so ausmachen. »Wieso wollen Sie überhaupt wissen, ob die hier sind?«

»Fragen Sie lieber nicht«, sagte er. »Schauen Sie einfach nach, ob sie zu Hause sind. Versuchen Sie es zuerst an der Hütte. Wenn Sie da sind, rufen Sie mich gleich an.«

Damit legte er auf.

50.

Es gab gleich zwei Probleme.

Erstens: Mick würde ich bestimmt erkennen, aber Leila? Sie hatte ich bisher nur auf einem Zeitungsfoto gesehen, und ich war mir da nicht so sicher. Zweitens gefiel es mir es gar nicht, dass ich nicht wusste, warum mich McCormack um diesen Gefallen gebeten hatte.

Doch ich tat es trotzdem.

Schnell lief ich zurück zur Unterkunft, achtete dabei aber auf eventuelle heimtückische Schlangen auf dem Weg. Im Zimmer tauschte ich das rote Top gegen ein schwarzes und zog mir Turnschuhe an. Meinen Zopf verbarg ich unter dem Pulli, studierte die Karte der Insel, sprühte mich mit Insektenspray ein, stellte das Handy aus und ging mit der Taschenlampe bewaffnet den gleichen Weg zurück zum Raffles Room.

Ich linste durchs Fenster und erhaschte Daisys Blick. Um ihr zu signalisieren, dass ich noch eine Runde spazieren gehen würde, hielt ich einen Arm hoch und wanderte darauf mit dem Zeige- und Mittelfinger der anderen Hand entlang. Dann hielt ich alle zehn Finger hoch, was zehn Minuten bedeuten sollte. Daisy nickte. Und mit ihr alle anderen im Raum.

McCormack konnte was erleben!

Ich ließ den Strand hinter mir und kam an den Tennisplätzen vorbei, wo im Flutlicht ein gemischtes Doppel gespielt wurde. Hinter den Plätzen lagen ein paar große

Hütten, eine davon ein Maschinenschuppen. Ich flitzte dazwischen hindurch und gelangte auf eine Anliegerstraße außerhalb der Ferienanlage.

Bis auf die abertausend Motten, die um die Straßenlaternen flatterten, war die Straße wie ausgestorben. Auf der anderen Straßenseite entdeckte ich einen hölzernen Wegweiser, der nach Calypso Point wies, mein Ziel, laut der Karte. Da um diese Uhrzeit keine Hotelfahrzeuge mehr unterwegs waren und es ansonsten keine Autos auf der Insel gab, wanderte ich mitten auf der Straße, ein Gast, der sich vor dem Abendessen noch mal die Beine vertrat.

Nach etwa fünfzig Metern hörte ich Gelächter und eine Horde junger Leute lief vor mir über die Straße. Sie verschwanden links hinter einem Reisigzaun. ZUTRITT NUR FÜR PERSONAL stand auf dem Schild, also lagen dort wohl die Quartiere der Angestellten. Es roch ein wenig nach Marihuana.

Weiter ging es auf hohe unheimlich aussehende Bäume zu und eine dunkle Hügellandschaft. Hinter einer scharfen Rechtskurve führten Stufen hinauf zu einer Regenwaldbar, die wohl nur im Sommer geöffnet hatte, denn sie lag im Dunkeln.

Keine Menschenseele weit und breit, und trotz der guten Beleuchtung wirkte alles verdammt unheimlich. In den Bäumen machte irgendwelches Getier abenteuerliche Geräusche, und hin und wieder erklang der Schrei einer Eule. Ich war mir sicher, dass die Viecher in den Bäumen scharfe Zähne haben mussten, und es sich bei der Eule um das einzig giftige Exemplar weltweit handeln musste.

Ich riss mich zusammen. Wenn ich die Karte vorhin richtig gelesen hatte, lagen Hauptbar und Ferienanlage links von mir und geradeaus die Hütten.

Auf einmal hörte ich Schritte hinter mir. Ich fuhr herum. Eine kleine pummelige Frau in hellem Overall kam auf mich zu. Sie trug ein Tablett mit zwei abgedeckten Tellern.

»Haben Sie sich verlaufen?«, fragte sie und musterte misstrauisch die Taschenlampe in meiner Hand.

»Nein«, sagte ich. »Ich bin Botanikerin und verfolge einen Nashornkäfer.«

»Oh!« Sie nahm das Tablett beiseite und sah beunruhigt zu Boden.

»Keine Sorge, solange Sie nicht drauftreten, kann nichts passieren«, sagte ich, und sie tippelte eilig davon.

Ich folgte ihr bis zu einem schwach erleuchteten Weg. Auf dem Schild daneben stand: BETRETEN VERBOTEN! MANAGERDOMIZILE.

Na, sieh mal einer an! Genau da wollte ich doch hin.

Ich blieb vor dem Schild stehen, schaltete die Taschenlampe ein und tat so, als würde ich etwas in einem Baum beobachten. Sicher würde die Frau jeden Augenblick mit einem leeren Tablett zurückkehren.

Genau das tat sie, schnellen Schrittes, den Blick ängstlich auf den Boden geheftet.

Fast musste ich lachen, doch ich riss mich zusammen und nickte ihr zu, als sie an mir vorbeihastete. Sobald sie außer Sicht war, schaltete ich die Taschenlampe aus und schlich auf Zehenspitzen weiter. Auch wenn ich den Weg kaum erkennen konnte, schien es mir zu riskant, die Taschenlampe so nah bei den Hütten anzulassen. Dabei versuchte ich krampfhaft, jeden Gedanken an Schlangen zu verdrängen.

Bei der ersten Hütte war alles dunkel, so auch bei der zweiten. Nur die letzten beiden waren erleuchtet. Geduckt schlich ich mich an der dritten Hütte vorbei. Ich sah, dass die Tür der letzten Hütte, die laut McCormack den Learys gehörte, offen war, und blieb stehen. Im Fernseher ertönte die Erkennungsmelodie der *Graham Norton Show*.

Langsam näherte ich mich der offenen Tür und spähte hinein. Da die Luft rein war, flitzte ich an der Tür vorbei und arbeitete mich in gebückter Haltung bis zur Rückseite der Hütte vor. Überall wucherte Grünzeug, und ständig flogen mir irgendwelche Käfer ins Gesicht. Licht drang aus einem schmalen Fenster und tauchte das Gestrüpp in gelben Glanz. Es gab Spinnen. Viele Spinnen.

Eine männliche Stimme rief mit starkem irischen Akzent: »Leila, Schätzchen, bring doch noch mal den Wein mit.«

Ich drückte mich an die Wand und hielt die Luft an. Mein Herzschlag dröhnte mir in den Ohren. Dass ich meiner Beute so nah war, versetzte mich in einen beinahe euphorischen Zustand.

Ich hörte, wie eine Kühlschranktür auf- und zuging.

Mir reichte das als Beweis.

Ich schoss an der offenen Haustür vorbei und war schon bald wieder auf der Anliegerstraße, den Weg bis zur Ferienanlage joggte ich. Auf der nächsten Bank ließ ich mich nieder und rief McCormack an. Er nahm beim ersten Klingeln ab.

»Sie sind beide hier«, sagte ich.

»Gut«, antwortete er und legte auf. Ich versuchte es mit Wahlwiederholung, bekam aber nur den Anrufbeantworter dran.

»Blödmann!«, schimpfte ich. Er hätte sich wenigstens bedanken können.

Ich warf einen Blick auf die Uhr. Mittlerweile waren die anderen von der Begrüßung sicher schon zu den Cocktails übergegangen. Ich sah an mir herunter. Na toll. Super. Ich war über und über mit Grassamen und Spinnweben bedeckt.

Zehn Minuten später erschien ich im Raffles Room; ich war wieder hergerichtet, hatte mir Insulin gespritzt und trug wie vorhin mein knallrotes Top und die Jimmy-Choo-Schuhe. Alle waren schon zum Abendessen verschwunden, nur Daisy saß in einem Sessel und telefonierte. Ich wartete, bis sie das Gespräch beendet hatte, und setzte mich zu ihr.

»Das war Dave«, sagte sie. »Er und Peppy wollen gerade Steak-Sandwich essen, und er konnte den Ketchup nicht finden.« Sie schüttelte amüsiert den Kopf, und ich musste lachen.

»Aber abgesehen davon ist alles okay?«

Daisy nickte. »Du hast die Bananencocktails verpasst. Ich habe deinen mitgetrunken.«

Grinsend sagte ich: »Dreimal darfst du raten, wo ich war.«

Auf dem Weg zum Restaurant erzählte ich ihr von meinem Abenteuer.

»Warum wollte er denn wissen, ob sie zu Hause sind?«, fragte Daisy.

Ich zuckte die Achseln. »Keine Ahnung.«

Das Restaurant war zu drei Vierteln voll. Von der Einrichtung her glich es dem Raffles Room, am Flügel saß ein Mann in schwarzem Anzug und spielte sanfte Melodien.

Uns wurde ein Zweiertisch zugewiesen, der mit weißem Leinentischtuch, weißen, zur Bischofsmütze gefalteten Leinenservietten, eleganten Weingläsern und glänzendem Besteck gedeckt war. Das Essen war im Preis inbegriffen, und so gab es ein Menü mit Huhn nach Jägerart oder gegrilltem Flusskrebs als Hauptgericht und verschiedenen Sorbets zum Nachtisch.

Daisy und ich waren ausgehungert, und nachdem wir eine ziemlich gute Selleriesuppe verschlungen hatten, nahm Daisy das Huhn und ich den Flusskrebs. Dazu tranken wir Weißwein.

»Das Essen schmeckt«, sagte Daisy und verputzte auch noch die letzten Reste ihrer Salatbeilage.

»Bislang kann ich mich über nichts beklagen«, sagte ich und meinte es auch so. Trotz meiner gruseligen Landpartie nach Calypso Point strahlte die Insel eine angenehme Ruhe aus. Mir gefiel es hier, und ich dachte, wie es schön es wäre, einmal mit Rafe herzukommen. Natürlich verwarf ich die Idee gleich wieder.

Daisy hatte ähnliche Gedanken. »Dave würde die Insel mögen. Das wäre was für seinen Hemingway-Fimmel.«

»*Inseln im Strom?*«

»Genau«, sagte sie. »Und denk ja nicht, ich wüsste nicht, dass er sich nachmittags in diesen scheußlichen Safarianzug wirft und im Hotel Mojitos trinkt. Das weiß ich schon seit Jahren.«

Ich lachte. »Und weiß er, dass du es weißt?«

»Nein, und ich werde einen Teufel tun, mich in seine Schreibrituale einzumischen.«

Während ich den Nachtisch ausließ, gönnte Daisy sich noch ein Wassermelonensorbet.

»Gehen wir heute früh ins Bett?«, fragte sie, nachdem sie das Sorbet bis auf den letzten Löffel aufgegessen hatte.

Ich nickte. Ich war fix und fertig.

Wir waren fast bei unserem Zimmer angelangt, da klingelte mein Telefon.

Dandy McCormack wieder.

Er kam gleich zur Sache: »Können Sie ein Foto von

Micks aktuellem australischem Pass brauchen? Ausgestellt auf den Namen Michael Leary einschließlich Geburtsdatum?«

»Ja, aber wie zum Teufel sollte ich da rankommen?«

»Checken Sie mal Ihre Mails. Habe eigentlich nach alten Versicherungspapieren gesucht, die habe ich nicht gefunden, aber dafür den Pass.«

»Wo genau haben Sie den Pass gefunden?«

»In seinem Haus in Airlie Beach. Was meinen Sie, warum ich wissen wollte, ob beide auf Silver Gull sind?«

»Sie sind bei ihm eingebrochen?« Ich war fassungslos.

»Wie schon gesagt, fragen Sie besser nicht. Ich melde mich morgen bei Ihnen.«

Während ich noch ungläubig staunte, hatte er schon längst aufgelegt.

»Was ist denn los?«, fragte Daisy.

»Komm weiter«, sagte ich und schob sie Richtung Zimmer.

Dort fuhr ich sofort den Computer hoch, loggte mich ins Internet ein und öffnete den Anhang von McCormacks Mail.

»Mein Gott«, sagte Daisy. Beide blickten wir auf ein scharfes Foto aus Micks Pass, inklusive Namen und Geburtsdatum.

»Ein weiterer Beweis, dass er seine Geburtsurkunde in betrügerischer Absicht gefälscht hat.«

»Zu dem Betrug kommt auch noch Bigamie hinzu«, ergänzte Daisy. »Die sollten wir nicht vergessen.«

Gerade noch wollte ich nur ins Bett kriechen, doch jetzt war ich zu aufgedreht. »Wollen wir vor dem Schlafengehen noch mal über den Pier spazieren?«, fragte ich. »Wir könnten nach Schildkröten Ausschau halten.«

»Ich nehme meine Kamera mit«, sagte sie mit einem gerissenen Lächeln. Dieser Frau konnte man einfach nichts vormachen.

Wir zogen uns Jacken und Turnschuhe an und liefen den Pier hinunter. Von der Bar her drang »Jonathan Livingston Seagull« von Neil Diamond herüber, und etliche Leute vergnügten sich am Strand. Es war Ebbe. Kinder gingen in Turnschuhen und mit Taschenlampe und Eimer auf dem frei liegenden Riff auf Entdeckungstour.

Wir setzten uns ans Ende des Piers und ließen die Füße über die Kante baumeln. Das Wasser war kristallklar, und im Schein der Lichter sahen wir eine Vielzahl bunter Fische direkt unter uns. Eine rötliche Krabbe, so groß wie meine Hand, lief seitwärts fort, und ein Stachelrochen wirbelte den gesamten Grund auf, bevor er davonschwamm.

»Keine Schildkröten«, sagte Daisy enttäuscht.

»Noch nicht.«

Wie gebannt beobachteten wir die Tiere im Wasser. Bestimmt zehn Minuten lang saßen wir vollkommen reglos da.

Auf einmal schossen alle Fische davon.

»Was ist denn jetzt los?«.

»Irgendetwas hat ihnen Angst gemacht.«

Daisy hatte recht. Langsam und geschmeidig schwammen zwei große Hammerhaie unter dem Pier hervor. Unwillkürlich zogen wir die Beine hoch, knieten uns auf die Planken und sahen fasziniert zu, wie die Haie den Boden nach Nahrung abgrasten und dann aus unserem Blick verschwanden.

»Das stand aber nicht in der Reisebroschüre«, sagte Daisy.

»Ganz und gar nicht.«

Eine Stunde später hörte ich Daisy leise schnarchen, während ich wach lag und mir den Kopf zerbrach, warum

Nemony nur nach Dingen mit Micks DNA-Spuren suchen konnte, wenn Hermione weg war.

Da ich zu keinem Ergebnis kam, lenkte ich meine Gedanken auf McCormack. Er hatte mir einen wertvollen Beweis zugespielt, und jetzt konnte ich keinen Rückzieher mehr machen: Ich musste die Geldübergabe morgen wie versprochen fotografieren. Schöner Mist, denn ich war sekündlich immer weniger erpicht darauf.

Obwohl ich mir verschiedene unschöne Szenarien vorstellte, in denen mich Mick dabei erwischte, wie ich Fotos von Leila schoss, galten meine letzten Gedanken vor dem Einschlafen Rafe.

Das versteh' mal einer.

51.

Montag war ein weiterer Sonnentag im Paradies von Silver Gull. Perfektes Wetter, um sich weiter nach den Jachten umzuschauen.

Ich wollte Mick unbedingt mal in natura sehen, deshalb stand ich in aller Frühe auf und ging zum Anleger, um ihn vielleicht dabei zu erwischen, wie er ein Schnellboot oder eine Fähre Richtung Festland bestieg. Leider umsonst.

Nach dem Frühstück zogen Daisy und ich Shorts und T-Shirts über die Badeanzüge und liehen uns an der Strandhütte von einem dunkelhaarigen jungen Mann namens Eddy ein Zweierkanu. Eddy war braun gebrannt und sichtlich stolz auf seinen muskulösen Oberkörper und demonstrierte uns ausgiebigst die korrekte Rudertechnik. Daisy, die in ihrer Jugend für die Sydney University gerudert war, hörte höflich zu. Ich hingegen war in Byron Bay immerhin öfter Kajak gefahren und ignorierte Eddys Erklärungen weitgehend.

Ich betete, dass keiner von uns über Bord gehen würde, zog das Kanu ins Wasser, und wir hüpften hinein. Daisy saß vorne, und wir machten uns auf in die Calypso Bay, wo wir nach den Bomboras Ausschau halten wollten.

»Bestaunt er wenigstens unsere brillante Rudertechnik?«, fragte Daisy.

Ich drehte mich um. »Ja, der Gute kratzt sich gerade ratlos am Kopf.«

Ich hatte Daisy ein Bild von einer Bombora 23 Classic

gezeigt, doch in Wahrheit sahen für uns alle Jachten gleich aus. Nur in der Größe unterschieden sie sich. Und in der Farbe.

Daisy und ich legten ein ordentliches Tempo vor. Es ging ein leichter Wind, kleine Katamarane mit bunten Segeln zogen an uns vorbei, und wir schaukelten sanft in ihrem Kielwasser. Vor uns kreuzte ein junges Mädchen im roten Bikini auf ihrem Surfboard und verlor prompt die Balance. Beim Auftauchen spuckte sie eine beeindruckende Ladung Wasser aus. »Sorry«, rief sie uns zu, und ich lächelte.

Wir paddelten eine geschlagene Stunde in der Bucht herum und sahen uns die Boote an, aber ohne Erfolg. Enttäuscht machten wir uns zurück ans Ufer.

Auf einmal tutete es laut, und wir fuhren erschrocken zusammen. Ein riesiger weißer Dampfer legte an der Pier an, und wir sahen etwa zweihundert Touristen an Land gehen.

»Tagesgäste«, sagte Daisy. »Jeden Tag kommen welche, machen Halt auf ein Essen und einen Drink, fahren dann zur nächsten Insel, und abends geht es zurück nach Shute Harbour.«

»Woher weißt du das?«, fragte ich sie.

»Hat uns Stella bei der Begrüßungsveranstaltung erzählt.«

»Deshalb macht die Bar so viel Umsatz«, sagte ich.

»Mittwochs und samstags kommen auch noch die Touristen von Airlie Beach zum Inselfest mit Showeinlagen.«

Kein Wunder, dass Leila das große Geld zur Verfügung stand.

Wir zogen das Kanu an Land und brachten die Ruder zurück zur Hütte. Eddie ließ sich nicht stören und schaukelte in einer Hängematte, die zwischen zwei Palmen festgemacht war. Ein Bein hing aus der Matte.

»Nur keine Umstände«, sagte Daisy sarkastisch.

»Sie sind schon mal Kanu gefahren, oder?«, fragte er misstrauisch.

»Nein«, tönten wir im Chor.

»Das war unser erstes Mal«, sagte Daisy.

Verdutzt sah er uns an. »Sie haben sich wirklich gut angestellt. Die meisten Leute kriegen das auf Anhieb gar nicht hin.«

»Wir sind eben Mütter!«, rief Daisy aus, und ich lachte. Eddy blieb stumm. Die besten Witze kapiert die Jugend einfach nicht.

Wir überließen ihn seiner Hängematte und kehrten zu unserem Zimmer zurück.

Die vielen Gäste hatten den gemächlichen Trott auf der Insel ganz schön durcheinandergebracht. Man erkannte die Neuankömmlinge sofort an ihrem forschen Schritt. Alle anderen hatten sich ein lässiges inselgerechtes Schlendern angewöhnt oder übten noch daran.

Daisy und ich machten Tee, setzten uns damit auf den Balkon und genossen die Aussicht. Die Insel war bei Tag genauso schön, wie ich sie mir vorgestellt hatte. In der smaragdfarbenen See konnte man die fernen grünen Inseln ausmachen. Nahe der Küste war das Wasser blauer und schlug sanft gegen den blütenweißen Sand. Kokospalmen, Mangobäume und dichter tropischer Regenwald säumten die Küste. In der Lagune unter unserem Balkon tummelten sich Schnorchler, im flachen Wasser tollten Kinder. Besser ging es eigentlich nicht.

Nach dem Tee breitete ich eine Karte der Insel auf dem Tisch aus.

Silver Gull war eine kleine Insel, die wie Australien geformt war. An ihrer breitesten Stelle maß sie vier Kilometer und von Norden nach Süden halb so viel. Hinter der Ferienanlage lag ein Nationalpark mit zwei Bergen: Mount Cinnabar und Mount Bradley. Eine schraffierte Zone wies darauf hin, dass die Südküste der Insel felsig war, doch auf halber Strecke gab es eine kleine Bucht. Sie hieß Stingray Cove, und soweit ich sehen konnte, war es neben dem Pier die einzig andere Möglichkeit, auf Silver Gull sicher vor Anker zu gehen.

Ich machte Daisy darauf aufmerksam.

»Wenn die Bomboras dort nicht sind, sich aber noch in Mikes Besitz befinden, könnten sie nur noch in Shute Harbour liegen. Und alle anderen Inseln abzuklappern, ist ein Ding der Unmöglichkeit.«

Ich nickte. »Wir könnten mit einem kleinen Katamaran um die Insel segeln. Oder wir laufen zur anderen Seite. Es gibt einen ausgewiesenen Wanderweg nach Stingray Cove. Lange dauert das bestimmt nicht.«

Wir beschlossen, zu Fuß zu gehen. Meine Segelkünste würden für das Manöver mit dem Katamaran wohl nicht ausreichen. Das heißt, ich fand eigentlich schon, aber Daisy war anderer Meinung.

Vor dem Mittagessen gingen wir noch zur Bar, um Leila in Augenschein zu nehmen. Der Raum hatte sich schon mit Gästen gefüllt, die vor dem Essen einen Drink zu sich nahmen, und sämtliche Sitzecken waren belegt. Vom Design erinnerte die Bar an den Raffles Room, nur dass sie wesentlich größer und die Decke höher war. Die Verandatüren zur Terrasse standen offen, und Daisy ergatterte zwei Sitze mit Blick auf das Wasser.

Die Leute hinter der Bar waren allesamt jung und auffällig eifrig, da konnte die Chefin eigentlich nicht weit sein.

Am Ende der Theke saß eine etwa sechzigjährige Frau auf einem Barhocker, telefonierte und machte sich Notizen. Entfernt erinnerte sie mich an die Frau aus der Zeitung, sie war schlank und wirkte gepflegt. Ihr Haar war rabenschwarz, kurz und lockig. Sie trug einen dunkelblauen Bleistiftrock und eine weiße Bluse, dessen Arme sie aufgekrempelt hatte. Ein Namensschild sah ich nicht, aber um ihren Hals glänzte eine Perlenkette.

Ein Blick auf die Uhr verriet mir, dass es Viertel vor zwölf war. Niemand, wirklich niemand trägt Perlen vorm Mittag, Liebes.

Ich pirschte mich an sie heran und bestellte einen Gin Tonic für Daisy und ein Mineralwasser für mich. Während die Getränke zubereitet wurden, lauschte ich ihrem Telefonat und konnte einen irischen Akzent ausmachen. Sie klopfte auf den Tresen und befahl einem der Mädchen im barschen Ton, die Wasserkrüge zu füllen. Dann klappte sie ihr Handy zu, stand auf und ging. Ich sah ihr hinterher. Sie hatte unglaublich schöne Beine, genau wie Overton Siliphant gesagt hatte.

Das war garantiert Leila Leary.

52.

Nach dem Mittagsbüfett zogen Daisy und ich unsere Wanderschuhe an und machten uns in Richtung Mount Cinnabar nach Stingray Cove auf.

Zum Glück mussten wir nur ein kleines Stück den Berg hinaufkraxeln, bevor der Weg dorthin abzweigte. Die Wintersonne hatte ordentlich Kraft, und es war ziemlich heiß. Im Sommer hätte ich diese Wanderung nicht machen wollen, obwohl die Aussicht umwerfend war. Verstreute Inseln im Meer, so weit das Auge reichte.

Zu beiden Seiten des Pfades wuchs hohes Gras, und Daisy und ich hatten einen Stock in der Hand, falls sich irgendetwas daraus hervorschlängelte. Eine Weile ließ sich ein Graubartfalke über uns im Luftstrom treiben. Wir blieben stehen und beobachteten, wie er fast reglos in der Luft schwebte, bis er sich explosionsartig ins Gras stürzte.

Gerade als wir müde wurden und schon bereuten, nicht gesegelt zu sein, erblickten wir unter uns endlich Stingray Cove, ein geschützter Meeresarm mit türkisgrünem Wasser und schmalen Sandstränden, die an felsige Hänge stießen. Ein Geheimtipp war es nicht. Ich zählte allein dreizehn Jachten und sechs Motorboote, die in der Bucht vor Anker lagen. Und Menschen. Viele Menschen.

»Auch Tagesausflügler?«, spekulierte Daisy.

»Bestimmt«, sagte ich, und wir setzen uns hin, um zu verschnaufen.

Mit dem Fernglas schaute ich mir systematisch jede Jacht an.

»Nichts«, murmelte ich und reichte es an Daisy weiter.

Sorgfältig suchte Daisy die Bucht ab. »Guck dir das kleinere blaue Boot ohne Mast noch mal an, das, wo keiner drauf ist.«

Ich versuchte, es mir mit Mast vorzustellen. Es war eine alte Jacht, das war nicht zu übersehen. »Ich weiß nicht. Schwer zu sagen.«

Daisy grinste mich an.

»Was?«, fragte ich.

»Schau mal auf den Namen am Rumpf.«

Das Boot hieß Valor. »Und? Einen weißen Spritzer hat es jedenfalls nicht.«

»Es gehört Mick, ganz sicher«, sagte sie überzeugt.

»Woher weißt du das?«

»Er ist doch Ire, oder?«

Ich nickte.

»Und hieß nicht die Jacht, die den Verunglückten am Riff zur Hilfe gekommen war, Amandine?«

Wieder nickte ich.

Ihr Grinsen wurde breiter. »*Amandine, Kestrel, Nadine, Belle de Fontenay* und *Valor* sind Kartoffelsorten. Und wenn du mich gleich fragst, ob ich sicher bin, haue ich dich.«

Ich schlang die Arme um Daisy und drückte sie. »Gut gemacht! Komm, das sehen wir uns aus der Nähe an.«

»Oh Gott«, stöhnte sie, rappelte sich hoch und klopfte sich den Hintern ab. »Ich komme mir vor wie bei den *Fünf Freunden*.«

Der Abstieg zur Bucht war nicht ohne. Zwischen Gesteinsbrocken und schroff emporragenden Felsen bahnten wir uns vorsichtig einen Weg zum Strand. Die Valor lag etwa fünfzig Meter vom Strand entfernt im Wasser.

Ich setzte mich am Ufer auf einen Fels. Aus der Nähe erkannte ich, dass das Boot der Jacht glich, auf der ich mit Bill Shaw gesegelt war. Da sich am Rumpf keine Nummern befanden, war es wohl nicht registriert.

Irgendwie musste ich an Bord gelangen, um im Innenraum nach der versteckten Seriennummer zu suchen. Die Nummer am Heck hatte Mick bestimmt längst entfernt. Ich überlegte, zur Jacht hinauszuschwimmen, aber ich würde eine Leiter brauchen, um hinaufzuklettern. Außerdem war die Kabine garantiert verschlossen und vor den Menschenmassen hier konnte ich ja wohl kaum das Schloss knacken.

»Wir müssten mit einem Boot hinausrudern, so könntest du an Bord klettern«, sagte Daisy, die offenbar dasselbe dachte wie ich.

»Zu viele Leute hier«, meinte ich. »Tagsüber können wir das vergessen.«

»Ja, aber nachts können wir uns kein Boot leihen.«

»Nein, aber McCormack hat ein Schnellboot.«

Ich zückte das Handy, um McCormack anzurufen, während Daisy Fotos von der Valor machte.

»Heute Abend geht's nicht«, sagte er. »Mein Kumpel ist mit dem Boot nach Mackay unterwegs. Wenn er morgen wieder da ist, helfe ich Ihnen.«

»Danke«, sagte ich. »Ich melde mich dann noch mal.«

»Alles klar für die Geldübergabe heute Abend um zehn?«, fragte er.

»Ja, ja, keine Sorge.«

Ich klappte das Handy zu und berichtete Daisy von dem Gespräch.

»Dann musst du eben bis morgen Abend warten«, sagte sie.

Ich schüttelte den Kopf. Ich gehe die Dinge lieber direkt an.

»Nein, ich komme heute Abend noch mal her«, sagte ich. »Und wenn die anderen Boote immer noch da sind, dann versuche ich es eben morgen wieder.«

»Wie willst du denn da rauskommen?«, fragte Daisy.

»Schwimmen.«

»Im Dunkeln?«

»Ja.«

»Ach du Scheiße«, sagte Daisy.

***

Zurück in der Ferienanlage saßen wir neben der Strandhütte im Gras und lauerten darauf, dass Eddy abgelenkt war. Ich wollte mir in der Hütte eine von den Alu-Bootsleitern schnappen, die hinten an der Wand hingen. Daisy hatte sie gesichtet, als wir die Ruder zurückgebracht hatten.

»Können wir nicht einfach eine ausleihen?«, fragte Daisy ungeduldig.

»Nein. Wenn Mick einen Einbruch auf seiner Jacht meldet, würde Eddy sich bestimmt erinnern, dass wir uns potenzielles Equipment geliehen haben.«

»Oh.« Sie verzog das Gesicht. »Das habe ich überhaupt nicht bedacht.«

Das Mädchen im roten Bikini, das heute Morgen vor uns gekentert war, sauste auf ihrem Surfboard Richtung Strand, direkt auf zwei kleine Kinder zu, die im flachen Wasser spielten. Eddy sprang auf und stürzte sich ins Wasser.

»Jetzt!«, bellte Daisy und versetzte mir einen Rippenstoß.

Ich schlenderte in aller Seelenruhe in die Hütte und schnappte mir eine Leiter von der Wand. Sie war federleicht, ich wickelte sie in mein Handtuch ein und machte mich vom Acker.

Unterwegs holte Daisy mich keuchend ein. »Diese Surferin ist ja gemeingefährlich. Zum Glück ist den Kleinen nichts passiert.«

Wir versteckten die Leiter bei uns im Zimmer und statteten dann der Hütte mit den Gartenmaschinen, die ich auf meinem Ausflug nach Calypso Point entdeckt hatte, einen Besuch ab. Da niemand in der Nähe war, nahm ich mir Bolzenschneider, Stemmeisen und Schraubenschlüssel, während Daisy Schmiere stand.

Daisy war ziemlich bleich, als ich mit meiner Beute herauskam, also gingen wir zurück aufs Zimmer, wo sie sich erst einmal hinlegte. Ich kochte ihr einen Tee und ging anschließend auf den Balkon, um Miles anzurufen.

»Wie geht es Miau Zedong?«, fragte ich, nachdem wir uns begrüßt hatten.

»Wartet an der Gartenpforte auf dich«, sagte Miles.

Als ich ihm die Sache mit Peppy erzählte, lachte er.

»Soll ich immer noch nach diesem Typen Ausschau halten?«

Er meinte McCormack.

»Nein, das hat sich zum Glück geklärt.«

»Du hast letztens so fluchtartig das Restaurant verlassen«, sagte er. »Am Essen lag es doch hoffentlich nicht?«

Miles wollte offenbar die schmutzigen Details meines Streits mit Rafe wissen. »Natürlich nicht«, antwortete ich. »Mein Begleiter war schuld.«

Miles stieß einen tiefen Seufzer aus. »Zu schade. Ich habe dich noch nie so glücklich erlebt wie in den letzten paar Monaten.«

Auf die Diskussion hatte ich jetzt gar keine Lust. »Ist Rafe noch geblieben?«

»Nein, er hat die Rechnung bezahlt und mir einen Fünfziger in die Hand gedrückt, den ich dir zurückgeben soll. Er wirkte ziemlich geknickt.«

Rasch wechselte ich das Thema und berichtete Miles von der Insel. Er wusste, dass ich an einem Fall arbeitete, und sagte: »Mach mir ja keine Dummheiten, hörst du?«

»Ich doch nicht!«, gab ich zurück, und er legte lachend auf.

53.

Daisy hatte sich erholt und bestand darauf, mich nach Stingray Cove zu begleiten.

»Am besten gehen wir noch im Hellen los«, sagte ich und verstaute das geborgte Werkzeug, meinen eigenen Werkzeugsatz, Kamera, Telefon, Gummischuhe, Badekappe und einen großen Zip-Lock-Beutel in meinen Rucksack. »Wir müssen rechtzeitig wieder hier sein, um uns für die Geldübergabe umzuziehen.«

»Dann sollten wir uns sofort aufmachen«, Daisy sah auf ihre Armbanduhr.

»Wird schon schiefgehen.« Mich plagten jetzt schon düstere Visionen der Tierwelt, die sich nachts in den Untiefen der Bucht herumtrieb, aber das musste Daisy ja nicht wissen.

Sie hatte uns Sandwiches und Bananen aus dem Restaurant organisiert, da wir das Abendessen vermutlich verpassen würden. Und wenn wir erst bei der Bucht angelangt waren, würde ich etwas essen müssen, besonders vor der stressigen Schwimm- und Suchaktion.

Beide trugen wir dunkle Klamotten und Wanderschuhe, den Badeanzug hatte ich schon druntergezogen, und das Diabetiker-Kit steckte in meiner Bauchtasche. Daisy hatte die Leiter zusammen mit einer Taschenlampe und dem Essen in ihrem Rucksack verstaut. Mit einem Neoprenanzug hätte ich mich wesentlich wohler gefühlt, denn im Wasser konnten fiese Quallen lauern. Doch während der

Wintermonate war die Quallengefahr zum Glück geringer, sodass ich es riskieren wollte.

So weit hatte ich alles. Nachdem wir uns noch mit Insektenspray eingesprüht hatten, fragte ich Daisy, ob sie bereit sei. Sie nickte, aber sie wirkte nicht allzu begeistert.

Wir durchquerten die Ferienanlage und schlugen dann den Weg nach Stingray Cove ein. Trotz einer leichten Brise war es nicht kalt. Daisy ging voraus, und wir liefen ziemlich schnell, denn wir wollten es unbedingt noch vor Einbruch der Dunkelheit den Hang hinunter zur Bucht schaffen.

Oben am Hügel angekommen, blieben wir stehen und sahen hinunter. Der Moment der Entscheidung war gekommen. Wenn noch andere Boote in der Bucht ankerten, würden wir umkehren und es morgen Abend erneut versuchen. Andernfalls wollten wir die Sache durchziehen.

Unsere Augen hatten sich an die Dämmerung gewöhnt, und außer der blauen Bombora lag die Bucht verlassen da. Ich spürte Daisys Enttäuschung, sie hatte wohl gehofft, dass wir am folgenden Tag McCormacks Boot nehmen konnten.

Vorsichtig machten wir uns an den steinigen Abstieg. Keine von uns sprach, und wir stolperten zum Glück auch nicht.

Fünf Minuten später saßen wir auf den Felsen am Wasser. Nur wir zwei und tausend Sandfliegen.

»Meinst du, das Insektenspray taugt was?«

»Hmm«, murmelte ich, doch ich hörte nur mit halbem Ohr hin. Ich dachte an den Rückweg. Der Hinweg war machbar gewesen, aber die Strecke im Dunkeln zurückzulegen würde bestimmt kein Spaß werden.

Im letzten Tageslicht verstaute ich Taschenlampe, Kamera und Werkzeug im Zip-Lock-Beutel und verschloss ihn. Anschließend spritzte ich mir Insulin, und wir aßen schweigend unsere Sandwiches. Ab und zu sprang ein Fisch aus dem Wasser und tauchte mit einem Plätschern wieder ab. Wir vermieden es, die Hammerkopfhaie zu erwähnen. Oder dass gerade Fütterungszeit war.

Die Insekten schienen uns in Ruhe zu lassen. Ich zog mich aus, schlüpfte in die Wasserschuhe und schob mir den Zip-Lock-Beutel und das geliehene Werkzeug samt Bolzenschneider vorne in den Badeanzug. Dann drehte ich meinen Zopf auf dem Kopf zu einer Schnecke und stülpte die Badekappe über.

Am Ufer atmete ich noch mal tief durch. Bangemachen galt nicht.

»Ich gehe jetzt rein.« Ich bemühte mich, souverän zu klingen.

Daisy leuchtete mit der Taschenlampe ins flache Wasser.

»Oh Gott!«, rief sie aus.

»Was?«

Sie warf einen Stein ins Wasser und am Grund brach wildes Gewimmel aus.

»Stachelrochen!«, kreischte Daisy.

»Halb so wild«, beschwichtigte ich. »Die bleiben im flachen Gewässer. Solange wir eine Schneise für mich bahnen können, ist das kein Problem. Nach ein paar Metern fällt der Grund steil ab.«

»Wenn du meinst.« Überzeugt klang sie nicht.

Gemeinsam warfen wir so lange Steine und kleine Felsbrocken ins Wasser, bis sich dort nichts mehr rührte. Von einem herumliegenden Ast brach ich einen Zweig ab und stocherte damit auf dem Grund herum. Alles schien stachelrochenfrei. Den Zweig gab ich Daisy, damit sie die Aktion bei meiner Rückkehr wiederholen konnte. Im Gegenzug reichte sie mir die Leiter.

Inzwischen hatten sich meine Augen an die Dunkelheit gewöhnt, und ich konnte die Jacht deutlich erkennen. Unwillkürlich musste ich an die Titelmusik von *Der weiße Hai* denken.

»Dann mal los«, sagte ich und stürzte mich kopfüber in die Fluten. Die Leiter war leicht, aber unhandlich, also drehte ich mich auf den Rücken, hielt sie über der Brust fest und paddelte mit den Beinen. Ich wollte nicht wie verrückt herumstrampeln. In Filmen schnappt sich Haifischli auch immer den zappelnden Hund.

Ich war froh, dass das Wasser nicht allzu kalt war. Ich sah zu den Sternen hinauf und versuchte krampfhaft, nicht an das zu denken, was unter mir schwamm – was natürlich dazu führte, dass ich an nichts anderes denken konnte. Mit Steven Spielberg hatte ich noch ein Hühnchen zu rupfen.

Als ich mich dem Boot näherte, drehte ich mich auf den Bauch und hielt die Leiter beim Schwimmen vor mir aus dem Wasser. Nach mehreren Versuchen gelang es mir, sie am Rumpf einzuhaken und an Bord zu klettern.

»Ich hab's geschafft«, rief ich.

»Gott sei Dank«, hörte ich Daisys Stimme.

Das Boot schaukelte ganz schön, und ich versuchte, die Balance zu behalten. Ich zog den ganzen Krempel aus dem Badeanzug und leuchtete mit der Taschenlampe das Heck von außen ab. Nummern oder Plaketten fand ich nicht. Es sah ganz so aus, als hätte jemand die Seriennummer des Herstellers abgeschliffen.

Ich versuchte es an der Luke, die zur Kabine führte, doch sie war mit einem Vorhängeschloss gesichert. Auf dem Kajütendach hatte ich auch kein Glück. Also stieg ich wieder ins Cockpit und sah mir das Schloss genauer an.

Bibbernd vor Kälte machte ich mich im Schein der

Taschenlampe mit dem Bolzenschneider am Schloss zu schaffen, aber ich bekam es einfach nicht auf.

Mist!

Zwanzig Minuten lang kämpfte ich erfolglos mit dem Schloss. Zumindest war mir jetzt nicht mehr kalt. Dann hatte ich den brillanten Plan, das Stemmeisen hinter dem Schloss anzusetzen und gleich das ganze Ding abzustemmen. Mit dem Bolzenschneider hämmerte ich auf das Stemmeisen ein, bis es verkeilt zwischen Luke und Schloss saß.

Mittlerweile hatte ich schon fast eine halbe Stunde auf dem Boot verloren, aber ich wollte nicht am nächsten Tag noch mal kommen müssen, also packte ich das Stemmeisen und zog, einen Fuß auf die Luke gestellt, mit aller Kraft.

Krachend splitterte das Holz, das Schloss flog ab, und ich wurde ins Cockpit katapultiert.

Ich fluchte laut.

»Alles okay?«, brüllte Daisy.

»Ja«, rief ich zurück und rappelte mich auf.

Ich stieg vorsichtig hinunter in die Kajüte. Sie war schmutzig und stank nach alten Socken. Ich öffnete den Kajütenschrank. Gespannt bückte ich mich und richtete den Strahl der Taschenlampe nach oben zu der Stelle, die Bill Shaw mir gezeigt hatte.

Und da war sie. B23C105.

Natürlich konnte ich nicht wissen, ob dies nun die Lavendel oder die zweite Jacht war, aber ich befand mich definitiv auf einer der verschollenen Bomboras.

Triumphierend ballte ich die Faust. Ich beeilte mich, Fotos von der Kajüte und der Seriennummer zu machen, und warf einen Blick in den kleinen Schrank gegenüber. Ganz hinten in eine Plastikplane gewickelt befand sich eine Metallkiste in Größe eines Schuhkartons.

Ich legte die Taschenlampe auf ein Regal und riss die Plane weg. Die Kiste war ebenfalls mit einem Vorhängeschloss gesichert, also klemmte ich sie mir zwischen die Beine und machte mich wieder mit dem Bolzenschneider ans Werk. Das Schloss war viel kleiner und leichter zu knacken. Ich öffnete den Deckel.

Es handelte sich um eine wahre Schatztruhe, mit Geld und Dokumenten gefüllt. Ich zählte ungefähr 200 000 Dollar in Hundert-Dollar-Bündeln, die vermutlich aus Leilas Geldwäsche stammten. Unter den Scheinen fand ich australische Pässe, Geburtsurkunden und Führerscheine auf die Namen Martin und Lucy Linton. Die Passbilder waren natürlich von Michael und Leila Leary. Ha! Ich hatte ihr Fluchtgeld entdeckt.

Was sollte ich jetzt tun?

Wenn ich die Dokumente zurückließ, konnten Mick und Leila sich aus dem Staub machen, also stand schon mal fest, dass ich die mitnehmen würde. Nur bei dem Geld war ich unsicher. Mitnehmen war Diebstahl, aber zurücklassen wäre reine Dummheit. Kurz entschlossen stopfte ich mir die Geldbündel vorn und hinten in den Badeanzug und hoffte, dass per Gerichtsbeschluss wenigstens ein Teil des Geldes irgendwann in Nemonys Taschen landen würde.

Als ich die Dokumente im Zip-Lock-Beutel verstaute, fielen zwei Fotos aus einem Ausweis. Eines war ein Abzug von dem Foto, das mir Nemony gezeigt hatte, von ihr und Mick in Sydney Harbour. Auf dem anderen hatte Mick den Arm um eine ältere Frau mit schulterlangem rotem Haar, einer spitzen Nase und einem netten Lächeln gelegt. Sie saßen auf einer Parkbank, und ich ging davon aus, dass es sich bei der Frau um seine Mutter handelte.

Ich legte die Fotos zurück in den Pass und fragte mich,

warum Mick es riskiert hatte, ein Bild von Nemony aufzubewahren. Hatte er sie am Ende doch geliebt?

Mit zitternden Händen wickelte ich die Kiste wieder in die Plane ein und schob sie zurück ins Versteck. Ich kletterte nach oben und schloss die Luke provisorisch. Ich schaltete die Taschenlampe aus, steckte noch die restlichen meiner Utensilien in den Plastikbeutel und stopfte mir alles in den Badeanzug, der mittlerweile zu platzen drohte. Das geliehene Werkzeug musste ich leider über Bord werfen.

»Ich mache mich auf den Rückweg«, rief ich Daisy zu.

»Beeil dich!«, befahl sie.

Vorsichtig stieg ich über die Leiter ins Wasser. Ich löste sie, drehte mich wieder auf den Rücken und bewegte mich mit der Leiter vor der Brust auf das Ufer zu.

Ich hatte vielleicht zehn Meter zurückgelegt, da berührte mich etwas am Bein. Erschrocken schrie ich auf und strampelte hektisch.

»Schwimm«, hörte ich Daisy rufen. »Schwimm, Scout!«

Wieder eine Berührung! Ich stieß die Leiter von mir und schwamm wie der Teufel ans Ufer, getrieben von grausigen Gedanken. Bei den Panpazifischen Schwimmmeisterschaften hätte ich Gold geholt, kein Scherz.

Daisy stand mit dem Stock im Wasser parat, um meinen Verfolger abzuwehren. Kaum hatte ich flaches Gewässer erreicht, schnappte Daisy meinen Arm und zog mich mit einem Ruck ans Land.

»Gott sei Dank«, sagte sie.

Heftig keuchend lag ich still, während sie meine Arme und Beine abtastete.

»Noch alles dran?«, schnaufte ich.

»Ja, du bist noch ganz.«

Auf einmal musste ich lachen.

»Was ist denn so lustig?«, fragte sie und leuchtete mir mit der Taschenlampe ins Gesicht.

»Das war genial«, japste ich. »Einfach toll!«

Daisy konnte offenbar nicht darüber lachen. »Zu Hause besorge ich dir einen ruhigen Job im Bioladen.«

54.

Wir mussten uns sputen, um für die Geldübergabe rechtzeitig wieder in der Ferienanlage zu sein.

In Windeseile zog ich den Plastikbeutel und die nassen Geldbündel aus meinem Badeanzug und stopfte alles in den Rucksack.

»Mein Gott«, sagte Daisy und lenkte den Strahl der Taschenlampe auf das Geld. »Mit Kartoffeln kann man anscheinend das große Geld verdienen.«

Ich lachte und erzählte ihr, was ich alles gefunden hatte. Im Licht der Taschenlampe kraxelten wir den Hang hinauf. Der Rückweg gestaltete sich zum Glück leichter als zunächst befürchtet. Unterwegs aß ich eine Banane, weil mein Blutzuckerspiegel im Keller war und ich dringend einen Energieschub brauchte. Wir legten ein gutes Tempo vor, Daisy lief vorneweg und joggte hin und wieder mal ein Stück. Kleiner Tipp: Lassen Sie das mit dem Joggen im Dunkeln besser, wenn Sie gerade eine Banane essen.

Sobald wir zurück auf unserem Zimmer waren, half Daisy mir, ein Kissen aufzuschneiden und so viel Füllung herauszunehmen, dass ich die Beute aus der *Valor* darin verstauen konnte. Ich stopfte das Kissen wieder in den Bezug, schüttelte es ein wenig auf und legte es zurück auf das Bett.

»Perfekt«, sagte Daisy. »Das sieht kein Mensch.«

Eine Viertelstunde später saßen wir frisch geduscht in

Jeans und Pulli mit etwa fünfzig anderen Gästen an der Bar. Es war Viertel vor zehn.

Leila stand mit zwei jungen Frauen und einem jungen Mann hinter dem Tresen. Die jungen Leute trugen weißblaue Uniformen, Leila dasselbe wie am Vormittag, nur diesmal prangte ein Namensschild an ihrer Brust. In den fünf Minuten, in denen ich sie beobachtete, lächelte sie kein einziges Mal. Sie war die sprichwörtliche Schneekönigin, und ihre Angestellten taten mir leid.

»Wissen wir, wie der Geldbote aussieht?«, fragte Daisy.

»McCormack meinte, wir sollten nach einem untersetzten Typen Ausschau halten, um die dreißig, muskelbepackt, tätowiert. Hat was von einem Cowboy.«

»Was?«

»So hat er ihn beschrieben«, sagte ich schmunzelnd.

Daisy trank einen Kognak, sie meinte, den brauche sie jetzt. Ich hatte mir einen Weißwein und ein Wasser bestellt, wobei mir der Wein bloß als Requisite diente.

Wir hatten uns so hingesetzt, dass ich die Bar im Blick hatte und Daisy den Eingang einsehen konnte. Meine Digitalkamera mit Zeit- und Datumsanzeige und ausgeschaltetem Blitz lag auf meinem Schoß bereit.

Als es auf zehn zuging, schaute Leila immer häufiger auf ihre Uhr.

»Achtung!«, raunte Daisy. Ich tat so, als klopfte ich mir Fusseln von der Schulter, und drehte mich um. Herein trat ein Rambo-Verschnitt mit den krummsten O-Beinen, die ich je gesehen habe. Er trug Jeans und ein schwarzes Tanktop, seine Arme waren mit Tätowierungen übersät. In der Hand hielt er eine schwarze Plastiktüte.

Mit einem Gang wie ein Orang-Utan näherte er sich dem Tresen und schwang sich auf einen Barhocker. Leila nickte ihm zu, machte ein Bier fertig und brachte es ihm.

Nachdem sie ein paar Worte gewechselt hatten, sah er sich um und setzte sich in eine leere Sitzecke in unserer Nähe, die Tüte sicher auf dem Schoß.

Wir ignorierten ihn betont und diskutierten derweil lebhaft über Kartoffeln, wobei Daisy den Großteil der Unterhaltung bestritt und ich vorgab zuzuhören. Rambo saß direkt in meinem Blickfeld, sodass ich unauffällig ein Foto von ihm und der Tüte machen konnte.

Kurz darauf ging Leila zu ihm und nahm gegenüber von ihm Platz. Beide lehnten sich in ihren Sitzen vor und unterhielten sich angeregt, sie schienen ihre Umgebung gar nicht wahrzunehmen. Ich ließ sie keine Sekunde aus den Augen, während Daisy über Kartoffelfäule schwafelte und ich zwischendurch immer mal »echt« und »oha« vor mich hinmurmelte.

Im Hintergrund schwang sich Whitney Houstons Stimme gerade zum Finale auf, als eine Gruppe junger Leute lachend und lärmend in die Bar strömte. Die Gelegenheit war günstig, und Leila griff nach der Tüte, die der Mann ihr reichte. Als ihre Hand die Tüte berührte, machte ich das Foto.

Irgendwie muss Leila etwas gespürt haben, denn sie blickte mich direkt an.

Mist. Ich warf lauthals lachend den Kopf zurück und sagte zu Daisy: »Komm, ich mach gleich noch eins. Ich hatte den Blitz eben aus.«

Artig posierte Daisy mit dem Glas in der Hand, und ich machte ein Foto von ihr. Dann tat ich so, als sähe ich mir das Bild an, und nickte Daisy lächelnd zu. Wir lachten beide, und als Daisy noch etwas über Kartoffeln zum Besten gab, lachten wir noch viel mehr. Für unsere Darbietung hätten wir einen Emmy verdient.

Aus dem Augenwinkel sah ich, dass Leila das Interesse an

mir verloren hatte und wieder in ihr Gespräch mit Rambo vertieft war. Den Plastikbeutel hielt sie ganz fest, als fürchtete sie, dass er spontan von ihrem Schoß springen und sich verdünnisieren könnte.

McCormack hatte recht, die Geldübergabe ging nicht sonderlich diskret über die Bühne. Aber man stellt häufig fest, dass Leute, die in geografisch abgelegenen Gegenden leben, glauben, die allgemeinen Spielregeln würden für sie nicht gelten. Und mitunter ist das offensichtlichste das beste Versteck.

Daisy hatte ihren Kognak ausgetrunken, und ich schob ihr mein Weinglas hinüber.

Sie hob das Glas zum Toast.

»Und, hat es geklappt?«

Ich schaute auf der Kamera nach. Dann nahm ich mein Wasser, und wir stießen an.

»Oh ja«, sagte ich.

Im Zimmer lud ich die Fotos von der Geldübergabe auf meinen Computer und mailte sie McCormack.

Nemony konnte ich um diese Zeit nicht mehr anrufen, um sie zu fragen, ob sie Gegenstände mit möglichen DNA-Spuren von Mick gefunden hatte. Stattdessen schaute ich noch kurz in meinem E-Mail-Postfach nach, ob Tom sich gemeldet hatte.

Hatte er nicht, dafür fand ich eine Mail von Rafe von heute Mittag mit dem Betreff: *Bitte lesen*. Natürlich löschte ich sie umgehend, ohne sie zu lesen. Ich war nach wie vor sauer auf ihn, auch wenn ich mich schon langsam etwas beruhigt hatte. Vielleicht würde ich die Mail noch ein paar Tage im Papierkorb lassen. Nur zur Sicherheit.

»Tom hat noch nichts von sich hören lassen«, sagte ich.

Daisy lag auf dem Bett und starrte an die Decke.

»Ist das bei dir immer so? Bei deinem Job, meine ich?«, fragte sie.

»Manchmal. Aber es gibt auch Tage, da schlage ich mich nur mit Papierkram herum.«

»Nichts für Angsthasen«, meinte Daisy.

»Und nichts für ängstliche Assistentinnen«, sagte ich, und sie grinste zufrieden.

Als sie sich zehn Minuten später Zinkpaste auf ihre Mückenstiche schmierte und ich die blauen Flecke auf meinen Beinen inspizierte, rief Dandy McCormack an.

»Die Bilder sind 'ne Wucht«, krächzte er. »Danke und tut mir leid, wenn ich Sie jetzt geweckt habe.«

»Keine Sorge, ich bin noch wach. Und danke auch für die Passbilder.«

»Wann wollen Sie mit Ihrer Geschichte an die Öffentlichkeit?«

»Dieser Tage«, sagte ich. »Und Sie?«

»Ich brauche noch ungefähr drei Wochen. Und machen Sie sich keine Gedanken über Leilas Rolle in Ihrem Fall. Das wird meiner Geschichte keinen Abbruch tun.«

»Würde mir schwerfallen, Leila aus der Sache herauszuhalten.« Dennoch fand ich es nett, dass er mir grünes Licht gab.

Ich wartete, dass er noch etwas sagen würde. Schließlich meinte er: »Wollen Sie mich gar nicht nach der Versicherung fragen?«

»Okay, haben Sie was herausbekommen?«

»Mein Kumpel hat nichts über eine alte Lebensversicherung auf den Namen Michael Leary oder O'Leary gefunden, die eingelöst wurde. Aber deshalb kann es sie trotzdem gegeben haben.«

»Und?«

McCormack kicherte. »Und Michael und Leila Leary

haben im September 83 in Queensland eine Bootsversicherung über zwei Bomboras 23 Classic mit den Seriennummern B23C104 und B23C105 abgeschlossen. Im November 83 hat Leila gemeldet, dass eine der Bomboras im Sturm verschollen ist. Im Mai 84 hat sie 36 000 Dollar für den Verlust einer Segeljacht namens *Lavender* mit der Seriennummer B23C104 kassiert, dic im Hafen von Sydney während eines schlimmen Sturms gekentert ist.«

Mein Herz schlug einen Zacken schneller. Also war die *Lavender* doch gesunken und der alte blaue Kahn, die *Valor*, war die zweite Jacht.

»Erzählen Sie weiter«, sagte ich aufgeregt.

»Nach Vorlage eines Untersuchungsberichts und eines meteorologischen Gutachtens wurde ihr das Geld ausgezahlt.«

Ich stand auf und lief im Zimmer auf und ab. Daisy spürte meine Aufregung und verfolgte mich mit ihrem Blick.

»Wurden bei der Versicherung Ansprüche auf ein Beiboot, Segel oder Rettungsausrüstungen erhoben?«, fragte ich.

»Nein.«

Also schien sich Bill Shaws Theorie, dass Mick mit dem Schlauchboot entkommen war, zu bewahrheiten.

»Wissen Sie zufällig, wie die zweite Jacht hieß?«

»*Valor.*«

Ja! Es wurde immer besser. »Für mich sind das super Nachrichten«, sagte ich. »Das fügt sich alles perfekt zusammen. Könnte ich die Papiere vielleicht mal sehen?«

»Checken Sie in zehn Minuten Ihre Mails«, sagte er. »Ich scanne sie ein.«

»Danke.«

McCormack zögerte. »Haben Sie eigentlich schon eine bessere Hälfte, Scout?«

Hilfe!

»Habe ich«, sagte ich freundlich, »ansonsten würde ich mir Ihr Angebot durch den Kopf gehen lassen.«

»Einen Versuch war's wert«, meinte er lachend.

»Ich fühle mich geschmeichelt«, antwortete ich.

»Gute Zusammenarbeit, Mann«, sagte er. »Vielleicht ergibt sich mal wieder eine Gelegenheit.«

»Bestimmt«, sagte ich.

Nach dem Gespräch weihte ich Daisy in die wichtigsten Punkte ein, nur die Flirterei ließ ich außen vor.

»Aber im Untersuchungsbericht steht doch O'Leary«, sagte sie. »Und Nemonys Name.«

»Das O' könnte Leila ganz leicht entfernt und mit Tipp-Ex und einer Schreibmaschine Nemonys durch ihren eigenen Namen ersetzt haben. Auf einer Fotokopie würde man das nicht erkennen.«

Daisy war anzusehen, dass sie meine Theorie im Geiste auf mögliche Fehler abklopfte.

»Aber wenn die Versicherung auf Michael und Leila Leary ausgestellt war und Leila den Anspruch als Leila Leary geltend gemacht hat, dann haben sie die Versicherung im Grunde ja gar nicht betrogen.«

»Haben sie wohl«, sagte ich. »Weil ihnen das Boot gar nicht gehörte. Sie haben Nemony um ihr Geld betrogen, um das Boot zu stehlen, und insofern haben sie selbst auch keinen Verlust erlitten. Mick und Leila haben so ungefähr jedes Gesetz gebrochen, das es gibt.«

»Nicht zu vergessen die Bigamie«, erinnerte Daisy.

»Genau.« Ich grinste sie an. Witzig, dass sie so auf die Bigamie pochte.

»Was brauchst du jetzt noch?«, fragte sie.

»Ein Foto von Micks Gesicht und seinem Haar mit Datum.«

»Reicht denn das Passbild nicht?«

»Nein, ich brauche einen Fotobeweis, wo er sich aufhält und was er so treibt. Außerdem hätte ich gerne Spuren von seiner DNA.«

»Unsere Aufgaben für morgen?«

Ich nickte.

»Dann ab ins Bett, wir brauchen unseren Schönheitsschlaf«, sagte Daisy entschlossen.

Vor dem Schlafengehen schrieb ich Harper noch eine SMS, dass es mir gut ginge. Dann schaute ich, ob ich irgendwelche Nachrichten hatte. Rafe hatte mir am Nachmittag zwei SMS geschickt, in beiden stand: Dringend! Ruf mich an!

Dringend, genau!

»Da kannst du lange drauf warten«, murmelte ich und löschte die Nachrichten. Ansonsten gab es nichts Wichtiges. Ich räumte noch den Posteingang auf und ging ins Bett.

Kaum hatte ich die Augen geschlossen, sah ich Rafe vor mir. Ich versuchte, auch dieses Bild zu löschen, aber das war gar nicht so einfach. Er lag bei sich auf dem Balkon in Tallow Beach auf der Liege, las ein Buch und nippte an einem Scotch. Oft hatte ich mit ihm auf dieser Liege gelegen, allerdings waren wir schon länger nicht mehr da gewesen, seit es kühler geworden war. Es war eher etwas für den Sommer, außerhalb von Byron Bay gelegen, mit Swimmingpool und Klimaanlage. Und Wasserbett. Ich hörte mich einen sehnsüchtigen Seufzer ausstoßen und befahl meinen Gehirnzellen, sich auf die Arbeit zu konzentrieren.

Ich lag noch eine Weile wach und dachte über den Fall nach. Mit einem guten Foto von Mick hätte ich genügend Puzzleteile zusammen, um ein Exposé zu schreiben. Das würde ich tun, sobald ich wieder zu Hause war. Das Überarbeiten würde bestimmt einige Tage dauern, bis die Geschichte so war, wie ich sie haben wollte. Ich freute mich schon auf diesen entspannten Teil der Arbeit, wo ich mit Miau Zedong im Arbeitszimmer sitzen, Tee schlürfen und alle Teilchen zusammensetzen würde.

55.

Daisy und ich waren morgens gleich mit der ersten Fähre auf das Festland nach Shute Harbour gefahren.

Nun saßen wir im Sonnenschein an Bord der *Kestrel*, einer luxuriösen Jacht mit glänzend schwarzem Rumpf, strahlend weißem Deck und hohem eleganten Mast. Völlig naheliegend also, sie nach einer schlammigen braunen Kartoffel zu benennen.

Noch lag das Boot am Steg vertäut, und wir warteten auf den Kapitän. Einerseits fürchtete ich, Mick würde gar nicht kommen, andererseits war mir schlecht vor Aufregung, bei der Vorstellung, ihn gleich leibhaftig vor mir zu sehen.

»So einen spannenden Urlaub hatte ich noch nie«, verkündete Daisy, während ich diskret Fotos von den Plaketten und Nummern am Heck machte. »Und heute steht uns ja auch wieder Arbeit bevor, nicht?«

Daisy schien ihr Leben als Amateurdetektivin ja ganz gut zu gefallen. »Ja, heute müssen wir wieder ran«, bestätigte ich.

Gott sei Dank amüsierte sie sich, dabei musste sie mir bisher eigentlich immer nur hinterherlaufen. Ohne ihre Hilfe hätte ich das alles jedoch nie geschafft. Sie strahlte stolz, als ich ihr das sagte.

Ich musste mir schon an schlimmeren Orten die Zeit vertreiben. Shute war ein betriebsamer Hafen, der von bewaldeten Gipfeln umgeben war. Dort ankerten Segeljachten und teure Motorboote, Menschen in feschen Uniformen eilten mit Klemmbrettern über Stege, Möwengeschrei erklang von hohen Pöllern und die sich im Wind bewegenden Takelagen sangen von einem Leben unter freiem Himmel.

Außer uns war noch eine sechsköpfige Familie an Bord der *Kestrel*: Vater, Mutter und vier lärmende pubertierende Söhne, die auch auf Silver Gull Urlaub machten. Die Besatzung bestand aus zwei Mädchen und zwei Jungen, die ich auf Mitte zwanzig schätzte. Sie trugen schwarze Shorts und schwarze Polohemden mit dem weißen Splash-Logo auf der Brust. Darunter waren ihre Namen gestickt. Die Mädchen, Danni und Brittani, kochten Kaffee, und die Jungs, Bigelow und Rocky, verrichteten scheinbar wichtige Arbeiten an Segel und Takelage. Wahrscheinlich konnten sie bloß keinen Kaffee kochen.

Während wir uns mit einem kleinen Imbiss erfrischten, ging Danni mit uns die Sicherheitsvorschriften durch und verteilte Schwimmwesten. Als ich meine gerade anlegen wollte, rief Bigelow vom Bug: »Da kommt der Käpt'n. Legt mal'n Zahn zu!«

Kurz darauf sprang Mick an Bord, und ich stand so unter Strom, als hätte ich in eine Steckdose gefasst. Von Leila keine Spur, die zählte wahrscheinlich zu Hause das Geld.

Ich muss sagen, für einen Toten sah Mick verdammt gut aus. Genau wie Leila hatte er bestens auf sich achtgegeben und wirkte ziemlich jung für seine sechzig Jahre. Er war schlank und braun gebrannt mit tief liegenden dunklen Augen und grau meliertem Haar. Von Nahem stach die weiße Haarsträhne so ins Auge, dass sie beinahe künstlich wirkte.

Er trug die gleiche Kluft wie seine Crew und auf seinem Shirt war der Name *Mitch* eingestickt. Für mich bestand kein Zweifel, dass er der Mann war, der Nemony geheiratet hatte, und ich musste ihn unentwegt anstarren.

Es folgte eine allgemeine Begrüßungsrunde, bei der ich mich als Fantasia Jonson vorstellte und Daisy als meine Cousine Ysiad. Ich sprach es »isi-jet« aus.

Daisy blickte ziemlich ratlos, und ich amüsierte mich köstlich.

»Das klingt ja wie eine Fluglinie«, sagte einer der Jungs, und lächelnd antwortete ich: »Genau.«

Mick übernahm das Steuer, und mit einem Rettungsboot im Schlepptau tuckerten wir aus dem Hafen. Daisy und ich fotografierten im Vorbeifahren alle möglichen Jachten. Wenn wir schon mal die Chance hatten, nach der *Lavender* Ausschau zu halten, wollten wir sie auch nutzen. Später konnten wir dann in Ruhe noch mal alle Bilder durchsehen. Außerdem wäre das auch die Gelegenheit gewesen, Mick zu fotografieren, wenn er sich nur nicht so eine dämliche Mütze aufgesetzt hätte.

Geduld, Scout. Geduld.

Als wir weit genug von Low Rock und Shute Island entfernt waren, zogen Rocky und Bigelow die Segel hoch, umrundeten South Molle und segelten dann durch den wunderschönen Korridor zwischen den Whitsunday Islands nach Nordosten Richtung Hook Island.

Die *Kestrel* glitt durchs Wasser, und ich genoss es, den Wind und die Gischt im Gesicht zu spüren. Wir winkten den anderen Seglern zu und bestaunten die Delfine, die mit uns im dunkelblauen Meer um die Wette schwammen. Es waren magische Momente, und mir tat Nemony unendlich leid, denn genau so hätte ihr Leben aussehen können. Mehr als einmal warf ich Mick böse Blicke zu.

»Fahren wir auch durch die Hook-Passage, Mitch?«, rief

Daisy laut. Sie hatte ihre helle Freude daran, ihn mit diesem Namen anzureden.

Er nickte. »Wir segeln an der Whitsunday Island vorbei, dann durch die Passage bis hinaus zur Common Noddy Island. Dort essen wir Mittag, und Sie können baden und schnorcheln. Es wird Ihnen gefallen.« Selbst nach all den Jahren war sein irischer Akzent unverkennbar und verdammt sexy. Das Steuer fest in der Hand, stemmte er sich gegen die Schräglage des Bootes, das Gesicht feucht von Gischt, und ich konnte gut verstehen, warum Nemony sich verliebt hatte und ihm nach Sydney gefolgt war.

Die Familie amüsierte sich prächtig. Sie saßen hoch auf dem Süll, die Beine über Bord, und hielten sich an den Seilen fest. Die Jungs stellten sich abwechselnd zu Mick und hielten mit ihm das Steuerrad. Er spielte mit und gab den netten Kerl. Bei diesem Anblick drehte sich mir der Magen um.

Mit wackligen Schritten ging ich die Treppe hinunter zu den Toiletten. Eigentlich wollte ich nur ungestört in den Schränken herumschnüffeln, ob ich irgendwo etwas mit Micks DNA auftreiben konnte. Unter Deck war sonst keiner, also sah ich mich eine ganze Weile um, aber ich fand nichts, was eindeutig ihm gehörte.

Wieder an Deck musterte ich ihn eingehend. Vielleicht hing irgendwo ein Haar, das ich ihm – nett und aufmerksam, wie ich war – vom Shirt zupfen konnte. Fehlanzeige.

Daisy flüsterte mir zu: »Hör endlich auf, ihn so anzuglotzen.«

Ich verzog das Gesicht. Fiel mir schwer.

Mittags gingen wir vor Common Noddy Island vor Anker und bekamen an Bord ein Büfett aus kaltem Huhn, Garnelen und Salat serviert und zum Nachtisch eine

Obstplatte. Für die Erwachsenen gab es Sekt und Bier und für die Kinder Saft. Besonders einfallsreich war das Essen nicht, aber es erfüllte seinen Zweck.

Als alle fertig waren, bot ich an, beim Abräumen zu helfen, um Micks Gabel zu stibitzen, doch Danni beförderte mich unsanft aus der Kombüse. So leicht bekam ich keine DNA-Probe vom Kapitän, und das mit dem Foto erwies sich auch als problematisch, weil er immer noch die Mütze aufbehielt. Wie alle anderen Gäste hatte auch ich schon zahllose Bilder mit Mick drauf gemacht, nur reichten die für meine Belange nicht.

Die Jungs wollten gerne die Insel erkunden, also fuhr Bigelow die Familie mit dem Beiboot hinüber. Daisy und ich wollten lieber zum Riff hinausschwimmen. Ich hatte die Hoffnung, dass alle an Land gehen würden und ich in Ruhe die Jacht durchsuchen könnte, doch leider blieben Mick und Brittani an Bord.

Daisy und ich sprangen mit Taucherbrille, Schnorchel und Schwimmflossen ins Wasser und schwammen zum nächsten Korallenriff. Mein neuer schwarz-blauer Badeanzug passte ganz vorzüglich zu den blauen Flecken auf meinen Beinen.

Tagsüber verspürte ich keinerlei Angst im Wasser, und diesmal raubte mir das Schwimmen im positiven Sinne den Atem: Unter mir zogen farbenfrohe Fischschwärme durch das kristallklare Wasser, und darunter leuchteten Korallen, die an Blumenkohl oder umgedrehte Pilze erinnerten.

Bald darauf entdeckte ich auch Käpt'n Nemo. Blitzschnell schoss er zwischen wogenden rosa Seeanomen hin und her und spielte Verstecken mit Hunderten Artgenossen. Ein neugieriger Papageienfisch von der Größe eines Brotlaibs schwamm auf mich zu und stieß mir gegen die

Brille. Ich schaute mich nach Daisy um. Sie hatte es gesehen und hielt die Daumen hoch.

Irgendwann waren wir vollkommen erschöpft und kletterten schweren Herzens über eine Leiter zurück an Bord.

»Das war unglaublich«, rief Daisy und hievte sich über die Reling.

»Ja, wunderschön«, sagte ich und sah mich um.

Außer Mick waren alle im Wasser. Er beobachtete vom Bug, wie seine Leute der Familie das Schnorcheln beibrachten.

»Was sollte eigentlich dieser bescheuerte Name?«, fragte Daisy beim Abtrocknen.

»Ysiad?«

»Ja. Wollten wir uns nicht bedeckt halten?«

Ich zuckte die Achseln. Mir schien das Risiko gering.

»Wenn du mir sagst, was du Ungewöhnliches von Hermione bekommen hast, verrate ich dir das mit dem Namen.«

»Biest«, sagte Daisy und schmunzelte.

»Also gut«, sagte sie. »Weißt du noch, als ich die Chemo hatte und mir immer schlecht war?«

Ich nickte.

»Mir hatte jemand erzählt, dass Hermione Gras anbaut und die Blätter destilliert. Ein paar Tropfen von dem Sud auf die Zunge und die Übelkeit war weg.«

»Hermione Longfellow!«, kreischte ich ein wenig zu laut. Hektisch drehte ich mich zum Bug um, ob Mick etwas mitbekommen hatte – schließlich kannte er den Namen nur zu gut. Er starrte nach wie vor auf das Wasser, also hatte er mich hoffentlich nicht gehört.

»Ja, das hätte ich auch nicht gedacht.« Offenbar hatte Daisy meinen Fauxpax nicht bemerkt.

»Hat es funktioniert?«

»Bei mir schon.«

In dem Moment kam Mick runter ins Cockpit und sagte zu mir: »Sie sehen aus, als hätten Sie einen Geist gesehen. Alles okay?«

Ich sah ihn an. »Ja danke, alles gut, Mick.«

Scheiße, Scheiße, Scheiße, Scheiße.

Rasch korrigierte ich mich: »Ich meine, Mitch.«

Er lächelte, aber in seinem Blick lag eine Kälte, die mich erschaudern ließ. »So hat mich schon lange niemand mehr genannt«, antwortete er und sah mich durchdringend an. »Seit meiner Kindheit nicht.«

Wer's glaubt, wird selig!

Er holte ein Fernglas aus der Kajüte und ging wieder nach vorn, als wäre nichts gewesen. Daisy sah mich besorgt an. Ich war mir ziemlich sicher, dass ihn mein dämlicher Ausrutscher in Alarmbereitschaft versetzt hatte. Von nun an mussten wir auf der Hut sein. Stumm dankte ich allen Gottheiten dieser Welt, dass wir nicht allein mit ihm an Bord waren. Ansonsten hätten Daisy und ich vielleicht um unser Leben schwimmen müssen.

***

Als die Crew später alles für die Rückfahrt vorbereitete, fragte der Vater, ob seine Söhne vielleicht ein Foto mit dem Kapitän machen könnten.

»Klar«, sagte Mick und posierte mit den Jungs am Steuer.

Einer der Jungen schnappte sich Micks Mütze und setzte sie sich selbst auf. Sie lachten, und in dem ausgelassenen Handgemenge, das daraufhin entstand, gelang es mir, ein paar Fotos von Mick ohne Kopfbedeckung zu schießen. Hinterher sah ich mir die Bilder an und grinste zufrieden. Sie waren perfekt.

Beim Segeln durch die Whitsunday Passage wurden zwei der Jungs seekrank, und Mick sagte uns, dass er einen kleinen Umweg machen und die Familie vorher auf Silver Gull absetzen würde. Da Daisy und ich es kaum abwarten konnten, so schnell und so weit wie möglich von Mick wegzukommen, kam uns das wie gerufen.

Als wir Silver Gull erreichten, gab Daisy vor, ebenfalls seekrank zu sein, weshalb auch wir hier von Bord gehen und später ein Wassertaxi zurück zum Festland nehmen würden. Wir packten unsere Sachen zusammen, dankten der Crew für den herrlichen Tag und gingen hastig von Bord. Hoffentlich wusste keiner, dass wir auf Silver Gull übernachteten.

»Meinst du, er hat was gemerkt?«, flüsterte Daisy.

»Keine Ahnung«, sagte ich. »Lass uns so lange hierbleiben, bis wir sehen, dass er zurück nach Shute Harbour fährt.«

Wir setzten uns auf die Pier, ließen die Beine baumeln und taten so, als hielten wir nach Fischen Ausschau. Mick sah alles andere als beunruhigt aus und winkte uns noch mal freundlich zu, bevor er die Jacht aufs Meer hinaus lenkte. Wir winkten eifrig zurück.

»Gott sei Dank.« Wir standen auf und sahen der *Kestrel* noch eine Weile hinterher.

»Mach dir keinen Kopf«, sagte Daisy. »Wahrscheinlich wird er öfter mal versehentlich als Mick angesprochen.«

»Hoffentlich.« Überzeugt war ich nicht.

»Und was hat es jetzt mit dem Namen Ysiad auf sich?«, fragte Daisy, während wir zurück zur Ferienanlage gingen.

»Sagt dir Yab Noryb etwas?«

Es dauerte einen Moment, bis der Groschen fiel, dann stöhnte sie entnervt auf. Ich schenkte ihr mein schönstes Lächeln.

»Das kriegst du zurück«, sagte sie und holte mich lachend ein.

Eine Zeit lang liefen wir schweigend nebeneinander her. Ich war enttäuscht, dass es mir nicht gelungen war, etwas mit Micks DNA zu ergattern, aber davon hing meine Story nicht ab. Außerdem könnte das ja auch die Polizei erledigen und nebenbei auch noch überprüfen, ob Mick und Leila Geld von einer Lebensversicherung kassiert hatten. Die sollte schließlich auch noch etwas zu tun haben. Bei solchen Dingen bin ich schon immer sehr gewissenhaft gewesen.

Auf halbem Weg blieb Daisy plötzlich stehen und sagte: »Scout, ich glaube, ich habe was Schlimmes gemacht.«

Besorgt legte ich ihr eine Hand auf den Arm. »Was denn, Daisy?«

Sie biss sich auf die Unterlippe, holte einen kleinen Beutel aus ihrer Tasche und reichte ihn mir. »Die habe ich geklaut.«

Darin war eine Sonnenbrille.

»Die ist von Mick«, sagte Daisy. »Wenn du genau hinschaust, siehst du das Haar, das in dem kleinen Scharnier steckt.«

Ich konnte gar nicht mehr aufhören zu grinsen.

56.

Während Daisy unter der Dusche stand, schaute ich nach, ob die Tür abgeschlossen war und Geld und Dokumente noch im Kissen steckten. Dann schaltete ich den Laptop ein.

Tom hatte mir eine Mail geschrieben, ich sollte mich dringend bei ihm melden.

Ich rief ihn auf dem Handy an.

»Gott sei Dank, dass Sie sich melden«, sagte er. »Vielleicht müssen Sie Ihre Geschichte früher schreiben als geplant. Bei der *Nadine* gibt es ein Problem mit dem Typenschild vom Australischen Bootsbauverein.«

Kerzengerade richtete ich mich auf. »Was für ein Problem?«

»Es ist gefälscht worden. Aus den Dreien hat man Achten gemacht, aus der Fünf eine Sechs und aus dem F ein E. Wenn man Ihr Foto von dem Schild vergrößert, sieht man es. Da hat jemand gute Arbeit geleistet, aber wer suchet, der findet.«

»Sind Sie sicher?«

»Absolut.«

»Was hat das zu bedeuten?« Meine Stimme überschlug sich fast vor Aufregung.

»Das Originalschild gehört zu einer Jacht namens *Vincent*, die vor vier Jahren in Nouméa gestohlen wurde. Es bedeutet vielleicht auch, dass Ihr Mitch Leary sich noch weitere Jachten ›geliehen‹ hat.«

Das musste ich erst einmal verdauen.

»Um warum muss ich die Geschichte jetzt früher schreiben? Sonst weiß doch keiner weiter davon.«

»Nein, aber ich weiß es, und ich bin verpflichtet, es zu melden.«

Mir schnürte sich der Magen zusammen. »Haben Sie es denn schon gemeldet?«

Tom lachte in sich hinein. »So gemein bin ich nun auch wieder nicht, doch ich muss es gleich morgen früh tun.«

Hilfe! Ich musste mich also schleunigst mit Brian Dunfey in Verbindung setzen, damit er meinen Text einplante, und sofort anfangen zu schreiben. SOFORT! Ich musste zuschlagen, bevor die Polizei Mick wegen der *Nadine* vernahm.

»Hoffentlich reicht die Zeit für das, was Sie vorhaben«, sagte Tom.

Ich atmete tief durch. »Keine Sorge, wir Journalisten sind es gewohnt, unter Druck zu arbeiten.«

»Tut mir leid, aber mehr Zeit kann ich Ihnen wirklich nicht geben.«

»Das verstehe ich. Wir haben alle unsere Verpflichtungen.«

»Im Bericht für die Polizei muss ich Ihren Namen und Ihre Telefonnummer angeben und sagen, dass Sie die *Vincent* entdeckt und wegen der Nummern nachgefragt haben. Auf die Jacht ist eine Belohnung ausgesetzt, und die steht Ihnen zu.«

»Was ist mit der anderen Jacht, der *Belle de Fontenay?*«, fragte ich rasch.

»Da scheint alles koscher zu sein.«

»Wie hoch ist denn die Belohnung?«

»Das hängt von der Versicherungsgesellschaft ab.«

Sofort hatte ich einen nagelneuen Toyota Landcruiser vor Augen. Ich zwang mich, an etwas anderes zu denken.

»Könnten Sie sich vielleicht noch Fotos von einer anderen Jacht ansehen? Sie heißt *Kestrel* und gehört demselben Mann.«

»Gerne. Ich melde mich per E-Mail, falls mir was auffällt.«

»Danke«, sagte ich. »Wann genau werden Sie die Behörden verständigen?«

»Morgen früh um sieben mache ich Meldung bei der Wasserschutzpolizei von Queensland, aber wenn Sie schon vorher mit Ihrem Artikel fertig sind, rufen Sie ruhig selbst an und geben Bescheid, dass ich umgehend meinen Bericht schicke.«

Nachdem ich mich bei Tom noch einmal bedankt hatte, mailte ich ihm die Fotos von der *Kestrel*. Ich lehnte mich zurück und seufzte tief. Eigentlich war es ein Ding der Unmöglichkeit, einen Artikel zu schreiben, der es in die morgigen Zeitungen schaffte, noch bevor sich die Polizei Mick schnappte. Aber ich würde alles daransetzen.

***

Kein Grund zur Panik. Das übernahm Daisy schon für mich. Außerdem bin ich in Krisensituationen unschlagbar und weiß immer genau, was zu tun ist.

Ich machte uns erst mal einen Tee.

Ich reichte Daisy ihre Tasse, erzählte ihr von der *Nadine* und dass wir uns die mögliche Belohnung teilen würden und dass es nicht infrage käme, dass sie auf ihren gerechten Anteil verzichtete. Dann bat ich sie, die Fotos von heute nach einer zweiten Bombora durchzusehen. Froh, etwas zu tun zu haben, setzte sie sich aufs Bett und nahm sich unsere Kameras vor. Ich machte mir nicht noch mal die Mühe, mir das Typenschild der *Nadine* anzuschauen. Schließlich kannte sich Tom wesentlich besser aus als ich.

Ich nahm den Tee mit an den Schreibtisch und rief Brian Dunfey an.

»Jetzt ist Action angesagt, Brian.« Dann legte ich ihm die Situation in aller Kürze dar. Ich versicherte ihm, dass ich Beweise hätte, meine Zeugen nicht anonym bleiben müssten und dass er meine Geschichte bis Mitternacht auf dem Tisch hätte. Keine Ahnung, wie mir das gelingen sollte, aber es hörte sich verdammt gut an.

»Gibt's Bilder?«, fragte er.

»Ja, und Dokumente.«

»Braves Mädchen«, murmelte er.

Ich hatte es längst aufgegeben, mich mit Brian über seine dummen Sprüche zu streiten, also verabschiedete ich mich kommentarlos.

»Auf den Fotos sind keine Bomboras«, sagte Daisy enttäuscht. Ich war offen gestanden heilfroh, der Fall war ohnehin schon kompliziert genug.

»Ich werde uns was zu essen holen«, sagte Daisy. »Was willst du?«

»Drei Schoko-Eclairs und einen Bottich Toffee-Eis.«

»Sei nicht albern«, erwiderte sie beleidigt.

»Pass auf dich auf!«, brüllte ich ihr noch hinterher. Eigentlich konnte Mick noch gar nicht auf die Insel zurückgekehrt sein, aber wir mussten vorsichtig sein.

Ich ging einen Moment in mich, um mich für das Telefonat mit Nemony zu sammeln. Auch wenn es mich wertvolle Zeit kosten würde, musste sie jetzt die Wahrheit erfahren. Und zwar von mir und nicht morgen aus der Presse.

Ich atmete tief durch. Ich wusste, dass Nemony am Boden zerstört sein würde.

Wohl war mir dabei nicht.

57.

Obgleich mir vor dem Gespräch graute, war ich doch froh, als Nemony abnahm.

»Halten Sie Ihre Kippen parat, Nemony«, sagte ich ohne lange Vorrede. »Sie werden sie brauchen.«

Ich wartete einen Moment.

»Okay, ich hab sie«, sagte sie.

Ich fing ganz vorne an und erklärte ihr, dass Michael Leary, den sie unter dem Namen Mick O'Leary kannte, bereits verheiratet war, als er 1977 gemeinsam mit seiner Frau Leila Leary nach Australien kam. Ich berichtete, dass Leila 1982 in der Anwaltskanzlei gearbeitet hatte, die für den Nachlass ihres Onkels Willard Longfellow zuständig gewesen war, und dass Leila Zugang zu dem Testament gehabt und Mick mit ziemlicher Sicherheit von dem Geld erzählt hatte.

»Warum mit ziemlicher Sicherheit?«, fragte Nemony. Ich hörte, wie sie sich eine Zigarette ansteckte und daran zog. Vermutlich rauchte sie gleich zwei auf einmal.

»Kurz nach Ihrer Erbschaft ist Michael Leary unter dem Namen Mick O'Leary auf Ihrer Farm aufgekreuzt und hat nach Arbeit gefragt. Derselbe Mann, den der Anwalt Ihres Onkels als den Mann erkannt hat, der Leila damals oft in der Kanzlei besuchte. Die Wahrscheinlichkeit, dass Mick zufällig gerade Ihre Farm ausgewählt hat, ist eins zu einer Milliarde oder noch höher, wenn man die anderen Beweise hinzuzieht.«

»Was für Beweise?« Nemony war begierig, mehr zu erfahren.

»Im November 1983 ist Leila spurlos aus der Kanzlei verschwunden, zur gleichen Zeit ist Ihr Mann im Sturm verschollen. Und Mick und Leila leben jetzt gemeinsam als Mitch und Leila Leary in Queensland. Der Anwalt hat mir anhand eines aktuellen Fotos bestätigt, dass Leila dieselbe Frau ist, die 1983 für ihn gearbeitet hat.«

»Also wusste Mick von meiner Erbschaft, bevor wir uns kennengelernt haben?«

»Ja.«

»Und er hat mich geheiratet, um an das Geld zu kommen. Hat eine Jacht gekauft und mir vorgespielt, er sei damit untergegangen, um stattdessen mit dieser Leila davonzusegeln?« In ihrer Stimme schwang eine gehörige Portion Wut mit.

»Nicht ganz«, sagte ich. »Zwar hat er Sie um Ihr Erbe betrogen und ist auch mit Leila davongesegelt, aber er hat zwei Jachten gekauft, nicht bloß eine.«

»Was?«, kreischte sie.

»Mit den 800000 Dollar hat er zwei Bomboras von Bosuns Marine gekauft. Die zweite habe ich gefunden, fotografiert und auch die Seriennummer überprüft.«

»Unfassbar.«

»Aber so war es leider«, sagte ich mitfühlend. Ich nannte Nemony die Preise der Jachten, des Schlauchboots und des sonstigen Zubehörs. »Ich glaube, Mick ist im Sturm mit dem Schlauchboot entkommen.«

»Ist die *Lavender* tatsächlich gesunken?«

»Wahrscheinlich.« Ich erzählte ihr, dass ich vergeblich nach der Jacht Ausschau gehalten hätte und die angespülten Trümmer auch darauf hindeuteten.

Ich berichtete, dass Mick beide Jachten bei einer Gesellschaft in Queensland neu versichert und Leila nach dem Sturm das Versicherungsgeld für die *Lavender* kassiert habe.

»Aber das stand ihr überhaupt nicht zu!«, schimpfte Nemony. »Die haben mich übers Ohr gehauen. Die *Lavender* war mein Schiff!«

»Das stimmt«, sagte ich. »Mick und Leila haben Sie nicht nur um die zweite Jacht betrogen, sondern auch noch die Versicherung geprellt.«

Ich gab ihr einen Moment, die Informationen sacken zu lassen. Es tat mir leid, dass Nemony alles am Telefon erfahren musste, doch anders ging es nicht.

»Wie hat er es nur geschafft unterzutauchen?«, fragte sie schließlich. Ich hörte, wie sie sich eine neue Zigarette ansteckte.

»Er ist als Mick O'Leary verschwunden und nahm einfach seinen richtigen Namen Michael Leary wieder an.«

Ich erklärte ihr, wie Mick seine Geburtsurkunde vor der Hochzeit manipuliert hatte und wie leicht es für ihn gewesen war, sich eine neue zu beschaffen, weshalb er die gefälschte auch zurückgelassen hatte. Da sein Pass aber auf seinen richtigen Namen ausgestellt sei, habe sie den nie zu Gesicht bekommen.

»Also hatte er ihn gar nicht verloren und auch keinen Ersatz beantragt?« Ihre Stimme klang bitter.

»Nein. Das war nicht nötig, den hat er bestimmt mitgenommen.«

Plötzlich schnappte Nemony nach Luft. »Mir ist jetzt erst klar geworden, dass er ja schon mit Leila verheiratet war, als er mich geheiratet hat!«

»Tut mir wirklich leid«, sagte ich leise. Die Arme, ich mutete ihr gerade eine Menge zu.

Sie schwieg.

Irgendwann fragte ich: »Alles okay?«

»Ich bin geschockt«, sagte sie, klang aber gefasst.

»Das verstehe ich. In dem Artikel werde ich Ihre Beziehung zu dem Arzt übrigens nicht erwähnen. Gibt es im Hinblick auf Mick noch etwas, das Sie lieber für sich behalten wollen? Wenn, dann müssten Sie es mir jetzt sagen, weil der Artikel wohl schon morgen erscheinen wird.«

»Absolut nichts«, sagte sie entschlossen. »Der Mistkerl soll büßen!«

Mir kam das sehr entgegen, da brauchte ich beim Schreiben keine Rücksicht zu nehmen.

»Haben Sie zufällig noch irgendwas mit Micks DNA-Spuren gefunden?«, fragte ich erwartungsvoll.

»Ja, ein Medaillon mit einer Haarlocke.«

Ich war erleichtert. »Schön, dass Sie noch was von ihm aufbewahrt haben.«

»Mein Medaillon ist das nicht. Es gehört Hermione.«

Jetzt war ich schockiert. »Das verstehe ich nicht«, stammelte ich entgeistert.

»Das bleibt aber unter uns«, sagte sie.

»Versprochen.« Nun spannte sie mich wirklich auf die Folter.

»Nachdem Mick ertrunken war oder ich es zumindest glaubte, bin ich zurück auf die Farm gegangen. Erst da habe ich mitbekommen, dass er es bei uns allen dreien versucht hat.«

Sie tat mir so leid. Das musste schrecklich für sie gewesen sein.

»Widerliche Vorstellung. Die ganze Zeit, als er mir Dummchen was von Liebe ins Ohr gesäuselt hat, hat er bei meinen Schwestern das Gleiche getan. Hermione ist auch auf ihn hereingefallen und hat sich eingebildet, er sei wahnsinnig verliebt in sie. Als sie uns im Lavendelschuppen erwischt hat, war sie am Boden zerstört. Deshalb hat sie ihn gefeuert, und deshalb darf kein Fremder mehr auf die Farm.«

Kein Wunder. Die streng wirkende Hermione, die anders als Nemony nicht mit Schönheit gesegnet war, war den ungewohnten Schmeicheleien eines gut aussehenden Mannes bestimmt sofort erlegen. Der Betrug hatte sie sicher schwer getroffen, wahrscheinlich kam daher ihre Härte und Verbitterung gegenüber der Welt im Allgemeinen und ihrer Schwester Nemony im Besonderen.

Irgendwann hatte die vermeintlich so feine Intuition der Schwestern sie im Stich gelassen. Eine harmlose Selbsttäuschung führte dazu, dass sie diesem verschlagenen Iren aufgesessen waren. Doch bei einem gut aussehenden Mann fällt es immer schwer, einen klaren Kopf zu bewahren. Das wusste ich aus leidvoller Erfahrung.

»Liebt Hermione ihn immer noch?« Sollte ich ihn deshalb für sie ausfindig machen? »Hat sie deshalb das Medaillon behalten?«

»Nein. Hermione will Rache. Für sich, für mich, für Amelia. Das Medaillon hat sie aus reiner Sentimentalität behalten. Mick war der erste Mann, der ihr Beachtung geschenkt hat. Er war ihre erste und einzige Liebe. Ehrlich gesagt, war ich gar nicht so sicher, ob sie es noch hat. Doch als Hermione auf der Versammlung in Lismore war, habe ich es dann bei ihr gefunden.«

»Was ist mit Amelia?«

»Ach, die hat ihn sofort durchschaut.«

»Warum sollte sich Hermione dann für Amelia rächen wollen?«

Nemony antwortete nicht gleich. »Weil sie Mick die Schuld an Amelias Unfall gibt.«

»Aber als der Unfall passiert ist, war Mick doch längst über alle Berge und Sie haben wieder zu Hause gewohnt.«

»Ja, aber Hermione und ich haben uns wegen Mick so heftig gestritten, dass Amelia davongelaufen ist. Hermione hatte mir gerade offenbart, dass sie und Mick ein Liebespaar gewesen sind, und wollte mir nicht glauben, dass ich keine Ahnung hatte.«

Darauf wusste ich nichts zu erwidern. Nach einer Weile sagte Nemony mit zitternder Stimme: »›Wie konntet ihr nur so blind sein?‹ Das waren Amelias letzte Worte.«

Sie seufzte, und ich wartete, bis sie sich wieder gefangen hatte.

Jetzt konnte ich endlich die Puzzleteile zusammensetzen, auch wenn ich einige davon nie verwenden würde. Indem die Schwestern Mick die Schuld an Amelias Unfall gaben, war der Wunsch nach Rache wohl immer stärker geworden. Aber gegen die Schuldgefühle, mit denen sie sich plagten, und das vergiftete Verhältnis zwischen den beiden half das auch nichts.

Ich dachte zurück an mein erstes Treffen mit Nemony. Damals konnte ich nicht verstehen, warum die Fotos von Mick wie neu aussahen und gar nicht abgegriffen waren. Nun wusste ich, warum sie keine heißen Tränen darüber vergossen und seinen Nachnamen abgelegt hatte.

Ich hörte, wie sie sich etwas einschenkte. Hoffentlich war es Kognak.

»Wann wird die Polizei mit mir sprechen wollen?«, fragte sie, als sie sich wieder gefasst hatte.

»Bald. Sie wird das Medaillon und auch die Dokumente sehen wollen. Aber Sie haben sich ja nichts zuschulden kommen lassen, also machen Sie sich keine Sorgen.«

»Mache ich nicht. Meinen Sie, Mick und Leila kommen ins Gefängnis?«

»Urkundenfälschung, Betrug, Bigamie und Diebstahl, da sollten schon ein paar Jährchen zusammenkommen. Und der vorgetäuschte Tod, der wertvolle Polizeiarbeit gekostet hat, spricht auch nicht gerade für sie. Die Versicherung wird ihnen sowieso aufs Dach steigen.«

»Gut!« Das kam von Herzen.

Ich berichtete, wie Inspector Norman Smith und Bill Shaw von Bosuns Marine mir geholfen hatten. Widerstrebend erzählte ich ihr auch, dass Mick und Leila auf den Whitsunday Islands einen Jachtverleih namens Splash Charters betrieben. Das musste ihr einen ganz schönen Stich versetzen.

»Eigentlich sollte ich doch dort oben herumsegeln«, rief sie.

»Es tut mir so leid, Nemony«, sagte ich leise. Ich erwähnte die gestohlene Luxusjacht *Nadine* und dass eventuell noch weitere in Micks Besitz waren, was sie gleich etwas aufheiterte. Dass er ihr Foto aufbewahrt hatte, sagte ich ihr nicht – für einen Tag waren das genug Hiobsbotschaften.

»Jemand vom Pflegedienst war hier und hat sich Amelia angesehen«, sagte sie unvermittelt. Nemony zählte eine ganze Reihe sinnvoller Hilfeleistungen wie stundenweise Unterstützung bei der Pflege, Ausflüge und Transportmöglichkeiten auf.

»Wie hat Hermione reagiert?«

Nemony lachte. »Das ist eine lange Geschichte«, sagte sie. »Wir haben darüber gestritten, aber letztendlich hat sich Hermione für Amelia gefreut, auch wenn sie es natürlich nie zugeben würde.«

»Und wollen Sie etwas gegen die ewigen Streitereien unternehmen?«

»Als die Frau vom Pflegedienst mitbekommen hat, in welchem Ton wir miteinander reden, hat sie uns gebeten, mit ihr kurz rauszukommen. Dann meinte sie, wir sollten mal überlegen, wie es wohl für Amelia ist, uns ständig zanken zu hören. Das hat uns wachgerüttelt.«

»Und?«

»Wir haben einen Termin bei der Familienberatung.«

Das freute mich. Mit einem Blick auf meine Uhr sagte ich Nemony, dass ich mich jetzt dringend ans Schreiben setzen müsste.

»Ich werde Hermione alles erzählen«, versprach sie. »Dass Mick und seine Frau es von Anfang an nur auf unser Geld abgesehen hatten, hilft mir und Hermione hoffentlich, unsere Probleme zu lösen. Die ganze Wahrheit zu erfahren ist furchtbar, aber irgendwie auch eine Erleichterung. Und danke für das, was Sie für mich und meine Familie getan haben, Scout.«

Ihre Worte rührten mich. »Vielleicht darf ich Sie ja mal auf der Lavendelfarm besuchen?«

Nemony lachte. »Da würde ich mich freuen. Als Fremde kann man Sie nun wirklich nicht mehr bezeichnen. Melden Sie sich einfach, wenn Sie zurück sind, dann erkläre ich Ihnen, wie Sie herkommen.«

Nachdem ich aufgelegt hatte, blieb ich noch einen Moment still sitzen. Wenn man jemandem schreckliche Nachrichten überbringt und der einem auch noch dafür dankt, ist das ein seltsames Gefühl. Das alles war so unendlich traurig. Michael Leary war in das beschauliche Leben der Longfellow-Schwestern eingedrungen und hatte es schamlos zerstört, mit seinen Verführungskünsten als Waffe. Ohne sich darum zu scheren, was er damit anrichtete, nur mit Blick auf seinen finanziellen Vorteil, hatte er sich mit scharfer Klinge durch die Herzen und Leben der Schwestern geschnitten.

Das Böse wirft lange Schatten, dachte ich bedrückt.

In diesem Moment kam Daisy zurück. »Abendessen

gibt's in zwei Stunden, und Mick und Leila bleiben dienstags nie über Nacht hier.«

»Woher weißt du das?«

»Ich habe an der Rezeption behauptet, ich hätte etwas auf der *Kestrel* liegen lassen, und nachgefragt, ob Mitch auf der Insel sei.«

»Dann werden wir wohl seine Verhaftung nicht miterleben«, sagte ich enttäuscht. Ich hatte mich schon darauf gefreut.

»Macht nichts«, meinte Daisy. »So fühle ich mich sicherer.«

Mich beschlich eine merkwürdige Unruhe. Daisy gegenüber sagte ich nichts, aber ich kannte das Gefühl, und es bedeutete selten etwas Gutes.

58.

Vor mir lag ein riesiger Berg Arbeit. Was ich an mehreren Tagen schreiben wollte, musste jetzt innerhalb von ein paar Stunden fertig werden.

Daisy legte sich mit einem Buch hin, und ich öffnete die Datei mit dem Exposé. Ich ging das Telefongespräch mit Nemony in Gedanken noch mal durch. Die Art und Weise, wie ich ihr den Fall dargelegt hatte, war eigentlich ganz schlüssig und die ideale Aufwärmübung fürs Schreiben gewesen.

Aufmerksam betrachtete ich noch einmal die Fotos, die ich vom Whiteboard gemacht hatte, damit ich auch wirklich nichts vergaß. Nach einem kurzen Blick auf die Uhr streckte ich mich einmal und legte los.

Die Worte strömten nur so aus mir heraus, der Text schrieb sich wie von selbst. Was mir wie fünf Minuten schien, war in Wirklichkeit schon die Arbeit von über einer Stunde. Ich dachte an meinen Vorsatz, Nemony als attraktive und unabhängige Heldin darzustellen, die nach dem Verschwinden ihres Mannes tapfer weitergemacht hatte. Nun sei sie eine erfolgreiche Farmerin und Geschäftsfrau, schrieb ich.

»Scout, Scout!« Entfernt nahm ich wahr, dass Daisy mich an der Schulter rüttelte. »Zeit für deine Spritze«, sagte sie, »wir essen gleich.«

Wie ein Roboter erhob ich mich und ging ins Bad. Als ich zurückkam, hatte Daisy bereits einen Teller mit Lammkoteletts, neuen Kartoffeln und Salat neben meinen Laptop gestellt. Ich nickte ihr dankbar zu, und sie scheuchte mich zurück an den Schreibtisch.

Ich schlang das Essen viel zu schnell herunter und las währenddessen über meinen Text, nahm hier und da ein Wort heraus und fügte an anderer Stelle etwas ein, änderte ein paar Formulierungen. Nach dem Essen sah ich wieder auf die Uhr. Hilfe! Jetzt wurde ich doch etwas panisch, und das machte das strukturierte Denken nicht einfacher. Entweder machte ich jetzt einfach weiter oder ging kurz spazieren, um den Kopf wieder frei zu bekommen.

Aus mehreren Gründen entschied ich mich für den Spaziergang. Daisy war zwar überzeugt, dass Mick und Leila nicht auf der Insel waren, aber ich wollte ganz sicher gehen. Sonst würde ich schön blöd dastehen, wenn die Polizei am Morgen sein Haus auf dem Festland durchsuchte, während Mick meinen Artikel schon vorab im Netz gelesen hatte und hier auf Silver Gull hektisch für die Philippinen packte. Weit würde er allerdings nicht kommen – nicht ohne die extra Kohle und die falschen Pässe.

»Ich gehe noch mal eine Runde spazieren«, sagte ich zu Daisy. Vorsichtshalber steckte ich das Handy ein, schaltete es aber aus, damit ich nicht abgelenkt wurde, und schnappte mir vor dem Rausgehen noch das Diktiergerät.

»Pass auf dich auf«, rief sie mir hinterher. »Es ist dunkel draußen.«

Ich stellte das Diktiergerät auf Aufnahme, um unterwegs meine Gedanken aufzuzeichnen. Zunächst begab ich mich zum Hauptteil der Ferienanlage und ging dann um die Tennisplätze herum zur Anliegerstraße. Einige Mitarbeiter brachten die Arbeitsfahrzeuge über Nacht in den Maschinenschuppen. Sie winkten mir zu.

»Nehmen Sie sich vor Schlangen in Acht«, rief einer mir frech hinterher.

Bis nach Calypso Point und zurück waren es gut zwanzig Minuten, und da es kühl war, legte ich einen Gang zu. Mein Weg würde mich an der Hütte der Learys vorbeiführen. Wenn kein Licht an wäre und es auch sonst keine Lebenszeichen von ihnen gäbe, konnte ich beruhigt an den Schreibtisch zurückkehren.

Ich hatte mich schon ein gutes Stück vom Maschinenschuppen entfernt, und außer mir war niemand unterwegs. Vor mir sprang ein kleines Känguru auf die Straße und hüpfte eine Weile vor mir her, bis es zwischen den hohen Bäumen verschwand. Ich wischte mir einen hartnäckigen Käfer aus dem Gesicht und stapfte auf die dunkle Hügellandschaft zu, wo der Weg eine scharfe Rechtskurve machte. Ich war schon halb um die Ecke, als ich plötzlich jemanden hinter mir herlaufen hörte. Alarmiert drehte ich mich um, doch zu spät.

Eine Hand presste sich fest auf meinen Mund und mein linker Arm wurde mir auf den Rücken gedreht. Vor Schmerz schossen mir die Tränen in die Augen. Ich konnte weder um Hilfe rufen noch mich bewegen. Wenn ich jetzt um mich treten und das Gleichgewicht verlieren würde, könnte ich mir glatt die Schulter brechen.

Im Nacken spürte ich den schweren Atem meines Angreifers – wahrscheinlich Mick, aber ich war mir nicht sicher. Auf jeden Fall war es ein Mann. Ich hatte Angst, ich schwitzte, Adrenalin pumpte durch meinen Körper.

Kämpfen oder fliehen?

Kämpfen. Anders ging es nicht. Nur wie?

»Los!«, befahl eine Stimme. Eine Hand auf meinem Mund und die andere in meinem Rücken, schubste mich der Mann die Treppen hinauf zur Regenwaldbar. Irgendwie schaffte ich es die Stufen hinauf, ohne zu stolpern.

Die Tür zur Bar stand offen. Kaum waren wir drinnen, stieß er mich vorwärts. So schnell konnte ich mich nicht mit den Händen abfangen. Ich landete zwischen Tisch und Stühlen am Boden und schlug mit dem Gesicht gegen ein Stuhlbein. Es krachte laut – war das der Stuhl oder meine Zähne? Ein heftiger Schmerz schoss mir in den Kiefer.

Ich rappelte mich auf, doch mein Angreifer stieß mich wieder zu Boden. Keuchend blieb ich liegen und schaute auf. Im Mondlicht, das durch die Fenster drang, sah ich Mick Leary über mir stehen. In seinen Augen lag die gleiche arktische Kälte wie an Bord der *Kestrel*.

Ich öffnete den Mund, um zu schreien, doch er stürzte sich auf mich. Er packte mich am Zopf, presste mein Gesicht brutal zu Boden und drehte mir wieder den Arm auf den Rücken.

»Ein Mucks und ich brech dir den verdammten Arm!«

Mein Herz schlug wie wild, mein Mund war staubtrocken.

Denk nach, Scout!

Stich mit der Linken, schieß mit der Rechten.

Nur hatte ich keine Waffen dabei. Und er stemmte mir das Knie ins Kreuz.

Ich konnte mich nicht bewegen.

»Bitte tun Sie mir nichts«, presste ich hervor. Das war dann wohl mein hoffnungsloser Stich mit der Linken.

»Böser Fehler, mich Mick zu nennen«, knurrte er und lehnte sich mit vollem Gewicht in meinen Rücken, bis ich vor Schmerzen wimmerte. Abrupt ließ er meinen Arm los, der schlaff neben meinen Körper sank, taub und nutzlos. Der Mann hatte ganz sicher keine Skrupel, mir wehzutun.

Brutal drückte er meinen Oberkörper zu Boden und riss meinen Kopf am Zopf hoch. Instinktiv hielt ich die gesunde Hand schützend vor meine Kehle. Bitte, bitte kein Messer.

»Tun Sie mir nichts«, bettelte ich wieder. »Sie haben die Falsche …«

Er zerrte noch weiter an meinem Zopf, und ein stechender Schmerz fuhr mir zwischen die Schulterblätter. Oh Gott! Würde er mir das Genick brechen, bevor er mir die Haare ausriss?

»Leila hat gesehen, wie du sie fotografiert hast. Ich hab mir das Gästebuch des Resorts angesehen, ich weiß genau, wer du bist. Als ich den Namen Longfellow gehört habe, konnte ich es mir zusammenreimen. Wie geht es der dummen Schlampe Nemony?«

Unvermittelt ließ er meinen Zopf los, so dass mein Gesicht auf den Boden prallte. Zum Glück fing mein Kinn das meiste ab.

»Schwein!«, brüllte ich. Abermals schnappte er sich meinen Zopf und zog daran. »Ein Wort noch, und ich skalpier dich«, zischte er.

Ich versuchte, die Situation zu erfassen. Waffen schien er nicht dabeizuhaben und umgebracht hatte er mich auch nicht … noch nicht. Aber was hatte er mit mir vor? Wenn er mich ziehen ließ, wäre sein schönes Leben vorbei. Und falls er schon entdeckt hatte, dass sein Fluchtgeld weg war, konnte ich mich auf etwas gefasst machen. Garantiert.

Mein Gehirn arbeitete auf Hochtouren. Doch wie auch immer ich das Problem auch betrachtete, die Wahrscheinlichkeit, heil aus der Geschichte herauszukommen, ging gegen null. Allmählich hatte ich wieder Gefühl im Arm, aber Mick war ein starker Mann, und ich hatte ihm körperlich nichts entgegenzusetzen. Meine einzige Chance war meine Stimme, ich wollte nach Hilfe schreien, doch zu spät. Bevor ich einen Schrei ausstoßen konnte, hatte er mich auf den Rücken gedreht und stand mit dem Fuß an meiner Kehle über mir. Falls ich mich rührte oder einen Mucks von mir gab, konnte er mir mit einem Tritt das Zungenbein brechen, und ich würde ersticken. Und sein fieses Grinsen sagte mir, dass er das genau wusste.

Äußerlich reglos lag ich da, doch in mir tobte die Panik. Jetzt riss er ein Stück Klebeband von einer Rolle.

»Bitte nicht«, sagte ich, aber das hätte ich mir sparen können. Er setzte sich auf mich. Wütend schlug ich um mich, kratzte ihn, boxte ihm ins Gesicht. Als ich mit einem Schlag seine Nase traf, knackte es verheißungsvoll, doch er ließ sich nicht beirren. Unbeeindruckt von meinen armseligen Befreiungsversuchen, klebte er mir den Mund zu und stand auf. Ich versuchte, mich aufzurappeln, doch er trat mir die Beine weg, und ich ging wie ein nasser Sack zu Boden. Er hob den Fuß, als wollte er mir die Luftröhre zertreten. Panisch rollte ich mich zur Seite weg, doch genau das hatte er beabsichtigt. Obwohl ich mich heftig wehrte, band er mir erst die Hände im Rücken und dann die Füße zusammen.

Hilflos lag ich da. Mir kam das Essen hoch. Ich riss mich zusammen, zählte bis zehn, um meinen Würgreflex zu unterdrücken. Wenn ich mich jetzt erbrach, könnte ich ersticken. Der Diabetes war gerade mein kleinstes Problem, denn ich hatte einen stechenden Schmerz in der Brust, der sich bis hinunter zum linken Arm zog. So musste sich ein Herzinfarkt anfühlen! Oh Gott, ich wollte nicht sterben!

Ich hatte Todesangst. Mick stand über mir, mit dem Rücken zur Tür, und ich sah seine riesige Silhouette im Gegenlicht des Mondes. Es herrschte eine eigentümliche

Stille, nur mein schneller Atem war zu hören. Noch nie im Leben hatte ich solche Angst.

Im Türrahmen hinter ihm nahm ich eine Bewegung wahr. Leila? Oh nein, nun waren sie auch noch zu zweit. Ich schloss die Augen. Wer weiß, was mir gleich blühte.

Auf einmal krachte es laut, und der Boden bebte, als wäre etwas Schweres neben mir aufgeschlagen.

»Scout!«, hörte ich Daisy schreien, und bevor ich das Bewusstsein verlor, dachte ich noch: Ach ja, Daisy war mein Schuss von rechts …

Als ich wieder zu mir kam, war das Licht an, und ich lag auf der Seite. Das Klebeband war von meinem Mund verschwunden, doch Hände und Füße waren noch geknebelt. Es stank ganz widerlich nach Erbrochenem, was peinlicherweise von mir stammte. Benommen sah ich mich um. Mick war neben mir k.o. gegangen, und Daisy verschnürte ihn gerade mit seinem eigenen Klebeband wie eine Weihnachtsgans. In der Nähe lagen die Überreste eines zerbrochenen Stuhls.

»Alles in Ordnung?«, fragte Daisy besorgt.

Ich nickte, froh, dass sich mein Nacken so problemlos auf und ab bewegen ließ.

»Ich habe ihm mit dem Stuhl eins übergebraten«, erklärte Daisy unnötigerweise. »Er ist noch nicht wieder zu sich gekommen. Um dich kümmere ich mich auch gleich.«

Erstaunt sah ich zu, wie Daisy sich ein Verlängerungskabel von der Wand schnappte, es ein paarmal um Micks Fesseln wickelte und dann fest an seinen Handgelenken verschnürte. Anschließend zog sie ihn wie einen gefesselten Stier quer durch die Bar und band ihn an der Fußstütze der Theke fest.

Mit einem scharfen Messer säbelte sie mir die Fesseln durch. Ich bewegte vorsichtig Hände und Füße, um mich zu überzeugen, dass noch alles funktionsfähig war. Der Schmerz in der Brust war verschwunden, doch der linke Arm war noch etwas taub, deshalb rieb ich ihn kräftig. Ich tastete behutsam mein Gesicht ab. Das Kinn war von dem Sturz geschwollen und schmerzte etwas, aber es blutete nicht. Langsam fuhr ich mit der Zunge über die Zähne, die zum Glück noch alle heil und an Ort und Stelle waren.

»Kannst du aufstehen?«, fragte Daisy.

»Ich glaube schon.«

Sie half mir auf, und gemeinsam gingen wir zum Tresen. Mein Rücken fühlte sich auch halbwegs okay an, ich bückte mich und streckte probeweise die Arme in die Luft.

»Irgendwas gebrochen?«, fragte Daisy geschäftig.

Ich schüttelte den Kopf. »Nur mein Stolz.«

Am Ausguss hinter der Bar spülte ich mir den Mund aus und spritzte mir Wasser ins Gesicht. Den besudelten Zopf hielt ich einige Zeit unter den Wasserstrahl.

»Ist das deins?«, fragte Daisy und hielt mein Diktiergerät hoch.

Ich nickte. »Ist es noch an?«

»Ja.«

Genial, dachte ich. So hatte ich gleich den Beweis, dass er mich angegriffen hat.

Mick stöhnte. Er kam wieder zu sich, doch nie und nimmer würde er sich befreien können. Dafür hatten Daisys Cowgirl-Künste schon gesorgt.

Ich schaltete das Diktiergerät aus, bastelte mir aus einem nach Bier stinkenden Spültuch einen Turban und vergewisserte mich, dass Mick keine lebensgefährlichen Kopfverletzungen hatte. Auf den ersten Blick war nichts zu erkennen, er sah okay aus. Nicht, dass ich das allzu wichtig nahm.

Er stieß übelste Beschimpfungen aus, und ich überlegte, ihm ebenfalls den Mund zuzukleben, so wie er es mit mir gemacht hatte. Die Versuchung war groß, aber die Vernunft siegte. Am Ende erstickte er noch, damit wollte ich mein Gewissen nicht belasten. Um Hilfe rufen würde er sicher nicht. Selbst wenn ihm jemand zu Hilfe käme, wären Daisy und ich längst zurück in der Ferienanlage, und er musste damit rechnen, dass ich den Angriff dort melden würde. Natürlich bestand die Möglichkeit, dass Leila kommen und ihn befreien würde, doch das Risiko ging ich ein.

Kurz überlegte ich noch, ob ich ihn nach einem Telefon abtasten sollte, aber da würde er wohl eh kaum rankommen, gut verschnürt, wie er war. Auf eine Leibesvisitation konnte ich gut verzichten.

In dem Moment fiel mir mein eigenes Handy ein. Wie durch ein Wunder war es unversehrt geblieben.

»Wir lassen ihn so lange hier, bis ich meinen Artikel fertig habe«, sagte ich. Ich wollte schnell zurück aufs Zimmer.

Daisy sah schockiert aus. »Sollen wir nicht lieber Hilfe holen?«

»Nein. Lass uns verschwinden, ich muss mir dringend das Kinn kühlen und meinen Blutzuckerspiegel messen.«

Bei anstrengenden Tätigkeiten konnte der leicht in den Keller fallen, wobei ich mich erstaunlich gut fühlte. Zur Sicherheit schnappte ich mir eine kleine Flasche O-Saft, die hinter der Bar herumlag, und trank sie zur Hälfte aus.

Wir löschten das Licht, machten die Tür hinter uns zu und eilten die Stufen hinunter zur Straße. Mit den Beinen hatte ich keine Probleme, nur das Kreuz schmerzte, und die Kopfhaut tat weh, weil Leary mich an den Haaren gezogen hatte.

»Ein Glück, dass du mir hinterhergekommen bist«, sagte ich. »Wieso überhaupt?«

»Komische Geschichte«, sagte sie. »Du warst gerade weg, da hatte ich einen Anruf von einem Sergeant Rafe Kelly.« Daisy musste ein paarmal tief durchatmen, bevor sie fortfahren konnte. »Er meinte, er sei aus Byron Bay und müsse dringend mit dir über den Fall reden, an dem du gerade arbeitest. Offenbar versucht er schon eine ganze Zeit, dich zu erreichen, aber du hast wohl nicht auf seine Anrufe und Mails reagiert.«

Ich wagte nicht, Daisy anzusehen. Wenn das nur eine Finte von ihm war, konnte er was erleben.

»Irgendwie wusste Kelly, dass wir zusammen hier sind, und hat sich bei Dave nach meiner Nummer erkundigt. Dave hat sie ihm gegeben, also wusste ich, dass es wichtig war, und bin dir hinterher. Nachdem ich dich in der Ferienanlage nicht finden konnte, dachte ich mir schon, dass du die Anliegerstraße genommen hast, und bei den Stufen habe ich Lärm gehört. Ich bin zur Bar hochgeschlichen, und da habe ich euch gesehen.« Sie hielt inne und schien selbst überrascht über das, was dann passiert war. »Dann bin ich einfach rein, habe mir den Stuhl geschnappt und ihm eins über den Schädel gezogen.«

»Ein Glück«, sagte ich. »Für mich sah es nämlich nicht gut aus.«

Schweigend setzten wir unseren Weg fort. Wir stellten uns wohl beide vor, was passiert wäre, wenn Daisy nicht rechtzeitig gekommen wäre.

Als wir an den Tennisplätzen vorbeiliefen, fragte Daisy: »Kennst du diesen Sergeant Kelly eigentlich? Dave hat ihn schon mal erwähnt, aber ich habe ihn noch nie kennengelernt. Eine nette Stimme hat er ja.«

»Findest du?«, sagte ich unschuldig und umging ihre Frage, indem ich versprach, ihn sofort zurückzurufen.

»Das ist nicht nötig«, sagte Daisy.

»Warum nicht?«
»Er wartet in der Bar auf dich.«
»Was?«, kreischte ich.

59.

»Ich will noch schnell duschen und mich umziehen, bevor wir in die Bar gehen«, sagte ich, als wir zurück im Hotelzimmer waren.

»Dafür ist keine Zeit mehr«, sagte Daisy mit einem Anflug von Panik. »Du musst deine Geschichte doch zu Ende schreiben.«

Damit hatte sie natürlich recht, aber ich konnte Rafe unmöglich wie die verfolgte Unschuld und mit einem Hauch von Erbrochenem unter die Augen treten.

»Keine Sorge«, tönte ich. »Alles wird gut.«

»Aber …«

»Kein Aber, Daisy. Mit einem Polizisten auf der Insel sind wir doch gleich viel sicherer. Schließ erst mal die Tür ab. Und während ich dusche, solltest du Dave anrufen und ihm alles erzählen, vor allem, dass du mir wohl das Leben gerettet hast.«

Auf ihrem Gesicht breitete sich ein Grinsen aus. »Das mit dem gestohlenen Werkzeug, der Leiter und der Sonnenbrille lasse ich aber weg.« Wir sahen uns verschwörerisch an.

Zehn Minuten später machte ich mich auf den Weg in die Bar, Daisy telefonierte noch mit Dave. Es blieb keine Zeit mehr, mein Kinn zu kühlen, doch es sah nicht ganz so schlimm aus, wie es sich anfühlte; ich hatte Schmerztabletten genommen und die Stelle mit Daisys Make-up überpudert. Mein Blutzucker war stabil, die Haare zwar nass, aber sauber und wohlriechend.

Klamottentechnisch hatte ich mich für einen lässig-eleganten Look entschieden. Ich trug Jeans und eine weiße taillierte Bluse, die die roten Flecken an den Armen verbarg und ein wenig Dekolleté zeigte. Trotz des Klebebands war mein Mund unversehrt geblieben, ich schminkte mir die Lippen und verpasste mir mit fünf Litern Mitsouko noch den letzten Schliff. Von offenem Feuer sollte ich mich bei der Parfummenge wohl besser fernhalten.

Auf dem Weg zur Bar sah ich mich immer wieder vorsichtig um, die Taschenlampe hielt ich als Waffe parat. Die Schmerztabletten wirkten allmählich. Ich war nervös vor dem Wiedersehen mit Rafe, aber noch mehr fürchtete ich, Leila in die Arme zu laufen.

Am Eingang blieb ich stehen und ließ den Blick durch die Bar schweifen. Von Leila keine Spur, doch Rafe war nicht zu übersehen, mit seiner Präsenz schien er den gesamten Raum zu erfüllen. Sofort bekam ich weiche Knie. In einer alten Levis und einem dunkelgrünen Pullover saß er in einem Bambussessel, die Beine lässig übergeschlagen. Vor ihm auf dem Tisch stand ein Getränk, er las Zeitung.

Nachdem ich mich endlich von Rafes Anblick gelöst hatte, entdeckte ich Yoyo hinter dem Tresen.

»Was darf es denn sein?«, fragte er höflich.

»Gar nichts«, sagte ich lächelnd. »Ist Leila da?«

»Heute Abend nicht.« Er schien sie nicht gerade zu vermissen. »Sie ist auf dem Festland. Morgen ist sie zurück.«

Wohl kaum, dachte ich hämisch und dankte ihm.

Als ich vor Rafe stand, legte er die Zeitung beiseite und stand auf. Mein Herz raste, und am liebsten wäre ich ihm jetzt in die Arme gefallen. Er schenkte mir sein umwerfendes Lächeln und fuhr sich mit der Hand durch die dunklen Locken. Doch er machte keinerlei Anstalten, auf mich zuzugehen, nicht einmal einen Kuss auf die Wange bekam ich.

»Warst du baden?«, fragte er mit Blick auf mein nasses Haar. Seine Stimme war zum Dahinschmelzen.

Reiß dich am Riemen, Scout.

Ohne auf seine Frage einzugehen, entgegnete ich giftig: »Was wolltest du denn so dringend mit mir besprechen?«

Wir setzten uns und Rafe trank einen großen Schluck. »Ich habe über diesen Mick O'Leary Erkundigungen eingezogen.«

»Und?«

Rafe beugte sich vor. »1980 hat Mick O'Leary eine ältere Dame namens Martine Flaction geheiratet. Sie war Französin. Bei ihrer Hochzeitsreise in Nouméa fiel sie von Bord einer Jacht und ertrank.«

Im gedämpften Licht der Bar hatte Rafe meine Verletzungen sicher noch nicht bemerkt, dennoch verdeckte ich sicherheitshalber das Kinn mit der Hand. Ich dachte nach.

»Hatte sie schulterlanges rotes Haar und eine spitze Nase?«, fragte ich, wobei ich die Antwort eigentlich bereits kannte. Die Fotos, die Mick aufbewahrte, waren keine liebevollen Andenken. Es waren Trophäen.

»Bei der Untersuchung gab es keinerlei Hinweise auf ein Verbrechen«, sagte Rafe, »und dieser O'Leary hat ein beträchtliches Vermögen geerbt.«

Das haute mich echt um. Nemony war also nicht die Erste, die Mick und Leila betrogen hatten, und offenbar taten sie es nicht allein des Geldes wegen, sondern auch aus Spaß am Betrug. Vielleicht hätte Mick Nemony wirklich umgebracht, wenn sie an jenem Tag mitgesegelt wäre. Und mich vorhin auch!

»Red weiter«, sagte ich mit leichtem Zittern in der Stimme.

»Du bist ganz blass geworden«, meinte Rafe.

»Red einfach weiter.«

»Ich habe Norman Smith angerufen und ihn nach dem Fall von damals gefragt. Dann habe ich wie du eben eins und eins zusammengezählt. Ich wollte dich warnen, dass wir es mit einem Mörder zu tun haben. Aber du hast ja nicht auf meine Anrufe und Mails reagiert, also habe ich meinen Kurs sausen lassen und bin hergeflogen.«

Hm. Und ich dachte, er wollte mich unbedingt sehen, um sich bei mir zu entschuldigen.

»Und jetzt, wo du das weißt und auch, dass O'Leary damals gar nicht im Hafen ertrunken ist, hast du bestimmt einen Haftbefehl dabei«, sagte ich gereizt.

Seine blauen Augen blitzten auf, und er grinste zufrieden.

»Dass O'Leary noch am Leben ist, wusste ich nicht, bis du es jetzt gesagt hast.«

Verdammt!

»Also ist noch kein Haftbefehl raus?«, fragte ich möglichst beiläufig.

Rafe schüttelte den Kopf. »Wann soll denn dein Artikel erscheinen?«

»In ein paar Stunden.« Ihn anzubetteln, nicht die hiesige Polizei einzuschalten, kam nicht infrage, denn das war seine Pflicht. Aber mein Artikel würde seine Exklusivität einbüßen. Die örtlichen Gazetten würden sich noch vor Morgengrauen auf die Story stürzen.

»Wo ist er?«, fragte Rafe. »Oder muss ich dich erst auf mein Zimmer schleifen und dich so lange lieben, bis du um Gnade flehst und es mir sagst?«

Ich traute mich nicht, ihn anzusehen. Ich starrte krampfhaft zu Boden und hoffte, dass er nicht bemerkte, wie rot ich geworden war. Ein Kribbeln ging durch meinen Körper und vor lauter Verlangen vergaß ich fast zu atmen. Zwischen uns knisterte es gewaltig.

Rafe ging an die Bar und kam mit einem Glas Wasser zurück. Dankbar nahm ich es und trank zwei große Schlucke.

Er räusperte sich und sagte: »Schreib deine Geschichte fertig, und wenn du sie abgeschickt hast, stelle ich dir die gleiche Frage noch mal.«

Auf einmal hatte er auf sachlich und nüchtern umgeschaltet. Die Frau in mir wollte ihn küssen, doch die professionelle Journalistin gewann die Oberhand, wie wohl auch der Polizist in Rafe.

War das zu viel verlangt, ihn nun auch noch um Hilfe zu bitten?

Ach, was soll's!

»Ehrlich gesagt könnte ich etwas Unterstützung gebrauchen.« Hoffentlich klang das nicht allzu verzweifelt.

»Schreiben ist aber nicht meine Stärke«, witzelte er.

Ich lachte befangen. »Damit doch nicht.«

»Womit denn?«

»Du könntest einen Gefangenen bewachen.«

Rafe blickte ungläubig. »O'Leary?«

»So heißt mein Gefangener nicht, Sergeant Kelly«, korrigierte ich ihn, »aber er sollte bewacht werden, bis ich meinen Artikel eingereicht habe. Anschließend kannst du den Inselbullen melden, dass er mich angegriffen hat.«

»Oh Gott«, stöhnte Rafe. »Er hat doch nicht …«

»Nein, hat er nicht, und mir geht's gut«, sagte ich schnell. »Nur ihm nicht so.«

Er seufzte erleichtert auf. »Dann führ mich mal hin.«

Auf dem Weg zur Regenwaldbar erzählte ich ihm kurz,

was passiert war. Rafe hörte aufmerksam zu, während wir zügig und nah nebeneinander herliefen. In seiner Nähe fiel es mir schwer, mich zu konzentrieren.

»Hat er dich auch wirklich nicht verletzt?«, fragte er.

»Nur ein paar blaue Flecken, mehr nicht.«

»Den mach ich kalt«, murmelte Rafe. »Sonst macht es Toby.«

»Hast du mit ihm gesprochen?«, fragte ich, überrascht, dass Rafe ihn überhaupt erwähnte.

»Er hat mich angerufen.«

»Und seid ihr noch Freunde?« Ich hatte ein schlechtes Gewissen, dass ich mich zwischen die beiden gedrängt hatte.

»Nein. Aber er hat mir Schläge angedroht, falls ich dich schlecht behandle.«

»Tut mir leid«, sagte ich, obwohl es mir auch guttat, dass ich Toby nicht völlig gleichgültig war.

»Braucht es nicht. Das ist es mir wert.«

Ein Lächeln huschte über mein Gesicht, und ich war froh, dass Rafe es in der Dunkelheit nicht sehen konnte. Auf einmal kam mir ein Gedanke.

»Woher wusstest du, dass ich mit Daisy Fanshaw hier bin?«, fragte ich.

»Als du dich nicht gemeldet hast, habe ich mir Sorgen gemacht, also habe ich im Fandango angerufen. Mario hat es mir gesagt.«

Das klang plausibel, zumal Miles sich nach einem Anruf von Rafe bei mir gemeldet hätte.

»Dann habe ich mich in einen Flieger gesetzt, und als mir die Rezeption eure Zimmernummer nicht verraten wollte, habe ich Dave um Daisys Nummer gebeten.«

»Du hättest Dave und Daisy auch von Sydney aus anrufen können.«

»Hätte ich«, sagte er lachend, »habe ich aber nicht.«

Als wir die Treppe zur Regenwaldbar erreichten, ging ich voraus und öffnete die Tür. Um nicht unnötig Aufmerksamkeit zu erregen, ließ ich das Licht aus und leuchtete nur mit der Taschenlampe durch den Raum. Leary starrte mich mit wildem Blick an und kämpfte unter wüsten Beschimpfungen gegen seine Fesseln.

»Fette Beute«, sagte Rafe und nahm mir die Taschenlampe aus der Hand. »Ruf mich an, sobald du mit dem Schreiben fertig bist.«

Als ich zurück zum Hotel lief, hörte ich Rafe noch sagen: »Na, na, na, so redet man doch nicht in Gegenwart einer Dame.«

60.

Die Zeit drängte, und ich joggte zurück zum Hotel. Bei jedem Schritt schoss mir der Schmerz in Kinn und Kreuz. Bevor ich mich wieder an die Arbeit begab, musste ich unbedingt noch ein Telefonat erledigen.

Es mag verrückt klingen, aber ich war enttäuscht, dass Rafe keinerlei Annäherungsversuche unternommen hatte. Dieser Idiot hatte nicht einmal versucht, mich zu küssen. Andererseits hatte er angedeutet, dass er ein Zimmer hatte und was sich darin abspielen könnte. Ja, er hatte mir zu verstehen gegeben, dass er nach wie vor interessiert war und nur auf ein Zeichen von Miss Tiefkühlbox wartete. Nun stellte sich die Frage: Würde ich es ihm geben? Und: Sollte ich es ihm geben?

Ich klopfte an die Zimmertür, und Daisy ließ mich herein. Sie telefonierte immer noch mit Dave. Rasch berichtete ich ihr, dass Sergeant Kelly sich unseres Gefangenen angenommen hatte, dann ging ich auf den Balkon, um Harper anzurufen.

»Ich koche gerade, kann ich dich zurückrufen?«

»Nein, es ist dringend«, sagte ich, und bevor sie mich abwürgen konnte, erzählte ich ihr von dem Streit mit Rafe in Miles' Restaurant.

»Das nennst du dringend?«, fragte sie sarkastisch.

»Ja. Rafe hätte Toby nichts von unserer Affäre sagen sollen. Findest du nicht?«

»Warum nicht? Von irgendjemand musste er es ja erfahren. Du hast dich ja nicht gerade drum gerissen.«

Ich schnaubte. »Dann hätte Rafe mir aber sagen müssen, dass er es Toby gesagt hat!«

Oh Gott. Ich hörte mich an wie eine Elfjährige.

»Scout.« Harper klang streng. »Rafe wollte dich nur nicht verletzen. Er wollte nicht, dass du traurig bist, weil Toby nicht gleich wegen dir nach Hause gekommen ist.«

»Das hat Rafe auch behauptet.«

»Und?«

»Jetzt ist er hergekommen!«

Am anderen Ende der Leitung herrschte einen Moment Stille, dann sagte Harper: »Und dann verplemperst du deine Zeit mit mir am Telefon? Hast du völlig den Verstand verloren?« Damit legte sie auf.

Hm. Ich fand zwar nach wie vor, dass Rafe erst mit mir hätte sprechen sollen, bevor er Toby alles beichtet, oder es mir zumindest anschließend hätte sagen müssen. Aber ich musste mir eingestehen, dass ich Toby gegenüber feige gewesen war.

Zu seinem Freund ehrlich zu sein, das wurde mir jetzt erst klar, war für Rafe damals das einzig Richtige gewesen. Er hatte die Freundschaft zu Toby für mich aufs Spiel gesetzt. Und ehrlich gesagt hatte ich es ihm nicht besonders schwer gemacht.

Harper hatte natürlich recht. Rafe hatte mir nur deshalb nichts davon gesagt, weil er mich nicht verletzen wollte.

Und mit einer anderen Sache hatte sie ebenso recht – ich war wirklich nicht ganz bei Verstand!

Glücklich lächelnd packte ich Eiswürfel in eine Tüte und befestigte sie mithilfe eines Schals, den ich über dem Kopf zusammenband, unter meinem Kinn. Ich sah aus wie der Osterhase mit Zahnschmerzen. In diesem Aufzug machte ich mich mit neuem Schwung an die Arbeit. Tom hatte mir noch nichts über die *Kestrel* geschickt, also widmete ich mich wieder meinem Text. Innerhalb kürzester Zeit war ich vollkommen in die Arbeit vertieft und verlor jedes Zeitgefühl.

Kurz vor Mitternacht war ich fertig und las den Artikel noch einmal durch. Ich war unbarmherzig mit Mick ins Gericht gegangen, hatte seine Verbrechen in allen Einzelheiten geschildert. Besonders stolz war ich auf den Vergleich seiner weißen Haarsträhne mit der weißen Feder, dem traditionellen Symbol für Feigheit. Ich deutete an, die Natur habe sie ihm mitgegeben, um andere vor ihm zu warnen.

Die gestohlene Jacht *Nadine* brachte ich genauso unter wie die mysteriösen Todesumstände einer gewissen Martine Flaction.

Als ich mit dem Text zufrieden war, schickte ich ihn an Brian und hängte noch eine ganze Reihe Dokumente und Fotos an. Brian, das wusste ich, wartete schon an seinem Schreibtisch, und genauso ungeduldig würde ich gleich auf seine Korrekturen warten.

Ich sah zu Daisy, die auf dem Bett lag und die Zeitung zusammenlegte, die sie gerade gelesen hatte. »Fertig?«, fragte sie.

»Noch nicht ganz«, sagte ich und wählte Nemonys Nummer. Es war zwar schon mitten in der Nacht, aber ich wollte nicht, dass sie von Martine Flaction morgen aus der Zeitung erfuhr.

Nemony war noch wach und kümmerte sich um Amelia. Sie hörte geduldig zu, als ich ihr die schockierende Nachricht überbrachte. Wie erwartet nahm sie alles tapfer auf.

Nach dem Telefonat wollte Daisy haarklein wissen, was ich von Rafe erfahren hatte.

»Und sag bloß nicht, Sergeant Kelly ist der Typ, mit dem du eine Zeit lang zusammen warst!«

Vermutlich hatte Dave es ihr erzählt, also konnte ich es auch gleich zugeben. »Gut erkannt.«

Zum Glück wandte Daisy sich bald wieder ihrer Zeitung zu. Ich hingegen war rastlos, stand auf, streckte mich und setzte mich wieder. Gerade noch hatte sich eine Stunde wie fünf Minuten angefühlt, nun zogen sich fünf Minuten wie eine Stunde. Ich nahm noch ein paar Schmerztabletten und füllte neues Eis in die Tüte.

Endlich klingelte mein Handy.

»Perfekt«, sagte Brian ohne große Vorrede. »Ist schon rausgegangen.«

»Danke«, sagte ich erleichtert.

»Mir ist aufgefallen, dass du den Standort der *Valor* gar nicht erwähnst«, meinte er.

»Wie aufmerksam von dir.«

»Für einen Anschlussartikel?«, fragte er.

»Klar!«

Brian lachte und legte auf.

»Bist du jetzt fertig?«, fragte Daisy wieder.

»Fast.«

Dann rief ich Rafe an.

»Ich habe meinen Artikel abgeschickt. Ist alles okay bei dir?«

»Der Gefangene ist noch gefesselt, falls du das meinst«, sagte er.

In dem Moment wurde mir erst die Doppeldeutigkeit meiner Frage bewusst. »Natürlich meinte ich den Gefangenen.«

»Dann ruf jetzt die Kavallerie«, sagte Rafe. »Und beeil

dich. Ich habe die letzten zwei Stunden im Dunkeln gesessen und mir vorgestellt, wie ich dir die Bluse ausziehe.«

Ich lächelte und suchte die Telefonnummer der Wasserschutzpolizei von Queensland heraus.

61.

Es war Mittwoch, sieben Uhr früh, und Detective Greg Carter wollte so einiges von mir wissen.

»Kann ich mir noch ein Croissant nehmen?«, fragte er.

»Nur zu«, sagte ich.

Detective Carter, Rafe, Daisy und ich saßen draußen auf der Pier und frühstückten, Tisch und Stühle hatte Rafe vom Restaurant herangeschleppt. Die Sonne schien, und es ging eine leichte Brise. Ein weiterer Tag im Paradies. Mir taten zwar alle Knochen weh und das Kinn schmerzte, aber dank einer heißen Dusche und etlichen Schmerztabletten hatte ich mich einigermaßen berappelt.

Carter sah auf seine Armbanduhr. Er war etwa in meinem Alter, groß und stämmig, mit einer Nase wie Stephen Fry und kurzem sandfarbenen Haar.

»Das Polizeiboot sollte in zehn Minuten hier sein«, sagte er und schaute erwartungsvoll hinaus aufs Meer.

Auf dem Boot waren auch Leute von der Spurensicherung, um die Hütte der Learys zu durchsuchen. Anschließend würde der Gefangene aufs Festland transportiert werden.

Im Augenblick wurde Mick von dem Manager der Ferienanlage Mr Barrington Tupper und seinem bulligen Stellvertreter bewacht. Auf Carters Anraten hatte ich Mr Tupper vor einer guten Stunde geweckt, ihn über die Situation aufgeklärt und ihm gesagt, die Polizei würde Leary mit möglichst wenig Aufsehen abholen. Tupper fiel zwar aus allen Wolken, war aber froh über die Vorwarnung und hatte Daisy und mich unverzüglich zur Regenwaldbar begleitet, wo er nun seiner Managerpflicht nachkam. Allerdings stand die so sicher nicht in seiner Arbeitsplatzbeschreibung. Doch Tupper war der Aufgabe durchaus gewachsen und verstand es hoffentlich, die Zeit sinnvoll zu nutzen. Vielleicht entwarf er schon mal ein Stellengesuch für eine neue Barmanagerin.

Leila war vor drei Stunden auf dem Festland verhaftet worden, und in Shute Harbour hatte die Wasserpolizei bereits die Flotte von Splash Charters beschlagnahmt. Eine Einheit war auch schon nach Stingray Cove unterwegs, um die *Valor* sicherzustellen; und Beamte der Wasserpolizei von New South Wales würden in diesen Minuten den Flieger Richtung Norden besteigen, um Mick zu verhören. Alles war so weit startklar.

Es war eine spannende Nacht gewesen. So gegen eins hatte ich Carter angerufen und ihm den Fall in groben Zügen geschildert, auch von Tom hatte ich erzählt, der ihm den Bericht über die *Nadine* am Morgen schicken würde.

Zu der Stunde war Carter der einzige verfügbare Beamte, und sobald er erfahren hatte, dass sich Leary in Gewahrsam eines Polizisten befand, der hier auf der Insel Urlaub machte, war er in einem Schnellboot hergedüst.

Daisy und ich hatten ihn an der Pier empfangen, und zu dritt waren wir zur Regenwaldbar gegangen.

»Oh, mein Gott«, hatte Daisy mir bei Rafes Anblick zugeflüstert. »Da lässt man sich doch gerne verhaften!«

Ich grinste sie an, und wir beobachteten mit großem Vergnügen, wie Carter einen derangierten und zornigen Michael Leary offiziell verhaftete. Trotz der bösen Blicke, die er mir zuwarf, riss ich mich zusammen und streckte ihm nicht die Zunge heraus. Daisy war weniger um Beherrschung bemüht und klatschte begeistert, als Carter ihn mit Handschellen an den Tresen kettete.

Nach dem Showdown blieb Rafe bei Mick, während Carter mich und Daisy zu unserem Zimmer begleitete. Dort übergab ich ihm sämtliche Beweismittel, einschließlich meines Diktiergeräts, auch das Fluchtgeld hatte ich ihm ausgehändigt. Carter war dann zur Regenwaldbar zurückgekehrt.

Obwohl wir nur ein paar Stunden geschlafen hatten, waren wir hellwach und fieberten dem Moment entgegen, wo Mick abgeführt würde.

»Noch Tee?«, fragte Daisy mich.

»Warum nicht«, sagte ich, und Daisy schenkte mir nach.

Rafe entging nicht, dass wir uns wie die Kinder über die Verhaftung freuten. Und obwohl er die Nacht durchgemacht hatte, um Leary zu bewachen oder Polizeikram mit Carter zu besprechen, sah er natürlich teuflisch gut aus.

Zwar hatte ich mein geschwollenes Kinn mit Daisys Make-up kunstvoll abgedeckt, doch Rafe hatte es dennoch bemerkt. Er schien besorgt, doch ich sagte ihm, dass alles halb so wild sei. Bislang hatten wir noch keinen Moment für uns allein gehabt, und während wir in der Sonne warteten, spürte ich seinen Blick auf mir. Hin und wieder schauten wir uns in die Augen und lächelten uns zu, und je häufiger wir uns ansahen, desto begehrlicher wurden unsere Blicke. Vielleicht würde er ja später den ein oder anderen blauen Fleck mit einem Kuss verarzten.

Die Minuten verstrichen, ein paar Möwen gesellten sich zu uns und kreischten nach Futter. Rafe warf ihnen Brot hin. Ein Fisch sprang aus dem Wasser hoch.

Endlich klingelte Carters Handy. Er stand auf: »Fünf Minuten noch.«

Gespannt sahen wir aufs Meer hinaus. Über die ruhige schillernde See näherte sich ein Polizeiboot mit hohem Tempo. Als es mit gedrosseltem Motor anlegte, schlug mein Herz ein wenig schneller. Fünf durchtrainierte Polizisten waren an Bord. So möchte man seine Steuergelder doch angelegt wissen.

»Oh Gott, das glaube ich jetzt nicht«, sagte Daisy. »Schade, dass Dave das hier nicht sehen kann.«

Einer der Männer warf Rafe die Leine zu, die er an einem Poller festmachte. Vier von ihnen sprangen an Land, einer blieb an Bord zurück. Carter beriet sich kurz mit ihnen, dann polterten sie mit schweren Schritten über den Pier Richtung Ferienanlage. Von Carter wussten wir, dass zwei Polizisten auf der Insel verbleiben würden, um die Hütte zu durchsuchen.

Daisy und mich hielt es vor lauter Begeisterung kaum auf den Stühlen. Rafe, der anscheinend an dem Boot Gefallen gefunden hatte, unterhielt sich mit dem Beamten an Bord.

Ein paar morgendliche Spaziergänger und Frühsportler hatten mitbekommen, dass etwas im Gange war, und versammelten sich, um die Show nicht zu verpassen, ebenso eine Gruppe weiblicher Hotelbediensteter.

Mein Telefon klingelte.

»Was gibt's Neues?«, fragte Tom

»So einiges«, antwortete ich fröhlich und gab ihm einen kurzen Abriss der Ereignisse.

»Die *Kestrel* scheint übrigens sauber zu sein«, sagte er. »Ich bin heute extra früher ins Büro gegangen.«

Schade. Dennoch dankte ich ihm für seine Hilfe. Eine zweite gestohlene Jacht wäre für eine Fortsetzungsgeschichte einfach genial gewesen, ganz zu schweigen von einer zweiten Belohnung. Ich wollte Tom noch fragen, wie hoch die Belohnung für die *Nadine* wohl sein mochte, aber ich wollte nicht raffgierig wirken. Daisy und ich würden uns einfach in Geduld üben müssen, im Fall von Versicherungen erfahrungsgemäß sogar in Engelsgeduld.

»Danke, dass Sie gleich die Polizei eingeschaltet haben«, sagte Tom. »Und schön, dass bei Ihnen alles geklappt hat.«

Wir verabschiedeten uns und legten auf.

In der Ferienanlage gab es noch keinerlei Anzeichen von Aktivität. Der Höflichkeit halber rief ich Dandy McCormack an, um ihm mitzuteilen, dass meine Geschichte heute Morgen in den Zeitungen erschienen war.

»Hey Mann, was kann ich für Sie tun?«, meldete sich McCormack.

»Gar nichts«, sagte ich und brachte ihn rasch auf den neuesten Stand. Zu lange wollte ich mich nicht mit ihm aufhalten, sonst machte er mir womöglich wieder Avancen.

»Damit fangen Leilas Probleme gerade erst an«, sagte er lachend. Wir waren uns einig, dass von ihr nur noch ein Häufchen Asche überbliebe, wenn in ein paar Wochen sein Artikel über die Geldwäsche erschien.

Ich setzte mich zu Daisy und erzählte ihr von meinen Gesprächen, bis wir Rafe rufen hörten: »Da kommen sie!«

Carter und die Beamten liefen in geschlossenem Verband auf uns zu. Daisy und ich hielten es kaum noch aus vor Spannung.

Als sie näher kamen, entdeckten wir Mick in ihrer Mitte. Er sträubte sich vergebens gegen den festen Griff der Polizisten.

Daisy stand auf und ging auf die Männer zu. »He, Mick!«, rief sie.

Er sah sie direkt an, und Daisy drückte auf den Auslöser ihrer Kamera. »Das ist für Nemony«, sagte sie schadenfroh.

Mick spuckte vor ihr auf den Boden und stieß erneut übelste Beschimpfungen aus.

»Mein Gott«, sagte Daisy nur.

Während die Polizisten die neue Kundschaft an Bord brachten, bedankte sich Carter mit Handschlag bei uns.

»Ich melde mich bei Ihnen«, sagte er, löste die Leine und bestieg das Boot.

Mit lautem Röhren sprangen die Motoren an, langsam setzte sich das Boot rückwärts in Bewegung, wendete und schoss davon.

Rafe, Daisy und ich standen am Ende des Piers und sahen schweigend hinterher.

Dann nahm mich Rafe sanft in die Arme und küsste mich leidenschaftlich.

Irgendwo im Hintergrund hörte ich Daisy murmeln: »Oh. Mein. Gott!«

Danksagung

Bücher zu schreiben macht unheimlich Spaß, und wie immer habe ich von allen Seiten Hilfe gehabt. Ich danke dem Team Groff (meinem Mann Jay und unserer Tochter Hannah Kay) für die ausdauernde Unterstützung; meinen Freunden John Countryman und Gilli Cooper für den fachlichen Rat; meiner Freundin und Agentin Selwa Anthony dafür, dass sie ihren Job so gut macht; meiner tollen und unermüdlichen Verlegerin Cate Paterson bei Pan Macmillian (alle Autoren sollten so viel Glück haben), sowie den Lektorinnen Natalie Braine, Julia Stiles und Jo Lyons und der Presseagentin Tracey Cheetham.

Ich danke euch allen, dass ihr an mich geglaubt und mir Mut gemacht habt und meine zum Teil haarsträubenden Worte und Ideen in die richtige Richtung gesteuert habt, sodass eine tolle Geschichte daraus werden konnte. Ohne euch hätte ich es nicht geschafft.